#1 Only
LIES

Collection New Romance® créée par Hugues de Saint Vincent
et dirigée par Arthur de Saint Vincent
Ouvrage dirigé par Marie Maublan
Conception de couverture : Marion Rosière
Illustration de fin d'ouvrage : Trifia

34-36, rue La Pérouse
75116 Paris
www.hugopublishing.fr

ISBN : 9782755663396
Dépôt légal : février 2023
Imprimé en France par Corlet
N° d'impression : 22080060 - janvier 2023

JEANNE PEARS

NEW ROMANCE®

#1 Only
LIES

Hugo Roman

Affronter son passé pour le surmonter.
Parce qu'il ne nous définit pas.
Se pardonner pour pouvoir avancer.
Parce que tout le monde mérite le bonheur.

Jeanne

CHAPITRE 1
Maxine

Je suis en retard.

La séance a commencé depuis presque vingt minutes. Je déteste arriver comme ça, en plein milieu des confessions, j'ai l'impression de totalement manquer de respect. Ce n'est pas ma faute cependant, l'un de mes professeurs a tenu à faire le point avec moi. C'est vrai qu'au cours des derniers mois, je n'ai pas vraiment été exemplaire. Du moins, pas à mon maximum.

Mes cinq années d'études supérieures en histoire de l'art se terminent dans un peu plus de deux mois et il m'a suggéré de mettre un petit coup de collier. Je sais qu'il m'apprécie ; il ne comprend pas, au regard de mon dossier scolaire, pourquoi j'ai chuté comme ça à la fin de ma troisième année avant de remonter péniblement.

J'ai des circonstances atténuantes cela dit, mais je refuse de me confier à ce sujet. Je ne veux pas d'un regard différent sur moi, plein de pitié et de jugement.

Le transfert universitaire n'a pas été facile à vivre – et ne l'est toujours pas –, cela m'a demandé un peu de temps avant de retrouver mes repères, ma motivation pour travailler, mon envie de vivre. J'ai mis un moment à créer des liens avec quelques étudiantes. Ce n'était pas prévu que je quitte l'Université de l'Oregon pour atterrir à UCLA[1], un peu plus loin encore de ma famille,

1. University of California, Los Angeles.

qui se résume à ma sœur, son mari et leurs deux enfants. Mais je n'ai pas eu le choix.

Penser à Rochelle suffit à me donner un coup de fouet. Elle et Craig font tellement de sacrifices pour moi, pour me permettre de mener à bien mes études, je refuse de les décevoir. Je ne recommencerai pas. Et ces réunions sont très importantes pour moi. D'où ma gêne alors que je pousse la lourde porte pour pénétrer dans la salle où nous nous retrouvons deux fois par semaine.

Je retire le casque de mes oreilles et le glisse autour de mon cou. Edward, un ancien militaire aux traits épuisés, est en train de parler. Je m'excuse d'une grimace gênée et d'un mouvement de la main avant de prendre place sur la dernière chaise vacante. Patrick, mon parrain et doyen de l'assemblée, me rend mon sourire. La première fois que je l'ai vu, je lui ai tout de suite trouvé une ressemblance frappante avec Josh Brolin. Quelque chose de fort se dégage de sa prestance, tandis que la douceur transparaît dans son regard. Cela m'a immédiatement mise en confiance, chose assez rare ces derniers temps pour que je le souligne.

Je passe le cercle rapidement en revue, rassurée de ne voir que des têtes connues. Jusqu'à ce que mon regard s'arrête juste en face, sur un nouveau membre, alors que Marisol prend le relais pendant que je m'assieds.

Chez les Narcotiques Anonymes, tout le monde se connaît, mais personne ne sait réellement qui nous sommes. Mon groupe se réunit tous les mardis et vendredis en fin d'après-midi. Ici, nous ne connaissons que nos prénoms. Au fil du temps, nous sommes souvent amenés à parler de ce que nous faisons dans la vie, donc je sais quel métier exerce tout le monde. Nous nous confions sur nos passés difficiles, sur ce qui nous a conduits ici. Quand nous avons une journée trop compliquée, quand l'un de nous s'est senti sur le point de craquer, nous nous épanchons sur notre quotidien, disséminant des bribes de nos vies. Nous nous ressemblons par notre vécu, le combat que nous menons contre les addictions. Nous nous faisons confiance.

C'est pour ça que le nouveau, il fait tache, vraiment.

Sweat noir à capuche remontée sur la tête, mains dans la poche avant, tête rentrée dans ses épaules, complètement avachi sur sa chaise, jambes allongées devant lui. Il donne l'impression de préférer être ailleurs, mais cette façon de s'étaler, c'est comme s'il prenait toute la place tout en voulant se cacher. Bon sang ! Il porte même des lunettes de soleil. À l'intérieur !

— Maxine, tu veux dire quelque chose ? demande Patrick en passant une main dans ses cheveux pour dégager son visage.

Je me tourne brusquement vers lui ; je ne m'attendais pas à ce qu'il m'interroge si vite. Même si au fil du temps j'apprends petit à petit à m'ouvrir aux autres, énoncer tout haut ce qui se passe de merdique dans ma vie n'a toujours rien d'évident. Surtout pas devant un inconnu.

— Oh, euh... je... je suis arrivée en retard parce qu'un de mes professeurs voulait s'entretenir avec moi. Il... il trouve que je...

Je baisse les yeux sur mes doigts que je triture. Je prends une profonde inspiration avant de poursuivre, encouragée par le regard bienveillant de Patrick.

— Disons qu'il se rend bien compte que je ne travaille plus aussi bien qu'au début de mes études. Ce n'est pas catastrophique, je dirais même que je ne m'en sors pas trop mal par rapport à l'année dernière, mais il se pose des questions. Il voit du potentiel en moi et se désole de constater que je ne suis pas au maximum de mes capacités. J'essaie, vraiment...

Je lève les yeux sur Patrick, puis les dévie sur le nouveau. Il s'est redressé et son visage est braqué sur moi. C'est formidable, tout ce que j'adore.

— Tu ne t'es pas confiée à lui ? se renseigne mon parrain.

— Oh, eh bien... non. Personne sur le campus n'est au courant, en fait. Je... je ne me sens pas très à l'aise avec tout ça. Ici, ce n'est pas pareil. Et je... je n'ai pas envie que ça se sache.

— Il pourrait sûrement comprendre et compatir.

— Ça pourrait être tout le contraire, on pourrait ne pas me croire, comme ça a été le cas là-bas, affirmé-je, amère. Je n'ai pas envie. Je n'ai pas besoin qu'on compatisse de toute façon.

— Pour quelles raisons ?

— Parce que c'est ma faute, tout ce qui est arrivé.

— Nous ne sommes pas ici pour juger du degré de responsabilité de chacun mais pour avancer et se soigner, me contredit-il.

Je me redresse et carre les épaules tout en scrutant un point au sol.

— Ça n'a pas d'importance.

Je vois bien qu'il cherche mon regard, mais je ne relève pas les yeux.

— Tu es trop dure envers toi, Maxine. Tous autant que nous sommes, nous avons fait de mauvais choix, par influence, par défi, par dépit.

— Peut-être.

Patrick me fait une petite moue et comprend que je ne veux plus parler quand il me voit croiser les bras sous ma poitrine. Christie prend ma suite et nous continuons d'échanger pendant presque une heure.

Quand le chef de séance remercie le groupe, certains quittent immédiatement la salle, n'aimant pas se mêler aux autres. Ce n'est pas vraiment mon truc non plus, mais j'apprécie de rester quelques minutes supplémentaires pour prendre un café, déguster un donut, et parfois échanger encore un peu avec les filles. Même si j'ai eu du mal à aller vers elles, nous nous entendons bien. Avant tout ça, je n'avais aucun problème avec les contacts humains. J'avais des amis à Eugene, dans le sud de Portland, j'aimais sortir, m'amuser. Aujourd'hui, je ne dois un semblant de sociabilisation que grâce à la persévérance de Christie, notamment. C'est la seule avec laquelle je discute vraiment volontairement, notamment parce que nous avons le même âge.

Je sursaute alors qu'une main passe devant moi pour récupérer un gobelet. Je recule vivement pour laisser la place devant la machine à café, dérangée par cette proximité soudaine, et jette un coup d'œil au nouveau. Cela me gêne de ne pas connaître son prénom. Depuis deux ans, je suis la dernière à prendre les devants avec les autres, mais là, j'ai besoin de savoir au moins comment il s'appelle. Après tout, s'il doit faire partie du groupe, c'est la moindre des choses, non ? Et puis, nous sommes dans une zone de confiance, je ne crains rien.

— Moi, c'est Maxine, dis-je doucement en récupérant un bâtonnet pour mélanger mon sucre.

— Ouais, j'ai entendu.

Sa voix rauque m'interpelle aussitôt : elle est superbe. Sa peau est mate, ce qui n'est pas forcément étonnant vu que nous sommes en Californie. Et si j'en juge par la couleur de ses sourcils, il doit avoir les cheveux assez clairs, mais comme il n'a pas jugé utile de retirer sa capuche, je ne peux pas en être certaine.

— On ne t'a jamais dit que c'était malpoli de détailler les gens comme ça ? lâche-t-il.

— Tu sais que tu n'as pas besoin de te cacher, ici ? Ce sont les Narcotiques Anonymes, on vient tous pour la même chose.

Il suspend son mouvement alors qu'il s'apprêtait à porter le gobelet à sa bouche et je devine qu'il me scrute à son tour. Il hausse finalement un sourcil et se penche légèrement vers moi.

— Parce que je suis le seul à me cacher, peut-être ?

Il prononce ça comme si c'était une question, mais je vois bien que ce n'en est pas une. Je sais pourquoi il me dit ça : à cause de ma tenue. Un pantalon baggy deux fois trop grand et un sweat blanc XXL bien trop informe lui aussi. Passer inaperçue est devenu mon leitmotiv depuis vingt-quatre mois. J'ai rapidement compris que moins j'en montrais, moins on s'intéressait à moi.

Je grimace, énervée qu'il m'ait percée à jour, et me jette sur ma boisson chaude, agacée par son regard que je sais désormais acéré derrière ses lunettes noires. Je penche la tête pour faire tomber mes cheveux raides coupés au carré devant mon visage, m'apportant une barrière supplémentaire.

— Je m'appelle G, dit-il soudainement.

Je lève aussitôt les yeux vers lui et découvre qu'il a retiré ses solaires. Ses yeux perçants, bleu marine avec des reflets or, me scrutent avec attention. Il se décide enfin à abaisser sa capuche, révélant une masse de cheveux désordonnés, blond foncé avec des mèches sûrement éclaircies par le soleil.

Je me retiens d'ouvrir la bouche comme un poisson hors de l'eau parce que, merde, il est vraiment beau.

— Jay ? répété-je bêtement, pas sûre de ce que j'ai entendu.

— Non, pas Jay. G, comme la lettre.

— Hein ? grimacé-je en fronçant les sourcils. Tes parents ne t'aimaient pas au point qu'ils t'ont juste donné une lettre comme prénom ?

Il soupire en levant les yeux au ciel.

— T'as dit que tu étais étudiante, je te pensais un minimum intelligente.

— Je ne te permets pas ! C'est toi qui me dis que tu t'appelles G comme la lettre, je ne l'invente pas.

— Mon prénom c'est Garrett, mais tout le monde m'appelle G, finit-il par expliquer. Tu vas me dire que tout le monde t'appelle Maxine et pas Max ?

Touché.

— Ce n'est pas pareil.

— Ah non ? Et pourquoi ça ? Un surnom est un surnom.

Mais qu'il est pénible !

— C'est bon, t'as gagné. T'es content, G ?

Je termine mon café et jette le gobelet dans la poubelle à côté de la table avant de rejoindre Christie. J'ai récemment appris qu'elle était étudiante comme moi mais pas dans le même département, et qu'elle travaillait en tant que strip-teaseuse pour payer ses études. Elle a plongé dans la drogue à cause de mauvaises fréquentations.

Du coin de l'œil, je vois Patrick rejoindre Garrett devant les pâtisseries. Je me demande s'il va être aussi agréable avec lui qu'avec moi. Je suis sûre que c'est parce qu'il ne veut pas être ici qu'il se comporte de cette façon. Cela promet pour les autres séances.

Je détourne le visage lorsque je le vois jeter un bref regard vers moi. Cet endroit, c'est un espace qui me permet de me reconstruire, où je peux évacuer ce qui me pèse en sécurité. Que ce mec soit imbuvable ou pas ne me concerne pas. Je ne le laisserai pas m'enlever ça.

CHAPITRE 2
Garrett

— Alors, cette première séance ? me demande Patrick.

— Bien.

J'essaie de rester concentré sur celui qui préside ces réunions, mais je ne parviens pas à lâcher Maxine du regard alors qu'elle quitte la pièce.

Déjà tout à l'heure alors que je boudais sur ma chaise, dès qu'elle a ouvert la bouche, j'ai tout de suite été attiré par son timbre de voix particulier. Il n'y a absolument rien d'ambigu : je suis un passionné de musique, je ne vis que pour ça, ma curiosité est forcément attisée. Ma ligne de conduite est parfaitement claire depuis presque cinq mois et rien ni personne ne m'en fera dévier.

Si je veux être tout à fait honnête, je ne peux cacher que sa façon de me répondre du tac au tac m'a amusé. Elle a semblé bien prompte à me juger alors que je vois clair dans son jeu. Si je tiens à me faire tout petit ici et à passer inaperçu, c'est manifestement son cas aussi.

— Je sais que je te l'ai déjà dit mais je vais me répéter : si tu as besoin de quoi que ce soit, tu n'hésites pas à m'appeler, d'accord ? Même juste pour discuter.

— Ce n'est pas le but de ces réunions ? Et je ne suis pas censé appeler Edward, mon parrain ?

Je détaille rapidement le maître de cérémonie. Légèrement plus grand que moi, ce sont surtout ses yeux qui captent l'attention.

De grands yeux marron qui ne dévient pas lorsqu'il parle, comme s'il dédiait entièrement son attention à la personne à qui il s'adresse. Il semble être quelqu'un de confiance, mais je n'en suis pas encore arrivé au stade où je pourrais discuter ouvertement avec lui.

— Évidemment. C'est au cas où Edward ne serait pas dispo. Et puis au début, on a toujours un peu de mal à parler devant l'assemblée.

— Merci. Mais ce n'est pas un peu lourd ? Tu n'as pas une vie de famille ?

Ce n'est pas une critique, juste un constat. Il rit doucement, pas franchement perturbé par ma brusquerie.

— Si, j'ai une vie de famille, mais si je l'ai, c'est parce que je suis tombé il y a des années sur ce groupe et que j'ai eu un parrain qui s'investissait, même une fois les portes de la salle fermées. Tu comprends ?

Je me contente de hocher la tête. Après que Patrick m'a gratifié d'un serrage d'épaule viril et m'abandonne pour retrouver les filles, je termine mon café et quitte à mon tour les locaux.

Quand j'ai finalement accepté l'aide de mes parents et validé mon entrée en centre de désintox en début d'année, je pensais naïvement que cela suffirait. Admettre que j'avais des problèmes de drogue était déjà un gros pas en avant. Sur place, j'ai rencontré des professionnels qui ont tenté de m'expliquer que même si on se débarrasse du problème en surface, l'addiction courra toujours en profondeur. Mon ego mal placé s'est persuadé que j'étais plus fort que ça, que les quatre semaines de cure suffiraient, jusqu'à ce que la réalité me rattrape : j'ai fait une rechute et j'ai rempilé pour un mois supplémentaire.

En toute honnêteté, je me serais arrêté là si mes parents ne m'avaient pas poussé à suivre les conseils du psychothérapeute, à savoir entrer dans un groupe de soutien. Mais bon sang, cette première séance ! Je ne m'attendais pas à ressentir autant de choses : étonnement, colère, gêne, honte aussi lorsque Christie a avoué faire face sans le soutien de sa famille depuis le début alors que pour moi, c'est tout le contraire. Et finalement, soulagement, en comprenant que je ne suis pas le seul à combattre des démons et à vouloir m'en sortir. Moi qui pensais que cela n'aurait aucun effet sur moi, j'admets m'être trompé. Et je ne suis pas sûr de savoir si j'en suis heureux ou non. Bien sûr, je sais que je ne dois pas faire ça pour mes proches, avant tout pour moi, pour obtenir ce que je veux, mais il n'empêche que je pense à eux à chaque pas que je fais afin de sortir de cette spirale infernale dans laquelle je me suis engouffré.

En sortant dans la douceur printanière de Californie, je prends une grande inspiration. Récemment, je n'ai pas vraiment profité du soleil et de l'océan, au fond du trou. J'ai fait de la résistance, j'ai grogné, j'ai insulté, j'ai envoyé balader ma famille, mes amis, parce que je ne voulais pas entendre raison. Je disparaissais pendant des heures alors que les gars m'attendaient pour enregistrer, et je me réveillais chaque fois dans un lit différent, auprès d'une fille dont j'avais oublié le nom, à peine conscient de la nuit précédente, noyé dans les vapeurs d'alcool et de drogue. Je chutais, sans m'en rendre compte. Tout ce pour quoi nous avions travaillé était petit à petit réduit en fumée. Et puis un jour, mon père et moi en sommes presque venus aux mains. Ce sont ses mots qui m'ont mis au pied du mur, alors que ma mère était en larmes. Je les avais déjà déçus, est-ce que je voulais vraiment faire la même chose avec mes amis et salir la mémoire de mon frère ? Avant cet incident, je n'avais tout bonnement pas conscience d'être tombé si bas. Ce jour-là, l'électrochoc m'a permis de leur faire une promesse : je ne boirais plus une goutte d'alcool et je ne coucherais avec aucune fille pendant un an, et plus jamais je ne toucherais à la drogue.

Je détaille le bâtiment qui se dessine derrière moi. Il ne paie pas de mine ; à moins d'en faire partie, pas moyen de deviner que se déroulent des réunions de Narcotiques Anonymes à l'intérieur. C'est évidemment ce que je suis venu chercher en m'éloignant de Venice : l'anonymat, la discrétion. Parce que je ne peux plus penser uniquement à moi-même, le groupe est en jeu.

Je rejoins ma voiture, la tête en vrac après cette première fois. Si je dois faire ça toutes les semaines, je sens que je vais finir lessivé. Heureusement, le trajet me permet de souffler un peu.

Je soupire de bonheur en pénétrant dans la maison que je partage avec mes trois meilleurs amis. Cela ne fait que trois petites semaines que j'ai quitté le centre de désintox. Je ne me doutais pas du soulagement que j'éprouverais en remettant les pieds ici. Cela m'a tellement manqué, cette impression de faire partie d'un tout, d'une équipe, de me reconnecter.

— Alors ! Cette séance ? m'accueille Ryan depuis le canapé alors que je referme la porte derrière moi.

— Tranquille.

Il hausse un sourcil brun avant de lancer un regard dubitatif à Ayden, son frère et sa copie presque conforme. Nés la même année, Ayden en janvier et Ryan en décembre, ils aiment dire qu'il s'agit d'un petit accident de parcours.

— Tranquille ? répète Oliver en arrivant dans le salon.

Je me tourne vers notre caricature du surfeur californien. Le grand blond en fait rougir plus d'une, pourtant ce qui marque chez lui, ce sont ses yeux noisette : perçants, ils sont capables de tout voir – même ce que l'on cherche à cacher.

— Ouais, tranquille.

— Je ne savais pas que participer à des réunions t'en ferait perdre ta langue. Ça craint pour le groupe. Comment on va faire si tu n'es plus capable de parler et de chanter ?

Je me détourne, esquivant le regard des deux bruns braqué sur moi. Des iris aux couleurs différentes, marron pour l'un, bleus pour l'autre, pourtant j'y lis la même inquiétude. Je serre la mâchoire avant de rejoindre l'îlot central pour déposer mes clefs dans le panier. Je ne peux pas vraiment leur reprocher de s'intéresser, mais je n'ai pas spécialement envie d'épiloguer sur le sujet.

— Je n'ai pas envie d'en parler, soupiré-je. C'était le deal, non ?

— On s'inquiète pour toi, tu ne vas pas nous le reprocher quand même ?

Olly hausse les sourcils, animant son piercing à l'arcade.

— Désolé, soufflé-je en m'installant sur le sofa entre les deux frangins. C'est juste que… je vous en ai suffisamment fait voir et je ne veux pas vous abrutir avec ça, OK ? C'était une réunion entre anciens drogués, point. Il n'y a rien de plus à en dire.

— Si, il y a plein de choses en fait ! me contre Olly en s'asseyant sur un fauteuil face à nous. Vous êtes combien ? Les autres participants sont jeunes ? Sympas ? Le mec qui gère le truc, il est comment ? T'as réussi à prendre la parole ? Tu t'y sens à l'aise ?

Je presse les poings sur mes paupières et grogne.

— J'accepte d'en parler rapidement, parce que je comprends votre inquiétude, mais on est d'accord que c'est censé être anonyme, hein ?

— Pas de problème, valide Olly, un sourire timide sur les lèvres.

Ayden et Ryan acquiescent alors que je me redresse.

— OK, alors... J'avais déjà parlé à Patrick pour m'inscrire, le maître de cérémonie, et c'est lui qui m'a accueilli. Il impose le respect, il a l'air d'un type bien. Il m'a permis de rencontrer Edward, qui sera mon parrain. On m'a demandé de me présenter rapidement, je n'ai pas réussi à prendre vraiment la parole devant le groupe. Peut-être la prochaine fois. On est dix en tout, on a entre vingt et quarante ans, je dirais. Hommes et femmes. On est tous dans le même bateau.

Je me passe une main sur la nuque, gêné devant les regards soutenus de mes amis.

— J'appréhende un peu de parler parce que je suis nouveau, mais ça ne semble évident pour personne. Je m'en suis aperçu pour... l'une des participantes. On verra bien comment se passera la suite.

Je refuse de m'attarder sur la petite brune parce qu'ils interpréteraient totalement de travers mon intérêt. C'est purement professionnel, rien d'autre.

Après ces quelques confidences, je vois qu'ils sont satisfaits. Tant mieux ! Je sais bien qu'ils ne me jugent pas, qu'ils s'intéressent simplement parce qu'ils se font du souci pour moi, qu'ils tiennent à moi. Ils m'ont vu chuter et sombrer, alors c'est normal. En revenant vivre parmi eux, après ces mois de solitude, j'étais plus que soulagé de voir que rien n'avait changé, notre alchimie intacte. Mais parler de tout ça, c'est encore dur.

— Merci, G, de nous faire confiance. Tu sais, on est là pour toi, déclare Oliver en posant une main sur mon épaule. Bon, pizzas, ça vous dit ?

Et aussi simplement que ça, il se lève, suivi par Ryan qui va chercher des bières et un soda dans le frigo.

Je souris en me passant une main sur le visage, soulagé. Les mecs et moi, nous nous connaissons depuis la fin du collège. Nous venons tous d'un milieu favorisé, ayant grandi dans le quartier de Beverly Hills, mais c'est la musique qui nous a rapprochés. Cela va faire quatre ans maintenant que nous vivons en colocation dans cette maison de Venice Beach, le long du *boardwalk* ; depuis la fin de nos études à UCLA en réalité. Nous y avons tous les quatre suivi un cursus en musique avant de nous installer ensemble afin de lancer notre carrière. Bien entendu, rien de tout ceci n'aurait été possible sans l'intervention de nos parents respectifs.

La famille de Ryan et Ayden est légèrement névrosée, mais ils peuvent compter sur elle. Les parents d'Oliver sont rarement présents, il a toujours passé tout son temps chez moi ou les frangins, se créant une seconde famille. Quant à moi, même si je leur en ai fait baver, mes parents sont toujours là, auprès de moi. Ils m'ont toujours encouragé dans ma passion. Peu étonnant dans la mesure où mon père est producteur de musique et ma mère, agente. Mon avenir était tout tracé, c'est moi qui ai tout fait basculer il y a un an et demi. Maintenant, à moi de faire mes preuves pour vivre pleinement mon rêve. Plus que six mois à tenir, loin de toutes tentations, avant le début de la tournée !

Je rejoins ma chambre le temps que les pizzas arrivent et file sous la douche. La maison appartient aux parents d'Oliver tandis que ceux de Ryan et Ayden ont financé l'aménagement du sous-sol en studio d'enregistrement. Quant aux miens, ma mère manage notre carrière *via* son agence et mon père supervise notre entrée dans la cour des grands.

J'ai à peine eu le temps d'enlever mon tee-shirt que mon portable se met à sonner. Je ricane en voyant qui m'appelle. Quand on parle du loup.

— Salut, maman.

— Bonjour, mon chéri. Comment tu vas ?

Je m'assieds sur mon lit et soupire.

— Ça va.

— Vraiment ou tu dis ça pour que je ne m'inquiète pas ?

— Vraiment, je t'assure.

— D'accord. Comment s'est déroulée cette première réunion ?

Je lève les yeux au ciel. Décidément, ils se sont passé le mot !

— Bien. Je sais que tu aimerais que je t'en dise plus, mais le principe des réunions anonymes...

— ... c'est de rester anonymes, j'ai saisi, acquiesce-t-elle en riant doucement. Je me fais seulement du souci pour toi.

— Je sais, maman. Mais je te promets que ça va. Je sais que vous avez toutes les raisons de douter, papa et toi...

— Non Garrett, nous ne doutons pas de toi, m'interrompt-elle. Les derniers mois ont été particulièrement difficiles, mais tu t'es battu pour t'en sortir. J'ai confiance en toi, mon chéri, je sais que tu vas maintenir le cap.

Je serre les poings, la gorge serrée. Je leur dois d'y arriver.

— Papa est dans les parages ? demandé-je en basculant en arrière sur le matelas.

— Oui, je te le passe. Bonne soirée, mon chéri.

Fermant les yeux, je tente de faire passer la boule qui m'empêche respirer. Il faut que je me reprenne.

— Allô, fils ? lance la voix grave de mon père.

— Salut, papa, soufflé-je alors que mon regard se plante au plafond.

— Ça va, mon grand ? Je ne vais pas te demander pour la séance, ta mère a dû le faire.

— Évidemment, ricané-je, imité par mon paternel.

— Alors, l'écriture ? Tu as pu t'y remettre ?

— Pas vraiment.

Ma tête pivote vers le bureau où traîne mon carnet de notes qui reste désespérément vide.

— J'essaie. Il y a quelques ébauches, mais rien de très élaboré.

— C'est un début, Garrett. Chaque chose en son temps. En attendant, n'oublie pas que vous êtes un groupe et que même si c'est plus souvent toi qui t'y colles, tes amis sont tout aussi doués. C'est pour ça que vous êtes aussi bons.

— Je sais. T'as raison.

En mon absence, les gars ont mis les bouchées doubles, allant même jusqu'à se découvrir un certain talent pour l'écriture. Bien entendu, ils me soumettent toujours ce qu'ils écrivent et je peux y apporter ma patte, mais ce n'est pas pareil.

— J'ai vraiment cette sensation de ne servir à rien, confié-je à mon père.

— Je t'interdis de dire ça. Garrett, tu ne vas peut-être pas aimer la comparaison, mais c'est comme avec les enfants en bas âge. Ils ne peuvent pas tout faire d'un coup : apprendre à marcher, parler et faire leurs dents. Concentre-toi sur un défi à la fois. Le reste viendra tout seul.

Je me contente de hocher la tête, même s'il ne peut pas me voir. Accepter mes faiblesses est sûrement le truc le plus dur que j'aie jamais eu à faire.

— Matt serait fier de toi, tu sais.

Une boule vient à nouveau se loger au creux de ma gorge et les larmes me piquent les yeux. Je bascule un bras sur mon visage même si je suis bien à l'abri, seul dans ma chambre.

— Il me manque tellement, putain, murmuré-je.

— Nous aussi, Garrett. Nourris-toi de tes émotions, de tous les bons moments. C'est ça qui compte.

J'acquiesce avant qu'il ne raccroche. Je presse les paupières et prends une profonde inspiration. Les derniers mois ont été très durs, c'est vrai. Un vrai combat, brutal mais nécessaire, mais je m'en sors. Du moins, j'en ai l'impression. Toutefois, se concentrer sur les bonnes choses ne suffit pas toujours, surtout quand certains souvenirs sont aussi douloureux qu'une plaie à vif.

J'avais arrêté de compter les jours après la mort de Matt. Je me suis laissé aller, à la dérive, dans les nimbes de l'alcool. Les images de l'accident tournaient en boucle, mais ça m'allait très bien. C'était ma faute, de toute façon, je méritais de connaître cet état. Pourtant, j'avais honte quand les mecs posaient les yeux sur moi, dès qu'ils ouvraient la bouche, prêts à m'aider. Je préférais fuir et me renfermer sur moi-même. Pareil pour Margo et mes parents. Ils ne voyaient que le haut de l'iceberg, ils ignoraient tout ce qui s'agitait en moi, cette culpabilité qui me rongeait et me bouffait de l'intérieur – qui me ronge toujours. J'essayais de la faire taire en m'abrutissant avec les vices à portée de main : les filles, le whisky et la cocaïne. Ce dernier péché, personne ne le connaissait. Je m'en cachais.

Jusqu'au jour où mes parents sont entrés dans le salon, et que je n'ai même pas pris la peine de me relever. Pas pris la peine de les *regarder*.

— *Garrett*, a prononcé mon père d'une voix dure.

J'ai tourné la tête vers lui et froncé les sourcils en les voyant tous les deux alignés derrière moi.

— *Quoi ?*

— *Tu pourrais au moins faire semblant d'être content de nous voir.*

— *Quel intérêt ?* ai-je répondu en tendant la main vers la bouteille d'alcool qui traînait sur la table basse.

Mon père s'est empressé de me la subtiliser.

— *Tu plaisantes, j'espère ?* a-t-il hurlé. *Devant nous ?*

— *Je suis adulte, je fais ce que je veux.*

— *Est-ce que tu t'entends ? Je peux savoir à quoi tu joues ?*

— *Foutez-moi la paix !* me suis-je emporté en tentant de quitter le sofa.

Mais mon état d'ébriété avancée m'empêchait d'avoir des mouvements fluides et assurés. J'ai tangué sur mes jambes, vacillé, avant de retomber sur l'assise.

— *Garrett, ça ne peut pas continuer ainsi*, m'a supplié ma mère.

— *Je n'ai pas besoin que vous me disiez quoi faire ! Je vais bien.*

— *Arrête de nous mentir ! De* te *mentir ! On voit très bien que tu ne vas pas bien. Tu pourrais au moins avoir la décence d'être honnête avec nous et avec tes amis*, m'a accusé mon père.

— *Laisse-les en dehors de ça !*

— *Je ne peux pas ! Tu sembles justement oublier que vous faites partie d'un groupe et que tes actions ont des répercussions sur tout le monde ! Tu veux continuer sur ta lancée et foutre ton avenir en l'air, votre avenir ? Tu veux voir tes rêves partir en fumée ? C'est vraiment ce que tu souhaites ?*

— *Tu ne sais rien du tout*, ai-je soufflé en le bousculant d'une épaule, enfin debout.

J'avais l'intention de rejoindre ma chambre, mais il ne m'en a pas laissé l'occasion. Il m'a fermement retenu par le bras et m'a ramené contre lui. Mon père et moi faisons à peu près la même taille, mais il est plus costaud que moi. Plus jeune, j'avais un peu peur de lui, même s'il n'a jamais levé la main sur mon frère et moi, mais ce jour-là, je ne sais pas si c'est l'alcool et la drogue qui coulaient dans mes veines, mais je me suis senti pousser des ailes, bien trop englué dans mon malheur pour voir que j'allais regretter ce qui allait se passer.

— *Garrett, tu es mon fils et il est hors de question que je reste sans rien dire et sans rien faire alors que je te vois te détruire à petit feu.*

— *Josh, je t'en prie*, est intervenue ma mère, les larmes aux yeux.

— *Non, Monica, les conneries ont assez duré ! Il n'est pas le seul à souffrir, ça doit s'arrêter. Tu ne peux pas continuer comme ça, Garrett.*

— *J'en ai rien à foutre !* me suis-je écrié en repoussant fortement mon père.

Je me souviens avoir eu l'impression de rencontrer un mur de béton. Mon père s'entretient parfaitement, un peu tous les jours, mais il a tout de même reculé d'un pas, le regard sévère. Ses yeux perçants me défiaient clairement.

— *Ce que je fais ne vous regarde pas !*

— *Tu crois qu'on va rester les bras croisés alors que tu te détruis à coups d'alcool et de drogue ?*

— *Je... Comment ?* ai-je bafouillé, stupéfait, battant en retraite.

L'entendre de sa bouche rendait les faits terriblement concrets. Putain, je me haïssais. Tellement.

— *On n'était sûrs de rien, mais tu viens de nous confirmer ce qu'on suspectait.*

L'air fier sur le visage de mon père m'a fait bouillir. J'ai serré et desserré les poings, sentant monter une colère sourde en moi. Pourquoi ne me laissaient-ils pas ? Tout était ma faute, ils auraient dû m'en vouloir, me haïr pour ce qui s'était passé. J'étais le responsable !

— Les verres ont laissé place aux bouteilles entières et à la cocaïne ? Vraiment ? Tu es tombé si bas que ça ? Tu sais pourtant ce que ça fait, tu as grandi dans ce milieu. Tu en connais les ravages, Garrett. Je pensais t'avoir élevé mieux que ça.

— Il faut croire que non.

Il s'est précipité vers moi et a attrapé le col de mon tee-shirt. La couture a craqué sous la pression, le bruit sec a résonné à mes oreilles, ravivant ma colère, me rappelant que j'étais toujours vivant, contrairement à d'autres.

— Fais attention à ce que tu dis, Garrett. Nous sommes tes parents, tu nous dois le respect.

— Qu'est-ce que ça change ? Tu vas me frapper ? l'ai-je provoqué en donnant un coup sur sa poitrine.

— Ne me tente pas !

Je n'attendais que ça, ça n'aurait été que justice. Mes yeux crachaient toute la haine que j'éprouvais pour moi-même. Je voulais le pousser dans ses retranchements, je voulais qu'il me montre que j'avais raison. Je ne valais plus rien. J'étais au fond du trou.

— Eh bien, qu'est-ce que tu attends, vas-y ! Frappe-moi ! Je t'attends ! C'est tout ce que je mérite, non ?

J'ai amorcé un pas pour me coller un peu plus à lui, le pousser à bout, mais un cri à nos côtés m'a ramené brutalement sur terre.

— Garrett ! Je t'en prie.

Ma mère était en larmes. Mon père a fini par me relâcher et je me suis senti comme une merde sous le regard déçu de mes parents. Je me suis détourné, me rattrapant au mur de l'entrée. Je voulais qu'ils me fichent la paix. Qu'ils me laissent dans ma misère. Quand allaient-ils se rendre compte de ce que j'avais fait ?

— Garrett, a murmuré ma mère en posant une main dans mon dos. *Je t'en prie, mon chéri. Il faut que tu acceptes notre aide. Tu ne peux pas continuer ainsi. Ça va te détruire. Je ne veux pas te perdre aussi.*

— Maman...

Gémissant, à deux doigts de m'écrouler au sol, je ne savais pas quoi faire.

— Laisse-nous nous en occuper. On est là pour toi. Accepte d'entrer en cure de désintox. Choisis la vie plutôt que de sombrer. Fais-le pour toi, pour nous, pour lui.

Ses mots ont eu raison de mon entêtement, de mon apitoiement, de ma colère. La famille peut être notre chute comme notre salut. Je me suis effondré dans ses bras. J'ai laissé toute ma peine sortir, prenant conscience de l'ampleur de mes actes quand j'ai entendu les pleurs de mon père se joindre aux nôtres. Lui qui est un tel roc, celui sur qui on peut s'appuyer, je ne pouvais pas rester de marbre en le voyant craquer. Je ne voulais pas, plus, infliger ça à mes proches. Ce n'était plus possible.

Deux semaines plus tard, j'entrais en cure et je mettais entre parenthèses nos projets. Ça a été dur, le manque, la prise de conscience, l'acceptation ; tellement, mais cela en valait la peine.

J'essuie les larmes qui se sont fait la malle et quand j'ai enfin réussi à me ressaisir, je rejoins la bande, mon carnet et un stylo à la main. Je dois essayer, surmonter mon blocage. Alors je prends place dans le fauteuil et couche sur le papier tout ce qui me passe par la tête, bien motivé à faire ma part du boulot et à prouver aux autres que je suis toujours moi.

CHAPITRE 3

Garrett

Le souffle régulier, j'entame les dernières minutes de mon footing. Ce matin, j'étais le premier debout et j'ai décidé d'en profiter pour aller faire un tour le long de la promenade. À cette heure-ci, il n'y a pas un chat : le calme, la brise dans mes cheveux et sur mon visage sont appréciables. Quand on pense à Los Angeles et à ses différents quartiers mondialement connus – Hollywood, Santa Monica, ou Beverly Hills –, on imagine tout de suite le clinquant, les stars de cinéma. Ce qui me fait vibrer, moi, c'est son essence. L'océan, ce ciel rose typique de la côte sud-ouest, cette chaleur qui fait qu'on se sent chez soi.

Je prends un moment face à l'eau pour faire mes étirements, bien conscient de la chance que j'ai de pouvoir vivre dans un tel endroit. Los Angeles fait rêver, et moi, c'est mon berceau. Sur le chemin du retour, je m'arrête acheter de quoi grignoter pour toute la maison avant de ralentir devant quelques fresques murales.

C'est l'un des petits trésors du quartier de Venice Beach, où nous habitons. Je suis vraiment impressionné parce que si je suis doué avec un stylo entre les doigts, donnez-moi un pinceau et je deviens une catastrophe.

Je jette un dernier coup d'œil à la peinture dessinée sur une façade bleu ciel avant de repartir. Elle met en scène un personnage peint à la manière d'un cartoon qui descend en rappel à l'aide d'une corde. « Venice » s'inscrit fièrement au-dessus en lettres capitales. Elle me marque chaque fois que je passe devant parce qu'elle symbolise ce que je vis depuis quelques mois. J'étais bloqué tout en bas, et je suis désormais accroché à une corde en train de remonter la pente. Difficilement.

Une fois à la maison, je dépose le sachet dans la cuisine en sifflant avant de lancer le café, tentant de poser les quelques paroles écrites hier sur un air qui pourrait être la base de la mélodie. Même si c'est une petite victoire pour moi car je n'avais rien écrit depuis un moment, je suis quand même frustré, parce que ce ne sont justement que six lignes et que je ne suis pas convaincu, mais alors pas du tout. Jusqu'à présent, les mots me venaient naturellement. La musique suivait, même si nous la travaillions toujours en groupe. Aujourd'hui, je dois me sentir chanceux de réussir à aligner trois phrases.

Every time I'm hurt
I see you by my side
Every time I want to cry
I remember your smile
Every time darkness calls me
I think of you and I can finally breathe[2]

Je serre les poings, loin d'être satisfait.

— C'est quoi ? m'interpelle Ryan en piochant une viennoiserie.

— Des croissants.

Il éclate de rire devant mon air confus.

— Mais non, imbécile. Ce que tu fredonnes.

— Oh ça ! L'ébauche d'un truc.

— J'adore.

— C'est ce que j'ai écrit hier soir.

— Tu tiens quelque chose. Il ne faut pas laisser filer. Où sont les paroles ?

— Là, sur la table basse.

---

2. Les traductions des chansons de ce roman sont disponibles en fin d'ouvrage.

Je sers quatre tasses tandis qu'il va chercher mon bloc-notes. Il récupère une partition et je le vois gribouiller des notes. Cela peut paraître un peu vieux jeu, mais Ryan préfère travailler comme ça.

— Salut ! s'exclame Oliver en passant la porte de la cuisine. Oh, le petit déj' est prêt ! Cool.

— Hmm… susurre Ayden en engouffrant un croissant dans sa bouche, les yeux encore à moitié fermés.

— N'oublie pas de mâcher si tu ne veux pas t'étouffer, me marré-je en avisant ses joues remplies comme celles d'un hamster. On a encore besoin de toi.

— Moui… baragouine-t-il en faisant tomber des miettes partout sur l'îlot central.

Je rejoins Ryan et jette un coup d'œil à ce que mon paragraphe lui a inspiré. Aussitôt, la musique se forme et les notes dansent dans ma tête. Sans qu'il ait besoin de me le demander, je me mets illico à chanter pour voir ce que mes mots donnent sur sa partition.

Mon apprentissage musical précoce n'a jamais connu aucune pause. La musique a toujours fait partie de mon quotidien, elle coule dans mes veines, elle est inscrite dans mon ADN, elle me maintient en vie. Mes parents se sont très rapidement rendu compte que j'étais doté d'une oreille absolue active. Dès mon plus jeune âge, j'ai mis à profit ce don pour le chant, mais aussi lorsque j'ai appris à jouer du piano, de la guitare et de la basse. Je me suis essayé un temps au violon et au saxophone, mais on n'a pas vraiment accroché, eux et moi.

Les courtes phrases et les notes s'assemblent, s'unissent et donnent un tout autre sens à l'ensemble, ravivant ma douleur : ce mal au ventre, cette difficulté à respirer, ce cœur qui se serre, je les connais. Ces paroles, je les ai écrites en pensant à mon frère. J'étais très proche de lui, depuis tout petit. Nous partagions énormément de choses : le sport, la musique, la famille. C'est lui qui m'a appris à faire du vélo, à frapper avec une batte de baseball, c'est lui qui m'a donné des conseils pour jouer de la guitare, mais aussi avec les filles. Et c'est aussi lui la raison pour laquelle je me suis réfugié dans la drogue.

Je repose brutalement le carnet sur la table et me précipite à l'extérieur sur la terrasse.

Face à l'océan, je peux enfin reprendre mon souffle. Petit à petit, mon cœur recouvre un rythme plus calme et les images s'estompent. Je ne pourrai jamais réellement m'en défaire, cependant. Ni de cette peine, ni des sensations que mon addiction me procurait. Et ça me fait peur.

Je calme le tremblement de mes mains en croisant les doigts par-dessus la rambarde et chasse mon trouble par un mouvement rapide des paupières.

— Ça va ? demande Olly en arrivant derrière moi.

— Ça va aller.

— Tu sais que tu peux craquer devant nous, Garrett.

— Pour offrir des munitions aux deux abrutis ? Sûrement pas ! plaisanté-je.

— Tu sais bien qu'ils ne se servent que des munitions qui en valent la peine. Ils ne sont pas si abrutis que ça, assure-t-il en poussant mon épaule de la sienne.

— Hey ! On vous entend ! grogne Ayden depuis le salon.

— Abrutis vous-même, renchérit Ryan.

Olly et moi nous sourions, avant que je ne fasse dévier mon regard vers l'horizon lorsqu'il reprend la parole.

— Plus sérieusement, G. On comprend la situation et on est là.

— Je sais, ne t'en fais pas. Mais je vais éviter de plomber l'ambiance, d'accord ? expliqué-je en agrippant la rambarde du balcon entre mes doigts. Ça fait longtemps que je n'avais pas écrit et c'est… difficile.

— Oui, je me doute. Mais tu verras, au bout d'un moment, ça te fera du bien. Et je suis de l'avis de Ryan, c'est prometteur ce que tu as écrit et ce n'est qu'un début. Tu dois laisser venir l'inspiration et ça coulera de source. C'est comme le vélo, ça ne s'oublie pas.

Il serre affectueusement mon bras alors que Ryan apparaît dans l'ouverture de la baie vitrée.

— Bon, on finit de petit-déjeuner et on va se faire une petite session ? Ou vous restez là à vous faire des câlins ?

Je lève les yeux au ciel et finis par rire. Tout en me passant une main dans le cou, je suis la troupe jusqu'au sous-sol. Même si les gars ont travaillé sans moi durant ma cure, ils n'ont pas pu aller au bout des choses et nous avons pas mal de trucs à rattraper, mais les voir enthousiastes à travailler mon texte me fait du bien. C'est notre première séance de musique ensemble depuis longtemps, et je vais veiller à ce que ce ne soit pas la dernière.

CHAPITRE 4
Maxine

Quand j'ai su que j'avais obtenu mon transfert à Los Angeles, j'étais très angoissée à l'idée de quitter mon campus de l'Oregon pour débarquer dans une métropole si grande. Même si j'ai grandi à Seattle, on peut difficilement comparer ma ville natale avec la cité des Anges. Et puis je stressais aussi de me savoir si loin de ma sœur et de ma famille, alors qu'en avion, je rejoins plus rapidement Seattle que lorsque je faisais le trajet en voiture depuis mon ancienne fac. Mais cela n'a pas été facile. Rochelle m'a accompagnée à chaque moment. Elle est toujours à mes côtés, et ce depuis que nos parents ne font plus partie de notre vie, il y a un certain nombre d'années maintenant.

Je sais que j'ai de la chance. Je reviens de loin, j'en ai parfaitement conscience. Ce n'est pas pour autant facile.

Je lance un regard à Samantha qui grimace, plongée dans son livre de psychologie. Bien plus exubérante que moi, la jolie blonde pétillante a été la première à venir vers moi lors de ma rentrée universitaire. Enfin, c'est à elle que l'on avait confié la tâche de me faire faire une visite guidée, alors elle n'a pas vraiment eu le choix. C'est une fille adorable, et comme nous vivons toutes les deux dans la même résidence, elle s'est imposée dans ma vie. Avec elle aussi, ça a été difficile ; j'ai fait de la résistance, mais cela n'a pas duré très longtemps.

Je me rappelle avoir éclaté de rire lorsqu'elle a affirmé que nous étions faites pour nous rencontrer car nos prénoms ont tous deux des diminutifs à consonance masculine. Samantha a tendance à voir des signes un peu partout. Je lui dis souvent qu'elle s'est trompée de branche et qu'elle aurait dû étudier le cinéma. Je la verrais bien mettre au point des scénarios complètement fous.

— Pourquoi tu me regardes comme ça ? J'ai un truc sur le visage ?

Elle passe avec brusquerie une main sur ses joues.

— Pas du tout. Tu sais que tu es particulièrement expressive quand tu es concentrée ?

— Oui, je sais. C'est ce qui fait mon charme. Comment tu crois que j'ai séduit Justin ?

— Ah ! C'est donc ton secret ?

— Évidemment. Bon, je n'en peux plus, dit-elle en faisant claquer son manuel. On va prendre un café ?

Je jette un coup d'œil à ma montre : la prochaine séance des NA ne commence que dans deux heures. Il faut que je repasse à ma chambre pour récupérer mon vélo, mais je peux lui accorder une petite heure.

J'acquiesce d'un mouvement de tête et nous rejoignons le *Jimmy's Coffeehouse* derrière le bâtiment d'histoire de l'art. Nous commandons chacune un grand cappuccino à la vanille puis nous allons nous installer dans un coin près des fenêtres.

— Il fait vraiment beau, c'est agréable. Le froid polaire du Minnesota ne me manque pas du tout, confie Sam.

— J'avoue que la douceur de la Californie est très agréable. Tu vas rester ici après la fac ? Tu en as discuté avec Justin ?

Nos études arrivent à terme dans quelques mois seulement, et la recherche d'emploi est sur toutes les lèvres des étudiants. Sam, elle, a une contrainte supplémentaire : trouver un endroit qui lui plaise à elle et à son petit ami, avec qui elle est depuis cinq ans maintenant.

— Pas vraiment, dit-elle avec une petite moue. On est simplement d'accord sur une chose : LA est trop grande, trop chère. J'aimerais bien décrocher un poste à San Francisco. Sinon on essaiera San Diego. Et toi, tu n'as pas changé d'avis ? Retour à Seattle ?

— Oui, j'ai envie de retrouver ma famille. Mais pas que... continué-je. Tu connais mon amour pour l'art amérindien.

Elle acquiesce en hochant la tête d'un grand sourire.

— J'aimerais beaucoup travailler au SAM[3]. Ils ont toute une section sur cet art en particulier. C'est pour ça que j'ai choisi d'en faire mon sujet de mémoire. J'enverrai une lettre de candidature, on verra bien.

— Alors je porte un toast à notre avenir, aussi brillant soit-il !

Je ris doucement en joignant ma tasse à la sienne.

— À défaut d'avoir pu le faire pour ton anniversaire, lâche-t-elle sournoisement.

J'ai eu vingt-trois ans le 31 mars dernier et Samantha a tenté de me convaincre de sortir pour fêter ça, mais j'ai refusé. Je vois à son visage qu'elle est vraiment déçue. Je lui lance un petit sourire contrit et nous poursuivons notre discussion jusqu'à ce que je lui fasse signe que je dois partir.

— Pour te faire pardonner, est-ce que ça te dirait d'aller boire un verre avec moi, samedi soir ? Quelque chose de tranquille, un bar sur Venice Beach. Justin sera avec nous, il nous emmènera en voiture. Ton anniversaire est passé, tu ne seras pas le principal sujet d'attention, promis.

D'emblée, j'ai envie de dire non. J'ai plus ou moins fait une croix sur les soirées, quelles qu'elles soient. J'ai toujours décliné la moindre de ses invitations, mais cela ne l'empêche pas de réitérer à chaque occasion qui se présente. Elle me lance sa petite moue adorable.

— S'il te plaît, Maxine. Je vais demander à Judith de se joindre à nous.

C'est une étudiante qui habite le même bâtiment que nous. Sam et elle ont sympathisé aux débuts de leurs études et c'est tout naturellement que Sam me l'a présentée. Judith est du même acabit que Sam : douce et bienveillante.

— J'aimerais au moins une fois avant la fin de nos études réussir à passer une soirée en ta compagnie ailleurs qu'à la résidence

3. Seattle Art Museum.

en mode pyjama et chaussettes pilou-pilou. Je te promets que tu ne crains rien. Justin sera notre capitaine de soirée, et ce n'est pas un gros club avec une foule immense.

Faire confiance à un homme. Cela fait bien longtemps que j'y ai renoncé.

— Je peux y réfléchir ? tenté-je pour gagner du temps.

— C'est toujours mieux qu'un non ferme et définitif, je prends !

Elle me fait un clin d'œil, puis nous partons chacune de notre côté.

Je ne suis pas encore parvenue à me confier à elle sur ce qui s'est passé dans mon ancienne fac, en plein *spring break*[4]. Je préfère me concentrer sur le présent et l'avenir. Un très bon conseil de ma psy, soit dit en passant. Ce n'est pas la seule chose de sensé qu'elle m'ait dite, d'ailleurs. M'ouvrir aux autres, essayer de faire confiance, sortir de ma bulle ; avancer, tout simplement. Un pas après l'autre. Ça, j'ai encore du mal.

Je rejoins mon studio pour récupérer mon vélo, dans l'une des plus belles résidences du campus. Certains logements sont proposés en colocation, mais le mien est pour une seule personne, tout comme celui de Sam. Je laisse mes cours et mes livres sur mon bureau avant de quitter rapidement le campus pour entrer dans un quartier résidentiel dont les allées sont bordées par des arbres. La lumière perce à travers le feuillage, diffusant une douce chaleur de printemps. Après avoir croisé plusieurs camions de paysagistes à l'œuvre sur les propriétés, le passage sous l'autoroute est assourdissant, en dépit de la musique qui s'échappe de mon casque. Il me faut encore longer un ensemble sportif avant de rejoindre le lieu de réunion, un immeuble discret de deux étages situé dans un petit centre commercial de Brentwood, pas très loin de Sunset Boulevard.

J'ai un quart d'heure devant moi avant le début de la session pour récupérer de ma séance de sport. J'attache solidement le cadenas à la roue de mon vélo autour d'un lampadaire et prends

---

4. Vacances universitaires, le plus souvent au printemps, synonyme de relâche totale, de fête pour les étudiants.

de grandes inspirations. Pourquoi ai-je l'impression de plonger à nouveau dans le grand bain chaque fois que je franchis les portes ?

Affronter son passé pour le surmonter. Se pardonner pour pouvoir avancer. Affronter son passé pour le surmonter. Se pardonner pour pouvoir avancer.

Je ne suis plus la même, j'ai changé. Je lève les yeux au ciel et, mon casque toujours vissé sur mes oreilles, je laisse le rythme apaiser mon souffle et mon cœur.

Avant, je ne m'étais jamais vraiment intéressée à la musique. Jusqu'à il y a deux ans, elle était simplement synonyme de fête. Après le drame, j'étais incapable d'expliquer tout ce qui se bousculait en moi, comment j'en étais arrivée là. Rochelle l'a bien compris et, au lieu de me forcer, elle m'a offert un moyen d'y remédier : ce casque. Elle a lu un bouquin sur la musicothérapie et s'est dit que c'était peut-être quelque chose qui pourrait me correspondre. Elle ne s'est pas trompée. J'y ai trouvé du réconfort, j'ai pu poser ma voix sur de nombreuses chansons qui faisaient écho en moi, qui exprimaient mon mal-être. Si je voulais me confier, il me suffisait de trouver la bonne chanson et elle parlait pour moi. Cela a resserré nos liens, ma sœur n'ayant plus l'impression d'être impuissante face à ma détresse, et cela a aussi apaisé le silence qui m'étouffait.

Je prends une grande inspiration pour m'encourager à avancer vers la réunion, avant de tourner la tête vers une voiture qui se gare à quelques yards de moi. J'observe Garrett sortir du coupé sport, l'air grave. Il a la même allure que la dernière fois : jean, sweat à capuche, baskets et lunettes de soleil. Je n'arrive pas à le lâcher des yeux tandis qu'il pianote sur son portable. Durant la dernière session, il y a quelque chose dans ses pupilles, dans son aura, dans son intonation qui m'a captivée. Son attitude légèrement détachée, cette façon de se cacher, ça m'a rappelé... moi. Certes, nous ne le faisons pas de la même façon, mais l'intention est là.

Je secoue la tête tout en me giflant mentalement ; il faut que j'arrête de le détailler fixement comme ça.

Au moment où je passe devant sa voiture, il lève la tête vers moi et son regard – enfin j'imagine, difficile à dire à travers ses solaires – ne me lâche pas. Qu'est-ce qu'il cherche à faire exactement ? Me statufier sur place ? Me mettre mal à l'aise ?

Je presse le pas et entre dans la salle pour m'installer. Comme la fois précédente, Garrett s'avachit sur sa chaise. Je me demande si c'est un genre qu'il arbore ou bien s'il est tout le temps aussi décontracté.

J'observe les autres entrer et rejoindre à leur tour le groupe. Quand mon regard croise celui de Garrett, je découvre stupéfaite qu'il a retiré ses lunettes de soleil et qu'il se tient un peu plus droit que tout à l'heure. Ses yeux bleu marine balaient l'assemblée, passant chaque membre en revue, les étudiant avec attention. Il me donne l'impression de ne plus vouloir faire de la figuration. Mon inspection est détournée par le doyen de notre groupe.

— Bonjour à tous, nous salue Patrick en prenant place sur sa chaise habituelle.

— Bonjour, répondons-nous d'une même voix.

— Aujourd'hui, j'aimerais que l'on se confie sur ce qu'on pensait que la drogue nous apportait et sur ce qu'elle nous a finalement pris. Sur ce qu'on pense avoir perdu, ou la façon dont on a l'impression d'avoir changé entre avant et maintenant. Bien entendu, comme toujours, si vous ne vous sentez pas à l'aise, rien ne vous oblige à parler.

Nous acquiesçons de la tête et Patrick lance le tour. Il le fait toujours quand personne n'ose prendre la parole.

— Je commence. J'ai eu recours à la drogue à un moment difficile de ma vie. J'étais au fond du trou, je ne pensais pas avoir d'autre issue. J'ai failli perdre la vie lors d'une overdose, perdre ma famille qui ne savait plus quoi faire pour m'aider. J'ai failli laisser la drogue prendre le contrôle de mon existence. Ce groupe a tout changé.

Plusieurs acquiescent, leur mine fermée.

— Marisol, à ton tour, termine Patrick en se tournant vers la jeune femme à sa droite.

Je grimace : cela veut donc dire que je vais être la dernière à parler. Pourquoi est-ce que je me suis installée à cette place ? Parce que la dernière fois, j'étais gênée d'être pile en face de Garrett.

Marisol gigote sur sa chaise avant de lever les yeux vers le luminaire au plafond.

— J'ai goûté à la drogue au cours d'une soirée avec les femmes du quartier où je vivais. On se sentait toutes dépassées par notre situation de mères au foyer, débordées par l'éducation des enfants, de plus en plus difficiles à l'adolescence. Je… En fait, je me sentais juste impuissante et seule face au problème, mon ex-mari étant peu présent. J'ai failli perdre la garde de mon fils, avoue-t-elle en déglutissant. Il est la raison qui me pousse à être meilleure. Je veux être une mère responsable pour Benny.

Elle lance un sourire timide à l'assemblée, visiblement très émue. À son côté, Edward, un homme d'une trentaine d'années, carre les épaules, le dos droit.

— J'ai été rapatrié lors d'une mission suite à un incident où j'ai été blessé, commence-t-il. On m'a placé sous codéine puis oxycodone pour atténuer la douleur. Et ça faisait le job. Sauf qu'en plus de tout ça, l'état que les médocs me faisaient ressentir, eh bien, ça m'aidait aussi à surmonter mon stress post-traumatique. J'étais ailleurs, comme dans du coton, ma douleur psychologique était aussi anesthésiée. Je me suis renfermé sur moi-même et j'ai refusé de me livrer, notamment à ma femme. J'ai repoussé tous mes proches… Je ne voulais pas les contaminer avec ce que j'avais vu, ce que j'avais dû faire, ce que j'avais vécu, avoue-t-il, une grimace de dégoût sur le visage, avant de planter ses coudes dans ses genoux. Je pensais laisser tout ça derrière moi, mais tout est venu avec moi dans mes valises. Ma tête est un coffre qui ne se débloquait que grâce aux pilules. Étonnamment, c'est parce qu'il y a eu la dépendance que j'ai fini par me libérer de ce poids. Je l'ai fait juste à temps, sinon j'aurais perdu mon épouse.

Plusieurs personnes lui renvoient un sourire compatissant, fières de lui.

— Merci Edward. J'apprécie que tu te confies à nous, approuve Patrick. Vraiment. Même si c'est dur.

— Je…

— Oui ?

— Je vais être papa, avoue Ed, la voix tremblante.

Des exclamations ravies s'élèvent au sein du groupe. Patrick se relève même pour le prendre dans ses bras. Un sourire sincère étire mes lèvres. Je suis vraiment contente pour lui, il le mérite. Malgré toutes les épreuves qu'il a endurées, je suis sûre qu'il fera un père formidable.

— Merci. Quand Cameron m'a annoncé la nouvelle, mon premier réflexe a été de fuir. Franchement ! Moi ? Devenir père ? ricane-t-il avec amertume. J'ai cru à une blague. Et puis, elle m'a dit qu'elle était là, qu'elle voulait une famille avec moi, personne d'autre. Je crois que j'ai encore du mal à imaginer qu'une femme aussi merveilleuse veuille encore de l'épave que je suis devenu.

Edward n'a pas que la carrure des militaires, il en a aussi le mutisme. Il dit souvent « militaire un jour, militaire toujours ». Alors, le voir se confier aujourd'hui, de façon bien plus intime qu'à l'accoutumée, c'est vraiment une victoire.

Vient le tour de Romuald de nous raconter sa descente, puis sa remontée. Le gardien d'immeuble toujours très discret devient très nerveux dès qu'il prend la parole. L'avantage de ce cercle est que nous sommes tous passés par les mêmes épreuves, nous nous comprenons ; alors nous faisons fi de son pied qui bat la mesure ou de ses doigts qu'il triture et lui accordons toute notre attention. Enchaînent ensuite Lisa puis Dylan, jusqu'à ce que tout le monde se tourne enfin vers le nouveau, en silence.

Garrett se crispe quand il comprend que son tour est venu. Il jette d'abord un regard alentour, la mâchoire serrée, avant de fermer les yeux. Je jurerais qu'il s'encourage à parler. Puis, après les avoir rouverts, il se lance de sa voix rauque.

— Je... J'ai plongé dans la drogue après un drame personnel. J'ai repoussé tout le monde autour de moi, mes amis, ma famille. Et si j'ai fait ça, c'est... parce que tout est ma faute.

CHAPITRE 5
Garrett

Quand j'ai accepté de me rendre à ces réunions, je n'en savais pas grand-chose, excepté ce que j'avais pu voir à la télé. Je me doutais bien qu'il allait falloir que je parle, mais je n'imaginais pas à quel point cela me mettrait mal à l'aise. Pourtant, être face à un public, j'ai l'habitude. Me livrer à travers ma musique, mes mots, cela ne m'effraie pas. Mais là ? Ouais… c'est franchement terrible. Un silence s'est installé, alors que je mets plusieurs secondes à me lancer. Si je pouvais, je me défilerais, mais je jette un regard à Edward et je prends conscience que je n'en ai pas le droit. Alors j'y vais, l'estomac lourd comme s'il était rempli de pierres, la gorge nouée et la bouche sèche comme le désert.

— La drogue, ça m'a permis de mettre à distance… ce que j'avais fait.

Je croise et décroise les jambes, essayant de trouver une position plus confortable, mais je sais bien que c'est peine perdue.

— Combinée à l'alcool et aux filles, j'avais l'impression de pouvoir oublier. Je me coupais de tout… pendant un court instant du moins. Jusqu'à ce que je touche le fond. J'ai blessé beaucoup de personnes.

Je passe une main dans mes cheveux et prends une profonde inspiration.

— Un jour, j'ai failli en venir aux mains avec mon père, et c'est là que j'ai percuté. J'ai fini par accepter les mains tendues, j'ai écouté ce qu'on avait à me dire, le bon comme le mauvais. Ça n'a pas été une partie de plaisir. Ça ne l'est toujours pas. Mon avenir dépend de mon sevrage et de ma désintox. Je n'ai pas le choix, affirmé-je en serrant ma cuisse.

Je reprends ma respiration, enfin soulagé de cette confession.

— Merci, Garrett. Christie ? intervient Patrick.

Le petit bout de femme à mes côtés redresse les épaules comme pour se donner du courage.

— Je travaille dans un club pour adultes afin de payer mes études, explique-t-elle d'une faible voix alors que ses joues se colorent de rouge. Des drogues de toute sorte circulent entre les tables et je me suis laissée tenter un soir parce que je ne pouvais plus supporter la pression de la fac et celle de mes parents qui attendent de moi que je réussisse et les rende fiers. Je voulais m'échapper, juste pour quelques instants.

Je détourne le regard alors qu'elle écaille le vernis sur ses ongles longs tout en racontant son histoire. Ça non plus, je ne m'y étais pas attendu avant d'arriver ici : quel que soit notre parcours, tout le monde peut être touché par une addiction. Que ce soit Christie parce qu'elle ne supportait plus la pression, Marisol parce qu'elle ne voyait plus le bout du tunnel, Edward pour trouver une issue à ses traumatismes, ou encore John, qui explique à l'instant qu'il travaillait dans un milieu toxique, personne n'est à l'abri. Chacun réagit comme il peut avec les armes qu'il a, et ce qui compte, c'est la volonté de s'en sortir. Et savoir ça... Ça me fait me sentir moins coupable. Un peu.

— Ça a duré pendant un certain temps et puis un de mes collègues a fait une overdose, reprend John en lissant sa cravate. C'est malheureux mais ça m'a donné le déclic nécessaire pour arrêter. Je veux me prouver que je suis plus fort que cette merde et que je peux m'en sortir.

Je l'observe jouer avec sa montre de luxe, trahissant son stress, avant de poser mes yeux sur Maxine, sa voisine. Elle non plus n'y a pas échappé. Pourtant, j'ai dû mal à voir comment une fille comme elle a pu tomber là-dedans. Et surtout, ce qu'elle espère cacher avec ses vêtements trois fois trop grands.

Je ricane intérieurement en prenant conscience que je ne suis pas mieux, avec les lunettes de soleil qui ne me quittent pas et ma capuche.

— Je te remercie John, conclut Patrick. Maxine, c'est à toi.

Tous les yeux convergent vers elle, la faisant grimacer. Le regard rivé sur ses mains nouées, elle finit par se lancer.

— J'ai goûté à la drogue parce que... je me suis entichée du mauvais garçon, murmure-t-elle. J'ai voulu essayer pour faire comme tout le monde et il a entretenu le cercle vicieux dans lequel je me suis laissée entraîner. La drogue m'a enlevé mon libre arbitre, ma capacité à pouvoir dire non, ma lucidité. Ma conscience.

Sa voix est blanche et ses yeux accrochent un point au sol. Lorsque je comprends ce qu'elle sous-entend, je fronce les sourcils et serre les poings.

J'ai eu beaucoup de relations sexuelles, ça oui, mais jamais je n'ai contraint aucune de mes partenaires. Je méprise tous les hommes qui se sentent supérieurs en raison de ce qui pend entre leurs jambes. Putain, j'ai la haine.

Quand Maxine se sent suffisamment courageuse pour relever les yeux, elle tombe sur mon regard dur. Je suis sûr qu'elle perçoit toute ma colère.

— La drogue m'a ôté ma dignité, poursuit-elle, nourrissant un peu plus ma hargne. J'ai perdu confiance en énormément de choses après ça. J'ai voulu laisser tomber, je voulais en finir. Je sais que je n'en suis pas totalement sortie, l'héroïne oui, mais le reste non. Les blessures sont là, profondes et... j'avance à mon rythme, j'essaie.

— Et c'est déjà énorme, Maxine. Il ne faut pas te focaliser sur ton point d'arrivée ou sur ton point de départ, mais sur le chemin parcouru, la rassure Patrick.

Elle acquiesce de la tête avant de se perdre à nouveau dans ses pensées. Patrick clôture la séance en nous remerciant et en nous invitant à aller prendre un café au buffet derrière nous.

Je suis Maxine du regard alors qu'elle attrape un gobelet. Elle a l'air d'être encore dans la lune. J'arrive derrière elle et l'entends soupirer et souffler après avoir laissé déborder son verre sur la nappe. Je m'apprête à passer sur sa droite, mais elle pivote et me percute de plein fouet. Son café se renverse entre nous, trempant nos vêtements. Je la fusille du regard, parce que merde, c'est mon sweat préféré et il est fichu.

— Désolée, désolée !

Elle s'empare de carrés d'essuie-tout et commence à nettoyer sa connerie, mais à peine le papier absorbant entre-t-il en contact avec mon vêtement qu'il se délite, aggravant la situation. Elle suspend son geste et lève les yeux sur moi. Je suis tellement agacé que je ne prête pas attention à la gêne dans son regard en lui arrachant le tout des mains.

— Ce n'est pas possible, pesté-je.

Je grogne dans ma barbe avant de quitter la pièce pour rejoindre les toilettes. Malheureusement, je ne réussis pas à faire mieux, mais au moins, je ne fais pas pire. L'énervement passé, j'esquisse un sourire en pensant à la maladresse de Maxine, un trait de caractère qui la rend peut-être moins froide que ce qu'elle laisse paraître.

Lorsque je rejoins la salle de réunion, j'ai toujours envie d'un café. Je me sers à côté d'Edward, qui donne un coup de menton vers la tache sur mon pull.

— Une rencontre brûlante, expliqué-je en grimaçant.

— Qui est la coupable ?

— Maxine.

Il rit doucement en tournant la tête vers elle.

— Quel corps d'arme ? demandé-je en avisant le tatouage sur son avant-bras.

Une tête d'aigle surmontée de la mention *Airborne* stylisée. Mon frère en avait un similaire, adapté aux Marines : un aigle, une ancre autour du globe terrestre, et la devise *Semper fidelis*.

— 101e division aéroportée. J'étais basé à Fort Campbell dans le Kentucky. Quand j'ai quitté l'institution, ma femme a voulu revenir auprès de sa famille. Je ne pouvais pas le lui refuser.

— Pour un nouveau départ.

— C'est ça.

Je ne suis pas mécontent d'avoir glissé les plaques qui pendent à mon cou sous mon tee-shirt. En tant qu'ancien militaire, il aurait forcément des questions et je préfère éviter ce sujet. Edward est un mec sympa, mais il me ramène nécessairement à Matt. Mon frère avait la même attitude que lui chaque fois qu'il revenait d'une opération extérieure : les coups d'œil jetés sans arrêt à la ronde, à l'affût, les clignements d'yeux moins nombreux, comme s'il craignait de les fermer, les sursauts au moindre bruit. Le stress se lit par le mouvement de ses doigts, ses ongles qu'il enfonce par alternance dans la pulpe de son pouce. Quant au sevrage, même s'il est différent avec une prise de cachets, Ed se masse régulièrement l'épaule, ce qui me laisse deviner que c'est ici que se trouve la blessure qui l'a conduit à devenir accro.

— Viens, on va donner un coup de main aux filles, dit Edward, mettant fin à mon observation.

Je termine mon café et laisse tomber le gobelet dans la poubelle pour aider Maxine, qui a commencé à replier les chaises qui nous ont servi. Je regrette aussitôt mon initiative quand elle pivote brusquement sur ses talons et que les pieds de chaise se retrouvent dans mes parties intimes.

— Putain ! grogné-je, articulant à peine.

Le souffle court, je me plie en deux et presse les paupières, luttant contre l'envie de tomber genoux à terre. Maxine jette la chaise au sol dans un gros fracas métallique et se précipite vers moi. Elle pose une main sur mon épaule d'une manière qui se veut réconfortante, mais je me dégage aussitôt.

— Tu ne me touches pas, miss Catastrophe, râlé-je, la respiration toujours un peu hachée.

Elle se redresse et prend un air penaud.

— Tu ne crois quand même pas que je l'ai fait exprès ! s'offusque-t-elle.

— À toi de me le dire. M'ébouillanter n'a pas fonctionné alors tu tentes l'émasculation ?

— N'importe quoi ! pouffe-t-elle.

Je me redresse, non sans une grimace, et prends une grande inspiration.

— J'aimerais un jour avoir des enfants, alors je te demande de ne plus t'approcher de moi à moins que tu n'aies rien dans les mains.

— Je peux tout aussi bien ne plus t'approcher du tout, comme ça, tu seras tranquille.

Cette nana part vraiment au quart de tour. Je la prenais pour quelqu'un de discret et de timide, mais on dirait qu'une petite étincelle suffit pour qu'elle s'enflamme. Il semblerait que toute combativité ne l'ait finalement pas complètement désertée.

— On fait ça, alors, conclus-je avant de la laisser.

Je salue de la tête Patrick, Edward et Christie qui ont assisté à notre échange avec un air amusé, avant de quitter la salle.

À l'extérieur, je rejoins ma voiture en levant la tête pour apprécier la douceur du soleil de printemps. Je m'assieds sur le capot le temps de vérifier mes notifications. Margo a tenté de me contacter pendant la réunion – j'étais sûr que j'aurais droit à un message de sa part. Trois ans qu'elle travaille pour ma mère, mais plus de dix ans qu'on se connaît, elle et le reste du groupe, alors je n'en attendais pas moins de sa part. Depuis le collège, elle nous a toujours encouragés dans notre passion, et c'est tout naturellement que ma mère l'a prise sous son aile pour lui apprendre tout ce qu'elle savait et que Margo est passée d'amie à agente, prenant les rênes de notre carrière.

Margo

Coucou, j'espère que les séances se déroulent bien
et que tu parviens à prendre tes marques.
Je passe vite vous voir à la maison pour faire
le point avec le groupe. Bisous.

Même si c'est moi qui ai pris la décision d'entrer en cure parce qu'il fallait que je sois motivé pour qu'elle réussisse, Margo a joué un rôle important dans le processus car c'est elle qui s'est rendu compte de mon problème avant tout le monde. Elle en a d'abord parlé aux mecs avant d'en informer mes parents. Je sais que c'était pour mon bien, mais je ne l'ai pas forcément très bien pris sur le moment. Nous nous sommes disputés à l'époque et j'ai encore un peu de mal avec ça depuis mon retour. Mais je dois faire un effort pour que tout redevienne comme avant.

Garrett
Salut. Ce n'est que ma deuxième séance, mais ça va. C'est gentil de prendre des nouvelles. Pas de souci, tu es la bienvenue à la maison quand tu veux.

— Hey !

Je me redresse immédiatement en entendant Maxine hurler. J'aperçois aussitôt son vélo qui rebondit sur le bitume alors qu'un mec tout chétif en jogging est en train de courir vers moi, le casque audio de Max dans les mains. Je ne réfléchis pas et tends simplement la jambe devant moi quand il s'apprête à passer. Il s'écrase à mes pieds en glissant sur l'asphalte, grognant de douleur.

Tranquillement, j'attrape le type par le col et le relève sans douceur avant de lui murmurer à l'oreille :

— Tu ferais mieux d'apprendre à marcher, avant de te mettre à courir.

Le voleur se met à trembler sous mes doigts alors que je serre mon autre poing de colère. Ce n'est pas l'envie qui me manque de le frapper. Seulement, la désintox implique aussi de mettre son impulsivité de côté, donc je prends sur moi.

— Si je te revois traîner par ici, la prochaine fois tu auras plus qu'un croche-pied.

Je lui arrache des mains le casque de Maxine et le repousse vers l'avant.

— Dégage, lui ordonné-je.

Le pickpocket ne se fait pas prier et détale comme un lapin. Je m'assure qu'il disparaisse bien de ma vue avant d'avancer vers Maxine, puis lui tends son bien. Elle s'en empare précipitamment.

— Merci.

— Tu pourras constater que je ne suis pas rancunier.

— Pourquoi t'as fait ça ?

— Tu aurais préféré que je le laisse s'enfuir ?

Son regard dur se baisse brusquement, prenant conscience de son ton.

— Non, bien sûr que non. Mais disons que... toi et moi on ne s'entend pas vraiment.

— On ne se connaît pas, la reprends-je.

— Eh bien, justement...

— Tu t'imagines sûrement plein de trucs à mon sujet, hein ?

Elle hausse les épaules, paupières plissées, avant de plaquer le casque contre son ventre en guise de protection.

— Parce que tu ne le fais pas avec moi, peut-être ?

— Tu n'as aucune idée de ce que je pense de toi, tu pourrais être surprise.

— Je déteste les surprises.

Je hausse les sourcils tout en croisant les bras sur mon torse.

— Tu ne m'as pas demandé de ne pas t'approcher, tout à l'heure ? embraie-t-elle.

— À moins que tu n'aies pas d'arme.

Elle brandit son casque vers moi en essayant d'avoir l'air menaçante, mais j'éclate de rire.

— Là, tu ne pourras pas dire que tu ne l'as pas fait exprès.

Je lui fais un clin d'œil avant de la laisser. Je rejoins ma voiture, ouvre la portière et au moment de m'installer derrière le volant, je croise le regard de Maxine qui me scrute. Je reste planté là quelques secondes avant de me secouer et de démarrer.

Je ne sais pas trop ce que je ressens face à cette fille, quand elle ne cherche pas à me blesser. Dans le centre de désintox, l'ensemble des pensionnaires était des hommes. Depuis que je suis sorti, Maxine est la première femme avec qui j'interagis véritablement. Margo ne compte pas, elle fait presque partie de la famille. Je n'ai jamais cherché à construire une vraie relation parce que la musique est tout ce qui compte mais j'aime le sexe, le contact avec un corps féminin, sentir les courbes sous mes doigts, le plaisir que l'on s'offre. Maxine me rappelle que cela me manque vraiment, mais ce sera sûrement le cas avec une autre. N'est-ce pas ? Ce n'est que cela : une addiction. Je dois juste redoubler d'efforts.

Je peux le faire.

CHAPITRE 6
Maxine

— Pour le prochain cours, j'aimerais que vous prépariez une présentation sur un artiste du mouvement de l'art de rue. Peu importe sa nationalité, s'il est célèbre ou non, vous pouvez vous appuyer sur une œuvre qui vous parle pour étayer votre travail. Et en parallèle, je vous demande de réaliser un dossier d'une dizaine de pages, moitié rédactionnel, moitié documentaire sur le thème suivant.

Mon prof prend un feutre pour écrire sur le tableau blanc derrière lui, de son écriture qui pourrait passer pour une œuvre d'art à elle seule, tellement ses lettres sont rondes et déliées : « *Le* street art : *mouvement artistique ou mode d'expression ?* »

Je suis d'emblée hyper-enthousiaste. Tous les jours, pour me rendre en cours, je passe devant une fresque sublime. L'université a donné l'autorisation à plusieurs étudiants d'utiliser la façade d'un bâtiment pour laisser libre cours à leur imagination et à leur talent. Je sais que tout le monde peut y voir ce qu'il veut, mais pour moi, c'est la symbolique du passé que nous affrontons pour nous relever. Il n'y a pas autant de *street art* ici qu'à Venice Beach par exemple, où des peintures murales apparaissent à chaque coin de rue, mais le peu qu'on trouve sur UCLA est satisfaisant.

Je jette un coup d'œil aux autres étudiants, tous semblent aussi motivés que moi.

— Pour la partie documentaire, je vous laisse carte blanche, vous pouvez utiliser la photographie, faire un film si vous préférez, une présentation animée... Vous avez un mois pour le faire.

Quelques voix s'élèvent dans l'assemblée, mais M. Newton est inflexible. Il nous donne ensuite congé en nous souhaitant une bonne fin de semaine. Je range mes affaires dans le brouhaha qui s'élève et rejoins l'extérieur. Le Dodd Hall, le département d'histoire de l'art, marie les briquettes rouges et le calcaire blanc. Il n'est pas très grand, mais il contient beaucoup de détails, les piliers et les arches étant sculptées de motifs floraux.

— Maxine !

Je suis alpaguée par un camarade de classe qui m'arrête en me retenant par le bras. Aussitôt, je me dégage et recule d'un pas en enlevant mon casque, le cœur battant.

— Désolé, s'excuse-t-il, penaud. Je t'ai appelée mais tu ne m'entendais pas.

— Qu'est-ce qu'il y a ? demandé-je en fronçant les sourcils.

Je sais qu'il est dans ma promo, mais je suis bien incapable de me souvenir de son prénom.

— Eh bien, je me demandais si tu serais partante pour faire équipe avec moi, pour le devoir.

Il me lance un doux sourire qui dévoile une rangée de dents parfaitement alignées. Il a l'air avenant, avec ses boucles brunes et ses lunettes rondes, mais nous ne nous sommes jamais parlé.

— Euh... Je... bafouillé-je en resserrant la lanière de mon sac sur mon épaule. C'est gentil de proposer, mais... je préférerais le faire seule.

— Oh, OK. Pas de souci. C'est dommage.

Il reste encore quelques secondes devant moi, comme s'il m'offrait la possibilité de changer d'avis.

— Bon, ben, bonne soirée alors.

— Oui, merci. Toi aussi.

Il dévale l'escalier en pierre et rejoint le trottoir. Il m'a prise au dépourvu : je n'ai rien fait pour m'intégrer sur le campus, je ne savais même pas que quelqu'un connaissait mon nom.

Collant mon sac à ma hanche, je reprends ma route. J'en ai pour un petit quart d'heure de marche à travers les bâtiments universitaires, les parcs et les complexes sportifs, avant d'arriver à ma chambre. Le campus m'offre le voisinage agréable du Getty Center[5] qui se trouve à quinze minutes à vélo. Ce musée est mon préféré, à cause de son positionnement en hauteur qui offre une magnifique vue sur Los Angeles et les alentours, mais principalement parce que le site est une œuvre d'art à lui tout seul, entre les bâtiments qui rivalisent de beauté et les jardins qui le complètent.

Je me suis d'ailleurs mis en tête de visiter toutes les galeries et pinacothèques qu'offre la ville. Los Angeles n'est pas qu'une place de glamour et paillettes, c'est aussi un haut lieu de culture. Venice Beach est même un quartier que j'affectionne tout particulièrement pour le *street art* qui y prend vie à chaque coin de rue, ce qui me sera très utile pour mes recherches.

J'ai à peine le temps d'arriver chez moi et de commencer à travailler que quelqu'un frappe à ma porte. Je vais ouvrir après m'être assurée que la chaîne de sécurité est bien mise, puis souris en découvrant Sam. Je déverrouille et elle entre aussitôt. Elle laisse dans son sillage une odeur alléchante qui réveille mon estomac.

— J'apporte le ravitaillement ! s'exclame-t-elle en déposant deux sacs en papier kraft sur la table devant mon petit sofa.

— En quel honneur ?

— Comme ça. J'avais envie de passer la soirée avec toi. Les dernières révisions vont avoir ma peau, j'ai besoin de souffler.

Elle avance vers mon bureau et jette un coup d'œil à la paperasse qui le parsème.

— Et je dirais que c'est pareil pour toi.

Nous nous asseyons et elle déballe les boîtes.

— Un petit film, ça te tente ? Tu dois rejoindre Justin ?

— Non. Il avait un truc avec ses potes. Comme on doit sortir samedi, je le laisse tranquille.

5. Campus culturel et de recherche.

Je choisis un film au hasard sur Netflix et le lance. Sam ne revient pas à la charge concernant son invitation, elle sait comment je fonctionne maintenant. Avant, je n'avais aucun problème à aller vers les autres, à sortir, à m'amuser. Je profitais.

Je jette un regard à mon amie, passionnée par l'histoire qui défile à l'écran. Je suis tellement heureuse qu'elle fasse partie de ma vie. Je sais qu'elle ne s'en rend pas compte, mais elle est celle qui m'offre un lien social au quotidien. Sans elle, je serais restée dans mon coin, seule, à ne faire qu'étudier. Et même si c'est beaucoup pour moi, je sais aussi que c'est peu quand je vois comment les autres étudiants vivent autour de moi, comment Sam et Justin vivent. Ma routine est triste, mes peurs prennent le dessus sans arrêt.

— Tu ne manges pas ton dernier taco ? demande Sam en louchant dessus avec envie.

— Non, tu peux le prendre.

Elle me lance un grand sourire et ne me le fait pas répéter. Elle récupère la tortilla garnie et croque dedans, tout en retournant à la télé.

Personne ne peut prendre de décision à ma place.

Affronter son passé pour le surmonter. Se pardonner pour pouvoir avancer.

Avancer. C'est mon souhait le plus cher. Je ne veux pas être retenue par le passé, je ne veux plus avoir peur des autres, de l'avenir. J'ai encore du travail à faire, je le sais, il n'y a qu'à voir ma conversation – si on peut appeler ça comme ça – avec l'étudiant de mon cours tout à l'heure. L'idée même de me retrouver dans une pièce remplie de personnes inconnues m'angoisse et c'est pour cette raison que j'ai refusé chacune des invitations de Sam. Mais ce qu'elle m'a proposé est différent. Nous ne serions que quatre, dans un endroit tranquille. Lorsqu'on apprend à faire du vélo, on peut être tétanisé par la crainte de tomber et de se faire mal, mais c'est en persévérant qu'on y arrive. Si l'environnement est maîtrisé, cela peut m'aider.

Je prends une profonde inspiration tout en reposant mon assiette sur la table basse devant nous. Mon cœur bat un peu vite, mais je suis décidée. Je dois faire un autre pas en avant. Il est temps de sortir de ma routine, de mettre mes peurs de côté. Je ne peux pas laisser le passé dicter mon présent, je suis plus forte que ça.

— Sam ?

— Ouais ? marmonne-t-elle la bouche pleine.

Je ne peux pas m'empêcher d'éclater de rire. Je pioche quelques guimauves dans le sachet que j'ai déniché avant de reprendre :

— Ton invitation tient toujours pour samedi ?

— Évidemment.

— Je suis d'accord.

Elle lâche aussitôt l'écran des yeux pour tourner la tête vers moi.

— Pour de vrai ?

— Oui.

— YES ! Tu n'imagines pas à quel point ça me fait plaisir !

Elle se penche pour me prendre dans ses bras et, si je me tends un peu sur le moment, voir la joie sur son visage me fait dire que j'ai pris la bonne décision.

CHAPITRE 7
Maxine

L'heure de vérité a sonné. Lorsque je rejoins Samantha dans le hall de notre immeuble, mon amie m'accueille avec un grand sourire. Mais il ne dure pas longtemps quand elle avise ma tenue.

J'ai passé ces derniers jours à me torturer l'esprit et à me demander si j'avais pris la bonne décision. J'ai failli renoncer plusieurs fois, mais imaginer le visage déçu de Sam m'en a empêchée. Cependant, j'ai décidé d'être fidèle à moi-même : je sors de ma zone de confort, oui, mais je n'ai pas subitement troqué mon baggy contre un jean où je ne rentrerais de toute façon même pas mon mollet. Je préfère rester planquée sous mon sweat à l'effigie des Mariners de Seattle, notre équipe vedette de baseball. Je ne suis pas une fan inconditionnelle, mais Craig, le mari de Rochelle, est un grand supporter et me l'a offert à Noël passé, alors je le mets régulièrement. Il est un peu grand, très confortable et doux à l'intérieur. Parfait.

— Quoi ? m'offusqué-je devant la mine déconfite de Sam.

— Je ne te demande pas de changer toute ta garde-robe, mais vraiment, Max ? Tu n'as rien d'autre à te mettre ? Tu en as une sacrée paire à oser porter ce pull. Tu n'as pas peur de croiser un fan des Dodgers ou des Angels[6] ?

— Je n'y ai pas songé pour tout te dire.

---

6. Deux équipes de baseball de Los Angeles.

Elle accroche mon bras et nous rejoignons l'extérieur où Justin doit passer nous prendre.

— Je suis vraiment heureuse de cette soirée.

— Moi aussi. On n'attend pas Judith ?

— Elle ne pourra pas venir, son frère lui a fait une visite surprise. Ça ne te dérange pas ?

Je hausse les épaules pour toute réponse. Elle me lance un sourire au moment où Justin se gare juste devant nous. Il se penche par-dessus la banquette, baissant la vitre côté passager.

— Salut les filles ! Votre carrosse est avancé !

— Salut beau gosse, minaude Sam, un air béat sur le visage.

Ils me font rire tous les deux. Je secoue la tête et laisse Sam abaisser le siège avant pour me permettre de m'installer à l'arrière.

— Prêtes pour une super soirée ? s'enquiert Justin.

— Carrément !

— J'espère que le club va vous plaire. Tu verras Max, c'est un bar vraiment tranquille, avec une scène ouverte. Dans Venice, à deux pas de l'océan.

— Je te crois.

Je ne peux pas m'empêcher d'être un peu nerveuse mais je fais de mon mieux pour mettre de côté mes angoisses. Je refuse de les laisser diriger ma vie, un autre conseil très avisé de ma psy. *Je peux et veux reprendre le contrôle.*

Après une demi-heure de route, nous arrivons dans Venice Beach. Justin est obligé de tourner pendant dix minutes à proximité du bar avant de trouver une place. En sortant du véhicule, je prends une grande inspiration, m'imprégnant des embruns de l'océan que j'aperçois à ma droite.

J'ai vraiment une affection toute particulière pour ce quartier. Il se dégage une atmosphère qui lui est propre, avec son esprit bohème, hippie et surtout, parce que c'est le refuge de nombreux artistes. Je suis déjà venue me promener ici à plusieurs reprises et à chaque fois, j'ai des étoiles dans les yeux devant les canaux.

Sam glisse un bras sous le mien et nous suivons Justin. La devanture du *Porthole* ne paie pas de mine, mais la décoration intérieure est assez sympathique : des affiches de groupes de musique au mur, des ampoules de toutes les couleurs au-dessus du bar, une scène dans le fond. Il y a un peu de monde, sans être surpeuplé. Accompagnée de mes amis, je devrais passer une bonne soirée.

— Vous voulez boire quoi, les filles ? se renseigne Justin tandis que nous nous installons à une table.

— Un Sprite, s'il te plaît.

— Et moi, une bière, répond Sam en souriant.

Il lève son pouce et file vers le bar, non sans avoir fait un clin d'œil à mon amie.

— Je suis heureuse que tu sautes le pas avec moi, souffle-t-elle une fois que nous sommes seules en serrant ma main dans la sienne.

Je presse doucement ses doigts tout en examinant les personnes qui nous entourent. Je ne peux pas m'empêcher d'être sur le qui-vive.

— Tu sais que je suis là si tu as besoin de parler, me glisse Sam tout bas.

— Je sais, Sam. Je te remercie. Peut-être un jour.

Je ne lui ai jamais rien dit ; je n'ai pas eu besoin. En discutant, elle a rapidement compris que quelque chose de grave m'était arrivé et que c'est pour cette raison que j'ai du mal à aller vers les autres. Elle n'a pourtant pas insisté pour connaître les détails : ce jour-là, elle m'a simplement prise dans ses bras, puis elle a repris sa conversation, comme si de rien n'était.

Nous sommes interrompues par Justin qui revient, suivi par un serveur. Il se décale pour lui laisser le champ libre, collant sa hanche et son bras aux miens. Je me raidis brusquement, mais il ne s'en rend pas compte. Heureusement, une fois nos boissons sur la table, le serveur disparaît et Justin s'assied en face de moi. Je prends une profonde inspiration et tente d'évacuer mon angoisse. *Ce n'est que Justin, je le connais. Tout va bien.*

Une fois n'est pas coutume, il s'emballe dès qu'il parle de ses études d'ingénierie. Et contre toute attente, je passe un agréable moment. Je suis contente d'avoir choisi de les accompagner. Nous observons les gens passer les uns après les autres sur la scène ouverte, certains avec plus de succès que d'autres, mais tous semblent s'amuser.

— Tu devrais y aller, suggère Sam avec un petit coup d'épaule.

Je manque de m'étouffer, mon verre encore à la main.

— Euh, non merci. Je ne sais pas chanter.

— Oh, la menteuse ! s'exclame-t-elle, une grimace horrifiée sur le visage. Je t'ai déjà entendue, tu racontes des conneries.

— Quand ça ? demandé-je en fronçant les sourcils.

— Un après-midi alors qu'on bossait à la bibliothèque. Tu étais avec tes écouteurs et tu chantais. C'était discret, tout en douceur. Et je sais ce que je dis. Tu as une voix magnifique, j'étais scotchée.

— C'est vrai ? intervient Justin, soudain intéressé.

Je me cache dans ma limonade, mal à l'aise.

— Je passe mon tour.

Sam fait la moue mais n'insiste pas. C'est vrai que j'ai menti, je chante parfaitement juste et j'adore ça, mais quand je suis toute seule. Aller sur scène, c'est un trop grand pas.

— Hey, ce n'est pas le type de la dernière fois ? lance Justin en désignant un gars qui vient de s'installer sur scène.

— Mais oui, acquiesce Sam. On peut dire qu'il a du cran.

— Pourquoi vous dites ça ?

— On l'a vu chanter il y a trois semaines peut-être, explique Justin. C'était une vraie catastrophe. On voyait clairement qu'il avait un trac monstre. Il en a fait tomber sa guitare qui s'est cassée. Il était tétanisé.

— Ça aurait pu en rester là, mais il y avait une bande de mecs juste devant la scène, très, très éméchés, il s'en est pris plein la tête. Je suis contente de voir que ça ne l'a pas dégoûté, compatit Sam.

Je me tourne vers l'intéressé. Il paraît nerveux, butant dans le tabouret qui part à la renverse. Il le ramasse et s'installe face à la salle. Ensuite, c'est au tour du micro de ne pas fonctionner. Un homme baraqué portant un tee-shirt à l'effigie du bar vient à sa rescousse ; il appuie sur un bouton et l'encourage en lui serrant l'épaule avant de s'éclipser. Sa performance n'est pas la meilleure que nous ayons eue jusque-là, mais il s'en sort admirablement.

Je ne risquerais rien, moi non plus, à monter sur scène. Il n'y aurait aucun enjeu, en dehors de celui de me mettre en avant et de me faire plaisir. Juste un court moment, avant de retourner à ma routine. Je reporte mon attention sur mon verre, maintenant vide, et le fais tourner entre mes doigts.

— Si tu as envie de te lancer, je peux venir avec toi, propose Sam.

— Toi ? Aller chanter ? se marre Justin.

— Oui, bon, je ne suis pas Mariah Carey, mais je me débrouille, s'offusque-t-elle.

— Hmmm...

Je souris, mais je ne dis rien. J'alterne les coups d'œil entre mon amie et la scène. Je n'ai jamais fait ça, même avant.

Un couple est en train de s'installer sur les deux tabourets disposés sous les spots. J'attrape un petit pain et en picore la mie. Mon cerveau turbine à toute allure. Je pèse le pour : sortir de ma coquille, aller de l'avant, faire quelque chose que j'aime, partager un moment avec Sam. Le contre : l'attention qui serait sur moi, faire face à des inconnus.

Sam attrape ma main et me lance un sourire.

— Un autre petit pas dans la bonne direction. Je suis avec toi.

Je lui souris à mon tour et prends une profonde inspiration. Les apprentis musiciens remportent un franc succès et récoltent des applaudissements bruyants. Je repense au chanteur qui s'est fait huer et finis par acquiescer d'un hochement de tête.

— Vraiment ? s'exclame mon amie en papillonnant des cils.

— Oui, vraiment. Avec toi.

— Yes ! Je vais nous inscrire.

— J'aurais dû apporter un parapluie, soupire Justin lorsque nous sommes seuls.

— Mais non, je suis persuadée que ce n'est pas si terrible.

— Hmm... Attends de voir, tu vas peut-être le regretter.

Quelques minutes plus tard, au pied de l'estrade, le peu de confiance que j'ai eu en acceptant s'est fait la malle. Mes mains sont moites et mon pouls tambourine à mes tempes. Je ne vais pas y arriver. Je déglutis et regarde vers notre table d'où Justin nous observe. L'organisateur nous a remis deux micros et Samantha m'a laissé le choix de la chanson. Nous sommes les prochaines à passer, il est encore temps de faire demi-tour.

— Max, murmure Sam à mes côtés. Ça va ?

Je presse les paupières et inspire profondément.

— On peut retourner s'asseoir si tu préfères. Je ne veux pas te forcer.

Je sais que j'ai le choix. Ma psy, Rochelle, elles ne cessent toutes les deux de me dire que je suis maîtresse de ma vie, que c'est moi qui décide. Il n'y a que moi qui peux faire un pas en avant ou rester engluée dans le passé, dans mes peurs.

Mon amie a raison, un petit pas. Ce n'est pas grand-chose à vrai dire, c'est un domaine que je maîtrise, de quoi me mettre en confiance. La musique m'a tellement apporté, l'apaisement, le calme, cela ne peut pas me faire de mal.

— Tu restes avec moi ?

— Je ne te lâche pas. Promis.

— D'accord.

Elle prend ma main et nous avançons quand le régisseur nous fait un signe de tête. Je suis quelque peu éblouie par les spots qui surplombent la scène alors que nous nous installons sur les deux tabourets hauts au centre. Un grand blond tenant une guitare à bout de bras s'avance vers nous.

— Salut, je m'appelle Oliver, je vais vous accompagner, si ça vous dit.

— Parce que c'est en acoustique ? m'étonné-je. Je pensais qu'ils allaient juste mettre une bande-son.

— Non, je joue ici de temps en temps avec mon groupe, et j'ai vu sur la liste que vous alliez chanter *Humans* de The Faim. J'adore cette chanson, alors j'avais envie de vous suivre à la guitare. Mais si ça vous dérange, je peux attendre une prochaine chanson.

Cela bouleverse un peu l'idée que je m'étais faite de notre performance. Je me tourne vers Sam, mais cette dernière se contente de hausser les épaules.

— C'est à toi de décider, Max. Je te suis.

Le guitariste a l'air gentil, comme mon camarade de classe. Il attend sagement que je me décide. Mon regard dévie vers le sol tandis que je me frotte la nuque. J'ai refusé la première fois, mais là ça ne va durer que quelques minutes, non ? Et en acoustique, c'est autre chose.

— Ça me va, finis-je par dire.

— Cool, tu ne le regretteras pas, tu verras.

Ce mec semble bien sûr de lui alors qu'il ne sait pas du tout comment je chante. À moins que ce ne soit lui qui se surestime.

Le gérant lui apporte un autre tabouret et il s'y installe aussitôt. Je rapproche le mien de celui de Samantha, histoire d'avoir un soutien plus tangible. Le musicien me donne l'impression d'être comme chez lui ici, les épaules détendues. Après un petit signe de tête, il se lance dans l'intro et je dois admettre que ce n'est pas un menteur : il est doué. La chair de poule couvre mes bras malgré mon sweat, et lentement la musique s'infiltre dans mes veines. Les premières notes passent, et j'entonne le couplet.

Rapidement, je me rends compte que Sam ne fait que de la figuration à mes côtés. En fait, dès qu'elle a entendu les premiers mots franchir mes lèvres, elle a abaissé son micro, un air ébahi sur le visage à m'écouter. Je préfère fermer les yeux et me laisser porter. J'oublie où je me trouve, je ne pense à rien d'autre qu'à cet air que je connais par cœur, à ces paroles qui me parlent, me font souffrir, pleurer, réagir, aimer.

Love is only painful when it lies
That's why it's okay to fight
That's what makes us human
Every time we lose it
You find how a heart aches
Every day has ruins
But we know what the truth is
Sometimes you gotta break
Just to know you're human, human

Ma voix se fait légèrement plus rauque à mesure que j'avance et je suis stupéfaite de voir l'harmonie entre Oliver et moi. Jusque-là, je me suis toujours contenté de fredonner sur les musiques que j'écoute. La chanson se termine et Oliver laisse planer quelques notes en douceur avant de reposer la guitare et d'applaudir avec toute la salle.

Sam bondit de son tabouret pour se jeter dans mes bras. Depuis que je l'ai laissée me faire un câlin une première fois, elle ne se fait pas prier et je ne trouve plus ça désagréable. Elle me ferait presque laisser échapper le micro. Je me mets à rire doucement devant son enthousiasme. Elle pose ses deux mains sur mes joues et me regarde d'un air très solennel.

— Tu étais magnifique.

— Tu n'as pas chanté, lui fais-je remarquer.

— C'est parce que Justin a raison, je ne sais pas chanter. J'étais juste là en soutien moral, pour éviter que tu ne te défiles. Et je dois dire que j'ai bien fait ! Incroyable. Merci infiniment Oliver, dit-elle en se tournant vers le guitariste qui se tient maintenant debout à nos côtés.

— Tout le plaisir était pour moi. Ta copine a raison, affirme-t-il en me regardant de ses doux yeux noisette. Tu as une voix superbe. Merci d'avoir accepté que je me joigne à vous.

— Merci à toi. Tu es un excellent musicien, osé-je lui confier.

Il me fait un clin d'œil avant de pivoter vers le régisseur qui a rejoint la scène. Je ne peux empêcher le rouge de monter à mes joues alors que nous quittons les lumières pour retourner auprès de Justin.

— La vache ! s'exclame le petit ami de Sam. Max, tu nous as caché ça ! Quel talent !

— N'exagère pas non plus.

— Il n'exagère pas, intervient une voix derrière moi qui ne m'est malheureusement pas inconnue.

Je lève les yeux au ciel avant de soupirer exagérément. Je croise les regards curieux de Sam et Justin avant que Garrett ne s'avance totalement vers notre table.

— Quelle surprise, poursuit-il. Si j'avais imaginé ça.

— Attention, j'ai peut-être une arme sur moi, répliqué-je.

— Je prends le risque.

— Tu es sûr de toi ? Je suis persuadée que ce verre ferait un très bon projectile.

Il rit alors que je suis pourtant très sérieuse. Je ne veux pas qu'il reste, je ne veux pas que Sam se mette à poser des questions, je ne veux pas avoir à lui expliquer pourquoi je le fuis, lui et tous les autres. Je ne veux pas avoir à lui dire que je suis loin d'être celle qu'elle pense.

— Vous vous connaissez ? intervient mon amie, haussant les sourcils.

— C'est un peu fort, disons qu'on s'est déjà croisés.

— Oh, Max ! Tu me fends le cœur, dit Garrett, une main sur la poitrine. Bien sûr qu'on se connaît.

Ah, parce que maintenant, on se connaît ?

— Ah oui ? Tu es étudiant sur le campus ? poursuit Sam.

— Non, enfin, plus depuis quatre ans du moins. On a une connaissance en commun. On s'est croisés plusieurs fois ces dernières semaines.

Je soupire de soulagement. Je sais bien que je ne lui dois rien, mais je le remercie intérieurement d'avoir si bien enjolivé la vérité. Même si c'est lui qui a commencé.

Je prie pour que cette explication suffise. Justin se contente d'observer Garrett, le passant au microscope, et cela me fait sourire.

— Qu'est-ce que tu fais ici ? demandé-je.

— La même chose que toi. Je suis impressionné par ta performance, c'était vraiment bien.

— Oh, tu es capable de compliments ?

— Quand ils sont mérités, tout à fait.

Je fusille Sam du regard quand elle se met à pouffer de rire. Elle ne va pas se mettre de son côté ! Il est peut-être charismatique mais elle est mon amie, elle devrait voir qu'il est agaçant, non ?

— Je m'appelle Sam et voici mon copain, Justin. Tu veux te joindre à nous ? propose cette traîtresse.

— Enchanté. Et merci pour l'invitation, mais je suis obligé de refuser, je suis avec mes potes, indique-t-il en les désignant du doigt.

Je jette un coup d'œil dans la direction indiquée et constate, stupéfaite, que le guitariste qui a joué avec nous est installé avec le reste de la bande, deux autres mecs.

— Oliver est un ami à toi, soufflé-je.

— Eh oui, le monde est petit, hein ? Bon allez, je vous laisse.

Il fait un petit signe de tête, mais alors que je crois qu'il va enfin partir, il se penche vers moi pour murmurer à mon oreille :

— Tu peux relâcher le verre, je te laisse tranquille. Garde tes munitions pour plus tard.

Je desserre immédiatement mes doigts en déglutissant. Pivotant doucement la tête, je le suis des yeux, le regard dur, alors qu'il rejoint ses amis.

— Eh bien, dis donc ! Quel mec ! siffle Sam.

— Hé, toi ! s'insurge Justin.

— Mais non, mon chéri, tu n'as rien à craindre. Je disais juste ça parce que c'est bien le premier que je rencontre qui met Max dans cet état.

— Quel état ? rebondis-je, innocente.

— À bout de souffle, énervée. D'habitude, c'est presque comme s'ils n'existaient pas. Clairement, ce type t'agace.

— Parce qu'il est agaçant !

— Peut-être un peu.

— Pas un peu, beaucoup.

Sam part dans un petit rire mais ne me donne pas raison pour autant.

— Je vous abandonne deux minutes, annonce Justin. N'en profitez pas pour aller draguer les musiciens.

Il embrasse sèchement Sam avant de nous laisser. Mon amie reporte aussitôt son regard sur moi.

— Je peux littéralement voir les rouages en action dans ton cerveau.

Du bout du doigt, à travers mon sweat, je parcours la cicatrice qui barre mon avant-bras. J'ai embrassé les ténèbres et elles ont bien failli m'engloutir totalement. Je ne dois ma survie qu'à un coup de chance, je le sais. Si Sam pouvait réellement voir ce qui se cache dans les méandres de mon esprit, elle prendrait ses jambes à son cou, j'en suis convaincue.

— Garrett, c'est un mec qui t'emmerde ? cherche-t-elle à savoir.

— Non, pas vraiment.

— Tu n'as pas l'air ravie de le voir.

— Disons qu'on ne se connaît pas vraiment et je... je ne sais pas. C'est compliqué.

— Parce que je ne sais pas tout, hein ?

Je lève les yeux vers elle et mordille ma lèvre. Décidément, elle est très perspicace.

— Je dois me faire du souci ?

— Non. Je fais en sorte que tout aille mieux. Ce soir, c'est beaucoup, tu sais.

— Je sais. Et si un jour tu te sens prête à me parler, je suis là.

— Merci, Sam.

CHAPITRE 8

Garrett

Quelles étaient les chances pour que Maxine se trouve dans ce bar ? Elle me donne tellement l'impression de vouloir se cacher, je ne l'aurais pas crue capable de monter sur scène et de se livrer de cette façon. Enfin, quand je repense à ce qu'elle nous a offert, elle aurait eu tort de rester dans son coin.

— Eh bien ! On nous fait des cachotteries ? se moque Olly.

— Absolument pas. C'est Max.

— Oh, la nana de ton groupe ? murmure Ayden en regardant vers sa table.

— Oui.

— Et, est-ce que... laisse Ryan en suspens.

— Non. J'ai fait une promesse et je m'y tiendrai.

Je sais que vu mon comportement passé, mes potes peuvent avoir des doutes, mais rien ni personne ne pourra se mettre en travers de ma détermination. C'est une certitude. Il y a trop en jeu, je refuse de foirer encore une fois. Oui, sa prestation m'a captivé, mais ce n'est que professionnel. Je suis sûr qu'elle en est à peine consciente : le niveau qu'elle possède, certains mettent des années à l'atteindre. Chez elle, c'est naturel. À partir du moment où elle a fermé ses yeux, elle s'est laissée emporter. La tension qui pesait sur ses épaules s'est envolée, elle s'est redressée et la musique a fait son œuvre.

— Tu savais qu'elle était capable de ça ? se renseigne Ayden.

— Son grain de voix est superbe, renchérit son frère.

— Non, je n'en avais aucune idée. Je suis…

Je ne parviens pas à trouver mes mots ; pour un parolier, ça se pose là. Je croise le regard de mes amis mais choisis sciemment de ne pas rebondir. Oui, elle a quelque chose, c'est indéniable. J'ai cru comprendre qu'elle aimait la musique vu qu'elle porte sans arrêt son casque, mais je me demande si elle fait partie d'un groupe comme le nôtre. Vu l'angoisse qui l'habitait à la manière dont elle collait son amie et son mouvement de recul face à Oliver, cette scène doit être sa première, mais peut-être qu'elle pratique dans un cadre plus intimiste.

— Tu es sans voix ? se marre Ryan. C'est vrai qu'un timbre comme le sien, je n'en ai jamais entendu.

— T'as raison, confirme Oliver. C'était vraiment le kiff de jouer avec elle.

Deux mecs s'avancent vers nous et nous interrompons notre conversation.

— Euh, salut les gars.

— Bonsoir, répondons-nous d'une même voix.

— On ne vous dérange pas longtemps, c'était juste pour vous dire qu'on avait assisté à votre représentation la semaine dernière et que c'était top, explique le brun.

— Carrément ! On était aussi à Anaheim en décembre dernier et c'était génial, embraie son ami.

C'est l'ultime vrai show que j'ai fait avec les copains avant d'entrer en cure. Je tenais à honorer mes engagements avant de m'effacer pour quelques semaines. Margo a mis ensuite en pause nos représentations jusqu'à ma sortie. Cela me manque, la scène. La musique coule dans mes veines depuis si longtemps. Samedi dernier, ici même, c'était plus une reprise tout en douceur, en toute intimité, pour nous faire plaisir.

— C'est vrai que l'acoustique de la salle est extra, acquiesce Olly.

— Ce n'est pas que l'acoustique, mec ! nous complimente le plus petit. Vraiment, vous déchirez. Vivement votre premier album.

— On travaille dessus, leur confie Ryan.

— On a hâte. On était aussi hyper-contents de vous voir à l'affiche de Coachella[7].

— Ouais, nous aussi, mais on a dû y renoncer, dis-je.

Je me sens un peu obligé de prendre la parole : c'est ma faute si nous avons dû abandonner cette opportunité folle.

— Ce n'est que partie remise, intervient Ayden devant ma mine déconfite. En tout cas, merci beaucoup les gars. C'est sympa.

— Avec plaisir. Bonne soirée à vous.

Mes amis me lancent tour à tour un regard que je fuis dans mon soda. Pas la peine de m'engouffrer dans cette discussion.

— Bon, on se fait un truc ensemble ? lance Olly, désireux de chasser mes mauvaises pensées.

Nous acquiesçons tous comme un seul homme.

Je n'avais pas prévu de révéler à Maxine et donc aux NA ce que je fais pour gagner ma vie, mais je ne vais pas me cacher non plus. Nous avons l'habitude de jouer au *Porthole*, c'est comme ça que nous avons été découverts, alors pourquoi nous priver ? Sans oublier que cela me fait du bien, c'est tout ce qui compte.

Ici, nous sommes obligés de miser sur le côté intimiste, sur l'acoustique. Nos performances dans ce bar n'ont donc rien à voir avec une vraie scène, mais j'aime tout autant. C'est dans des circonstances pareilles que le vrai talent se révèle, s'épanouit, parce qu'il n'y a aucun jugement, aucun enjeu.

— *Youngblood*, ça vous tente ? Peut-être un *medley* de 5 Seconds of Summer ? proposé-je.

— Ouais, ça marche.

Oliver récupère sa guitare sèche et lui lance le regard qui me fait sourire à tous les coups. Il la tient de son grand-père, elle n'a rien d'extraordinaire et elle n'est sûrement pas aussi sophistiquée que les électriques avec lesquelles nous bossons en studio, mais il y tient comme à la prunelle de ses yeux. Et je dois dire qu'elle le lui rend bien, il a toujours une manière particulière

7. Coachella Valley Music and Arts Festival : événement musical organisé tous les ans, fin avril, en Californie depuis 1999.

de jouer quand il est avec celle-ci, comme s'il entrait en communion avec l'instrument.

Ayden, Ryan et moi saluons de vive voix Jin, le régisseur, qui est devenu un ami au fil des années, tandis qu'un de ses employés installe un tabouret supplémentaire.

— On ne chamboule pas la programmation, j'espère ? demandé-je.

— Tu plaisantes ? Vous êtes toujours les bienvenus sur scène, les mecs.

— Merci, sourit Ryan. Ta sœur va bien ?

— Beaucoup moins bien depuis qu'elle a passé la nuit avec toi, visiblement.

Ayden ne peut s'empêcher de se foutre de son frère et je me retiens d'exploser de rire, moi aussi. Je dois lui reconnaître une certaine assurance d'oser parler ouvertement à Jin comme ça. À moins que ce soit de l'inconscience. Connaissant mon ami, je pencherais plutôt pour la seconde hypothèse.

— C'est elle qui est partie, nous informe Ryan.

— Ouais, on s'imagine bien pourquoi.

Le nombre de nanas qui ont défilé dans son lit et qui ont vite déchanté en comprenant que Ryan ne fait pas dans le reproductible est impressionnant. Non pas que nous soyons en reste.

Oliver prend place, coupant court à la conversation, et commence à jouer quelques notes. Il m'arrive d'accompagner Olly à la guitare électrique, mais ma spécialité est le chant. Ryan est le batteur tandis qu'Ayden est à la basse. Bien entendu, nous savons tous jouer de la guitare ou du piano, mes trois amis chantent parfaitement et chacun a régulièrement un solo sur les textes et m'accompagne sur les refrains, mais chez ARGO, chacun apprécie la place qu'il occupe et y est parfaitement épanoui. Les soirées comme aujourd'hui sont l'occasion pour nous de faire quelque chose de différent, de plus confidentiel.

Remember the words you told me, "Love me 'til the day I die"
Surrender my everything 'cause you made me believe you're mine
Yeah, you used to call me baby, now you calling me by name

Takes one to know one, yeah, you beat me at my own damn game
You push, you push and I'm pulling away, pulling away from you
I give and I give and I give and you take, give and you take

Je reprends mon souffle, puis c'est au tour de Ryan qui enchaîne sur le refrain. Dès les premiers mots, mon regard a immédiatement accroché celui de Maxine, qui est toujours installée avec ses amis. Je crois qu'elle ne s'attendait pas du tout à me voir sur scène. Je le devine à l'expression de son visage, mélange de stupeur et de surprise, à sa manière de tenir ce verre entre ses mains et de jouer avec, comme si elle avait besoin de se raccrocher à quelque chose pour éviter de perdre pied.

Je sais pertinemment l'image que je donne au quotidien, celle d'un type cool qui ne se prend pas la tête, et c'est volontaire, mais là, sur scène, je ne joue pas. Quand les mots et la musique s'infiltrent, quand ma voix se pose et que je chante, c'est le vrai moi, celui qui ne ment pas, celui qui s'ouvre sans le vouloir, parce que c'est là que réside le pouvoir de cet art. La sincérité est primordiale. Tout doit venir des tripes, sans artifice.

Je me demande ce qu'elle pense alors qu'Oliver enchaîne sur *Ghost Of You*, accompagné par Ayden. J'ai failli gâcher ce que j'ai de plus beau dans mon existence à cause de la drogue, je tiens à épargner mes amis et notre groupe du mieux que je peux. Je fais tout ce qui est en mon pouvoir pour, en tout cas.

Je retrouve les yeux de Maxine lorsque j'entame le refrain. Ils ne m'ont pas quitté depuis que je suis monté sur scène. J'ai eu le sentiment que la musique voulait aussi dire beaucoup pour elle quand elle était à ma place. Je ne pensais pas que quelque chose pouvait nous relier en dehors des NA. Elle est méfiante dès que je m'approche d'elle, tendue, pourtant elle ne parvient pas à regarder ailleurs alors que clairement je l'énerve.

Quand Olly poursuit avec un mélange de *Teeth* et *Easier*, nous nous retrouvons tous les quatre à chanter. Nous avons cette chance d'apprécier le même univers, d'avoir les mêmes inspirations et cette harmonie se ressent au quotidien, aussi bien dans notre vie privée que dans le domaine professionnel.

C'est pour cette raison que nous fonctionnons si bien ensemble et cela me motive encore plus à briser le cercle infernal dans lequel je me suis engouffré.

À la fin de notre numéro, le silence se fait, puis les applaudissements envahissent la salle. Le bruit se répercute sur les murs pour venir ricocher sur mon corps, activant mes terminaisons nerveuses. Je ne fais pas ce métier pour la reconnaissance, mais je mentirais si je disais que ce n'est pas grisant. C'est même extraordinaire.

Lorsque nous rejoignons notre table, une nouvelle tournée de bière nous attend, accompagnée d'un Coca pour moi.

— Dis donc, c'est moi ou elle ne t'a pas lâché du regard ? commente Olly.

— Il ne l'a pas lâchée non plus, se moque Ryan.

— Carrément. C'est comme si rien n'existait autour.

Ayden a de petits cœurs dans les yeux et cet air ridicule sur le visage.

— Arrêtez avec vos conneries.

— C'est toi qui racontes des conneries, rétorque le bassiste. Tu réussis même à me surpasser.

— Vous savez bien ce qu'il en est, tenté-je d'esquiver.

— C'est une idée à la con de Margo et ta mère a suivi. Mais honnêtement, je ne vois pas le rapport. Ton problème n'est pas avec les nanas, assure Ryan. Ou on est tous à mettre dans le même panier.

— Parle pour toi ! s'exclame Oliver.

Je me marre devant son air outré. Quel comédien !

— Merci de vous sentir concernés les gars, mais ça n'a rien à voir. Je vous jure. J'ai fait sa connaissance aux NA et on n'est pas vraiment partis du bon pied tous les deux. C'est vrai qu'elle a un truc, mais je ne suis pas intéressé.

— OK. Mais il n'empêche que...

— J'étais d'accord, Ayden, le coupé-je. Me concentrer sur une seule chose à la fois n'est pas une mauvaise idée. Vous savez comment ça se passe, on est en soirée, on s'amuse, on boit, on traîne avec des nanas, on nous propose des trucs... Je l'ai vécu. Je fais juste une pause.

— Putain, elle t'a bien retourné le cerveau.

— Margo n'a rien fait du tout. J'ai juste pris conscience des choses. Je dois tenir jusqu'en octobre et ensuite, avec la tournée, on pourra profiter.

— Comme tu veux, c'est toi qui gères après tout. À la nôtre.

Il lève son verre, puis nous trinquons tous ensemble. Et moi, je me force à ne pas regarder sur ma droite pour savoir si un regard brun est posé sur moi.

Sur le trottoir, je discute avec Jin pendant qu'Oliver termine sa cigarette avant de rentrer chez nous. La soirée a été intense, et j'ai hâte de me coucher. Mon attention est détournée par la lourde porte qui s'ouvre et se referme derrière Maxine et ses deux amis qui se dévorent du regard.

Une fois de plus, elle se cache derrière des vêtements bien trop grands pour elle, mais je note la touche de fantaisie avec son sweat. Et je ne peux que sourire face à son audace.

— Hey les gars ! s'exclame sa copine en avançant vers nous. Vous étiez extraordinaires sur scène ! Je peux comprendre le succès de cet endroit avec des représentations comme la vôtre.

— Merci, c'est gentil, répondons-nous d'une même voix.

— Sam, souffle Max en la tirant par le bras, on y va.

— Eh bien, à ce que je vois, *toi*, tu as du mal à faire des compliments, ricané-je.

Sam lui met en coup de coude dans les côtes et l'invite à dire quelque chose d'un mouvement du menton vers moi. Maxine grogne pour la forme avant de marmonner sans conviction :

— C'était pas mal.

Cette fois-ci, j'éclate vraiment de rire. Elle revêt aussitôt son masque grognon : froncement de sourcils, rictus mauvais sur les lèvres.

— Merci du fond du cœur, gloussé-je en portant une main à ma poitrine, ça me touche profondément. Je crois que c'est le plus beau compliment qu'on m'ait jamais fait.

— De rien, répond-elle sèchement.

— Joli sweat, au fait.

— Qu'est-ce qu'il y a ? Je n'ai pas le droit de porter un sweat des Mariners ?

— Bien sûr que si. Absolument tous les droits. Je suis pour afficher ses goûts et préférences. Dommage que ce ne soient pas les bons. Pour ma part, je suis plus Mookie Betts que Kyle Lewis[8] et je pense que notre victoire lors des mondiaux l'année dernière pèse dans la balance. Rappelle-moi quand les Mariners ont remporté les World Series[9], déjà ? Ah oui, jamais.

Elle creuse un peu plus le sillon entre ses sourcils et me fusille du regard, ce qui fait s'élargir le sourire sur mes lèvres.

— Je te taquine Max, c'est tout.

— Eh bien, arrête. Allez Sam, on y va.

— À bientôt, *Maxine*, ne puis-je m'empêcher d'ajouter en les regardant partir.

Elle tourne rapidement la tête vers moi avant de reprendre sa marche, la tête haute.

Je crois bien que je vais prendre beaucoup de plaisir à l'embêter.

---

8. Respectivement joueurs des équipes de baseball des Dodgers et des Mariners.
9. Compétition qui consacre l'équipe de baseball gagnante en MBL (Major Baseball League) au terme de la saison régulière.

CHAPITRE 9
Maxine

J'essaie de ne pas y prêter attention, plongée dans mes notes, mais du coin de l'œil, je ne peux pas m'empêcher de remarquer Sam qui me scrute par intermittence. Je tente de peaufiner la partie rédactionnelle de mon rapport sur le *street art* en collectant des informations sur sa naissance à la bibliothèque – j'ai même prévu une virée dans Venice Beach pour prendre des photos prochainement ! –, mais impossible de rester concentrée.

Depuis la soirée, je vois bien qu'elle s'interroge à propos de Garrett. Je n'ai lié connaissance qu'avec très peu de personnes et Sam les connaît toutes. Sauf lui. Je comprends son étonnement mais pour être tout à fait honnête, je redoute un peu le moment où elle me posera une question claire. Jusqu'à maintenant, elle m'a toujours suffisamment respectée pour attendre que je me sente prête à me confier à elle, toutefois je sens qu'on arrive au bout de sa patience. Je sais que je peux avoir confiance en elle et qu'elle se montrera vraiment attentive, mais je ne suis pas prête. Pas maintenant, pas ici.

Je rabats brusquement les feuilles de mon bloc-notes et range le tout dans mon sac. Sam relève la tête vers moi et me lance un regard confus.

— Tout va bien ?

— Oui. J'ai oublié un truc dans ma chambre pour pouvoir bosser et j'ai un rendez-vous après. Je vais y aller.

— Oh, OK. Pas de souci. On se voit plus tard alors.

— Ça marche.

Je lui lance un petit sourire avant de quitter les lieux. Je sais que je fuis en cet instant, mais j'ai besoin de faire un peu le tri avant de m'ouvrir à elle.

Sur mon vélo, je pédale sans véritable but à travers le campus. Je croise bon nombre de petits groupes d'étudiants installés sur la pelouse ou sur des tables dans le parc en train de discuter. C'est à ça que doit ressembler la vie étudiante : le partage, les rencontres. Tout ce à quoi j'ai renoncé depuis quelques mois.

Sur un coup de tête, je décide de quitter la faculté et de rejoindre le Getty Center pour passer le temps avant la réunion des NA. Je ne compte plus les fois où je m'y suis rendue, mais je ne m'en lasse pas. Après vingt minutes d'efforts, je dépose mon vélo dans l'abri à l'entrée du centre et rejoins directement l'une des galeries d'exposition du pavillon ouest.

En ce moment, je fais une fixette sur l'art européen. Je trouve qu'il y a une réelle délicatesse dans les œuvres d'artistes comme Renoir ou Monet. Je vais prendre place sur la banquette installée face aux *Iris* de Van Gogh. Je pourrais rester des heures devant la finesse des coups de pinceau et le ton des couleurs apaisantes, loin de toutes les pensées qui me traversent l'esprit quand je ne fais pas attention, brutales. Mais plus que tout, c'est le réalisme de l'œuvre qui me touche, parce qu'il me renvoie directement chez moi. Plus jeune, Rochelle m'accompagnait très souvent au Volunteer Park Conservatory, à Seattle. Au-delà de la beauté du bâtiment, j'ai toujours adoré déambuler dans les allées colorées du jardin botanique, là où s'épanouissent jacinthes, iris et tulipes multicolores. Déjà à l'époque, j'avais l'impression de me promener dans un tableau fantastique, loin du carnage de notre vie quotidienne.

Seattle et ma famille me manquent. Il me tarde de rentrer chez moi et de les retrouver. Je ne sais pas de quoi mon avenir sera fait, mais je crois qu'à partir du moment où je serai entourée de mes proches, tout ira bien. Même si je fais déjà des pas en avant.

Chanter devant un public, c'est bien quelque chose que je ne m'attendais pas à faire il y a encore quelques jours. J'ai été envahie par le stress au moment de rejoindre la scène, mais finalement, je suis fière d'être allée jusqu'au bout. J'ai osé, j'ai pris sur moi et j'ai passé un très bon moment aux côtés de Sam et Oliver. C'est Garrett qui m'a étonnée : le découvrir sur scène avec ses amis m'a épatée. Il était si à l'aise, complètement dans son élément, comme s'il était né pour ça.

Jetant un regard à ma montre, je quitte mon poste d'observation pour regagner l'extérieur. En direction des NA, c'est Stealth, un chanteur britannique, qui m'accompagne le long de l'autoroute. Les pylônes de ciment se succèdent, la végétation se raréfie de ce côté-ci de la ville à mesure que j'approche de ma destination.

Comme d'habitude, je reprends mon souffle quelques minutes après avoir posé mon vélo. À force de pratique, je pensais m'habituer, pourtant. Je lève les yeux au ciel et souris face à la douceur du climat. Qu'est-ce que j'aime la Californie pour ça ! En fait, je me rends compte que tout s'adoucit ici : mes problèmes, mes souvenirs, mon mal-être. Jusqu'à ce qu'on me retire le casque de la tête.

Encore ?

— Qu'est-ce que tu écoutes ? demande Garrett de manière nonchalante alors que je me retourne brusquement vers lui.

Il pose l'arceau sur son crâne.

— Ne te gêne surtout pas ! grondé-je en le lui arrachant des mains, reculant franchement.

— Ouh là, du calme ! Bonjour à toi aussi, petit rayon de soleil.

Je le fusille du regard en posant le casque autour de mon cou et le détaille rapidement. Il porte encore une veste à capuche, rabattue cette fois-ci. Sur sa tête trônent une casquette et des lunettes de soleil. Je me demande s'il fuit quelqu'un. À moins qu'il n'ait honte de venir à ces réunions.

— Ôte-moi d'un doute, l'effet girouette, tout le monde y a droit ? me renseigné-je.

— De quoi tu parles ?

— Un coup, tu me dis de rester loin de toi, pour la survie de ton... marmonné-je en désignant du doigt son entrejambe. Et la fois d'après, tu me colles.

— Je te colle ? sourit-il. C'est comme ça que tu vois les choses ?

— Oui.

— Désolé, ce n'était pas mon intention.

Je fronce les sourcils, méfiante. Que me veut-il à la fin ?

— Ne prends pas cet air.

— Salut vous deux, nous interrompt Christie.

— Bonjour, réponds-je, soulagée, en esquissant un sourire.

Je suis bien contente de son arrivée, comme ça, la conversation avec Garrett prend fin. OK, il m'a impressionnée à la soirée, mais cela ne veut pas dire que je veux lui parler tous les jours. Surtout que je n'arrive pas à savoir ce qu'il cherche.

Christie, qui a raté notre conversation, lui jette un coup d'œil circonspect puis m'entraîne vers le bâtiment, Garrett sur nos talons. Et moi je me tends, parce que je sens toujours son regard dans mon dos alors que nous passons la porte.

CHAPITRE 10
Garrett

— C'est cool de te voir participer, me dit Edward, les mains dans les poches.

Je tourne la tête vers lui après m'être servi un café soluble, seul devant la bouilloire. Cette fois-ci, j'ai pris la parole de mon plein gré, je n'ai pas attendu que mon tour arrive. Patrick a suggéré que nous parlions du soutien que nous avons reçu lorsque chacun d'entre nous a décidé de se prendre en main, de changer de vie, alors j'ai tenté le coup. La famille, qu'elle soit de sang ou de cœur, c'est ce qui me fait tenir debout - ça et la musique. J'avais des choses à dire sur le sujet.

— Ce n'est pas évident, mais je n'ai pas envie d'être le seul à rester dans mon coin.

— Il n'y aurait aucun mal à ça, tu sais.

Avalant une gorgée de café, je hausse les sourcils, étonné.

— J'ai mis un certain temps à ouvrir ma bouche, explique Edward. Je suis plutôt taciturne comme mec, même dans la vie de tous les jours. Chaque séance, c'est un peu un dépassement de soi.

— Ouais. Je suis surpris d'avoir des points communs avec Dylan par exemple. Lui aussi a été grandement soutenu par son entourage professionnel.

— Tu verras, ça te fera la même chose avec chacun d'entre nous à un moment donné. On peut être très similaires sur certains points et à l'extrême opposé pour d'autres. Mais c'est bien.

— J'imagine.

— Patrick a dû te le dire, mais si t'as besoin en dehors des séances, tu peux compter sur moi. Et je te coupe tout de suite, ce n'est pas gentil de ma part, grogne-t-il comme si ça lui donnait de l'urticaire. C'est normal. J'ai peut-être quitté l'armée, mais l'esprit de cohésion ne me quittera jamais. Être dans ce groupe, c'est un peu une bouffée d'oxygène.

Il passe en revue les quelques membres restés pour boire un café ou grignoter quelque chose avant de revenir à moi.

— Je ne parle jamais de ce qui s'est passé à ma femme, ni pendant mes opérations avec l'armée ni avec la drogue. Je soigne mon stress post-traumatique avec un psy militaire et je combats ma dépendance ici, avec le groupe. Je sais qu'on ne peut pas s'en sortir seul, crois-moi, j'ai essayé. Donc si je peux t'aider, tu peux compter sur moi.

— Merci.

Il me donne une claque sur l'épaule tout en faisant un mouvement du menton. Je repère une cicatrice qui court le long de sa mâchoire.

— Souvenir d'enfance ou de mission ? demandé-je.

Il caresse du bout des doigts le stigmate et un sourire vient étirer ses lèvres.

— Un mélange, en fait. J'avais dix-huit ans quand je me suis engagé, immédiatement après le lycée. J'étais jeune, un peu fou, prêt à montrer ce que je valais. Tu vois le genre ?

— Ouais, pouffé-je. Mon frère était comme ça.

Matt était impétueux, parfois impulsif. L'armée l'a aidé à canaliser sa fougue. Sûrement un point qu'il partage avec Ed. Penser à lui me fait sourire, même si je me sens aussi nostalgique. Edward doit comprendre, car il me sourit en retour.

— On était en train de faire une marche-course. Le gagnant allait avoir droit à un repas digne de ce nom plutôt qu'à une ration dégueulasse. Tu penses bien que je bavais à l'idée d'un bon hamburger alors que ça faisait des jours qu'on bouffait des sachets lyophilisés et des biscuits tellement secs qu'on s'étouffait avec.

J'imagine sans mal le spectacle. Matt me disait que quand la faim le tiraillait, il ne faisait pas le difficile.

— J'étais en lice, peut-être un poil trop confiant. À quelques yards de l'arrivée, j'ai trébuché comme un con sur une pierre et je me suis étalé de tout mon long. Mon menton n'a pas aimé. Résultat, soirée à l'infirmerie et six points de suture.

— Pas de chance.

— Ce n'était rien de bien grave. Tout le monde s'est foutu de ma gueule pendant des semaines parce que c'était une toute petite caillasse de rien du tout, mais mes jambes étaient tellement ankylosées et fatiguées que je n'ai rien pu faire.

— Pas de repas chaud du coup ?

— Eh non ! ricane-t-il. Mais les copains sont venus me voir et on a bien ri, ça fait de bons souvenirs.

Matt aussi en avait, des anecdotes comme ça. Chaque fois qu'il revenait de mission, on y avait droit. Avant.

— Quand tu te sentiras prêt, toi aussi tu pourras peut-être me parler des histoires de ton frère.

— Oui, on verra.

Edward me lance un regard compréhensif et je décide de mettre les voiles. Pendant un instant, j'ai oublié que tout était ma faute, que si Matt ne pourra plus raconter quoi que ce soit, c'est à cause de moi. Et la compassion de mon voisin ne fait que rajouter de l'huile sur le feu. S'il savait, il ne réagirait pas comme ça.

Alors je baisse la tête, fais comme si je n'avais rien vu, jette mon gobelet vide dans la poubelle et quitte le bâtiment.

Après ma discussion avec Edward, qui m'a un peu donné le bourdon, j'avais besoin de prendre l'air. Je suis allé me balader le long de la côte, vers Malibu, juste pour voir l'océan, sentir le vent sur ma peau et les embruns. Cela fonctionne toujours pour moi. C'est aussi l'occasion de faire le point. Jamais je ne pourrai me lasser du grand air et du bruit des vagues. La vue, la brise dans mes cheveux, m'apaisent immédiatement.

Je prends une profonde inspiration en m'asseyant sur le sable. Les jambes pliées, j'entoure mes genoux de mes bras tout en repensant à mon échange avec l'ancien militaire. Il y a quelque temps, j'aurais été incapable ne serait-ce que d'évoquer mon frère. Mais tout à l'heure, c'est sorti tout seul. Certes, ce n'était qu'une petite phrase, mais c'est déjà beaucoup. J'esquisse un léger sourire alors que le visage de Matt se dessine dans mon esprit.

Je ne pensais pas pouvoir créer de liens avec les gens qui allaient composer mon groupe de soutien, ni même partager des points communs. Je me rends compte que j'ai eu tort de repousser cette idée de but en blanc.

Au loin, un homme essaie de faire décoller son cerf-volant. Il y a un peu de vent, mais pas assez pour qu'il puisse s'élever dans les airs. L'endroit le plus propice est plus à l'est. Matt m'y emmenait régulièrement. Si j'ai tant besoin de l'océan, c'est parce que j'y retrouve énormément de souvenirs de mon frère. Nous n'avons pas grandi près de la plage, mais elle n'était jamais très loin dès que nous avions besoin de nous défouler. Il s'est passé bon nombre de choses ici : footing où nous nous lancions des défis, parties d'ultimate, soirées entre amis autour d'un feu de camp, balades en famille, moments de *farniente*...

Je déglutis nerveusement alors que l'émotion grimpe en moi. Je refrène mes larmes en fermant mes paupières. Il me manque tellement. Humidifiant mes lèvres sèches d'un coup de langue, je me passe une main sur le visage tout en essayant de reprendre contenance.

L'accident a eu lieu il y a moins de dix-huit mois, pourtant, tout est encore si frais dans ma mémoire. Parce que tout est ma faute. Certes, je ne suis pas responsable pénalement, mais si mon frère se trouvait à cet endroit à ce moment-là, c'est parce que j'y étais également. Parfois, je me réveille en pleine nuit, secoué par le choc. Le bruit du métal froissé, du verre brisé, du crissement des pneus, avant le silence mortel.

Je bascule légèrement en arrière pour récupérer la feuille pliée dans ma poche et le stylo qui l'accompagne. En respirant un grand coup, je relis le couplet que j'ai écrit la dernière fois et la mélodie que j'ai travaillée avec les gars se forme dans ma tête pour l'accompagner.

Every time I'm hurt
I see you by my side
Every time I want to cry
I remember your smile
Every time darkness calls me
I think of you and I can finally breathe

Je plaque la feuille sur ma cuisse et laisse ma tristesse et ma douleur sortir. Le crayon s'enfonce sur le papier et les mots s'inscrivent presque tout seuls.

You're the one who leads me into the light
You're the one who's keeping me alive
Even if you left me
Even if you left me

Je relève les yeux alors qu'un enfant crie un peu plus loin, effrayé par une vague plus grosse que les autres. Son père à ses côtés, il ne craint rien. Il fut un temps où nous étions à sa place, Matt et moi. Bravant les rouleaux, nous nous jetions dans l'eau, désireux de montrer que nous n'avions peur de rien. Un jour comme aujourd'hui, j'ai encore la sensation qu'il est assis juste à côté de moi.

Every time my head's going mad
I think back to your reassuring words
Every time my heart is bleeding
I feel the love you gave me
Every time I feel lost
I follow the light you show me

You're the one who leads me into the light
You're the one who's keeping me alive
Even if you left me
Even if you left me

J'ai l'impression d'être à bout de souffle tandis que je contemple mon travail. Les larmes que j'ai retenues tout à l'heure ont raison de ma maîtrise. La première vient s'écraser sur l'encre, la faisant baver. Je me presse de ranger le document avant de le souiller plus encore, mais je ne cherche pas pour autant à calmer mon chagrin. Face à l'immensité bleue, j'ai besoin de l'exprimer. Et malgré moi, un sourire se dessine sur mes lèvres alors qu'une parole de mon frère me revient en tête : « *Tu as de la chance, tes yeux sont de la même couleur que les siens.* »

Matt m'a toujours envié mes yeux bleus, semblables à la couleur de l'océan, hérités de maman, alors qu'il partageait ceux de papa, marron. C'était la seule chose qui nous différenciait franchement. Je partageais tellement avec lui.

Le soleil amorce sa descente au-delà de l'horizon, m'indiquant qu'il est temps que je rentre si je ne veux pas inquiéter mes amis. Le court trajet jusqu'à la maison me permet de me ressaisir, sans que Matt ne quitte mon esprit. Si j'ai plongé dans la drogue et l'alcool à outrance, c'était en partie pour taire ce qui tournait sans cesse dans ma tête. Au fil du temps, je comprends maintenant que je n'ai pas besoin d'éradiquer ces pensées. Je ne veux pas que Matt disparaisse complètement, je veux qu'il soit toujours là, avec moi. Et lui, il ne m'abandonnera pas.

CHAPITRE 11
Maxine

Je suppose que la plupart des étudiants auront la même idée que moi pour documenter leur devoir : arpenter les rues de Venice Beach, quartier extrêmement artistique. Los Angeles l'est aussi, de manière moins symbolique. J'espère cependant avoir une approche différente, j'ai envie de montrer des œuvres plus intimistes, moins exposées, et pour cela, il faut fouiner, quitter les axes principaux.

Armée de mon Reflex, je commence par Venice Canals et l'axe qui les traverse, Dell Avenue. Je remarque pas mal de changements depuis la dernière fois que je suis venue : les artistes n'hésitent pas à supprimer une œuvre pour la remplacer par une autre, offrant des murs en perpétuelle mutation. Je reste plusieurs minutes totalement stupéfaite devant une fresque qui pourrait passer pour une photographie tellement elle est saisissante de réalisme. Je suis estomaquée. Si j'aime l'art, je suis incapable de dessiner quelque chose de potable. J'ai essayé, je suis une catastrophe.

Un peu plus loin, j'entre dans la cour d'un parking après avoir eu l'autorisation du gardien. Sur le mur du bâtiment voisin est graffé un paysage urbain entièrement en noir et blanc. La perspective est parfaitement exécutée, l'illusion d'optique est sublime. Je l'immortalise sous différents angles avant de rejoindre l'artère la plus commerçante du quartier, le boulevard Abbot Kinney. Je mitraille une multitude de graffitis et guette les ruelles de part et d'autre, à l'affût, passant devant une peinture grandeur nature représentant une partie de basket entre Kobe Bryant et Michael Jordan.

À la terrasse d'un petit café, je profite du grand air. Le vent caresse ma peau, m'arrachant par moments des frissons. J'entends au loin les cris et les rires d'un groupe d'enfants qui s'amusent sur le sable chaud, près des filets de volley. Je prends le temps de parcourir mes clichés en revue avant d'être interrompue par la sonnerie de mon téléphone.

— Rochelle ! m'exclamé-je en décrochant.

— Bonjour, ma chérie. Tu vas bien ?

— Ça va. Je suis dans Venice Beach, je prends des photos pour un projet en cours.

— C'est super. Le programme te plaît toujours autant ?

— Oui, énormément. Il faut que je mette les bouchées doubles, un de mes profs est venu me parler.

— Mince. Qu'est-ce qu'il voulait ?

— Comprendre, tout simplement. Je n'ai pas pu me résoudre à lui expliquer, mais je l'ai convaincu que j'allais progresser.

Ma sœur et moi, nous nous appelons plusieurs fois par semaine. Elle a besoin de m'entendre régulièrement, de savoir que je suis toujours là. Je ne peux pas le lui reprocher, pas après ce que je lui ai fait subir. Mais ce n'est qu'une question de mois maintenant avant que je ne rentre à la maison.

— Tu es sûre que tout va bien ? Tu continues toujours les réunions ?

— Oui, deux fois par semaine. La prochaine est cet après-midi.

— Et tout se passe bien avec les autres membres ?

— Oui. Je te jure. Ça va.

L'image de Garrett m'effleure l'esprit, mais je me mords la lèvre plutôt que de le mentionner. Il n'a pas d'importance.

— Je suis désolée, mais je vais te laisser. Je pensais pouvoir profiter d'une pause un peu plus longue, mais on m'appelle.

— Pas de souci. Je t'embrasse.

Je souris en raccrochant. Sans Rochelle, je ne sais pas ce que je serais devenue, et ce bien avant mes problèmes de drogue.

Nous n'avons pu compter que l'une sur l'autre pendant très longtemps, et même si elle me dit qu'elle n'a pas la sensation d'avoir dû faire de sacrifices pour s'occuper de moi, ce n'est pas l'impression que j'ai. Toutefois elle ne l'avouera jamais. Alors je fais mon possible pour la rendre fière. Je le lui dois.

Je jette un coup d'œil à ma montre ; j'ai encore le temps de flâner avant de rentrer pour être à l'heure à la réunion. Je poursuis le long du Venice Boardwalk. J'aime l'ambiance qui y règne, entre les petits magasins, les espaces sportifs, les maisons qui longent la promenade et l'océan à perte de vue. Santa Monica et sa célèbre jetée se situent juste un peu plus au nord avec les manèges de Pacific Park. Je croise un joggeur accompagné de son chien, je ne sais pas lequel des deux conduit l'autre, ce qui me fait sourire. Sur le sable, un groupe de femmes en pleine séance de yoga attire l'attention des passants. Je fais tache à côté d'elles : alors qu'elles portent toutes une tenue assez moulante, parfois très flashy, je ne lâche pas mon pantalon *battle* et mon sweat large. Je les envie. Avant, j'étais comme elles.

Je remonte tranquillement, prenant de temps en temps en photo les façades des immeubles colorés.

— Maxine ?

Je lève les yeux de mon Reflex puis soupire avant de pivoter vers la droite. Je manque d'ouvrir la bouche comme un poisson hors de l'eau alors que Garrett s'avance vers moi, vêtu en tout et pour tout d'une casquette et d'un short de basket qui descend bas sur ses hanches, laissant voir un V de muscles et la ligne de poils blonds qui disparaît sous l'élastique de son sous-vêtement. Je suis tellement surprise que je ne sais même pas comment réagir tandis qu'il s'arrête devant moi, le souffle un peu court, les mains posées sur les hanches et le torse couvert de sueur.

— Qu'est-ce que tu fais ici ? Tu me suis ? plaisante-t-il, un franc sourire sur les lèvres.

— Je prends des photos.

— De quoi ?

— De *street art*, un devoir pour la fac.

— Sympa. Tu me montres quelques clichés ?

Je cligne rapidement des yeux avant de me secouer. C'est à peine si j'ai réussi à faire des phrases correctes, il faut que je me reprenne. Et puis je suis perplexe. Est-il vraiment intéressé par mon travail ? J'hésite. Mais qu'est-ce que je risque après tout ? Nous sommes dans un lieu public, il y a du passage. Je finis par acquiescer. Je me place à ses côtés et fais défiler plusieurs images.

— Ah, je connais celui-ci, ce n'est pas très loin de chez moi. Par contre, celui-là, je ne l'ai jamais vu.

— C'est parce qu'il est nouveau. Il n'était pas là la dernière fois que je suis venue ici.

— Ça bouge tellement, constate-t-il. C'est ce qui t'attire dans cet art ?

— Eh bien, oui, en partie. Ce qui me surprend le plus, c'est la taille des œuvres. Sur une toile, c'est déjà magnifique, mais sur un si grand format comme un mur entier, c'est encore plus impressionnant.

Il continue de parcourir mes clichés tandis que j'essaie de me concentrer, mais j'ai du mal : son odeur, mélange de transpiration et de parfum ; sa chaleur que je perçois très nettement dès qu'il tend la main pour commenter les photos ; je suis particulièrement consciente de sa proximité et je n'arrive pas à savoir si je veux m'éloigner ou non. Je déglutis alors que mon regard s'aventure sur les nombreux tatouages qui habillent sa peau : dragon ailes déployées, partition, notes de musique, touches de piano et guitare sur le bras droit, manchette maorie sur le gauche.

— Elles sont vraiment chouettes, me complimente-t-il, me ramenant à notre conversation.

— Merci, soufflé-je en m'écartant finalement de lui.

Une goutte de sueur dévale ses muscles, suivant une ligne d'encre le long de ses côtes.

— Bon, eh bien, à tout à l'heure, dis-je pour mettre un terme à cette discussion après avoir rangé mon appareil dans mon sac à dos.

— Max, attends ! On va au même endroit, je t'emmène ? Il fait un peu chaud pour y aller à vélo, non ?

— Oh, non, ce n'est pas la peine, merci, ça va aller, débité-je à la va-vite. Je suis en venue en bus, de toute façon.

Un non merci aurait largement suffi. Quelle imbécile !

— Je n'habite pas loin, tu sais, argumente-t-il en désignant les bâtiments derrière lui du pouce. Juste le temps de prendre une douche et je...

— Non, vraiment, je te remercie.

C'est plus fort que moi : rien qu'à l'idée de me retrouver seule en sa compagnie, mon pouls accélère la cadence et mes mains deviennent plus moites que l'océan.

Il doit le remarquer car il n'insiste pas et se contente de me sourire gentiment.

— Bon, je ne te retiens pas plus longtemps. À tout à l'heure, alors.

Je hoche la tête et il tourne les talons. Étonnamment, aucun tatouage ne colore son dos.

Je n'ai pas vraiment été aimable avec lui, même s'il n'a pas été hyper sympa la première fois non plus. Toutefois, au cours des échanges qui ont suivi, il a fait un effort, même si la taquinerie n'est jamais loin. Son sourire ne le quitte jamais. Il est différent de ce que j'imaginais de lui.

Affronter son passé pour le surmonter. Se pardonner pour pouvoir avancer.

Ma psy a raison. Je me montre injuste en le cataloguant comme je le fais, en le condamnant d'emblée. Je sais que tous les hommes ne sont pas à mettre dans le même panier, Justin me le montre tous les jours. Mon beau-frère est également un mari aimant et un père fantastique. Je ne peux pas continuer à fuir constamment. Je ne veux pas laisser la crainte dicter ma vie. Je veux aller mieux et guérir.

— Garrett.

Je fais un pas en avant tandis qu'il se tourne vers moi, interloqué.

— Je veux bien, soufflé-je.

— T'as changé d'avis ?

— Oui.

Il se contente de me sourire et m'invite à le rejoindre d'un mouvement de la tête.

— Super. Ma maison n'est qu'à quelques pas, je vis en colocation avec les gars que tu as vus à la scène ouverte, mais ils ne sont pas là.

— OK.

Il ne nous faut que cinq minutes pour rejoindre en silence une allée piétonne. Garrett pousse un portillon en acier anthracite puis me fait entrer dans un jardin entièrement bordé de hauts buissons ; ils apportent une intimité plaisante dans un quartier où les maisons sont presque toujours mitoyennes. Nous empruntons un escalier très moderne qui mène à l'entrée d'une habitation d'architecte. Garrett déverrouille la porte et se décale pour me laisser entrer.

— Fais comme chez toi, je file sous la douche. Promis, je ne m'éternise pas.

— OK.

Il rit doucement avant d'avancer dans la cuisine. Ouvrant la porte du réfrigérateur, il récupère une petite bouteille d'eau qu'il descend d'une traite. Je le regarde bêtement disparaître dans le couloir et finis par reporter mon attention sur ce qui m'entoure.

L'entrée donne directement sur une cuisine ouverte sur un salon. J'avance timidement vers la pièce à vivre où trône un magnifique piano tout à gauche, face aux baies vitrées. Un joli canapé accompagné d'un fauteuil fait face à une console reliée à un écran plat. Je ricane en imaginant le groupe se charrier en jouant les uns contre les autres.

À l'extérieur, une terrasse offre un coin agréable pour profiter du panorama. Je me demande quel métier exercent Garrett et ses colocataires. Je me doute qu'à quatre, il est tout de suite plus facile d'habiter dans une maison pareille, mais tout de même, je suis curieuse.

Dans un éclair de lucidité, j'envoie rapidement un message à Samantha pour lui signaler où et avec qui je suis. Je me fiche de savoir que cela occasionnera sûrement une multitude de questions de la part de mon amie.

Je me tourne vers le piano et vais m'asseoir sur le tabouret positionné devant. Je laisse mon sac par terre contre un pied et contemple les touches bicolores. Si la musique est devenue ma bouée de sauvetage, je regrette de ne savoir jouer d'aucun instrument. Je repense à Oliver et à sa manière de ne faire qu'un avec sa guitare. C'était tellement beau, tellement prenant. À peine avait-il joué la première note que la chair de poule m'a envahie.

Je laisse courir la pulpe de mes doigts sur les touches lisses, puis j'appuie sur l'une d'entre elles au hasard. Une note s'élève dans les airs.

L'arrivée de Garrett alors qu'il enfile un tee-shirt me fait sursauter. Je me relève aussitôt, manquant de renverser le banc, comme si je venais d'être prise la main dans le sac.

— Désolé, s'excuse-t-il en passant une main dans ses cheveux mouillés. Je ne voulais pas te faire peur.

Il récupère une casquette différente de celle qu'il portait tout à l'heure avant de s'empresser de glisser la plaque militaire qu'il a autour du cou dans son tee-shirt lorsqu'il remarque que je l'observe. C'est la première fois que j'y fais attention.

— Je n'ai pas été trop long ? demande-t-il en attrapant une veste en cuir, comme si de rien n'était.

— Non.

— Tu sais jouer ?

— Du piano ? Non.

Je me penche pour récupérer mes affaires avant de le suivre à l'extérieur.

— Je suis garé sur l'artère principale au bout de l'allée, indique-t-il en mettant ses solaires.

Il fait tourner les clefs entre ses doigts et me conduit vers sa voiture. Je glisse mon sac entre mes pieds, Garrett attache sa ceinture, mais de mon côté, la mienne refuse de bouger.

— Oh, attends, elle accroche un peu.

Il passe le bras devant ma poitrine et attrape la sangle. Je me tends comme un arc, me calant dans le fond de mon siège. Il s'en rend immédiatement compte et recule, laissant la ceinture repartir en arrière pour claquer près de mon oreille.

— Désolé, s'excuse-t-il.

— Explique-moi, je vais me débrouiller, dis-je d'une voix blanche.

— Tire plus fort et plus vite dessus pour la débloquer.

Je m'exécute et parviens à m'attacher toute seule. Il me regarde faire puis lance le moteur avant de s'insérer dans la circulation.

— Donc, tu fais des études en art ? se renseigne-t-il.

Je vois bien qu'il est mal à l'aise. Je n'aurais jamais dû monter dans cette voiture.

— Histoire de l'art, oui.

— À UCLA ?

— Oui.

— Et ça te plaît ?

— Oui.

— Tu en as encore pour combien de temps ?

— C'est ma dernière année.

— Tu es de Los Angeles ?

— Non.

— Tu n'es pas bavarde, hein, constate-t-il.

Je me contente d'un haussement d'épaules.

— Laisse-moi deviner, Seattle ?

Il éclate de rire et m'arrache un demi-sourire. Tu parles d'un détective ! Mon sweat des Mariners était on ne peut plus explicite.

Le silence s'installe de nouveau entre nous. Cette fois-ci, il ne me dérange pas. Garrett, lui, se met à fredonner sur l'air qui passe à la radio. Je change de position pour observer la rocade et manque de piétiner un papier qui traîne au sol. Je me penche pour le récupérer et découvre des notes griffonnées sur une partition dessinée à main levée.

— C'est quelle chanson ? demandé-je en tendant la feuille vers lui.

Garrett jette un coup d'œil vers moi avant de tourner la tête vers la route.

— Celle que tu écoutais la dernière fois, avec ton casque. J'ai beaucoup aimé mais je n'ai pas encore pris le temps de voir de qui elle était.

— C'est Stealth. Attends une minute, tu veux me faire croire qu'une écoute de quelques secondes seulement a suffi pour que tu parviennes à retranscrire les notes ?

— Oui.

— Comment c'est possible ?

— J'ai une oreille absolue, ça aide.

Je lui lance un regard intrigué.

— Ça fonctionne comment ?

— Eh bien, en gros, j'entends une note et son nom se forme dans mon esprit. Je suis capable de te dire quelle note j'entends, au ton près. Ça marche pour tout : une sonnette, un tintement quelconque, une touche de clavier au distributeur par exemple. Je peux reproduire n'importe quelle mélodie après l'avoir écoutée une seule fois.

— Ce n'est pas donné à tout le monde. Il faut s'y connaître un minimum en solfège, non ?

— Pour l'appliquer, oui. Beaucoup de personnes sont dotées d'une oreille absolue sans le savoir parce qu'elles n'ont pas les connaissances pour s'en servir. Mes parents sont dans le métier, donc j'ai eu une éducation musicale dès mon plus jeune âge. Mais c'est comme une discipline sportive, tu dois pratiquer pour ne pas perdre.

Je hoche la tête. C'est vraiment impressionnant. Beaucoup plus intéressant que les bâtiments à ma droite.

— Tu joues d'un instrument, toi aussi ? me renseigné-je.

— Oui. Tous les quatre, en fait. C'est ce qui nous a rapprochés. Je me suis essayé à pas mal de choses, mais je n'ai pas accroché avec tout. Je suis très à l'aise au piano et à la guitare ou à la basse.

— Sympa.

— Et toi ?

— Moi quoi ?

— Tu joues de quelque chose en plus de chanter divinement bien ?

Je détourne le regard alors que je sens mes joues se colorer.

— Nan, réponds-je en scrutant le paysage qui défile.

Finalement, ce n'est pas si mal, comme passe-temps.

— Ça te plairait ?

— Je suis trop vieille pour apprendre à jouer.

— Pourquoi ça ? On peut apprendre à jouer de n'importe quel instrument à n'importe quel âge. C'est même plus gratifiant comme apprentissage en tant qu'adulte. Si jamais tu as envie de te lancer un jour, je pourrais être ton prof de musique.

Je tourne vivement la tête vers lui et fronce aussitôt les sourcils. Qu'a-t-il à gagner en suggérant ça ? Pourquoi irait-il perdre son temps avec moi ?

— Tu sais que tu n'as rien à craindre de moi, hein ?

Je détourne à nouveau les yeux et croise les bras. Il ne sait pas de quoi il parle, vraiment pas. J'ai de gros problèmes de confiance parce que les deux personnes qui auraient dû prendre soin de moi ne l'ont pas fait : mon père nous a abandonnées très tôt, ma mère, ma sœur et moi ; et ma mère n'a définitivement pas gagné l'oscar de la parentalité. Et lorsque j'ai finalement renoncé à me méfier, Alesso m'a séduite avec ses sourires pour me montrer ensuite qui il était en réalité : un manipulateur, un drogué et un salaud. Alors, croire quelqu'un sur parole, c'est un peu compliqué pour moi.

— Je t'assure, Maxine. Tu as une fausse idée de moi.

— Peut-être, mais je ne peux pas en être sûre.

— C'est vrai. Mais je n'aime pas ça.

— Honnêtement, qu'est-ce que ça peut faire ? demandé-je en haussant les sourcils, lasse. Encore une fois, je ne suis personne. Ça ne va pas t'empêcher de vivre, si ?

Il me sonde plusieurs secondes alors que nous sommes arrêtés à un feu rouge. Ouvrant la bouche, il s'apprête à dire quelque chose mais y renonce finalement. Je m'en veux de réagir ainsi, mais j'ai du mal à aller à l'encontre de mes vieux réflexes. Des réflexes acquis pour me protéger, pour essayer de guérir.

— Affronter son passé pour le surmonter. Se pardonner pour pouvoir avancer, marmonné-je pour moi-même.

J'ai encore du chemin à parcourir avant d'y arriver.

CHAPITRE 12
Garrett

Maxine est bien la dernière personne que j'aurais imaginé croiser à deux pas de chez moi. Tomber sur elle en revenant de mon footing était une réelle surprise, tout comme ma proposition de la déposer. Je n'ai pas réfléchi. J'ai peut-être un peu dépassé la limite en lui suggérant que je pourrais lui donner des cours de guitare, mais j'adore tellement ça que je me suis laissé emporter. Et ensuite, je... c'est juste que je n'ai pas envie qu'elle ait de moi cette idée du mec imbu de sa personne. J'ai toujours été un gars avenant et sociable, heureux. La drogue a mis à mal cet aspect de ma personnalité et j'ai envie de montrer que je suis redevenu celui d'avant. Si j'arrive à atteindre quelqu'un comme Max, j'aurai la preuve que j'ai réussi.

Je l'entends murmurer de son côté alors que nous arrivons devant le bâtiment des NA.

— Qu'est-ce que ça veut dire ?

Elle tourne vivement la tête vers moi, comme si elle ne s'attendait pas à ce que je l'entende.

— « Affronter son passé pour le surmonter... » précisé-je.

— Oh. Ce n'est rien, balaie-t-elle.

— Si, vas-y, explique-moi.

— C'est juste quelque chose que m'a dit ma psy un jour et je me le répète souvent, comme un mantra.

— D'accord. J'aime le principe.

Elle m'accorde un demi-sourire, sûrement le maximum qu'elle est capable de m'offrir.

— Merci, dit-elle du bout des lèvres en se détachant.

Nous sortons en même temps et, comme à mon habitude, je m'installe sur le capot le temps de jeter un regard à mes notifications. J'ai toujours besoin d'un temps de préparation avant d'entrer. Comme un sas qui me permettrait d'affronter tout ça. J'observe du coin de l'œil Christie se diriger vers Maxine et je devine son étonnement à nous voir arriver ensemble. J'attends qu'elles pénètrent à l'intérieur pour les suivre et je m'installe directement sur une chaise au hasard.

Au bout de cinq minutes, tout le monde répond présent. Dylan et Marisol ont besoin de parler, alors cela m'arrange ; ce soir, je ne me sens pas de participer activement. Et si j'avais fait une bêtise avec Maxine ? Pourtant, elle n'a pas tort : qu'est-ce que ça va changer à ma vie qu'elle ne m'apprécie pas ?

— Tout va bien, Garrett ? m'interroge Patrick, me sortant de mes songes. Tu sembles contrarié.

— Non, tout va bien.

— Sûr ? Tu peux parler de n'importe quoi, ici.

— Je sais. C'est juste que...

Je cherche le regard de Maxine, mais comme souvent, elle est concentrée sur ses mains. Elle n'a rien fait de mal, elle s'est contentée d'être honnête, c'est moi qui le prends personnellement.

— C'est bête, me défilé-je.

— Si ça te fait gamberger, je doute que ce soit idiot, m'encourage Dylan.

— Je m'interroge, c'est tout.

Je me redresse contre le dossier de ma chaise et commence à battre la mesure avec mon pied.

— À propos de l'image que je peux renvoyer. J'ai grandi dans un milieu privilégié, mais mes parents m'ont inculqué le respect. Je n'ai jamais fait partie de groupes violents à l'école. J'ai réussi mes études et j'ai des rêves comme tout le monde. À cause de certains choix que j'ai faits, des épreuves qui me sont tombées dessus, je suis devenu quelqu'un de différent. J'ai peur de ne jamais complètement redevenir celui que j'étais avant, celui dont mes proches étaient fiers.

Ce constat m'afflige. Je n'avais jamais formulé tout haut ce qui me trottait dans la tête. Je bascule en avant, les coudes plantés dans les genoux, la tête basse.

— Il faut accepter que ça ne sera jamais le cas, commente Patrick. Les expériences de la vie nous font grandir, avancer, on change inévitablement. Tu ne peux pas espérer tout effacer. Il faut apprendre à vivre avec les choix que l'on a faits, qui nous ont façonné.

— Ça craint, marmonne John en faisant rire le groupe.

— Peut-être, mais c'est comme ça, s'amuse le chef de session. Chacun a le droit de faire des erreurs. Il faut s'en servir pour devenir meilleur, pour faire mieux la prochaine fois. Il ne faut pas avoir peur de son passé. Même s'il est douloureux, il doit être un tremplin, nous aider.

Je fais la moue, sceptique. La dernière fois, les autres ont confessé que beaucoup de personnes de leur entourage avaient fui au lieu de les soutenir.

— Et si on n'arrive pas à convaincre qui que ce soit que l'on a changé ? Qu'on est différent ? demande Marisol en glissant une mèche de cheveux derrière son oreille.

— Le problème n'est pas là, assure Patrick en nous regardant un par un. Tant que vous n'en êtes pas persuadé vous-mêmes, vous ne pouvez pas leur demander d'y croire pour vous. Imaginez un chirurgien qui viendrait vous voir les mains tremblantes. Il aurait beau avoir toutes les compétences, pas sûr que vous lui confieriez votre vie. Les actions parlent souvent bien plus que des mots. Si vous vous astreignez aux séances, si vous combattez activement vos addictions et restez sobre, c'est tout ce qu'il faut pour montrer que vous avez changé et que vous vous en sortez.

Je hoche la tête. Je comprends le principe, mais le mettre en application, c'est un poil plus compliqué. Parce que si certains proches sont prêts à faire confiance, d'autres peuvent rester méfiants parce qu'ils ont été blessés, déçus, et qu'ils s'attendent forcément au pire. C'est ce que je crains le plus.

La séance se poursuit, mais chacun a matière à réfléchir alors la réunion se termine plus tôt. Profitant des discussions qui se lancent une fois le cercle rompu, je rejoins l'espace détente.

— Tu ne vas pas lui faire de mal, hein ?

Je me tourne vivement vers Christie, manquant de lui renverser mon café dessus. Putain ! Elle vient d'apparaître dans mon dos sans faire un bruit, tel un ninja. J'ai failli faire une crise cardiaque.

— De quoi tu parles ?

— Maxine.

— Quoi, Maxine ?

— Ne fais pas semblant de ne pas comprendre ce que j'insinue.

Je soupire puis la regarde d'un air blasé.

— Vraiment, je ne vois pas de quoi tu parles. On s'est croisés à Venice, je lui ai proposé de l'emmener, on allait tous les deux au même endroit. Rien de plus.

— OK.

— OK ? répété-je en haussant un sourcil.

Ses lèvres roses s'étirent en un petit sourire énigmatique avant qu'elle ne s'avance un peu plus vers moi, m'envahissant d'un parfum floral entêtant.

— Maxine est celle que j'apprécie le plus dans ce groupe. Alors si jamais j'apprends que tu t'es mal comporté avec elle, ça va chauffer pour ton matricule.

— Compris, accepté-je, amusé par la menace. Je sais que je suis nouveau parmi vous et vous avez tous les droits d'être méfiants, Maxine la première, mais je t'assure que je ne suis pas une menace, Christie. Et puis, tu sais, Patrick s'est déjà chargé de me mettre en garde. L'intégrité du groupe est très importante à ses yeux.

— Mieux vaut deux fois qu'une.

Elle me jette un dernier regard méfiant puis se détourne, satisfaite.

— Bonne soirée, Garrett.

J'acquiesce et l'observe, un sourire sur les lèvres, se diriger vers Maxine, qui replace les dernières chaises contre le mur.

Elles quittent les lieux ensemble peu de temps après. Je salue à mon tour Patrick et Edward qui discutent encore et gagne la sortie.

Une fois installé derrière le volant, je jette un coup d'œil à mon portable et remarque la petite enveloppe m'indiquant un message non lu.

Margo
Salut Garrett. J'espère que tu vas bien.
Est-ce que tu peux m'appeler quand tu auras cinq minutes ?

Son message fait suite à quatre autres, reçus ces cinq derniers jours. Je me rends compte que je n'ai répondu à aucun et je m'en veux. J'imagine qu'elle ne pense pas à mal, mais elle est un peu agaçante. Cependant, elle est mon amie et je sais que je l'ai laissée de côté ces derniers temps. Il faut que je me rattrape. Alors j'appuie sur le bouton d'appel, et trois sonneries retentissent avant qu'elle ne décroche.

— Salut Garrett, m'accueille sa voix chaleureuse.

— Salut, je viens juste de voir ton message. Désolé de ne pas avoir répondu plus tôt.

— Ne t'en fais pas. J'imagine que tu es occupé...

Je n'arrive pas à savoir si je sens du reproche dans sa voix ou non.

— Tu voulais me dire quelque chose en particulier ?

— Oui. J'ai dit que je passerais vous voir pour faire le point sur les dernières représentations, parler des prochains concerts prévus, tout ça, mais je dois m'absenter.

— Rien de grave ? m'alarmé-je aussitôt en me redressant dans mon siège.

— Non, c'est pour le boulot. Andrew a foiré les négociations avec un chanteur que ta mère a déniché et je dois tenter de rattraper le coup avant son retour.

C'est quelque chose que j'admire chez Margo : son investissement. Elle s'implique corps et âme dans la gestion des artistes qu'elle chapeaute. Andrew a beau avoir le même âge qu'elle, il est bien moins compétent. Les gars et moi avons de la chance d'être avec Margo, même si cela tombait sous le sens quand nous nous sommes lancés.

— Il faut que tu en parles à ma mère.

Elle est actuellement à New York afin de rencontrer différents talents. Mon père l'accompagne, cela faisait une éternité qu'ils ne s'étaient pas accordé un moment en amoureux.

— Je le ferai, une fois que je l'aurai récupéré.

— Tu vas y arriver.

Je sens son sourire à l'autre bout du fil.

— On se voit à mon retour. Hey, Garrett ?

— Oui ?

— Ça m'a fait plaisir de te parler.

— Oui, moi aussi. Encore désolé d'avoir mis tant de temps à te répondre.

— Je suis contente que tu l'aies fait.

Je prends une grande inspiration alors que mes doigts battent la mesure sur le volant.

— Je tiens aussi à m'excuser pour m'être éloigné, ne pas avoir été un véritable ami pour toi et les gars. J'en suis sincèrement désolé.

— Garrett, murmure-t-elle de l'autre côté. Ce n'est facile pour personne. J'ai mis du temps à le comprendre, mais je sais que tu as besoin de faire tout ça seul.

Elle m'embrasse avant de raccrocher. J'ai bien envie de lui dire d'autres choses, mais je préfère le faire de vive voix, quand je serai prêt. Je n'ai pas encore osé lui avouer que si j'ai agi de la sorte, c'est en partie parce que j'étais gêné qu'elle voie si clair en moi, qu'elle ressente le besoin de s'investir autant. Je voulais juste m'en sortir seul et je n'ai pas toujours été très tendre avec elle. Je suis content de voir qu'elle a peut-être elle aussi réfléchi de son côté. Son dernier aveu me le prouve.

Je glisse la clef dans le Neiman, prêt à partir, mais je suis interrompu par une sonnerie sur ma droite. Je vérifie bêtement mon smartphone toujours dans ma main, avant de tourner la tête vers le siège passager et de remarquer le mobile qui gît sur le fauteuil. Un vieux Nokia 3210. Une relique pareille fonctionne encore ?

Il n'y a pas quinze mille explications. Il doit appartenir à Maxine. Je le récupère pour lire le nom de l'appelant : Samantha. Je décroche aussitôt, avant d'écarter brusquement le bras de mon oreille.

— MAXINE ! hurle son amie. Je me fais un sang d'encre ! Est-ce que tu vas bien ?

— Salut, Samantha.

Un silence me répond.

— Qui c'est ? demande-t-elle, suspicieuse.

— Garrett.

— Et pourquoi tu réponds au téléphone de Maxine ? Où est-elle ? Qu'est-ce que tu lui as fait ?

J'écarquille les yeux avant de me reprendre. Qu'est-ce qui se passe, là ?

— Hey, hey ! Doucement ! Pourquoi je lui aurais fait quoi que ce soit, d'abord ? répliqué-je en fronçant les sourcils.

— Elle m'a envoyé un message pour me dire qu'elle était chez toi et que si je n'avais pas de ses nouvelles...

— Pardon ? l'interromps-je, ahuri. Elle pensait que j'allais lui faire du mal ?

Je suis vraiment sous le choc.

— Ouais, enfin... C'était au cas où.

— Hmm.

Sur le cul. Je suis sur le cul. Je la savais méfiante, mais à ce point... et je suis blessé que Samantha ait eu la même idée. C'est vraiment l'image que je renvoie ?

— Bon, si tu m'expliquais pourquoi tu as son portable ? demande Samantha, un poil impatiente.

— Je l'ai déposée et son téléphone a dû tomber de sa poche. Je viens de le trouver dans ma voiture.

— Hmm, marmonne-t-elle à son tour.

Aucun des deux ne croit l'autre.

— Tu sais quoi ? dis-je, vexé. Peu importe ce que vous pensez de moi, tu n'auras qu'à poser la question à Maxine quand tu la verras. Ça m'est égal, d'accord ?

— Ne te fâche pas.

— Je ne me fâche pas, je suis juste… Laisse tomber. Tu veux que je te rejoigne pour te le rendre ? proposé-je toutefois.

— Ça ne t'ennuie pas ? s'étonne-t-elle.

— Nan, je n'ai rien à faire à l'instant.

— C'est gentil. Je suis au *Jimmy's Coffeehouse*, sur le campus, tu connais ?

— Ouais, je t'y retrouve dans un quart d'heure.

Je raccroche tout en secouant la tête.

J'ai pleinement conscience que l'on ne peut pas plaire à tout le monde, que certaines personnes inspirent plus la confiance que d'autres. Mais franchement, savoir que je suis l'objet de tant de méfiance, ça me met un coup au moral. J'ai l'habitude d'être jugé sur le milieu d'où je viens, d'avoir la sensation parfois de ne pas être considéré à ma juste valeur, et oui, ces derniers temps, j'avoue que mon comportement n'a pas joué en ma faveur. Mon physique, mon attitude, mes tatouages peuvent effectivement porter à jugement, mais je ne suis pas un mauvais gars. Est-ce parce que je fréquente les Narcotiques Anonymes ? C'est aussi le cas de Maxine, alors pourquoi tant de suspicion ? Et si Samantha n'est pas dans la confidence, que Maxine lui a-t-elle dit pour qu'elle s'inquiète comme ça de la savoir avec moi ?

Je soupire, agacé. Pourquoi je me prends la tête, exactement ?

Il ne me faut qu'un peu de plus dix minutes pour rejoindre UCLA. Quand j'arrive à la cafétéria, je trouve Samantha le nez plongé dans un bouquin. De nombreuses feuilles sont éparpillées devant elle. Au centre trône une tasse qui devait contenir un chocolat chaud. Concentrée, elle ne quitte son manuel des yeux que lorsque je m'installe face à elle.

— Salut, dis-je, tout juste aimable. Tiens.

Je laisse tomber le portable au hasard sur ses papiers et m'apprête à me relever aussitôt.

— Garrett, attends ! Tu n'es pas obligé de repartir.

— Je n'ai pas l'impression que ma présence soit la bienvenue.

Elle soupire en refermant son livre.

— Je suis désolée. Ce n'est pas contre toi, vraiment. Et il en va de même pour Maxine, je t'assure.

— Excuse-moi d'en douter, réponds-je en croisant les bras sur ma poitrine.

— Je t'assure. Elle est méfiante et distante avec tout le monde. Il m'a fallu un certain temps avant qu'elle accepte de me côtoyer plus intimement. Et traîner avec mon copain ? Ça a mis encore plus de temps.

— Pourquoi tu me racontes tout ça ?

— Parce que j'ai bien senti que je t'avais blessé en suggérant que tu aies pu lui faire quelque chose.

— Non, c'est bon, dis-je sèchement.

Elle part d'un petit rire tout doux qui devrait m'énerver, mais je vois bien qu'elle n'est pas dupe. Je tape la table du bout des doigts et la jauge d'un air peu commode.

— C'est parce qu'elle me fait confiance qu'elle accepte tout ça, reprend Sam. La soirée où on s'est rencontrés, c'était la première fois qu'elle sortait avec nous depuis qu'elle est arrivée à la fac. Et encore une fois, c'est uniquement parce qu'il n'y avait que nous deux et que l'environnement était contrôlé. Alors vraiment, ne prends pas les choses personnellement.

Je suis un peu sonné par ce que j'apprends, mais en même temps, dois-je être surpris ? Je sais que Maxine a vécu quelque chose de très traumatisant. Je me sens con de m'être formalisé. J'ai tout ramené à moi alors que ça ne me concerne pas.

— Je ne sais rien de ce qui a poussé Max à être comme ça, et même si je le savais, je ne t'en parlerais pas, mais je voulais juste éclaircir un peu les choses.

— D'accord, je comprends.

— Et puis, entre nous, le fait qu'elle ait accepté de t'accompagner chez toi et qu'ensuite tu la conduises, c'est énorme. Tu ne connais pas Maxine depuis très longtemps, alors tu ne peux pas t'en rendre compte, mais crois-moi sur parole quand je te dis ça.

Je me détends immédiatement face à cette confession inattendue. Tout n'est peut-être pas perdu, finalement. Je m'installe un peu plus confortablement face à Sam et croise les mains devant moi.

— Et encore une fois, désolée si je t'ai agressé. Elle m'a fait peur, c'est tout.

— C'est oublié.

— Tu sais, j'ai plutôt un bon instinct en ce qui concerne les gens.

— Ah ! Et donc, maintenant que je suis face à toi ? Tu crois toujours que je suis un *serial killer* en puissance ?

À nouveau, ce petit rire chaleureux. Sam hausse les épaules et glisse une mèche de cheveux derrière son oreille.

— Non, ce serait plutôt tout le contraire.

— Ouf, soupiré-je en plaquant une paume sur ma poitrine. Tu m'en vois soulagé.

— J'ai plutôt le sentiment que tu ne ferais pas de mal à une mouche. En tout cas pas volontairement. J'ai tort ?

— Waouh, tu es capable de dire tout ça au bout de cinq minutes ? la taquiné-je, faisant abstraction de la boule qui se forme dans ma gorge.

— Que veux-tu, je suis douée, se rengorge-t-elle avec un clin d'œil.

J'éclate de rire. Tant d'assurance, c'est impressionnant.

— Je suis étudiante en psycho, ça aide, précise-t-elle.

— Ravi d'avoir joué les cobayes. Bon, je vais te laisser, tu salueras Max de ma part.

— Merci encore de t'être déplacé.

— Pas de souci.

— Hey, Garrett ! me rappelle-t-elle alors que je me suis déjà tourné vers la sortie.

— Ouais ?

— Laisse-lui juste du temps.

Je me contente de hausser les épaules avant de quitter le café. Du temps... Ce n'est pas comme si j'avais une date butoir avant le grand départ, n'est-ce pas ?

CHAPITRE 13
Maxine

Il est presque 7 heures quand je rejoins ma chambre et mon estomac crie famine. J'ai accepté d'aller me balader avec Christie en quittant la réunion, mais je ne m'attendais pas à ce que nous traînions autant. Je crois qu'elle surpasse Samantha en termes de shopping. Elle a tenté de me convaincre d'acheter quelque chose, mais j'ai refusé. Je ne me suis pas acheté de nouveaux vêtements depuis mon agression il y a deux ans. À cette époque, j'ai rejeté de ma vie tout ce qui me semblait avoir, de près ou de loin, un rapport avec ce qui m'était arrivé : les hommes, les fêtes, l'alcool, même les vêtements que je jugeais trop révélateurs. Depuis, je ne porte que des pantalons larges et des sweats XXL. De la même façon, je me suis entièrement coupée des réseaux sociaux. C'était un rappel constant de ce qui s'est passé, beaucoup trop dur. J'avais aussi bien trop peur de retomber sur lui. J'ai fermé tous mes comptes, changé de numéro de téléphone et je me suis créé une nouvelle adresse e-mail. Pour tout reprendre à zéro. Aujourd'hui, je *sais* que c'est plus compliqué que ça, mais je ne me vois pas vivre différemment pour autant. Et finalement, ce n'est pas si compliqué de faire sans. Je me contente du minimum et ce n'est pas si mal.

Arrivée dans le couloir qui mène à ma chambre, je m'arrête, étonnée de voir Samantha installée à même le sol, en train de lire.

— Sam ? Qu'est-ce que tu fais là ?

— Maxine ! s'exclame-t-elle en laissant échapper son livre des mains.

Elle se relève en prenant appui au mur et arbore une moue qui ne lui ressemble pas : sourcils froncés, grimace colérique sur les lèvres.

— Tu m'as fait peur !

Sa réplique est accompagnée d'une tape sur mon bras.

— Aïe ! Mais qu'est-ce qui te prend ?

— Tu as oublié le texto que tu m'as envoyé, peut-être ? Et tu ne m'as pas donné de nouvelles !

Oups. Ça m'est complètement sorti de la tête.

— Je n'y ai pas songé. Je suis désolée.

— C'est Garrett qui t'a perturbée à ce point ? se moque-t-elle gentiment alors que nous pénétrons dans mon studio.

Je balaie sa remarque d'un regard désabusé avant de poser mes affaires sur la table du salon. J'avoue que j'ai de la chance. Mon logement n'est pas très grand, mais bien suffisant, confortable, et surtout abordable. Je n'ai pas perdu au change par rapport à mon ancienne fac. Cela me permet aussi facilement de recevoir ma sœur et sa famille quand ils passent. Nous nous serrons un peu, mais pour un week-end, ça fonctionne.

— Tiens, je crois que tu as perdu quelque chose.

Je la regarde, stupéfaite, me tendre mon portable, un rictus au coin des lèvres.

— Mais... comment ?

— Eh bien, tu vois, comme j'étais morte d'inquiétude, j'ai fini par t'appeler, explique-t-elle en s'asseyant sur mon petit sofa. En fait, j'ai appelé un certain nombre de fois. Et au bout d'un moment, quelqu'un a décroché. Seulement, c'est Garrett qui a répondu, pas toi.

— Oh, j'ai dû le perdre dans sa voiture, comprends-je aussitôt.

Je ne m'étais même pas rendu compte que je ne l'avais plus.

— Hmm, hmm.

— Comment tu l'as récupéré ?

— Il s'est proposé de me le déposer, après que je l'ai accusé de t'avoir fait quelque chose.

— Tu as fait quoi ?

J'écarquille les yeux, figée sur place. Elle n'a pas fait ça ?

— Dans la foulée, je me suis peut-être emportée...

— Samantha...

— Bon, ce n'est pas le plus important, balaie-t-elle d'un mouvement brusque de la main. Tu te rends compte qu'il est venu de lui-même te rapporter ton téléphone ? Pour toi, Maxine. Et puis, j'ai bien senti qu'il était blessé que je l'accuse.

— Et ça t'étonne ? m'exclamé-je en m'affalant à côté d'elle, épuisée.

Tête posée sur le dossier, je me tourne vers elle, blasée.

— Non, mais je m'inquiétais pour toi. Bon alors ! Je veux tout savoir.

— Changement subtil de conversation, mais il n'y a rien à dire.

— Tu crois ça ? me menace-t-elle en plissant les yeux. Tu oublies à qui tu t'adresses, là.

— Oh non, je n'oublie pas, réponds-je, amusée.

Plus tenace qu'elle, cela n'existe pas. Et je ne peux pas rester fâchée contre elle plus longtemps. Elle me lance sa petite moue et je n'ai d'autre solution que de lui raconter comment j'en suis venue à perdre mon téléphone dans la voiture de Garrett.

— Il doit avoir quelque chose de spécial pour que tu franchisses enfin le pas sans avoir besoin d'une tierce personne, commente Sam après mon récit.

Je lui jette un coup d'œil avant de me détourner aussitôt.

— C'est une bonne chose, me rassure-t-elle.

— Je n'en suis pas si sûre.

— Pourquoi ça ? J'ai un peu discuté avec lui, Garrett m'a l'air d'un type bien. Et tu connais mon sixième sens.

— Je n'en doute pas, mais c'est compliqué.

— En quoi ?

Si je veux qu'elle comprenne, je dois tout lui dire. Suis-je prête ? Sam est-elle capable d'encaisser ?

— Max, tu sais que tu peux tout me dire, hein ? Tu peux avoir confiance en moi.

— Je sais.

Un silence s'installe. Je n'arrive pas à ouvrir la bouche. Ma psy m'a pourtant prévenue : si je veux avancer, je dois apprendre à faire confiance. Raconter ce qui est arrivé en est la première étape. Et qui de mieux que Samantha pour m'écouter ? Toutefois, c'est plus dur que ce que j'imaginais.

— Je sais que tu as peur, reprend mon amie. Depuis le temps, j'ai remarqué comme tu sursautes dès que quelqu'un s'approche trop de toi, encore plus avec les mecs. Tu connais Justin et pourtant, je vois bien que tu te raidis quand tu es près de lui.

— Je... c'est que...

— Tu n'as pas à t'excuser, mais j'ai noté des améliorations, et franchement, c'est extra. La soirée au *Porthole*, ou encore ce soir avec Garrett, c'est un sacré changement. Tu dois bien le sentir, non ?

— Peut-être, oui.

Elle prend ma main dans la sienne et me gratifie d'un sourire comme seule elle sait les faire : doux, sincère et chaleureux.

— Tu sais que jamais je ne te jugerai. Je suis ton amie. Je veux juste que tu te sentes suffisamment en confiance pour te confier à moi. Je pense que tu te sentiras mieux après.

— J'ai confiance en toi.

Après plusieurs minutes de silence, je prends une profonde inspiration et me lance enfin.

— J'ai subi une agression pendant un *spring break*. C'était les vacances, il y avait de l'alcool et de la drogue. J'étais avec mon copain, Alesso...

Mes lèvres se mettent à trembler. Je passe les mains sur mon visage avant de secouer la tête comme pour chasser les images qui prennent vie à l'intérieur : la musique assourdissante, les rires, les plongeons dans la piscine, les verres qui se remplissent...

— Je n'ai pas pu me défendre et après ça, je...

Je ne sais pas si elle arrive à comprendre ce que je lui dis tellement ma voix n'est qu'un filet à peine audible. C'est si dur de prononcer tout haut ce que j'ai vécu. Ce nœud au creux de mon estomac, cette boule au ventre, ils sont là, bien présents.

— Max, je suis tellement désolée, chuchote-t-elle, les larmes aux yeux.

— Tu n'y es pour rien.

Elle se rapproche de moi et j'expire longuement en sentant ses bras m'étreindre fortement, tellement soulagée de ne pas la faire fuir. Elle me tend la boîte de mouchoirs qui traîne devant nous. J'essuie les quelques larmes qui se sont échappées et renifle discrètement.

— Je comprends mieux certaines choses. Que tu aies accepté que Garrett t'accompagne est d'autant plus fort, alors ! m'encourage-t-elle. Tu peux être fière de toi.

— C'est gentil. Tu sais, j'ai d'abord dit non.

— Oui, le contraire m'aurait étonnée, pouffe-t-elle. Qu'est-ce qui t'a fait changer d'avis ?

— Il n'a pas insisté, et il ne l'a pas mal pris.

Elle acquiesce d'une petite moue avant de s'installer plus confortablement sur le sofa. J'en fais autant pour pouvoir la regarder en face.

— Et puis, j'ai repensé à tout un tas de choses et je me suis dit qu'il fallait que je fasse un pas de plus en avant, comme avec la soirée au bar. Parfois, c'est dur si on est seul, mais quand quelqu'un provoque le petit déclic, ça aide.

— Garrett est ce déclic.

— On peut dire ça, oui. Quand on s'est rencontrés, je ne pensais pas qu'on pouvait avoir des points communs. Je l'ai peut-être comparé à Alesso et je me suis braquée. Mais ils n'ont rien à voir.

— Comme quoi ?

Je tourne la tête vers la fenêtre derrière le canapé, plongeant mon regard sur le parc de la résidence. Garrett semble très proche de sa famille. Alesso, lui, était un vrai profiteur et n'avait jamais un mot tendre pour sa mère. À l'époque, j'avais mis ça de côté alors que s'il était capable de dire des choses aussi horribles à propos de quelqu'un d'aussi proche de lui, ça aurait dû me mettre la puce à l'oreille. Qu'ils s'entendent ou non. Le diable se cache dans les détails, c'est bien ce qu'on dit ?

Je ferme les yeux alors que le soleil qui se couche réchauffe mon visage.

— Alesso aimait se mettre en avant continuellement et il insistait tout le temps pour obtenir ce qu'il voulait. Garrett n'est pas comme ça.

— Tu penses que vous pourriez devenir amis ?

— Je ne sais pas.

Je mordille ma lèvre tout en réfléchissant. Samantha avait raison, je suis soulagée de lui avoir parlé de tout ça, de m'être confiée sur mon passé et je le suis d'autant plus qu'elle est toujours là, à mes côtés. Le même sourire doux habille ses lèvres et la tendresse n'a pas quitté son regard. Elle ne me juge pas. J'ai besoin de lui parler à cœur ouvert de tout, parce qu'elle est différente, qu'elle est toujours de bon conseil. Je veux qu'elle comprenne tout.

— Garrett a légèrement enjolivé les faits quand il t'a expliqué comment on se connaissait, soufflé-je. En fait, on s'est rencontrés aux Narcotiques Anonymes.

Elle marque une petite pause avant de hocher la tête.

— D'accord, je comprends mieux tes hésitations. Mais qu'est-ce qui vous empêche d'être amis ? Ce n'est pas comme si tu allais sortir avec lui. Pouvoir compter sur quelqu'un ? Partager des choses avec lui ? Ça vous ferait du bien, non ?

— J'ai peur que ça nous desserve. Tu comprends, nos démons sont similaires. Même si ce qui nous a poussés à la drogue est sûrement différent, nous avons tous les deux une part d'ombre. Et si elle était trop importante ? Si c'est la seule chose qui nous relie, ce n'est pas une bonne idée, non ?

Elle hausse un sourcil, dubitative.

— Ce n'est pas toi que j'ai vue sur scène, en train de chanter ? Et lui ensuite, avec ses amis ?

Je lève les yeux au ciel puis souffle, vaincue. Je ne peux jamais gagner un débat contre elle.

— Eh bien voilà, tu as ta réponse ! Je ne vais pas te dire quoi faire, ni prétendre savoir ce que tu vis et ressens. Mon seul conseil est d'écouter ton cœur et de regarder ce que tu as accompli jusqu'à présent. Est-ce qu'il y a quelque temps, tu aurais imaginé faire ce premier pas envers un presque inconnu ?

— Non.

— Tu vois. C'est déjà énorme. Petit à petit, Max.

Je hoche vivement la tête. Je dois prendre conscience de toutes mes victoires.

— Garrett m'a proposé quelque chose, dis-je du bout des lèvres.

— Quoi donc ?

— De m'apprendre à jouer de la guitare.

— Oh, waouh. Tu as dit non, je parie.

— Évidemment.

Je me mords la lèvre et joue avec mes doigts, nerveuse.

— Mais ?

— Ça ne me déplairait pas de savoir en jouer. J'adore la musique. Prendre des cours particuliers est sûrement hors de prix et ça serait avec un inconnu. Je ne dis pas que je connais Garrett, mais quand même un peu.

— C'est peut-être un bon moyen pour apprendre encore plus à le connaître, si tu as envie de devenir son amie.

— C'est vrai.

Elle me fait un petit sourire tout en pressant ma main entre ses doigts avant que son visage ne se fende d'un sourire gêné.

— Je suis désolée, ma belle, je vais devoir te laisser. J'aurais aimé rester papoter avec toi, mais Justin m'attend. Soirée ciné. Tu veux nous accompagner ?

— C'est gentil, mais la journée a été chargée. Une prochaine fois.

— Ne lance pas des paroles comme ça, elles ne tombent pas dans l'oreille d'une sourde.

— Oui, je sais, confirmé-je en riant. Ce ne sont pas des paroles, c'est une promesse.

Un franc sourire éblouit son visage. Elle claque un baiser sur ma joue et m'abandonne à mes réflexions.

Contrairement à ce que je pensais, me confier à Samantha n'a pas été si difficile que ça. Je ne lui ai avoué qu'une partie, mais c'est toujours plus que ce que j'aurais jamais imaginé dévoiler. Peut-être que, finalement, lorsque l'on tombe sur quelqu'un de profondément bienveillant et attentif, il n'y a aucune raison d'avoir peur.

CHAPITRE 14
Garrett

Je souris en poussant la porte de chez moi. Les gars sont installés sur la terrasse et j'aperçois la chevelure dorée de Margo. Je pose mes affaires sur le comptoir de la cuisine et les rejoins.

— Salut.

— Garrett ! s'exclame Margo en se relevant pour venir me prendre dans ses bras.

Je lui rends son étreinte, puis m'écarte rapidement et avise sa mine réjouie.

— Oh, toi, tu as réussi à récupérer ton artiste, deviné-je.

— Tout juste.

— Ça fait longtemps que tu es là ?

— Non, je suis arrivée il y a cinq minutes à peine.

— On t'a attendu pour boire un coup, intervient Ryan. Enfin, tu vois ce que je veux dire.

— Oui, je vois, acquiescé-je en riant. Vous me donnez un moment, je file prendre une douche.

Je fonce dans la salle de bains et tâche de ne pas trop m'attarder. Cinq minutes après, je suis en train d'enfiler un tee-shirt propre quand un petit coup frappé à la porte de ma chambre me fait sursauter.

— Ouais ?

— C'est moi, dit Margo.

— Entre.

Elle pousse doucement le battant et fait deux pas timides à l'intérieur. Mon espace n'est pas très grand, mais il me suffit. En vivant à quatre dans une maison qui n'a rien à voir avec celles où chacun de nous a grandi, il a fallu que nous nous adaptions.

— Je voulais discuter un peu en privé avec toi. J'espère que ça ne t'ennuie pas.

— Non, pas du tout.

Je prends appui contre mon bureau tandis qu'elle passe en revue les cadres disposés sur l'étagère. Beaucoup de moments partagés avec les copains, des souvenirs quand nous jouions dans le garage de nos parents, des photos de famille. J'aime particulièrement celle qui me montre aux côtés de Matt, près de nos motos. J'ai mis du temps à la reposer à côté des autres parce qu'elle ravive ma douleur, mais je ne veux pas oublier mon frère, ce lien que nous partagions.

— Je voulais t'appeler après ta première séance et puis je me suis dit qu'un message serait mieux, j'espère que tu ne m'en veux pas.

— Non, ne t'en fais pas. Je m'excuse encore de ne pas avoir répondu tout de suite.

— Ne t'excuse pas. Je sais que je peux paraître un peu collante, mais je me fais juste du souci.

— Je sais, soupiré-je en passant une main dans mes cheveux mouillés.

J'essuie une goutte qui atterrit sur mon front avant de me redresser.

— C'est moi qui te dois des excuses. Je n'ai pas été très... coopératif au départ.

— C'est oublié. Il faut se concentrer sur le présent, Garrett.

— Tu n'es pas fâchée, alors ?

— Bien sûr que non, me rassure-t-elle en souriant tendrement. Comment je pourrais t'en vouloir ?

Elle s'avance timidement vers moi et je comprends sa demande silencieuse. J'ouvre les bras et lui offre une étreinte amicale. Un petit soupir s'échappe de ses lèvres, comme si une tension s'envolait de son corps. Je m'en veux de lui causer autant de stress. Margo est mon amie d'enfance, je dois mieux la traiter, comme Olly, Ryan et Ayden. Ils sont ma famille, mes frères et sœur de cœur, je le leur dois.

Après un instant, elle recule et vient s'asseoir à mes côtés.

— Comment se passent les réunions ? se renseigne-t-elle doucement.

— C'est privé, Margo. Je ne peux pas t'en parler, réponds-je sur le même ton.

— Je comprends. Comment tu te sens, alors ? Ça t'aide ?

— Contre toute attente, oui. C'est plus facile d'échanger avec des gens qui savent de quoi je parle.

Ça m'étonne moi-même, mais je suis sincère. Je crois que d'une manière générale, je me suis fait au petit groupe que nous sommes, même si cela fait peu de temps que j'y participe. En fait, voir d'autres personnes vivre le même combat que moi aide à accepter ce qui m'arrive. Je me sens moins seul.

— Bien, tant mieux. Tu tiens le coup ?

— Je sais pourquoi je le fais, donc oui. Je vais aller au bout et je serai d'attaque pour octobre, ne t'en fais pas.

— Tu sais très bien que je ne pense pas à la tournée en te posant toutes ces questions. Je m'inquiète pour toi, souffle-t-elle.

— Je sais, désolé. J'ai encore besoin d'un peu de temps pour faire avec tout ça. On rejoint les gars ? proposé-je.

J'amorce un pas vers la sortie, mais elle me retient par la main.

— Attends, Garrett, j'aimerais te dire quelque chose.

Elle lève les yeux vers moi, faisant glisser son pouce sur ma peau. D'un mouvement doux mais ferme, je retire mon bras et mets mes mains dans les poches. Ça me met toujours mal à l'aise quand elle fait ça.

— Je tiens à m'excuser. Je sais que tu m'en veux.

— Margo, non, réfuté-je en secouant vivement la tête.

— Si, je le sais. Je sais aussi ce que les gars pensent. Quand j'ai suggéré la désintox, je ne voulais pas te blesser ni te contraindre à quoi que ce soit.

— Je sais. Ce n'était peut-être pas le cas au début, mais maintenant, j'en suis conscient. Et si je t'en ai voulu, ce n'est plus le cas.

— Tu es sûr ?

Je la rassure d'un sourire franc.

— Oui. Je suis désolé d'avoir été distant ces derniers temps. La sortie de cure, tout ça...

— Encore une fois, c'est normal. C'est juste que... tu m'as manqué. Tu as manqué à tout le monde.

— Vous m'avez manqué aussi.

Je passe un bras autour de ses épaules et l'entraîne avec moi dans le couloir.

— Notre amitié compte beaucoup à mes yeux. Je vais faire des efforts.

— Merci Garrett.

Son sourire sincère illumine son visage et nous rejoignons les gars sur la terrasse. Olly a servi des bières pour tout le monde et un soda pour moi et vidé un paquet de chips dans un saladier.

— Alors, commence notre agente après une gorgée, les représentations à Long Beach et Huntington Beach ces deux derniers week-ends ont été de jolis succès, j'ai eu de très bons échos sur les réseaux. Il y a un véritable engouement du public, malgré votre absence de plusieurs semaines.

— C'était vraiment top ! s'exclame Ryan en s'allongeant sur son transat.

— Rien de mieux qu'une petite salle pour se remettre dans le bain, acquiescé-je.

— Vraiment ? Ça vous a plu à ce point-là ? s'étonne Margo.

— Bah oui. Pourquoi tu dis ça ?

Je pioche quelques chips en haussant un sourcil. Les mecs me retournent mon regard.

— Je pensais que vous auriez aimé un peu plus de monde, explique-t-elle. Vous avez déjà fait plus grand et vous deviez faire Coachella.

Je grimace en pensant à cette opportunité folle que nous manquons à cause de moi. Nous sommes en plein dedans, le festival a lieu en ce moment, sur plusieurs scènes ouvertes où se succèdent bon nombre d'artistes. Une ambiance du tonnerre que nous ratons. Par ma faute.

— On prend tout ce que tu peux nous trouver, Margo, intervient Oliver.

— J'ai réussi à caler d'autres dates pour surfer sur la vague. Toujours dans la région, comme ça, vous pouvez vous concentrer sur l'écriture et l'enregistrement sans souci. Il y aura San Bernardino, Pasadena, Santa Clarita et Lancaster, entre autres, en plus de LA. Je vous ai préparé un planning.

Elle nous tend plusieurs documents où elle a répertorié toutes les informations et les contacts.

— J'essaie de trouver plusieurs endroits pour San Diego. Ce serait l'histoire de trois, peut-être quatre jours. Je vais faire en sorte de respecter tes engagements aux réunions, m'informe-t-elle.

Je la remercie d'un mouvement de tête.

Elle reste encore une petite heure, le temps de nous faire le point et de nous rappeler les attentes du producteur. Même si ce dernier est un ami de mon père, il est intransigeant. Il a choisi de nous faire confiance, de *me* faire confiance, alors je ne veux pas le décevoir. Nous sommes talentueux, nous méritons ce qui nous arrive, mais je ne dois juste pas tout foirer. Il y a trop en jeu.

— Ce n'est pas que je m'ennuie, mais je dois aller rejoindre Crystal, nous dit Margo tout en rangeant son agenda dans son sac.

Ryan se redresse aussitôt. Margo le fusille du regard avant de lui jeter une chips au visage.

— Hey ! Pourquoi tu m'attaques à coups de patate ? s'offusque-t-il.

— Parce qu'elle m'a raconté ce qui s'est passé après le show à Long Beach.

— Je n'ai rien fait ! se défend-il en levant les mains en l'air.

— Mais bien sûr, ricane-t-elle en quittant son siège. Tu as profité de mon absence pour passer à l'attaque. Dans les toilettes du club ? Vraiment ? Tu ne pouvais pas faire mieux ?

— J'aurais pu, c'est vrai. Mais j'étais pressé.

Nous éclatons de rire sous le regard un peu plus noir de Margo.

— Jamais tu ne changeras ? soupire-t-elle en roulant des yeux.

— Ça faisait des années que je ne l'avais pas vue. Et disons qu'elle a beaucoup changé depuis le lycée. Elle n'a pas semblé perturbée, assure-t-il.

Margo s'éloigne vers la baie vitrée tout en marmonnant pour elle à quel point nous sommes irrécupérables.

— Garde les détails pour toi, tu veux. Bonne soirée, les gars.

Ryan lui envoie des baisers accompagnés d'un clin d'œil avant qu'elle ne disparaisse. Je m'apprête à demander à mes colocs ce qu'ils veulent faire ce soir quand des voix nous parviennent depuis l'intérieur. Je fronce les sourcils et me lève. Je suis surpris de tomber sur mon père dans la cuisine, en pleine discussion avec Margo.

— Bonsoir, fils, me salue-t-il en me voyant.

— Papa ? Qu'est-ce que tu fais là ?

— Je me sauve. Bonne soirée, dit Margo en fermant la porte derrière elle.

Je hoche la tête en scrutant mon paternel. Sa carrure imposante prend de la place, il est même plus costaud que moi.

— Désolé d'arriver à l'improviste. Ta mère est restée à New York. Je sais qu'elle voulait déjeuner un midi avec toi, mais du coup, je me suis dit que j'allais passer te voir. Je tombe mal ?

— Non, pas du tout. Les gars sont dehors.

J'avance vers lui pour le prendre dans mes bras. Les rapports entre mon père et moi sont timides, surtout depuis l'altercation qui a conduit à mon entrée au centre. Se battre avec son père, c'est quelque chose qui marque, et nous ne nous sommes presque pas revus depuis. Au téléphone, c'est plus facile de faire comme si ce n'était pas arrivé.

— Ta... Ta mère m'a annoncé la bonne nouvelle, tu as réussi à écrire quelque chose.

— Ouais, enfin, le début de quelque chose seulement, nuancé-je en haussant les épaules. On a commencé à écrire la mélodie, j'ai continué un peu les paroles, on verra ce que ça donne.

— C'est génial. Ça va revenir complètement. Je ne m'en fais pas.

Il pose une main sur mon épaule pour me rassurer avant de l'enlever, comme s'il avait agi sans réfléchir.

— Je... je pensais à Matt en écrivant, lui confié-je, tête basse.

Je capte un coup d'œil de mon père mais il ne relève pas tout de suite. Se dirigeant vers la baie vitrée, il regarde les mecs siroter leur bière au soleil. S'il savait à quel point je regrette la tournure qu'a prise notre relation. Avant, nous nous disions tout. Maintenant, le moindre échange est réfléchi, calculé, emprunté.

— Tu sais que tu as le droit de parler de lui, hein ? finit-il par dire après un court silence. Je sais que ça fait mal, mais tu as le droit.

Je déglutis tout en pinçant les lèvres. Machinalement, je sors les plaques qui pendent à mon cou et m'en empare. J'ai besoin de cette ancre au quotidien, pour ne pas oublier, pour maintenir le lien que j'avais avec mon frère. Comme je reste silencieux, mon père enchaîne en se tournant vers moi :

— Comment tu te sens ?

— Bien. J'appréhendais les séances, mais ça va.

— Tu continues de parler au docteur qui te suivait au centre ?

— Oui, une fois par semaine, on s'appelle.

— Bien. Je suis fier de toi.

Les larmes me montent aux yeux. Mes parents nous ont toujours encouragés, Matt et moi, et ils n'ont jamais été avares en compliments, ce n'est pas la première fois que j'entends ça. Mais c'est la première fois que j'ai du mal à m'en satisfaire.

— Il me manque tellement, chuchoté-je.

Un sanglot me secoue et mon père se précipite vers moi. Il accroche ma nuque pour m'attirer contre lui sans aucune douceur. Je m'effondre dans ses bras et le serre fort.

— Moi aussi, il me manque, tous les jours. Je suis tellement heureux de ne pas t'avoir perdu aussi, Garrett.

Il pose sa grande main sur ma joue et m'éloigne pour me regarder droit dans les yeux. Il attrape la plaque militaire de Matt entre ses doigts et je remarque qu'il est tout aussi ému que moi.

— Rends-le fier de toi, Garrett, comme nous le sommes, ta mère et moi. Fais les choses pour toi avant tout et tout ira bien.

— Merci papa.

Nous nous observons une dernière fois avant de nous séparer pour essuyer nos joues. Sur la terrasse, je vois Ryan se lever, des bouteilles de bière vides à la main.

— Josh ! s'exclame-t-il en donnant une franche accolade à mon père lorsqu'il entre dans la cuisine. Ça, c'est une surprise !

— Je suis content de vous voir aussi, admet-il en riant doucement.

— Vous tombez pile poil, ajoute Olly en entrant, suivi par Ayden.

— On vous sert une bière ?

— En fait, je pensais vous emprunter Garrett pour la soirée, sauf si vous avez quelque chose de prévu. Tu es partant ? me demande mon paternel en se tournant vers moi.

Les traits tirés, il se gratte la nuque avant d'ajouter :

— On avait l'habitude de le faire régulièrement, avant.

— Ouais, je sais.

Je fourrage dans mes cheveux avant de glisser les mains dans mes poches de mon jean.

— Ça marche.

Nous saluons les copains et je rejoins mon père dans l'entrée après être allé chercher une veste. Étrangement, la tristesse de notre discussion se mêle à un sentiment de bien-être : oui, la relation avec mon père a changé, et nous ne sommes plus aussi à l'aise l'un avec l'autre qu'avant. Mais je suis heureux de cette soirée avec lui. C'est un pas en avant, et je sais qu'il est là pour moi, même si c'est difficile. C'est comme si j'avais récupéré un peu de ce qui était avant ma descente en enfer, et que je voyais enfin le bout du tunnel.

CHAPITRE 15
Maxine

Je n'arrête pas de penser à ma conversation avec Sam. Est-ce que Garrett aimerait que nous devenions amis ? C'est vrai que nous pouvons très bien passer du temps ensemble pour qu'il m'apprenne la guitare sans espérer plus. Cela m'aiderait d'un point de vue social. Dans un lieu public, pour me rassurer.

— Bonjour à tous, nous salue Patrick. Si le cœur vous en dit, aucune obligation comme d'habitude, j'aimerais qu'on discute des personnes que nous étions avant et de ce que nous aimerions devenir ou redevenir. Maxine, tu veux commencer ?

Si prendre la parole devant tout le monde est déjà difficile pour moi, le faire en premier, c'est carrément un défi. Mais il en faut bien un, non ? Je prends une profonde inspiration et me lance.

— Je suis une froussarde. Il n'y a pas d'autre mot pour me décrire. Avant j'étais avenante, joyeuse, j'aimais sortir avec mes amis, profiter. Et puis, il a suffi d'une mauvaise rencontre, d'une personne à l'influence néfaste pour me détruire. Il a annihilé tout le bien en moi pour ne laisser qu'une carcasse vide qui tente de faire surface afin de ne pas sombrer.

Je jette un regard circulaire à mon petit groupe. Je sais qu'il est possible de s'en sortir. Patrick est un roc sur lequel nous pouvons nous reposer. Il prodigue ses conseils, nous offre son soutien et son expérience pour nous prouver que c'est réalisable.

À l'abri des regards, dans la manche de mon sweat, je caresse la cicatrice qui barre mon avant-bras. J'ignore si d'autres personnes ici présentes ont tenté, comme moi, de mettre fin à leurs jours. Je sais ce que beaucoup de gens pensent de ce geste : que ce soit de colère ou de pitié, ils y voient dans tous les cas de la lâcheté. Sauf que c'est plus que ça. Je me souviens de ce que j'ai ressenti à ce moment-là, ce qui m'a poussée à franchir le pas : c'était un désespoir abyssal. La sensation d'avoir creusé si profond que rien, *absolument* rien ni personne n'aurait pu me faire remonter. L'absence de solution.

— Je n'ai jamais été quelqu'un de dépressif, poursuis-je, les yeux toujours rivés sur la manche de mon sweat. Mais après l'épreuve traumatisante que j'ai vécue, j'en suis arrivée à un point où je ne savais pas comment m'en sortir. Avoir été trahie, abusée… j'ai perdu pied. Loin de ma famille, je n'ai pas su faire face, appeler à l'aide. Je ne dois ma survie qu'à un hasard.

J'ai commis le presque irréparable, comme un appel à l'aide. Cela a été un électrochoc et ma sœur a pris les choses en main à partir de là. Cet acte est marqué à vie sur ma peau et ce n'est pas le tatouage qui le recouvre qui peut l'effacer.

— Je sais que je ne pourrai pas récupérer la vie que j'avais avant, je ne serai plus jamais la même, mais je veux m'en sortir, je veux me prouver que je suis plus forte que ça, que ce qui m'est arrivé.

— Merci Maxine, sourit Patrick. Tu as raison en affirmant que tu ne pourras pas récupérer la vie que tu avais avant en partie parce que tu n'es plus la même personne. L'acceptation est une étape très importante. Et la force, vous en montrez tous autant que vous êtes par votre simple présence ici. Tout le monde n'en est pas capable. D'accord ?

Je hoche la tête, bien consciente qu'il dit vrai.

— Marisol ?

La mère au foyer prend la parole après moi et quand je relève les yeux, je croise ceux de Garrett qui m'observe. Je ne parviens pas à déterminer ce que je lis en lui. J'ai envie de croire en l'instinct de Samantha. J'ai envie de croire que même si nous sommes abîmés, cela n'enlève pas notre humanité.

Lorsque son tour arrive, je n'arrive pas à détacher mon regard de lui.

— Garrett ? Tu veux prendre la parole ?

— Oh, euh… ouais.

Il me jette un dernier coup d'œil avant de fixer un point dans le vide, au sol. Lui non plus ne s'est pas encore habitué à se dévoiler.

— Avant que je plonge dans la drogue, ma famille et moi étions heureux et unis. Mon avenir était tout tracé, j'étais un gars sur qui on pouvait compter. Je croyais être quelqu'un de solide. Mais je n'ai pas su faire face au deuil comme tout le monde. Je sais bien qu'il n'y a pas de règles, chacun est différent, mais j'aurais aimé être plus fort pour mes parents. Je ne pensais pas que je tomberais si bas, que je me laisserais séduire par la drogue et l'alcool au point de m'oublier et d'ignorer mon entourage. Mes amis ont essayé de m'aider aussi, mais je les ai repoussés. Je… J'ai déçu énormément de monde, je pense que c'est ce avec quoi j'ai le plus de mal. J'ai agi comme un crétin et j'ai failli perdre tout ce qui me restait.

Dylan tend la main pour lui serrer l'épaule, compatissant.

— Je ne veux plus jamais redevenir cette loque à laquelle j'étais réduit, cette ombre de moi-même. Plus jamais. Moi aussi, j'ai conscience que je ne pourrai pas retrouver ma vie d'avant et ce n'est pas le but. Je veux juste être à nouveau ce gars fiable, qui sait ce qu'il veut et où il va.

Garrett se redresse sur son siège et se racle la gorge.

— J'ai dîné avec mon père mardi soir. Juste nous deux. Ça faisait une éternité que ça ne nous était pas arrivé.

— Ça t'a fait du bien ? demande Edward.

— Plus que ça, admet-il en souriant. C'est comme si on avait reconnecté nos liens, on est redevenus ce père et ce fils qui aimaient passer du temps ensemble. On a parlé de tout et de rien, mais on a aussi abordé des sujets plus personnels. Mon père est quelqu'un de dur, il montre rarement ses émotions. Quand on a failli en venir aux mains, l'année dernière, j'ai vu une facette de lui dont j'ignorais tout. L'autre soir aussi, mais dans le bon sens. Mais je…

— Oui ? l'encourage Patrick en se penchant en avant.

— Eh bien, avec tout ce qui s'est passé, mes parents auraient pu me tourner le dos, tout comme mes amis. J'ai pris conscience de quelque chose récemment. J'aurais pu être abandonné, je pourrais être isolé en ce moment, sans personne à mes côtés. Je... j'ai peur de finir seul, en fait. C'est ma plus grande crainte. Alors je fais ce qu'il faut pour que ça n'arrive pas.

Ses mots me percutent de plein fouet. Est-ce que je souhaite rester seule toute ma vie ? Non. Évidemment que non. Et je sais que je ne peux pas y parvenir en repoussant tout le monde. Avoir une relation amoureuse est hors de question. Laisser une personne entrer de manière si intime, me montrer complètement, totalement, est au-delà de mes forces. Mais faire de la place à quelqu'un en tant qu'ami, je pense en être capable. Je le vois bien avec Sam et Justin, même avec Christie. J'ai fait un pas vers Garrett l'autre jour. Il me donne juste l'espace que j'ai réclamé, c'est à moi d'aller vers lui si je veux que les choses changent.

À la fin de la réunion, j'aide à ranger les chaises et me tourne vers le buffet, espérant y trouver Garrett. D'habitude il reste quelques minutes, mais ce soir il a choisi de ne pas s'éterniser. Je dis rapidement au revoir à Christie avant de sortir précipitamment pour le rattraper. Malheureusement, une fois dehors, je ne le vois pas derrière le volant de sa sportive.

Je fais quelques pas en amont, comme une imbécile sur le trottoir, me demandant s'il me laissera l'approcher après que je l'ai trop souvent repoussé. Je m'apprête à rejoindre mon vélo quand je l'aperçois quitter le Starbucks de l'autre côté de la rue, un café dans les mains. Il s'arrête net en me repérant.

Pas besoin d'avoir étudié au MIT pour comprendre qu'il y a un truc. Mon vélo est de l'autre côté, je n'ai vraisemblablement rien à faire ici. Il abaisse la capuche de son sweat resté ouvert et retire ses lunettes de soleil pour les accrocher à l'encolure de son tee-shirt, s'approchant de moi avec un air inquiet.

— Un problème ? s'enquiert-il en portant le gobelet à ses lèvres.

— Tu es parti vite, dis-je. Le café de la salle ne te plaît plus ?

Il hausse un sourcil, probablement surpris de m'entendre aligner plus de trois mots à la suite.

— J'avais envie d'un cappuccino. Bonne soirée, Maxine.

Je digère son ton ferme. Je n'ai que ce que je mérite. Il fait un pas pour me dépasser, mais je prends sur moi et le retiens d'une voix qui se veut sûre d'elle.

— Garrett !

— Ouais ? lance-t-il en se retournant.

— Euh, je... Je tenais à m'excuser et à te remercier pour avoir ramené mon portable.

— Pas la peine, et pas de souci.

Il repart aussitôt puis s'arrête une fois encore lorsque je reprends :

— Si, j'y tiens. Rien ne t'obligeait à te déplacer, ça aurait pu attendre mardi.

— Pas de problème. J'aurais bien du mal à passer une seule journée sans, alors ça ne m'a pas dérangé.

— Oh, tu sais, le mien, je ne m'en sers pas vraiment.

— Parce que c'est une antiquité, tu veux dire. Je ne savais même pas que ce genre de truc était encore en service, se moque-t-il.

— Il prend les appels et envoie des textos, ça me suffit.

— Pas fan des nouvelles technologies ?

— Je me suis coupée de tout ça il y a deux ans. Je vis très bien sans.

— C'est sûrement toi qui as raison, concède-t-il.

Un ange passe tandis que j'observe le bout de mes baskets, le bruit de la circulation alentour prenant le relais de notre discussion. Je le vois hésiter à repartir.

Un peu de courage, Maxine !

— Est-ce que...

— Oui ? rebondit-il alors que je m'arrête brusquement.

— Ta proposition tient toujours ? murmuré-je du bout des lèvres, toute assurance me désertant.

— Laquelle ?

— De m'apprendre à jouer de la guitare ?

— Oh.

Il m'examine avec attention, comme s'il n'était pas sûr de ce qu'il venait d'entendre, puis glisse une main dans la poche arrière de son jean.

— Ce n'est pas grave ! Je comprends, ne t'en fais pas.

— Non, mais attends, Maxine, m'arrête-t-il alors que je commence à le devancer. C'est juste que... je ne comprends pas. J'ai discuté avec Samantha, je sais que tu lui as envoyé un message quand on était ensemble. Tu te méfies de moi et jusque-là, nos échanges n'étaient pas franchement au top. Tu as tes raisons, je ne remets pas ça en doute, seulement je suis un peu étonné.

— J'essaie de faire un effort, expliqué-je.

— Tu es sûre de toi ?

— Oui, et puis, tu m'as demandé de te laisser me prouver que je me trompais, non ?

Il passe les doigts dans sa tignasse blonde alors que son regard se perd vers la gauche. Lui qui est si sûr de lui d'ordinaire, il me paraît soudain mal à l'aise.

— Si ça t'intéresse, je pourrais partager ma passion avec toi en retour et te faire visiter mes musées préférés.

— Tu es mentalement prête à passer du temps avec moi ?

— Je crois que oui.

— Vraiment ?

Je hoche vivement la tête, espérant être suffisamment convaincante. Maintenant que j'ai sauté le pas, je ne veux pas revenir en arrière. Je ne veux plus vivre dans le passé.

— Très bien. Si tu veux, pour commencer, on peut se retrouver en extérieur pour les cours. Si au bout d'un moment, tu te sens mieux, on pourra aller chez moi ou chez toi.

Il ne peut pas imaginer à quel point cette initiative me rassure.

— Merci. Ça me convient, dis-je en esquissant un sourire.

— Si tu n'as rien, on peut se donner rendez-vous après les réunions, on va bien trouver un coin où se poser.

— Il y a un jardin japonais pas très loin.

Je désigne un point derrière nous, au-delà des bâtiments, à deux pas du complexe sportif que je longe à vélo en venant ici.

— Parfait.

— Et pour les musées, tu me diras quand tu es libre.

— Oui, on fait comme ça. Je m'occupe d'apporter les guitares, d'accord ? Je t'en prêterai une pour que tu puisses la ramener chez toi pour t'entraîner.

— Oh, je… Je n'avais pas songé à ce détail.

— Ça ne m'embête pas, m'assure-t-il.

— C'est gentil.

— Pas de problème. Bon, je dois y aller. À mardi alors.

— Bonne soirée.

Il me fait un petit signe avec la main qui tient son gobelet et je le regarde rejoindre sa voiture. *Voilà une bonne chose de faite.* Je prends une profonde inspiration et expire doucement. Tout va bien se passer.

Affronter son passé pour le surmonter. Se pardonner pour pouvoir avancer.

Apprendre à faire confiance pour oublier.

CHAPITRE 16
Garrett

Quatre jours. Cela fait quatre jours que Maxine et moi avons scellé notre accord, et l'heure de vérité est arrivée. Je lui jette un regard en biais alors que nous marchons vers le jardin à même pas dix minutes à pied du lieu des réunions, chacun une guitare sur le dos. Je peux lire toute la tension qui émane d'elle : son pas raide, ses épaules légèrement voûtées, son silence.

Je dois dire que ce revirement de situation m'a stupéfié. Littéralement. Après notre échange presque glacial dans ma voiture et ce que j'ai pu apprendre auprès de Samantha, j'avais décidé de laisser tomber. Je refuse de forcer qui que ce soit à accepter ma présence, j'ai autre chose à faire. Je dois me concentrer sur ma guérison, mon avenir. Alors forcément, quand elle a accepté ma proposition et a suggéré ce donnant-donnant, j'ai pesé le pour et le contre. J'ai repensé à ce qui s'est dit à de nombreuses reprises pendant les réunions, cette histoire de fraternisation entre membres d'un même groupe. La mise en garde est plus pour les histoires de cœur et il n'est pas question de ça entre Maxine et moi. Et puis, si je veux être tout à fait honnête, Maxine a ce petit quelque chose qui m'intrigue et qui me donne envie d'apprendre à la connaître. Je suis sûr que nous avons beaucoup à apporter à l'autre et je ne dis pas non à une nouvelle amie.

Dimanche, le groupe et moi avons donné un concert intimiste dans une petite salle à San Bernadino. C'était vraiment génial.

Avant notre passage, j'ai raconté aux mecs ma progression avec Maxine et ils m'ont félicité. Ça non plus, je ne m'y attendais pas. Alors que je pensais qu'ils allaient se méfier et que j'aurais droit à un sermon, ils se sont réjouis pour moi de me voir m'ouvrir à quelqu'un d'autre, surtout pour parler musique. D'après eux, elle aurait pu tomber sur pire. Je ne sais pas si c'est vrai, mais ce que je peux assurer, c'est de donner mon maximum pour qu'elle ne le regrette pas.

J'observe le décor autour de moi, suivant Maxine au milieu du parc. La végétation abondante apporte un refuge bienvenu sous le soleil d'avril. Je laisse Maxine choisir l'endroit où elle veut que nous nous posions. Au bout de quelques minutes de marche, elle opte pour un banc ombragé et légèrement à l'écart. Je ne suis pas mécontent de cette intimité qu'il nous offre, cela nous évitera d'être importunés par d'éventuels curieux.

Je l'observe, amusé, sortir un carnet à spirales.

— Quoi ?

— Rien.

— J'aime bien prendre des notes, s'explique-t-elle.

Je m'assieds à ses côtés et pose la guitare que j'ai ramenée sur mes cuisses après l'avoir sortie de son étui. Elle m'imite dans la foulée.

— D'abord, je voudrais te prévenir, je n'ai jamais joué les profs pour personne, alors un peu d'indulgence. C'est facile pour moi, donc n'hésite pas à m'interrompre et à me poser des questions, sinon ça ne servira à rien.

— D'accord.

— Bon, on va faire un petit point théorique sur l'anatomie de la guitare. Les deux que j'ai prises sont des guitares sèches, qui n'ont pas nécessairement besoin d'ampli. Donc ici, on a la tête avec les clefs pour accorder, le manche, avec les cases. Plus tu te rapproches de la caisse de résonance, indiqué-je en désignant le trou sur l'instrument, plus les sons seront aigus. Les traits qui forment les cases sont appelés frettes.

Je la regarde écrire ce que je lui explique, concentrée.

— Pour commencer, on va rester entre ici et ici, dis-je en bougeant le doigt entre la première et la troisième case, près des clefs, parce que c'est là qu'on peut faire les accords les plus simples. La corde la plus proche de toi est la plus grave, la plus éloignée, la plus aiguë.

Je pince chaque corde pour lui faire entendre les sons.

— Ensuite, pour obtenir un accord, tu vas devoir jouer plusieurs cordes en même temps et donc poser tes doigts à différents endroits au même instant.

— D'accord, dit-elle en hochant la tête, tout en continuant à prendre des notes. Ça fait longtemps que tu sais jouer ?

— Humm... J'ai dû commencer quand j'avais six ou sept ans, peut-être.

Elle redresse aussitôt la tête et écarquille les yeux, une mèche de cheveux tombant devant son visage. Mais elle s'en fiche complètement.

— Bon sang. Tu étais tout petit.

— On a la musique dans le sang dans ma famille.

Elle murmure un « impressionnant » et je lui souris avant de reprendre :

— Alors, avant de parler technique, tu vas te familiariser un peu avec ton instrument. Tu laisses les cordes à vide et tu fais sonner chacune d'entre elles pour avoir la note.

Je fais les gestes au fur et à mesure de mes explications.

— Vas-y, essaie. C'est la première fois que tu vas jouer...

— Essayer, m'interrompt-elle.

— Oui, essayer, lui accordé-je en riant. Ne t'en fais pas, il va y avoir des ratés et c'est normal. Apprendre à jouer de la guitare demande du temps et de l'entraînement. Il va falloir que tu t'exerces un peu tous les jours pour t'améliorer.

— Bien sûr. Je te remercie encore de me prêter une guitare.

— Ça me fait plaisir. Regarde, dis-je en désignant sa main gauche, les cordes sont assez proches les unes des autres, donc tu touches celles d'à côté quand tu en joues une. Ce n'est pas grave. On recommence et tu finiras par y arriver. Un pas après l'autre.

Elle redresse la tête d'un coup et me lance un regard qui me désarme. Cela ne dure pas très longtemps, elle se reprend rapidement et réitère l'exercice. Moi, je suis encore figé à côté d'elle.

— Ça a l'air tellement facile quand je te regarde faire.

Je cligne des yeux puis secoue la tête pour reprendre.

— Je... je joue depuis que je suis tout petit, tu ne peux pas comparer. Mais si tu persévères, je te promets que tu arriveras à jouer très correctement.

Elle rit doucement en secouant la tête, sceptique. J'essaie de ne pas prêter attention aux frissons qui me parcourent.

— Est-ce que tu mettrais en doute mon tout nouveau talent de professeur ? plaisanté-je.

— Non, évidemment que non. On voit juste que la musique signifie beaucoup pour toi.

Elle s'exerce une nouvelle fois, mais c'est très fragile. Je l'observe grimacer et souris. Elle est très concentrée, expressive, et je vois qu'elle prête énormément attention au son qu'elle produit. Elle entend celui que je fais et elle sait si elle copie de la bonne façon ou pas.

— Là, il ne faut pas hésiter à bien appuyer avec ton doigt sur la corde.

— Ça fait un peu mal.

— Oui, c'est dur quand on n'est pas habitué. Mais après tu t'endurcis !

Je lui montre les cals sur le bout de mes doigts en souriant, et je vois ses yeux s'agrandir. Elle soupire, puis se reconcentre. Notre attention est détournée par un groupe de six filles venues s'installer un peu plus loin sur la pelouse pour une séance de yoga. Je reviens rapidement à ma guitare, bien plus intéressé par la musique.

Quand Maxine parvient à faire plusieurs notes justes, je lui propose de passer un cran au-dessus.

— Un accord est un ensemble de notes. On utilise donc différentes combinaisons avec nos doigts sur les cordes et les cases. Tout d'abord, on va faire un mi mineur. Pose ton majeur là et ton annulaire ici, expliqué-je en positionnant chaque doigt l'un après l'autre doucement.

— Et les autres cordes ?

— Elles restent à vide.

Elle prend le temps de noter la position de sa main sur son carnet puis récupère sa guitare. Elle l'installe en équilibre sur sa cuisse, instable. Voyant qu'elle n'est pas très à l'aise, je me déplace de quelques pieds sur le banc et lui demande sa permission. J'ai besoin de son aval pour poser mes mains sur elle sans craindre qu'elle détale.

— Je peux ?

— Oui.

Je suis surpris par la rapidité avec laquelle elle me répond. J'espère que ce n'est pas de la nervosité, mais plutôt qu'elle me fait confiance.

— Ton poignet, moins crispé. Ton épaule un peu plus basse. Pas la peine de serrer aussi fort le manche, tes doigts vont devenir tout blancs. Pour travailler sans te contracter, il faut te relâcher. La guitare ne va pas se sauver, ne t'en fais pas !

À chaque remarque, j'effleure sa peau pour ne pas la brusquer : une pression sur sa main, une poussée sur son articulation pour qu'elle se détende, un titillement de ses doigts pour qu'elle les repositionne. Elle laisse échapper un petit rire nerveux tout en hochant la tête.

— La respiration, c'est le plus important.

Je prends une profonde inspiration et expire lentement, l'invitant à m'imiter.

— Zen, Max. Il n'y a aucun enjeu ici, juste nous deux. Détends-toi.

— J'essaie. Vraiment, m'assure-t-elle avec un faible sourire. Remontre-moi, s'il te plaît.

Je m'exécute et elle suit avec attention le moindre de mes mouvements avant de les reproduire avec précision. Elle s'exerce plusieurs fois. Je n'interviens pas, c'est à elle de trouver la bonne position, de se laisser aller et d'écouter. Lorsqu'elle fait une pause, je reprends pour qu'elle continue à s'imprégner des sons. Je l'observe, appliquée, tandis que nous passons à deux autres accords, histoire qu'elle ait matière à travailler.

Elle a les yeux fixés sur un point précis, laissant la musique résonner en elle. Quand elle parvient enfin à me donner un accord parfait, son regard plonge dans le mien et je peux y lire l'étonnement et la fierté.

— Là, soufflé-je avant de sourire franchement. Évidemment, il faudra beaucoup de pratique pour que ça devienne naturel et facile, mais pour une première fois, ce n'est pas mal du tout.

— Merci.

Soufflant de satisfaction – et de fatigue aussi, je pense –, elle pose finalement la guitare sur le côté, pensive.

— Est-ce que tu peux me jouer quelque chose ? prononce-t-elle du bout des lèvres.

— Oh… Euh, ouais, si tu veux, bafouillé-je.

Je suis un peu décontenancé. Pas parce que la demande est bizarre, mais plutôt parce que cela fait longtemps que je n'ai pas joué en acoustique pour quelqu'un en dehors des séances d'enregistrement et d'écriture avec les mecs. Quand nous faisons les scènes libres au bar ou nos représentations, c'est Olly qui s'y colle le plus souvent. Je déglutis avant d'opter pour la reprise de Johnny Cash des Nine Inch Nail, *Hurt*. Les paroles font parfaitement écho à ce que je ressens, et j'en suis sûr, Max y sera tout aussi sensible. Je laisse passer l'intro acoustique, lui offrant le temps de reconnaître la chanson que j'ai choisie, et me lance.

I hurt myself today
To see if I still feel
I focus on the pain
The only thing that's real

Lorsqu'elle ose enfin me rejoindre sur le refrain, je suis une fois de plus totalement envoûté par son grain de voix si particulier. C'est comme si un voile nappait son timbre dès qu'elle chante. Elle est en plus d'une incroyable justesse. Je n'ose imaginer ce que la combinaison chant plus guitare donnera.

Je la laisse mener le restant de la chanson et me concentre sur les notes et sa voix. Je mordille nerveusement ma lèvre alors que le dernier accord s'évapore entre nous, puis cligne des yeux lorsque Max se relève brusquement tout en remettant son sweat en place.

— Tout va bien ?

— Oui, oui. Nickel.

Elle n'est pas très convaincante ; elle regarde partout sauf vers moi en trépignant.

— J'ai fait quelque chose de mal ?

— Non, rien. C'est juste que... Je n'ai pas vu l'heure passer et je...

— Oh, oui, bien sûr.

Elle se penche pour récupérer ses affaires pendant que je range les guitares dans leur étui. Je ne sais pas si elle éprouve la même chose que moi, mais j'ai trouvé ce premier échange assez intense. J'espère que cela se tassera un peu avec le temps, l'objectif étant quand même de sortir indemnes de ces rendez-vous artistiques.

— Tu veux que je te dépose à ta résidence ? proposé-je sur le chemin du retour.

Elle n'a pas décroché un mot depuis cinq minutes.

— C'est gentil, mais je suis à vélo. Merci encore pour ce cours.

— Pas de souci. Tu veux emmener la guitare chez toi ?

— Tu es sûr que ça ne te dérange pas ?

— Non, je n'en manque pas. Du moment que tu la ranges bien pour la transporter, c'est OK. Essaie de reproduire ce qu'on a fait, puis d'enchaîner. Au début, ce ne sera pas très joli, mais ça ira de mieux en mieux.

— Merci pour tous tes conseils. À vendredi, alors.

Je relève les yeux et me rends compte que nous sommes déjà revenus à notre point de départ. Le temps que je me tourne de nouveau vers elle, elle a déjà retiré l'antivol de son vélo et l'a enfourché.

— Oui. Bonne soirée.

Elle me fait un signe de la main, puis disparaît.

✦✦✦

J'arrive un peu éreinté à la maison, d'autant plus que j'ai eu toutes les peines du monde à trouver une place. Une fois n'est pas coutume, je découvre les mecs affalés dans le canapé devant une série télé. Des burgers attendent sur la table basse, la bonne odeur qui s'en dégage réveillant mon estomac alors que je prends place avec eux.

— Merci les gars.

— Pas de souci, sourit Ayden.

— Tiens, dit Olly en me tendant un Coca, une moue désolée sur le visage. Ce n'est pas trop dur ?

— Je m'y suis fait. Je ne vais pas dire que ça ne me manque pas, mais j'arrive à faire sans. Ce n'est pas le sevrage le plus difficile des trois, confessé-je.

— Laisse-moi deviner… les nanas, se marre Ryan.

À la télé, un passage montrant un groupe de femmes dans une piscine en train de s'amuser vient en rajouter une couche : bikinis, corps parfaits, peau bronzée.

— Bingo ! Putain, oui, ça, c'est dur, approuvé-je.

— Pourquoi t'as accepté cette connerie, au juste ?

— Parce que c'est une addiction comme une autre. Je crois qu'au point où j'en étais, j'étais incapable de distinguer laquelle des trois me posait un problème. Au moins, là, plus de question. On verra ensuite.

— Ça a été ton cours avec Maxine, aujourd'hui ? s'enquiert prudemment Olly.

— C'était cool.

Comme si je ne les voyais pas venir à dix miles.

— Juste cool ? rebondit Ryan en haussant un sourcil. Pas à nous, mon pote. Je me rappelle encore ta tronche quand tu l'as entendue chanter au bar. Peu importe la vie de moine à laquelle tu t'astreins, on voit bien que quelque chose se trame.

— Je vous assure que non, soupiré-je en posant mes pieds sur la table basse, las. Cette fille… Elle est comme un iceberg immense. Elle a vécu un truc tellement moche qu'elle s'est coupée de tout. Cette parenthèse qu'elle accepte pour apprendre la guitare, j'ai envie de la lui offrir pour qu'elle se change les idées, et parce que ça me fait du bien aussi. Je ne veux rien d'autre, je vous assure.

— C'est tout à ton honneur.

— Elle ne s'en est pas mal sortie pour tout vous dire. Et bon sang, sa voix ! Je vous parie mille dollars que si mon père ou Mitchell l'entendaient, ils partageraient mon avis.

— Sans doute. Eh bien, levons notre verre au talent caché alors !

— Tout est bon pour trinquer, hein ? dis-je à Ryan en me marrant.

— Évidemment.

CHAPITRE 17
Maxine

Je me sens moins stressée que mardi. Je ne dis pas que je suis parfaitement zen, mais j'avoue que l'attitude de Garrett, sans prise de tête, aide énormément. Je le prenais pour un vrai dragueur mais il ne prête attention qu'à la personne avec qui il est, pas à ce qui l'entoure, comme avec le groupe de femmes qui s'est installé devant nous la dernière fois.

Je pense que j'ai eu raison d'accepter ces échanges. Je ne suis pas tout à fait à l'aise, mais pouvoir discuter avec lui dans un cadre précis avec un objectif, cela me permet de me concentrer sur autre chose que mes craintes.

— Alors, tu as pu travailler un peu ce qu'on a vu la dernière fois ? demande-t-il tandis que nous nous asseyons sur le même banc qu'en début de semaine.

Nouvelle séance des Narcotiques Anonymes, et nouveau cours de guitare. Lorsque nous avons pris le même chemin en sortant de la réunion, j'ai bien vu Christie nous lancer un regard interrogatif. Nous nous livrons suffisamment à chaque séance, je sais qu'elle attendra que je fasse le premier pas.

— Oui, j'en ai fait un peu tous les soirs. Individuellement, je réussis mieux que l'enchaînement, grimacé-je.

— Attends, Maxine, c'est normal. Tu ne vas pas tout maîtriser tout de suite ! Mais je suis sûr que tu t'en es bien sortie. Tu veux me montrer ?

— Oh, euh, d'accord, bafouillé-je.

Je ne suis vraiment pas convaincue par le résultat, mais je suppose que je n'ai pas le choix si je veux progresser. Je sors la guitare de son étui, la place sur ma jambe et m'exécute. Les premières notes sont totalement ratées parce que ma main tremble, mais petit à petit, je parviens à me calmer et c'est beaucoup mieux, moins sanglant pour nos tympans.

— Franchement, ce n'est pas trop mal, dit-il après ma prestation. Il y a encore des hésitations, mais ça peut être corrigé juste en te concentrant un peu plus sur le positionnement de tes doigts. Je peux ?

Étrangement, comme la dernière fois, l'idée qu'il pose ses mains sur moi ne me panique pas. Et puis j'ai bien conscience qu'il peut difficilement faire autrement. Il y a quelque temps, j'aurais refusé d'emblée, comme j'ai pu le faire avec Justin, pourtant. L'autre jour non plus, dans sa voiture, quand il m'a touchée avec la ceinture, je n'ai pas trouvé ça désagréable. Plus que tout, je lui suis reconnaissante qu'il cherche mon approbation avant.

J'acquiesce d'un petit mouvement de tête.

— La pulpe de ton doigt bien appuyée sur la corde. N'hésite pas à y aller franco.

Je tâche de faire abstraction de la chaleur des siens sur ma peau et de ne pas prêter attention à son parfum qui flotte entre nous. Je ne suis plus habituée à ce genre de proximité.

— Je te propose de revoir les trois accords de la dernière fois ensemble et d'en découvrir deux nouveaux, et ensuite, on va étudier les enchaînements, parce que finalement, c'est ça la grosse difficulté. C'est ce qu'il faut travailler sans cesse. Ça marche ? demande-t-il.

Je réponds d'un petit hochement de tête tout bête. Je n'avais pas encore remarqué qu'une fossette se dessinait sur sa joue gauche lorsqu'il sourit, sa guitare à la main. Il paraît tellement dans son élément, c'est naturel pour lui.

Il passe une main dans ses cheveux pour les remettre en arrière et dégager son front avant de saisir le manche. J'observe ses longs doigts aux ongles courts se positionner parfaitement.

Cela a l'air si facile et naturel quand je le regarde jouer. Le son est mélodieux, parfaitement exécuté. Je ferme les yeux et me concentre sur ce que j'entends. Quand je les rouvre, je croise ceux de Garrett qui me scrute intensément.

— Ça va ?

— Oui, pourquoi ?

— Ça te va bien.

— De quoi ?

— Sourire.

Je ne peux m'empêcher de rougir. Si je pouvais, je remonterais mon sweat sur ma tête. Garrett capte mon malaise parce qu'il se racle la gorge et s'excuse dans la foulée.

— Désolé… Tu peux essayer maintenant, je pense. Prends ton temps.

J'abandonne mon carnet de notes et récupère le médiator et l'instrument qu'il m'a prêté. Je m'exerce plusieurs fois, d'abord en arpège - note par note -, puis en accord complet. Garrett me fait ensuite enchaîner avec ce qu'il m'a montré la semaine dernière.

— Tu as pris des cours de solfège avant d'apprendre à jouer ? me renseigné-je, me forçant à plaquer mon index entre les frettes.

— Oui, j'ai dû passer par cette étape avant qu'on ne me mette une guitare et un piano dans les mains. Depuis, je pratique tous les jours. Enfin, j'ai eu une période à vide. Je recommence tout juste à reprendre le contrôle.

— Tes parents sont dans le milieu, c'est ça ?

— Oui, j'ai toujours baigné dans la musique. Mon père est producteur et ma mère, agente.

— Waouh. C'est sûr que ça doit aider. Est-ce que… tu as envie d'en faire ton métier ?

— Mes parents ne m'ont jamais poussé dans cette voie, j'aurais pu faire ce que je voulais, mais la musique m'a toujours attiré. Les gars et moi, on a monté un groupe. On essaie de percer.

Je hausse les sourcils, impressionnée.

— Avec des scènes comme au *Porthole* ?

— C'est ça. Un peu partout en Californie, aux alentours de LA.

Un oiseau se pose juste à côté de mon pied pour s'envoler dans la foulée. Je ne suis pas sûre qu'il s'en soit rendu compte, mais dès qu'il a parlé de ses amis et de son futur, ses yeux se sont illuminés, sa voix s'est faite plus chaude que d'ordinaire. La musique a vraiment l'air de compter pour lui.

Je reprends l'exercice sous son œil attentif qui n'intervient que lorsqu'il le juge nécessaire, n'hésitant pas à m'accompagner, jusqu'à ce qu'il hoche la tête de satisfaction. Entre chaque essai, je prends un maximum de notes. Cela me rassure et m'aide énormément quand je suis chez moi et que Garrett n'est pas là pour me reprendre. Bien entendu, je sais qu'il me suffit d'aller sur Internet pour trouver un nombre incalculable de vidéos qui proposent à n'importe qui de devenir le prochain Jimmy Hendrix, mais je préfère cent fois les conseils de Garrett et sa présence.

— Et toi ? Ça fait longtemps que tu t'intéresses à la musique ? se renseigne-t-il. La peinture ne te suffisait plus ?

— Non, moins de deux ans. Et je ne fais que l'écouter, nuancé-je en esquivant volontairement sa dernière question.

— C'est faux. Tu chantes.

— C'est vrai. Mais jusqu'à cette scène ouverte avec Samantha, je n'avais jamais chanté pour quelqu'un d'autre que moi.

— C'est dommage, commente-t-il, s'affalant sur le banc, les mains dans les poches.

— Quoi ? pouffé-je. Tu m'imagines faire des vidéos sur YouTube ?

— Bien sûr que oui.

Je balaie sa remarque d'un geste de la main tout en levant les yeux au ciel. Les rayons du soleil viennent caresser mon visage alors que le vent remue les branches du saule pleureur sous lequel nous sommes assis. Garrett ne sait pas de quoi il parle. Passer deux heures avec lui sur un banc, c'est déjà exceptionnel pour moi. Même si c'est agréable, ce n'est pas pour autant facile. Chaque fois que je sors de chez moi, j'ai cette boule au ventre qui me crie de faire demi-tour. Alors, monter sur scène ? Me dévoiler sur Internet ?

— Tu connais Jonathan Roy ?

Je secoue la tête, encore trop émue pour parler.

— C'est un chanteur canadien que j'ai connu sur YouTube, explique-t-il avec un petit sourire de connivence. J'adore ce qu'il fait.

Il prend sa guitare et s'installe, prêt à chanter. J'ai senti une petite réticence la dernière fois, mais il l'a fait quand même et j'ai aimé ce partage. C'était même très intense. Il avait raison quand il parlait de musique. Je ne remercierai jamais assez ma sœur de m'avoir poussée dans ce refuge. Et j'ai l'impression qu'elle a aidé Garrett aussi.

Comme la fois précédente, la chanson est introduite par quelques notes solitaires, mais il ne m'en faut pas plus pour savoir que je vais adorer ce morceau. Cela se confirme lorsque Garrett pose sa voix sur la musique.

How the hell did we wind up here?
You're hittin' rock bottom and I'm full of fear
The cold wind has frozen your heart
Let's rewrite this story and make it a long one
It's broken and fallen apart
I won't let you lose who you are

Garrett vit vraiment le morceau : la passion qui transparaît de ses traits, la justesse de son timbre, la facilité avec laquelle il passe d'un ton à un autre… Il réussit à s'approprier la musique et les paroles. A-t-il seulement idée de ce qu'il montre en agissant ainsi ? J'ai rarement vu quelqu'un d'aussi habité.

Je sens les larmes me monter aux yeux tellement les paroles résonnent en moi. Elles décrivent un cœur gelé, une histoire à réécrire, une chasse aux démons. Elles sont si vraies, elles traduisent parfaitement ce que j'ai vécu, font écho à ce que je ressens. Sans compter l'émotion qui perce dans la voix de Garrett.

Je déglutis nerveusement et gigote sur le banc avant de ranger mon carnet dans mon sac. Garrett interprète mal mon geste et s'arrête brusquement, la dernière note se suspendant brutalement entre nous.

— Ça va ? s'inquiète-t-il, sourcils froncés.

— Hmm, hmm.

Penché en avant, il attend que j'explique ce qui se passe, mais je suis incapable d'ouvrir la bouche. Je ne m'attendais pas à ressentir autant de choses avec une simple chanson. J'espère qu'il comprendra et qu'il ne sera pas blessé par mon silence.

— On y va ? propose-t-il en abrégeant mon supplice.

J'acquiesce d'un mouvement de tête puis Garrett se lève, glisse le médiator dans la poche de son jean et nous prenons le chemin du parking. À proximité des terrains de tennis, nous croisons un joggeur tellement dans sa bulle qu'il me bouscule sans douceur. Je suis projetée contre le musicien.

— Hey ! Crétin ! Tu pourrais faire attention ! hurle-t-il au sportif qui est déjà loin.

Il ne s'est même pas arrêté.

— Quel connard ! s'emporte-t-il. Ça va ?

Je hoche la tête tout en fixant ses mains posées sur mes bras.

— Pardon, s'excuse-t-il en s'écartant vivement.

— Ça va, le rassuré-je en souriant doucement, me frottant l'épaule d'une main. Ça peut arriver...

— Si tu cours, tu fais attention à ton environnement. Regarde, moi, je suis le *king* de la course à pied. Pas un seul accident de jogging au compteur.

Je ris doucement tout en levant les yeux au ciel.

— Est-ce que demain... tu veux m'accompagner au Getty Center ? C'est l'un de mes endroits préférés. Pour te rendre la pareille.

— Demain, ça va être compliqué. J'ai un truc avec les potes. Est-ce qu'on pourrait y aller dimanche ?

Il passe d'un pied sur l'autre, comme s'il était gêné de devoir refuser.

— Tu sais, tu n'es pas obligé si tu ne veux pas. Je ne me vexerai pas.

Je rive mon regard au chemin bitumé droit devant moi, les buissons disparaissant petit à petit au profit des places de parking du complexe sportif.

— S'il faut que tu saches quelque chose à mon sujet, c'est que jamais je ne me force à faire quoi que ce soit si je n'en ai pas envie, assène Garrett. Jamais.

Je ris doucement face à cette confession.

— Tu veux que je passe te prendre ? Eh non, me coupe-t-il alors que j'ouvre la bouche, ça ne me dérange pas. C'est plus simple comme ça.

— Tu te prépares mentalement à passer tout ce temps avec moi ? Tes amis ne vont rien dire ?

— J'habite avec eux mais on n'est pas mariés, s'amuse-t-il. Chacun est libre de vaquer à ses occupations.

— Ils sont au courant que tu participes aux réunions ?

— Oui, on est comme des frères, alors on ne se cache rien. Ils n'ignorent pas par quoi je suis passé et ils me soutiennent. Je ne leur confie rien de précis, mais ils savent où je suis. Il en va de même avec nos cours, ajoute-t-il en répondant à la question qui se formulait dans mon esprit.

Nous sommes interrompus par la sonnerie de son portable alors que nous arrivons à proximité de sa voiture. J'ai le temps d'apercevoir l'appelant alors qu'il regarde l'écran. *Margo.* J'ai également le temps de voir la photo de cette fille. Une magnifique blonde au visage angélique, yeux de biche, peau parfaite et sourire étincelant. Voilà typiquement le genre de femme que j'imagine à son bras. Il décroche et la met en attente quelques instants.

— On se dit 10 heures dimanche en bas de ton immeuble ?

— Oui. Parfait.

— Tu loges dans lequel ?

— Au centre De Neve, bâtiment Dogwood, le long de De Neve Drive.

— OK. C'est noté, sourit-il en désignant sa tempe du doigt. Bonne soirée.

— Merci, à toi aussi.

Je l'abandonne alors qu'il reprend sa conversation avec son amie. Petite amie ? Serait-il du genre à traîner avec une autre fille, même si rien ne se passe entre nous, alors qu'il a quelqu'un dans sa vie ? Si j'étais la petite copine, je n'aimerais pas ça. Et si c'est le cas, je n'aime pas la position dans laquelle cela me place. Le tout étant de savoir si je serai suffisamment courageuse pour le lui demander.

CHAPITRE 18
Garrett

Cela fait une petite heure que nous sommes arrivés à Pasadena. Ce soir, nous donnons un concert dans un club rétro du centre-ville – c'est pour cette raison que je ne pouvais pas voir Maxine aujourd'hui. Nous avons pu installer notre matériel tranquillement, ajuster nos instruments et faire une répétition. L'acoustique de la salle est plutôt bonne. C'est la première fois que nous mettons les pieds ici, j'espère que nous aurons un public motivé.

Je viens juste de laisser les gars dans la loge, j'ai besoin de prendre l'air. Je me sens un peu bizarre, comme à chaque représentation que nous avons donnée depuis ma sortie de cure. Je suis à la fois excité à l'idée de remonter sur scène, de faire ce que j'aime le plus par-dessus tout, et retenu par une peur que je n'avais pas avant. Et si je n'étais pas assez fort ? Si je tombais sur de la drogue ou que quelqu'un m'en proposait, serais-je capable de lui dire non et de me détourner ? C'est courant, dans ce milieu. Ce n'est pas quelque chose qui m'avait inquiété jusque-là, mais les choses ont changé.

Je m'assieds sans douceur sur une cagette en bois qui traîne dans la ruelle à l'arrière du club. Il fait nuit et seul un lampadaire à quelques yards éclaire les lieux. Je renifle nerveusement et passe la main dans mes cheveux avant de frotter mon nez. Serrant la mâchoire, je refrène les souvenirs qui ne sont jamais bien loin.

Le plus dur avec le sevrage est qu'on n'oublie jamais vraiment les sensations qu'on éprouvait sous emprise. Ce sentiment d'euphorie que je ressentais chaque fois, qui éloignait ma tristesse et ma douleur. Quand je prenais de l'héroïne, je me sentais apaisé, un peu comme si j'étais dans une bulle. Tandis que sous cocaïne, j'étais plus alerte, ultra-conscient de mes sens, comme s'ils étaient plus développés. Sauf que ce n'était qu'une illusion, je n'étais pas devenu un superhéros aux pouvoirs magiques. La seule vérité était que j'étais plus énergique et bien plus confiant, comme si je m'étais délesté d'un poids qui me retenait. Mais ce n'était qu'une échappatoire, cela ne durait que le temps de le dire. C'est pour cette raison que j'ai sombré. Il m'en fallait toujours un peu plus, pour faire durer le moment.

Je gratte l'intérieur de mon bras par réflexe. La plupart du temps, je sniffais la drogue, mais il m'est arrivé de m'en injecter. L'effet n'en était que plus rapide, plus efficace.

Je soupire, secouant la tête. Je dois immédiatement faire cesser ces pensées qui obscurcissent mon esprit. J'ai survécu à la cure, je n'ai pas touché à la drogue depuis ma sortie et les gars s'assurent que rien ne traîne dans tous les lieux où nous nous produisons. Ils sont là pour me soutenir. Il ne peut y avoir aucune tentation.

Je pourrais tout aussi bien tout plaquer et m'éloigner définitivement de tout ça. Il n'y aurait plus aucun risque pour moi, mais je sais que je n'y survivrais pas. J'ai besoin du groupe, de la musique, de ce qui va arriver en octobre. Je ne peux pas tourner le dos à tout ça et les abandonner.

Je sors une feuille de ma poche et relis ce que j'ai rédigé ce matin. Ce n'est pas grand-chose, mais quand je me focalise sur l'écriture ou la musique en général, j'arrive à oublier le reste. Je modifie la première phrase, moyennement satisfait du premier essai.

~~Because of~~ Despite all my flaws and my mistakes
You're still there by my side
Even if I'm far from perfect
I know I can count on you

Matt m'inspire très souvent, mais c'est aussi le cas de mon entourage. J'étais simplement dans le salon avec les gars quand ces mots me sont venus en tête. Et puis j'ai pensé à mes parents et cela vaut pour eux aussi. Ainsi que Margo. Ils méritent que je leur dise en chanson tout ce que je ressens, à quel point je leur suis reconnaissant.

I don't know if I can find the right words
To tell you how grateful I am
Without you I'd only be a shadow among the living
An empty shell with no purpose

Je sursaute alors que la porte grince derrière moi. Je me retourne vivement pour découvrir Margo. Je me presse de ranger la feuille et le crayon dans ma poche alors qu'elle avance doucement.

— Salut.

— Je ne savais pas que tu venais, la salué-je.

— Je voulais vous faire la surprise. Olly m'a dit que tu étais sorti prendre l'air. Je ne voulais pas te déranger, mais comme ça fait un petit moment déjà, je me suis dit que j'allais venir te trouver.

J'acquiesce d'un mouvement de tête, silencieux. C'est la différence la plus importante entre les gars et Margo. Ils m'offrent toujours le temps et l'espace dont j'ai besoin. Margo n'a jamais suffisamment de patience pour ça. Elle aurait pu attendre que je rentre, j'allais finir par le faire, nous avons un concert après tout. Mais non. Il a fallu qu'elle vienne vérifier par elle-même, prendre la température. Je le vois à son regard soucieux qui me détaille avec attention. Que cherche-t-elle exactement ?

Plus je l'observe et plus j'ai l'impression de lire autre chose en elle. L'inquiétude qui se peint sur son visage est différente de celle qu'elle arbore en temps normal. Ses traits sont fatigués. Peut-être que le travail lui cause des soucis ?

— Tout va bien ? demande-t-elle en prenant place juste à côté de moi.

Son bras et sa cuisse contre les miens, elle frotte ses deux mains pour se réchauffer. Nous avons beau être le 1er mai, il fait frais ce soir et ce n'est pas le tee-shirt qu'elle porte qui va lui tenir chaud. Je retire ma veste et la lui glisse sur les épaules.

— Merci. Alors ? insiste-t-elle.

— J'avais juste besoin de prendre l'air, c'est tout.

Elle hausse un sourcil comme pour me dire qu'elle n'est pas dupe. Je détourne aussitôt les yeux pour me focaliser sur les graffitis du mur en face.

— J'ai remarqué le rituel des mecs chaque fois que vous entrez dans les loges d'un club.

— Margo... Qu'est-ce que tu veux que je te dise ? Je suis un ancien drogué. Ils s'assurent juste que rien ne traîne. C'est tout.

Elle resserre la veste contre sa poitrine et je l'entends prendre une profonde inspiration, le nez contre le tissu. Elle tend le bras pour prendre ma main et me sourit tendrement.

— Désolée. Je ne voulais pas jouer la fille qui te flique. Je sais que tu fais de ton mieux et que les gars sont là pour toi.

Un peu mal à l'aise, je me relève et fais quelques pas pour me dégourdir les jambes. J'en profite pour esquisser quelques étirements et remue la tête pour entendre craquer mes cervicales.

— Comment tu te sens ce soir ?

— Bien, lui assuré-je. La répétition s'est bien passée. On a fait une petite sélection de titres pour des reprises personnalisées et on fera notre single.

— Est-ce que vous allez reprendre *Teenage Dream* ?

Je ris doucement. Nous l'avons fait à San Bernardino la semaine dernière et Margo a adoré. C'est une fan de Katy Perry.

— Ça doit pouvoir se faire.

— Cool, murmure-t-elle alors que ses yeux parcourent les tatouages sur mes bras.

Ces derniers temps, il y a quelque chose dans son regard et dans son attitude qui m'embarrasse. Une amie platonique ne regarde pas l'autre comme elle est en train de le faire. Ce n'est pas possible. Mes réflexions cessent net alors qu'elle sort la feuille de la poche de ma veste.

— Qu'est-ce que c'est ?

— Rien, m'empressé-je de dire en me penchant en avant pour la récupérer.

Je la range dans la poche de mon jean, là où personne ne pourra aller fouiller.

— Juste deux-trois trucs que j'ai écrits, mais il est bien trop tôt pour que je le montre.

Elle se contente de hocher la tête. L'espace de quelques secondes, elle fixe ma bouche avant de retirer ma veste pour me la rendre.

— On y va ?

— Ouais, réponds-je d'une voix rauque.

Je déglutis nerveusement alors qu'elle ouvre la lourde porte en acier où des dizaines d'affiches sont placardées. Est-ce que je m'invente tout ce que je remarque à propos de Margo ? Nous sommes amis depuis des années, et c'est tout ce qu'il y aura entre nous. Pour le bien de tous, et surtout parce que je ne ressens rien de romantique envers elle.

Nous rejoignons la loge où Ayden et Ryan se chamaillent comme à leur habitude, tandis qu'Olly pianote sur son téléphone.

— Ça va ? s'enquiert-il en me voyant entrer dans la pièce.

— Nickel.

Nous n'avons pas le temps de discuter, le gérant vient nous informer que nous pouvons y aller.

Je jette un coup d'œil à la salle alors que nous prenons place derrière nos instruments. Il y a un peu de monde, la plupart sont installés autour des tables hautes, mais quelques personnes attendent directement au pied de la scène. Nous n'avons pas encore une renommée phénoménale, mais il nous arrive régulièrement de reconnaître des têtes familières, des gens qui suivent nos différentes représentations. Cela fait grandement plaisir.

Rapidement, nous nous jetons dans le bain. Ryan à la batterie déborde d'énergie comme à son habitude. Quand Ayden prend le relais sur le chant, j'aime m'approcher de son frère pour jouer de la guitare électrique en harmonie avec lui. Olly nous offre des morceaux de basse incroyables. Le partage avec Ayden est tout aussi génial. C'est nous, ARGO. Et ça fonctionne plutôt bien.

Quand je suis sur scène, quand je laisse la musique prendre possession de mon corps, ce n'est même pas comparable à la drogue. C'est mille fois plus puissant. C'est tellement grisant, sentir ce courant me parcourir, laisser les mots et la mélodie parler pour nous, pour moi. Chaque représentation est le coup de boost nécessaire pour me pousser vers l'avant. Je sais pourquoi je veux m'en sortir : pour ça, tout simplement.

Nous enchaînons pendant une petite heure, nous gavant de l'énergie dégagée par le public qui chante en chœur avec nous. Nous sommes en nage, mais plus satisfaits que jamais. Margo ne peut s'empêcher de venir nous rejoindre pour nous prendre chacun notre tour dans ses bras. Si je lui rends son étreinte avec joie, elle la fait durer un peu trop longtemps à mon goût. Heureusement pour moi, Olly me sauve en plaquant sa grande main sur mon épaule pour m'attirer contre lui.

— Tu étais particulièrement en forme ce soir, me félicite-t-il. Tu as fait quelques envolées assez impressionnantes, G.

— Merci, Olly.

— Notre blond de service a raison, confirme Ryan. C'était génial.

Le batteur reçoit une claque à l'arrière de la tête.

— Hey ! s'offusque-t-il. Qu'est-ce que j'ai fait pour mériter ça ?

— Tu viens de m'insulter, se défend Olly.

— Pas du tout !

Ayden passe un bras par-dessus mes épaules et soupire lourdement à mes côtés.

— Tu crois qu'il est trop tard pour le donner à l'adoption ? lâche-t-il en observant son frère qui débat avec Olly.

— Ouais. Et puis, il nous manquerait trop.

Un peu plus loin, Margo rit devant le spectacle. Oui, tout cela me manquerait beaucoup trop.

Nous terminons tranquillement la soirée autour d'un verre, toujours sans alcool pour moi, avant de nous occuper de nos instruments, car bien évidemment, après avoir tout installé, il faut ranger. Margo est restée jusqu'à la fin pour nous donner un coup de main et ce n'est pas de refus.

— Encore une fois, vous avez été géniaux les gars. J'ai échangé avec Clarissa, la propriétaire, et il n'est pas impossible qu'on puisse reprogrammer une autre session avant l'été.

— Ça serait top, acquiesce Olly.

— Vous avez encore besoin de moi ?

— Non, c'est bon, il ne reste plus grand-chose à charger, répond Ayden.

— Parfait. Je vais y aller alors. On se voit demain chez Big M. Rendez-vous à 5 heures.

— Pas de souci.

— Ça ira pour toi ? me demande-t-elle.

— Pourquoi tu me demandes ça ?

Même si je dois voir Maxine le matin et que la visite du musée s'éternise un peu, cela me laisse largement le temps d'être à l'heure. Je ne vois pas ce qu'elle insinue.

— C'est que… tu as l'air assez occupé en dehors du groupe, je veux juste m'assurer que tu seras là.

Je lève les yeux au ciel et grogne pour toute réponse.

— Bien entendu.

Elle hoche la tête avant de nous laisser. Et voilà. Quand j'ai l'impression que notre relation va mieux, il lui suffit de me sortir un truc comme ça pour que je voie rouge. Quel besoin a-t-elle de se mêler de ma vie privée ?

— Arrête de te prendre le chou, Garrett. Oublie Margo, m'ordonne Olly.

— Ouais, écoute notre blond de service, ricane Ryan.

Il s'enfuit en courant dans la ruelle alors qu'Oliver s'apprête à lui claquer une nouvelle fois la main sur la tête. Mon Dieu ! Parfois, je me demande si mes amis ne le font pas exprès afin de détendre l'atmosphère, pour oublier les sujets qui fâchent. Et je ne les remercierai jamais assez pour ça.

CHAPITRE 19

Maxine

J'ai passé mon samedi à bosser sur mon devoir. J'ai fait une sélection et imprimé plusieurs photos que j'ai prises sur Venice Beach et LA. J'ai choisi de parler de Colette Miller, l'artiste connue pour toutes les *angels wings*[10] qu'elle a semées partout dans la région. Le dessin en soi est assez simple, mais le jeu des couleurs est toujours très travaillé et la symbolique est énorme. Je suis toujours songeuse lorsque je tombe sur l'une de ses œuvres. L'idée d'une vie dans l'au-delà, de l'existence d'êtres célestes, le pouvoir de la foi, des croyances. J'aime quand l'art m'interroge, me pousse à me poser des questions.

Je me suis ensuite installée dans le parc en bas de ma résidence pour travailler un peu la guitare à l'aide de mon carnet. J'ai été rejointe par Sam et Justin. Nous avons mangé dehors et j'ai pu me rendre compte du talent plus que limité de mon amie en chant. Justin avait raison. Cela nous a offert un beau moment de rigolade, et ça faisait très longtemps que je n'avais pas autant ri. Je me demande même à quand remonte la dernière fois que je me suis autant lâchée.

Lorsqu'ils se sont apprêtés à partir, j'ai un peu parlé à Sam de ma sortie prévue avec Garrett, angoissée. Et si j'allais trop vite ?

---

10. Ailes d'ange : différentes tailles, différents coloris, le touriste peut poser devant et se prendre en photo.

Je veux tellement sortir de ma solitude que je précipite peut-être les choses. Je ne sais plus comment on fait pour devenir ami avec quelqu'un, plus depuis longtemps. Chaque fois, c'est l'autre qui vient vers moi, jusqu'à ce que je le laisse entrer. Je ne suis jamais active. Pourtant, comme la meilleure amie qu'elle est, elle a su me rassurer et m'encourager une fois encore.

« *Tu dois te faire confiance avant toute chose. Tu es une fille géniale, Max. Tout va bien se passer. Ne te pose pas trop de questions, ça se fera tout seul. Spontanéité et plaisir.* »

Et ce sont ses mots dont j'essaie de me souvenir alors que nous sommes en route pour le musée. J'ai bien vu que Garrett ne voulait pas me brusquer en me saluant de loin, en évitant tout contact, mais son enthousiasme pour cette journée est authentique – je le vois avec ses doigts qui tapotent sa cuisse et ses yeux qui pétillent. Je dois lui faire confiance et m'ouvrir un peu.

— Comment tu en es venue à te passionner pour l'art ? demande-t-il finalement alors que le Getty Center entre dans notre champ de vision.

Les grands bâtiments blancs qui apparaissent en couches successives comme un Jenga géant me font toujours autant d'effet. Je sais ce qui se cache à l'intérieur, les trésors que le musée recèle, et mon corps se détend immédiatement à la pensée des heures réconfortantes que j'ai passées entre ces murs.

— Lorsque j'étais petite, au lieu de réclamer des magazines people, je demandais des livres sur la peinture, ou la sculpture. Rochelle, ma sœur, m'en achetait régulièrement. J'adorais découvrir ce que l'Homme avait construit au fil du temps, ce qui perdure malgré les années qui passent. Je crois que j'avais besoin de stabilité, de quelque chose de certain, et de beau. Voyager à travers les tableaux, découvrir des cultures, des peuples, des mouvements, ça me donnait l'impression de pouvoir m'évader du quotidien et d'apprendre, aussi.

— Et Seattle, c'est comment ?

Je soupire, nostalgique.

— Seattle est magnifique. Tellement riche. Autant d'un point de vue urbain, avec les monuments culturels, les places de marché, les animations dans le centre, que du côté de la nature. Évidemment, niveau plage, ce n'est pas aussi agréable qu'ici, mais le relief encourage beaucoup d'activités sportives. Craig, mon beau-frère, adore l'escalade. Les paysages sont vraiment superbes. Il fait vraiment bon y vivre.

— Je crois que si tu ne réussis pas dans tes études d'histoire, tu pourrais envisager une reconversion dans le tourisme, s'esclaffe-t-il.

— Je m'emballe un peu, désolée, avoué-je en riant.

— Non, ne t'excuse pas, c'est sympa de te voir comme ça. Et pourquoi le Getty Center fait-il partie de tes endroits préférés, alors ? demande Garrett en tournant les yeux vers le complexe qui se dessine en hauteur.

— Parce que le lieu en lui-même est une œuvre d'art. C'est une succession de bâtiments qui rivalisent de beauté, sans oublier le jardin central de quarante hectares. Et puis toutes les expositions ! Permanentes, temporaires, sur toutes les époques… Enfin, j'aime cet endroit, c'est tout.

— Je vois ça, répond-il en souriant.

J'évite de trop m'attarder sur son profil, je suis sûre qu'il peut sentir si je l'observe. Être dans l'habitacle restreint de sa voiture me donne l'impression que tous mes sens sont décuplés. Je suis hypersensible à son after-shave, à la chaleur qui se dégage de son corps alors que nous ne sommes séparés que de quelques pouces. C'est probablement parce que je vis loin de toute distraction depuis deux ans.

— Tu ne l'as jamais visité ? m'étonné-je alors qu'il entre sur le parking.

— Non, jamais. Je ne suis pas très musée, à part les visites obligatoires avec l'école. Tu vas refaire ma culture artistique. Prête à jouer les profs ?

— Ça dépend ? Tu étais plutôt bon ou mauvais élève ?

— À ton avis ? demande-t-il en haussant un sourcil.

Nous sortons du véhicule et il s'empresse d'enfoncer sa casquette sur sa tête et de glisser ses solaires sur son nez, comme s'il voulait à tout prix éviter d'attirer l'attention. J'ouvre la marche, mon appareil photo autour du cou. Pour le moment, il y a beaucoup de béton, mais rapidement, la verdure gagne du terrain. Il y a un peu de monde, toutefois c'est encore raisonnable : des familles, des groupes d'amis ou de touristes. J'observe Garrett à la dérobée afin de déterminer ce qu'il pense du centre, même si nous ne sommes encore qu'à l'extérieur : son profil droit et harmonieux, le léger sourire sur ses lèvres.

— Tu devais être du genre à jouer de ton charme pour obtenir tout ce que tu voulais et amadouer les profs, toi.

Il me lance une moue amusée. Je pique immédiatement un fard en me rendant compte de ce que je viens de dire, mais il a la décence de ne pas rebondir.

Après que nous avons grimpé une série de marches, le bâtiment aux formes incurvées s'élève face à nous.

— Tu es partant pour commencer par le tour architecture et jardin ?

— C'est toi qui mènes la danse.

Nous patientons quelques minutes, le temps que le groupe de touristes soit complet, et nous voici en route pour une visite extérieure sous la douceur et le beau ciel bleu en ce début de mois de mai. Garrett se montre particulièrement attentif et concentré, suivant avec intérêt les explications de la guide. Nous admirons le bâtiment de l'institut de recherche qui a des airs d'amphithéâtre romain avec ses trois quarts de cercle. L'arrière offre une vue époustouflante sur Los Angeles et ses environs, de quoi faire de jolies photos.

Un peu plus loin, nous empruntons une allée en zigzag, véritable expérience extrasensorielle. Comme à chaque fois, je suis émerveillée devant l'agencement des couleurs et des textures. Des insectes butinent de fleurs en fleurs, et en les suivant, nous débouchons sur le fameux labyrinthe du site où cohabitent plus de cinq cents espèces de plantes. Je trouve ces lieux si apaisants. Je ne résiste pas et prends à nouveau quelques clichés depuis l'autre point de vue.

— C'est sympa, commente Garrett alors que nous rejoignons la cour principale.

— Ça te plaît ?

— Beaucoup. Tes études te permettraient de devenir guide par exemple ? se renseigne-t-il.

— Oui, entre autres. Mais j'aspire plutôt à devenir conservatrice de musée. Gérer des collections, diriger les campagnes de restauration, s'occuper des expositions, ça me passionne. Un peu comme si tu prenais soin du cœur du musée, lui offrant une âme.

— Waouh, ça a l'air passionnant.

Je souris alors qu'une maman empêche son enfant de plonger les mains dans l'une des fontaines qui nous font face. À quelques secondes près, il basculait la tête la première dans le bassin.

— Tu as déjà une idée de l'endroit où tu aimerais postuler ? Tu comptes rester à LA ?

— J'aimerais retourner auprès de ma sœur à Seattle et dénicher un poste dans le musée où j'ai travaillé pendant toutes mes vacances scolaires.

— Tu es proche d'elle ?

— Oui, très. Elle est mariée et a deux enfants. Je veux me rapprocher d'eux.

— Il n'y avait pas d'universités plus proches de Seattle qui proposaient histoire de l'art ? Tu as choisi UCLA pour une raison particulière ?

Je déglutis, mal à l'aise. Je n'avais pas réfléchi au fait que cette question arriverait sur le tapis, du moins pas aussi vite. Je mordille ma lèvre et focalise mon attention sur les roches au centre du bassin rond.

— Désolé si je suis trop indiscret.

— Ce n'est pas ta faute. Je n'ai pas choisi de venir ici au départ, c'est un concours de circonstances qui m'a amenée à terminer mes études à UCLA. J'étudiais dans l'Oregon avant.

— Ah oui, bon sang, tu en as parlé à une réunion. Désolé, je ne m'en souvenais pas.

Je lui souris sincèrement pour le rassurer et apprécie qu'il ne cherche pas à en découvrir plus.

— Ne t'inquiète pas. Je t'abandonne quelques minutes, je reviens.

Je lui désigne les toilettes du doigt avant de m'éclipser. Je fais en sorte de ne pas m'éterniser. Quand je ressors, Garrett est en pleine discussion avec deux filles. Elles affichent un grand sourire et semblent en pâmoison devant lui.

Je n'avais pas vraiment imaginé que Garrett pourrait se faire draguer alors que je suis avec lui. Je suis tellement accaparée par cette scène que je ne regarde pas où je marche. Je trébuche sur une grille d'évacuation, battant des bras pour reprendre mon équilibre. Je ne sais par quel miracle je ne tombe pas à genoux, mais ma petite figure de style ne passe pas inaperçue. Garrett se précipite pour me rejoindre, se désintéressant des deux femmes sans difficulté.

— Tout va bien ? s'enquiert-il.

— Oui, oui. J'ai juste fait un faux pas.

J'ai sûrement les joues rouges de honte et je sens une perle de sueur descendre le long de ma tempe.

— C'étaient… des amies à toi ?

— Non, pas du tout. Je…

— Ne t'en fais pas, l'interromps-je. Tu n'as pas d'explications à me donner.

— Maxine, ce n'est pas du tout ce que tu crois. Elles m'ont reconnu, elles ont assisté à l'un de nos *showcases*. On a échangé quelques mots, rien de plus.

Je le sonde quelques instants avant d'acquiescer d'un petit mouvement de tête, et nous pénétrons dans le pavillon Est, temple de l'art décoratif. Nous naviguons entre les XVIIe et XVIIIe siècles pendant plus d'une heure, jusqu'à ce que mon ventre émette une complainte absolument pas discrète qui nous fait éclater de rire.

— Ça te dit qu'on aille…

Je suis coupée dans mon élan par le portable de Garrett qui vibre dans la poche de son jean.

— Margo ? dit-il en décrochant avant de s'éloigner légèrement. Quoi ?

Je me tourne vers la fontaine au centre de la cour, lui offrant un peu d'intimité. Je n'entends pas ce qu'il dit, mais je peux lire la contrariété sur son visage : un pli soucieux barre son front et un sillon s'est creusé entre ses sourcils. Il regarde sa montre avant de passer une main dans ses cheveux pour la planter ensuite sur sa hanche, basculant la tête en avant pour se concentrer sur son interlocuteur. Mes craintes de la dernière fois reviennent au galop. Je ne veux pas créer de problème. Je vais devoir me jeter à l'eau et mettre fin à tout ça.

— Ouais, d'accord, lâche-t-il en revenant à moi. Maxine, je suis désolé, mais je dois y aller.

— Un problème ?

— J'ai oublié que j'avais un rendez-vous. Enfin, l'heure a été avancée, mais je n'ai pas vu le message.

— Pas de souci. Tu peux y aller, je rentrerai toute seule, dis-je en haussant les épaules.

Garrett fait un pas en avant, contrarié.

— Je peux te ramener.

— Tu vas te mettre plus en retard encore, vraiment, je connais le chemin, ne t'en fais pas.

— Tu es sûre ? Je suis vraiment navré, je n'avais pas prévu qu'ils décalent le rendez-vous si tôt.

Le regard qu'il me lance est vraiment désolé.

— Certaine. Mais, tu n'es pas obligé d'inventer une excuse, tu sais.

Il fronce les sourcils avant de secouer la tête, une mèche lui tombant sur le front.

— Comment ça ?

— Ta copine a raison de ne pas apprécier que tu traînes avec une autre fille. Je ne veux pas t'attirer d'ennuis.

— Ma copine ?

— Eh bien, Margo...

Je tends la main vers lui pour désigner le téléphone qu'il tient toujours entre ses doigts.

— Margo n'est pas ma copine. C'est une amie qui se mêle beaucoup trop de ma vie privée. Et j'ai vraiment un rendez-vous.

J'acquiesce de la tête tout en haussant les épaules à nouveau.

— Eh bien, qu'est-ce que tu fais encore là ?

— Tu m'as l'air bien pressée de me voir déguerpir.

— Garrett...
— À plus, cède-t-il enfin en m'adressant un geste de la main.

CHAPITRE 20
Garrett

— Eh bien ? Tu voulais me faire faux bond ? gronde Big M, notre producteur, alors que j'entre dans son bureau.

Terrence Mitchell est un ami de longue date de mes parents. Tout le monde l'appelle Big M en raison de sa corpulence impressionnante digne de l'ancien joueur de football américain qu'il est. Je ne suis pas spécialement petit ni frêle, mais je pourrais aisément me cacher derrière lui. Il m'a vu grandir, faire les pires conneries avec mon frère, être au top pour plonger ensuite et enfin péniblement remonter la pente. Alors je m'en veux de le décevoir. Je me suis promis de ne plus le faire, mais il semblerait que je viens d'échouer.

— Un rendez-vous le dimanche te gêne ? demande-t-il de sa grosse voix en me détaillant de la tête aux pieds.

— Bien sûr que non, m'excusé-je. J'ai perdu la notion du temps. Je suis sincèrement désolé d'être en retard.

Je jette un regard à mes amis sur le canapé et à Margo qui me jauge d'un œil sévère, sur un fauteuil à côté d'eux.

— Ça va, assieds-toi. On t'attendait pour écouter le morceau qu'on a choisi pour le prochain single. J'ai étudié le reste de ce que vous avez enregistré et ça me plaît. Il m'en faudrait encore deux pour compléter l'album et ensuite on va parler des détails.

Je ne fais pas le malin et m'exécute. La plupart des titres de l'album sont des chansons que j'avais écrites avant ma cure et qui ont été complétées par les mecs, avant d'être enregistrées récemment. Je n'ai toujours pas réussi à sortir quoi que ce soit de nouveau, et de suffisamment abouti, pour passer sur les ondes.

Big M pianote sur son ordinateur alors que je m'écrase dans le siège resté vacant.

— Merci de nous honorer de ta présence, me souffle Margo en se penchant vers moi.

— Désolé.

— On en a parlé hier et je t'ai envoyé un message ce matin dès que j'ai su. C'était il y a plus de cinq heures.

Je n'y crois pas, elle me tient vraiment pour responsable. Je n'ai pas vu son SMS et il n'y a pas mort d'homme non plus, pourquoi s'emporte-t-elle comme ça ?

— Je viens de te dire que j'étais désolé, grogné-je.

Nous nous taisons alors que la musique se lance. Je reconnais aussitôt le single qu'ils ont choisi : *Why*.

Bon sang, de tous nos titres, il fallait que ce soit celui-ci. Je les aime tous, mais *Why* est vraiment particulier à mes yeux. Je m'enfonce un peu plus dans l'assise et me recroqueville, les mains croisées devant moi.

Why does the bad take precedence over the good?
Why do I sink into the dark forgetting the light?
Why do I lock myself in the past without seeing a future?
Why do I only see your absence chasing our memories?

Could you tell me why?
Why does it hurt so bad?
Why can't I forget despite all my efforts?
Could you tell me why?

Why sorrow erases all happiness?
Why did all the details fade away when you were there yesterday?
Why is the argument we had the only thing coming to my mind?

Could you tell me why?
Why does it hurt so bad?
Why can't I forget despite all my efforts?
Could you tell me why?
Why did you leave me?
Why?

Je déglutis difficilement alors que la dernière note s'élève dans les airs. Je me sens à fleur de peau.

— Ce n'est pas trop sombre pour lancer l'album ? soufflé-je, la voix tremblante.

— Tout l'univers est comme ça, rebondit Mitchell. Je n'étais pas partant, mais quand je vois la qualité des chansons, je me rends compte que j'ai bien fait de vous faire confiance. Je sais que tu es passé par une sale période et ça s'en ressent. Alors honnêtement, non, ce n'est pas trop noir. C'est personnel, sincère. Et ça va faire un carton, je peux vous l'assurer.

Les mecs semblent satisfaits, hochant la tête.

— Bon, ce single sera lancé fin mai. Le titre qu'on a promu en début d'année fonctionne plus que bien, c'était un très bon préambule et il a parfaitement fait le job. Il a suscité la curiosité, l'envie, l'attente, mais il ne faut pas se relâcher. Les répétitions pour la tournée auront lieu sur tout septembre avec les autres artistes. Peut-être dès la fin août, en fonction de quelques détails administratifs et de la disponibilité de l'équipe technique. Margo coordonne les réservations avec les autres agents.

Le label a eu l'idée d'organiser une série de concerts dans tout le pays en regroupant plusieurs musiciens et chanteurs qu'il vient de lancer. En tout, nous serons une vingtaine d'artistes sur scène. Cela promet d'être vraiment extraordinaire.

— Il faudra faire valoir à l'avance vos exigences, dans la limite du raisonnable, bien entendu. Et que ce soit clair entre nous, vous n'êtes pas encore des stars, et même si ton père est un ami, vous n'aurez pas de passe-droit, lâche-t-il en rivant ses yeux aux miens.

— Je n'en demande pas.

— Nous non plus, me soutiennent les gars d'une même voix.

— Très bien, j'apprécie qu'on soit sur la même longueur d'onde. L'annonce des participants n'a pas encore été faite. Ça se fera en même temps que le lancement du single. Margo verra avec vous, mais on a programmé une série de séances photo, en extérieur et en studio. On a sélectionné quelqu'un avec qui on a l'habitude de bosser. Elle est extra. Ne prenez pas cet air ! se marre-t-il en avisant nos mines déconfites. Vous vous y ferez.

— On va également devoir planifier le tournage du clip, nous informe Margo. On n'a pas vraiment pu faire quoi que ce soit pour le premier single, mais là, on va réussir à caler quelque chose. Je suis en contact avec plusieurs réalisateurs en vogue, on va voir lequel est le plus susceptible de vous correspondre.

— Ça va nous prendre combien de temps ? se renseigne Olly.

— D'expérience, le tournage dure souvent deux ou trois jours, mais c'est hard niveau timing. Je dirais pas plus d'une semaine, c'est sûr.

Nous acquiesçons et discutons encore pendant quelques instants puis les gars et Margo prennent congé. J'attends que tout le monde soit sorti pour m'avancer vers Mitchell. Je m'assieds sans douceur dans le fauteuil face à son immense bureau en bois exotique, tout aussi imposant que lui.

— Ça va ? se renseigne-t-il, un air soucieux sur le visage. Tu étais en retard pour une raison particulière ?

— Je n'ai pas vu le message de Margo qui me mettait au courant du changement d'heure. J'étais sorti, je visitais un musée.

— Tu visitais un musée ?

— Je te jure ! assuré-je devant sa mine sceptique. C'est la vérité. Et je suis désolé. Je ne veux pas que tu croies que j'essaie de fuir mes responsabilités ou que je me fous de tout ça. Ce n'est pas le cas, je veux que ça marche.

— Je te crois. Mais si tu dois apprendre la ponctualité, je te conseille de t'y mettre maintenant et de te tenir informé, les modifications arrivent régulièrement. Il ne s'agira pas d'arriver en retard aux répétitions et encore moins aux concerts, Garrett, ni aux interviews et séances photo. Tu n'auras pas d'autre chance. Je ne tolérerai aucun caprice d'aucune sorte, et ça, ça vaut pour tous les quatre.

— Je sais. On le sait.

Je détourne le regard et tombe sur la vitrine à sa gauche, celle qui expose tous les trophées qu'il a remportés dans sa carrière. J'espère qu'un jour le groupe pourra lui en rapporter aussi. Je ne veux pas qu'il regrette d'avoir misé sur nous.

— On a pris presque un an de retard, me rappelle-t-il. Je me suis montré indulgent parce que je compatis pour ta famille et toi. Je connais tes parents depuis des années et Matt était comme un fils pour moi, de la même manière que toi.

Je me redresse et déglutis. Chaque fois qu'on parle de lui, j'ai cette sensation de vide. Je ne sais pas si elle disparaîtra un jour.

— Mais je ne pourrai pas me permettre d'agir ainsi chaque fois qu'un problème se présentera. Certains labels jouent sur le caractère et la réputation de leurs artistes, je ne veux pas de ça ici. Ce qui fait la renommée de la maison, ce sont les talents et la qualité du travail, le reste n'a rien à faire là. Je m'en veux de te dire ça…

— Non, Mitchell, ne t'excuse pas. Je sais.

— Tu tiens le coup ?

Je hausse les épaules, évitant son regard.

— Je remonte la pente. C'est moins dur qu'au début. Je… J'arrive plus facilement à en parler, notamment avec mon père.

— C'est bien, ça. Ta peine va devenir plus supportable avec le temps. Tu dois vivre ta vie. Tu es encore vivant, Garrett.

— Je sais. J'ai promis, Mitchell, je vais tenir ma promesse.

— Bien, c'est tout ce que je voulais entendre.

Il refuse la main que je lui tends et fait le tour de son bureau pour m'offrir une accolade chaleureuse. Big M a beau être taillé comme un colosse, quand il s'agit des gens qu'il apprécie, il est d'une loyauté sans faille et plutôt affectueux.

— Ça va aller, G, me promet-il en enserrant ma nuque d'une poigne ferme.

— Je l'espère.

Après une dernière tape sur l'épaule, Mitchell me relâche et je quitte son bureau. J'ai à peine posé le pied dans le couloir, la porte fermée derrière moi, que je tombe sur le regard furibond de Margo. Je hausse un sourcil, peu habitué à cette noirceur.

— Quoi ? demandé-je, désabusé.

— C'est tout ? lâche-t-elle. Ce rendez-vous était important !

— Je suis venu.

— Quelle excuse tu as pour ton retard ? Comment tu as pu ne pas voir mon message ?

— J'étais occupé et je...

— Je peux savoir où tu étais ?

Je cligne des yeux, enfonçant les mains dans mes poches.

— J'ai loupé un épisode ou quoi ? réponds-je.

— Est-ce que tout ceci est un jeu pour toi ?

Cette agression me prend complètement par surprise. Je ne comprends pas. Je jette un regard aux mecs qui patientent au bout du couloir, faisant semblant d'être passionnés par les disques d'or, de platine et de diamant qui habillent les murs. Margo me toise toujours d'un œil mauvais. Cela ne lui ressemble tellement pas que j'en viens à me demander s'il ne se passe pas quelque chose d'autre.

— Je te donne cette impression ?

— Oui, tu t'absentes régulièrement, tu oublies les rendez-vous, tu as failli louper la représentation à San Bernardino, tu ne réponds pas au téléphone...

Je reste un instant bouche bée. Hier, elle n'a absolument pas abordé le sujet.

— Je suis arrivé en retard à *un* rendez-vous. Et *je* n'ai pas failli *louper* la représentation ! J'avais cinq minutes de retard à cause de la circulation ! J'avais prévenu les mecs. Et *je* réponds au téléphone, peut-être pas tout de suite, mais j'essaie. Ce que je fais de mon temps libre ne te regarde pas.

— Ça me regarde, si. C'est moi qui gère le groupe, c'est moi qui dois faire face...

Là, elle dépasse les bornes. Elle avait pourtant l'air décidé à ce que nous mettions nos différends de côté quand nous avons discuté à la maison. Je ne comprends pas son attitude.

— Faire face à quoi, exactement ? Franchement, Margo, lâche-moi la grappe, j'ai déjà une mère, je te signale. Tu sais, *ta* patronne.

— C'est petit, ça.

Je sais que ce n'est pas très *fair-play*, mais elle me pousse à bout aujourd'hui.

— C'est la réalité. Je me plie à chacune des exigences qui ont été convenues, mais je n'ai pas accepté une assignation à résidence, que je sache ! Alors il va falloir que tu me fasses confiance un minimum. Quand je donne ma parole, je donne ma parole.

— Ta parole ne valait pas grand-chose il y a six mois, lâche-t-elle du bout des lèvres.

J'écarquille les yeux. Après tout ce que j'ai enduré, après tous mes efforts ? Comment ose-t-elle me sortir un truc pareil ?

— Qu'est-ce qui te prend au juste ? m'exclamé-je. Pourquoi tu m'agresses comme ça ? Il se passe un truc que j'ignore ? Tu me fais quoi ?

Je serre les poings le long de mon corps et tente de calmer mes nerfs en enfonçant mes ongles dans mes paumes.

— Margo ! gronde Olly en avançant vers nous. Je crois qu'il vaut mieux que tu arrêtes les frais avant de dire quelque chose que tu vas regretter.

Je vois sa posture changer et son visage exprimer la gêne, mais c'est trop tard.

— Je... tente-t-elle.

— Margo, insiste Ryan. Olly a raison. Rentre chez toi, retourne au bureau, n'importe quoi, mais va-t'en.

Je la regarde, sidéré, quitter les lieux, escortée par les deux frères. Olly reste à mon côté, prêt à me retenir.

— C'est aussi votre sentiment ? soufflé-je.

— Absolument pas ! Comment tu oses même nous poser la question ? Margo est énervée, mais elle ne pense pas ce qu'elle dit. Et nous encore moins ! On sait tous ce à quoi tu as renoncé alors que rien ne t'y forçait. Tu aurais pu mener un combat à la fois. On est là pour te soutenir G. Tu en es conscient ?

Je lève la tête vers le plafond, tentant de retenir les larmes qui me montent aux yeux. Je m'en veux de douter, mais je les ai mis dans une position tellement délicate – et je le fais encore, la preuve – que je ne suis pas sûr d'arriver un jour à me pardonner.

— Oui.

— Très bien. Allez, on va se changer les idées. On a encore deux chansons à écrire, paraît-il !

CHAPITRE 21
Garrett

En rentrant du label dimanche, j'ai mis un certain temps à me calmer. Je suis allé faire un footing histoire d'évacuer mon agacement. Les gars m'ont entraîné vers le studio pour tenter d'écrire un peu, afin de penser à autre chose, mais je n'ai pas réussi, alors que j'étais plutôt content de ce que j'avais créé ces derniers temps. Margo ne quitte pas mes pensées. Elle a essayé de m'appeler, aujourd'hui aussi, mais je n'ai pas décroché. Je n'ai pas envie de lui parler pour le moment.

— Garrett ? Tu veux dire quelque chose ?

— Nan, grogné-je à moitié en répondant à Patrick.

Je lui lance un regard peu aimable pour qu'il me laisse tranquille. Depuis le début de la séance, je suis resté dans mon coin, les bras croisés sur la poitrine.

— Je pense que tout le monde peut voir que tu es de mauvais poil. Même si ça n'a aucun rapport avec les NA, tu peux nous en parler.

— Je sais. Mais tout a toujours un rapport avec les NA, non ? répliqué-je, amer.

— Explique-toi.

J'expire lourdement tout en louchant sur le poster près de l'entrée qui propose une aide à ceux qui veulent arrêter de fumer. Je carre les épaules avant d'ouvrir la bouche :

— À partir du moment où j'ai accepté d'entrer en cure, où j'ai consenti à venir ici, à voir un psy, j'ai su que tout le monde m'attendrait au tournant. Le moindre de mes faits et gestes serait épié. Rien ne me serait pardonné. Je pensais naïvement que mes proches seraient les plus compréhensifs, mais je me trompais. En fait, ce sont les plus critiques.

— Pour quelles raisons à ton avis ?

— Parce que ce sont eux qui ont le plus d'attentes sûrement. Je pensais qu'on avait dépassé le stade des doutes, je croyais qu'ils me faisaient à nouveau confiance.

— Tu ne le crois plus ?

Je m'adosse un peu plus sur ma chaise et croise une cheville sur le genou tout en mettant le bazar dans mes cheveux. Sous l'œil attentif de tout le groupe, j'ai du mal à rester calme. C'est dans des moments pareils, par le passé, que je me réfugiais dans la drogue. Mais ce temps est révolu, je suis plus fort que ça, même si cela ne m'empêche pas d'être profondément contrarié.

— Disons que je me suis méchamment disputé avec un proche et que j'ai du mal à le digérer. Je ne comprends pas. Je fais tout ce qu'on attend de moi, mais je considère quand même avoir le droit de vivre ma vie comme bon me semble !

— Dans le processus de guérison, on insiste pour dire qu'il est important d'accepter toute l'aide possible, mais que nous seuls sommes capables de faire le travail pour guérir. Et parfois notre entourage a un peu de mal avec cette idée. Nos proches se sentent tellement concernés parce qu'ils s'inquiètent, parce qu'ils nous aiment, ils veulent s'investir, parfois à outrance. Certains dépassent même les bornes, on peut le dire.

Cette petite remarque arrache un rire à l'assemblée.

— Je confirme ! intervient Dylan, un sourire aux lèvres.

— Mais on les aime quand même, renchérit Romuald.

— Encore heureux, reprend Patrick. C'est vrai que cette frontière est compliquée à maintenir, mais elle est nécessaire. Il faut faire face à l'incompréhension, à la colère, à la tristesse, tant d'émotions avec lesquelles il faut jongler au quotidien. Ce n'est pas évident, ça ajoute un degré supplémentaire au stress, mais il faut faire avec. Entamer la discussion, se montrer honnête permet souvent de désamorcer la situation.

— C'est ce que je pensais avoir fait, mais il faut croire que je me suis voilé la face.

— Je suis navré, Garrett. Le temps fera son œuvre, il faut se montrer patient.

Sauf que le temps est la seule chose que l'on ne peut pas rattraper.

— Peut-être que la situation te blesse à ce point parce que tu attends beaucoup de la reconnaissance des autres, tu ne crois pas ?

Je plante mon regard dans celui de Patrick, un peu surpris par son analyse.

— D'après ce que je comprends, tu as reçu énormément de soutien, tu as été accompagné dans le processus, c'est légitime que tu veuilles que tout le monde se rende compte que tu as changé, que tu vas mieux, des efforts que tu fournis. Mais qu'on soit bien d'accord, tu dois avant tout t'en rendre compte toi-même. Tu dois être fier du chemin parcouru, de toi. Ça vaut pour chacun d'entre nous.

Je sais bien qu'il a raison. C'est ce que les professionnels nous disent en cure. Mais ce n'est pas forcément facile à mettre en application. Je me contente d'un hochement de tête avant que Patrick ne poursuive son tour.

Je lâche un profond soupir quand vient la fin de la séance. Je fais craquer mes cervicales et fais l'impasse sur le café. D'un signe de tête à Maxine, je lui signale que je l'attends dehors. J'ai besoin d'air. Je sais pertinemment qu'il me faudra avoir une nouvelle discussion avec Margo, mais pour le moment, il faut que j'assimile notre dispute. Elle est censée être l'une de mes meilleures amies.

— Ça te dit si on va à Venice pour notre cours ? demandé-je à Max qui vient de me rejoindre. J'ai besoin de voir l'océan.

Elle me lance un regard que j'ai du mal à interpréter. Je n'irais pas jusqu'à dire qu'il est apeuré, mais il ne semble pas serein pour autant. Elle fait un petit pas de côté comme pour s'éloigner de moi.

— Tu as besoin de voir l'océan ? Mais tu habites juste en face, remarque-t-elle.

— Ouais, je sais, mais j'en ai besoin. C'est une addiction comme une autre. Après cette séance, je...

— Avec qui tu t'es disputé ?

Je soupire, sachant pertinemment où cette discussion va nous mener.

— Avec Margo.

— C'est parce que tu es arrivé en retard ? C'est à cause de moi ? Oh mince, je suis désolée...

— Non !

Je secoue vivement de la tête en levant la main pour donner plus de poids à mes mots. Un peu plus loin, le reste du groupe quitte à son tour les lieux.

— Ça n'a rien à voir, je t'assure. C'est tendu depuis un moment et les choses ont légèrement dérapé. Peut-être que ses mots ont dépassé sa pensée, mais c'était dur à entendre.

— Je suis navrée, Garrett.

— C'est gentil. Écoute, ce n'est pas grave si tu préfères ne pas y aller, ne t'en fais pas. Je vais pouvoir tenir quelques heures. On peut rester par là, conclus-je en désignant le quartier.

— Non, c'est d'accord.

Je regarde sa main posée sur mon bras pour me retenir d'avancer, surpris. Lorsqu'elle s'en rend compte, elle la retire brusquement.

— Tu es sûre ?

— Oui. C'est juste que... je suis à vélo, je n'ai pas envie de le laisser ici.

— Tu peux rentrer jusqu'à ta résidence avec, et ensuite, je t'emmène en voiture. Enfin, si ça te convient.

— Oui, ça me va, accepte-t-elle.

Elle me rappelle son adresse et le nom de son bâtiment puis s'élance, prenant un peu d'avance, sachant qu'elle mettra plus de temps que moi.

Je suis garé depuis deux minutes tout au plus quand je la vois arriver. Ses joues sont rouges et ses cheveux s'envolent alors qu'elle me salue de la main avant de se diriger vers l'entrée de son immeuble. Elle ne ressemble vraiment en rien aux étudiantes dont j'ai le souvenir. Pantalon et sweat larges, couleurs sobres... Quand je regarde les autres filles qui déambulent dans le parc, je suis bien obligé de constater qu'il s'agit seulement du style de Max. Chacun est libre de s'habiller comme il le souhaite, je me demande seulement ce que cela cache. Plus je passe du temps avec elle et plus elle m'intrigue. Elle est constamment sur la réserve, mais je sens une volonté de la dépasser. Une envie de faire à nouveau confiance alors que les griffes du passé la retiennent. Il y a un fossé entre la première fois que je lui ai proposé de monter en voiture avec moi et aujourd'hui.

Rapidement, elle ressort puis se met à trottiner jusqu'à moi. C'est le souffle légèrement court qu'elle prend place à mes côtés.

— Tu n'as pas attendu trop longtemps ?

— Non, ne t'en fais pas. Je ne suis pas pressé.

Elle se contente de hausser les épaules avant d'attacher sa ceinture. Se souvenant du petit souci de la dernière fois, je la regarde réitérer la même astuce que moi. Elle tire d'un coup sec et je découvre, stupéfait, qu'elle possède un tatouage sur son avant-bras droit.

— Je n'aurais pas imaginé que tu étais du genre à être tatouée, dis-je en m'insérant dans la circulation.

Je la vois du coin de l'œil rabaisser nerveusement la manche de son sweat. Elle ne répond rien et fige son regard au-delà du pare-brise.

— Désolé, je ne voulais pas être indiscret.

Son silence me fait clairement comprendre qu'elle ne veut pas en parler, alors je change de sujet et rejoins la rocade.

Après que j'ai garé ma voiture près du *boardwalk*, nous rejoignons la plage, accompagnés de nos instruments. Immédiatement, je suis soulagé. Je prends une grande inspiration et observe l'horizon. Je ne sais pas pourquoi cette vue, cette immensité, a un tel pouvoir sur moi. Elle m'apaise, comme si les vagues emportaient un peu de ma douleur.

Nous avançons sur le sable et trouvons un coin légèrement ombragé face à l'eau, près d'un poste de sécurité. L'un en face de l'autre, je pose la guitare sur mon genou tandis que Max sort son calepin, puis son instrument. J'attends qu'elle le positionne sur sa cuisse pour lui demander :

— Prête ?

— Oui.

Avec un peu d'hésitation, mais moins que les fois précédentes, elle se lance. Tout n'est pas parfait, mais je suis quand même impressionné, surtout quand on sait qu'elle débute seulement. Je me joins à elle et me permets de la reprendre à plusieurs reprises, surtout sur le positionnement de ses doigts et de son corps. Elle est toujours un peu tendue, cela se voit à son dos raide comme un piquet. Elle se fige toujours quand je m'approche puis elle se détend petit à petit.

— Ce n'est que le début de ton apprentissage, mais on voit que tu bosses. C'est vraiment bien. Prête pour un nouvel accord ?

— Oui.

Je m'assieds un peu mieux et place la guitare sur ma cuisse tout en l'observant du coin de l'œil. À quelques pas de nous, un couple est en pleine dispute. Je les garde dans mon champ de vision, me concentrant sur Maxine. L'acoustique est différente que lorsque nous sommes au jardin. Ici nous faisons face à l'océan bleu marine et une étendue de sable nous entoure. Rien pour répercuter les sons, pour les atténuer non plus.

Je m'exerce plusieurs fois alors qu'elle prend des notes, puis elle saisit sa guitare et tente de reproduire mes gestes.

— Ce n'est pas mal, la complimenté-je.

Elle hausse un sourcil et un coin de sa bouche se soulève. J'y remarque pour la première fois un tout petit grain de beauté. Détournant rapidement le regard, je hoche la tête.

— Vraiment.

— Merci.

Je reprends mes mouvements, silencieux. Ses pupilles ne quittent pas mes doigts, s'imprégnant des mouvements, puis elle m'accompagne avec une dextérité plus fine qu'au début. Pendant encore un petit moment, nous revoyons ce qu'elle a appris. Notre mélodie a calmé le couple. Ils sont maintenant enlacés et nous écoutent paisiblement.

Lorsque j'enchaîne six accords, Maxine écarquille les yeux et enfonce sa tête dans ses épaules, comme si elle s'en sentait tout d'un coup complètement incapable. Je ris doucement, mais elle me surprend en tentant de me suivre.

J'aime ça. Elle ne craint pas d'échouer, elle n'a pas peur de faire des erreurs. Elle fait, se trompe et recommence. L'ensemble manque un peu de fluidité, mais le résultat pourrait être mille fois pire. Je la regarde, plutôt impressionné. Dès qu'un son est particulièrement bien exécuté, je vois naître un sourire sur ses lèvres. Un sourire doux, fier, sincère. Il rend Max si différente. Elle se cache derrière sa froideur, ses silences, mais elle ignore sans doute que cela en dit aussi beaucoup sur elle.

Mon regard tombe sur son poignet droit. Si j'y prête suffisamment attention, je peux apercevoir le haut du tatouage. Du peu que j'ai vu dans la voiture, il s'agit d'arbres.

Pourquoi est-ce que ça m'intrigue autant ?

— Garrett ?

— Hmm ?

— Tu veux bien me jouer un morceau ?

Je relève la tête pour tomber sur son regard interrogateur. Je me doutais bien qu'elle finirait par me le demander, j'ai l'impression que c'est devenu un rituel maintenant, à la fin de nos cours. Faire passer des émotions à travers la musique et le chant, c'est mon métier, ma passion. Je me demande si Max y est sensible, si elle serait capable d'y lire qui je suis vraiment.

Tandis qu'elle range son instrument, je réfléchis à la chanson qui parlerait pour moi, quand enfin la perfection me saute aux yeux. *Fallen*, de Gert Taberner. Il y est question d'un homme qui demande à une femme de tout lui dire, surtout ce qu'elle n'a jamais dit à voix haute. Il veut voir toutes les parties d'elle, même celles dont elle n'est pas fière. Il veut tout simplement tout savoir, mettre cartes sur table.

Tell me things you've never said out loud
Just try and go there if you can
Show me the parts of you you're not that proud of

Ma voix se fait légèrement plus rocailleuse sur le refrain, l'émotion prenant le pas. Est-ce que je crains que Max voie mes blessures, mes failles ? Étrangement, non. Moi qui refuse pourtant de montrer à quel point la mort de mon frère m'a changé, à mes parents notamment, je n'arrive pas à comprendre pourquoi devant Max je ne ressens aucune peur. Sûrement parce que je ne serai pas jugé. Elle sait, j'en suis persuadé.

Autour de moi, le chant des mouettes s'efface, tout comme celui du clapotis des vagues. Je laisse planer les dernières notes entre nous. À la fin, incapable d'affronter son regard, je me laisse tomber en arrière, mon dos sur le sable chaud, les yeux plongés dans l'immensité bleue du ciel. Puis je les ferme et tente d'apaiser mon rythme cardiaque, la légère brise caressant mon visage, bercé par les bruits qui m'entourent : les embruns de l'océan, les cris des joueurs de volley, le sifflet du sauveteur en mer qui rappelle un nageur à l'ordre.

Je ne la vois pas, mais je la sens s'allonger à mes côtés. Je perçois la chaleur de son bras près du mien. Elle doit avoir chaud, constamment habillée d'un pull. Les températures sont encore douces, mais rapidement, l'été va s'installer et ce sera différent, parfois étouffant.

Je tourne la tête vers elle et contemple son profil harmonieux. Il se dégage quelque chose de son visage, comme s'il me suffisait de la regarder pour me sentir mieux. J'ai envie qu'elle se confie à moi, mais je ne peux pas attendre d'elle quoi que ce soit si je ne fais pas le premier pas, non ?

— J'avais un frère, Matt, lâché-je du bout des lèvres.

Maxine pivote vivement la tête vers moi et plonge ses yeux bruns dans les miens, tandis que je joue avec la plaque autour de mon cou.

— On était extrêmement proches tous les deux. Inséparables, mais très différents. Avec l'âge, nos centres d'intérêt se sont distingués et quand il a décidé de s'engager dans les Marines, je n'ai pas compris. Je lui en voulais de choisir de mettre sa vie en péril, de s'éloigner de nous. Il était basé en Californie, donc on le voyait assez souvent quand il était de garnison, mais j'ai eu le sentiment d'être trahi. Je ne voulais pas perdre mon frère.

— Il est mort en mission ? demande-t-elle tout bas.

— Non, ricané-je. Même pas. Cruel, le destin, hein ? Il est décédé dans un banal accident de voiture.

Je ne lui raconte pas les circonstances, ma culpabilité, tout ce qui continue de me ronger. Je pense que pour une première confession, c'est suffisant.

— Je n'avais jamais goûté à la drogue avant. J'ai totalement perdu pied après sa disparition. J'ai plongé dans tous les vices qui m'entouraient : la drogue, l'alcool, les filles, j'ai repoussé tous mes proches et je me suis laissé glisser.

— Je sais ce que ça fait.

— Oui.

Mon regard court sur son visage, comme si je pouvais y puiser le courage nécessaire pour poursuivre. J'ai presque l'impression que le temps se suspend entre nous. Est-il possible de se sentir proche de quelqu'un que l'on connaît depuis si peu de temps ? Soudain mal à l'aise, je me dégage de son attention pour contempler les nuages. Si je me concentre assez, je peux même y voir des formes.

— Ça a duré toute une année avant que mes parents ne me mettent au pied du mur. Ils s'imaginaient sûrement que je réussirais à faire face seul, à ma façon, mais voyant que je ne faisais que me détruire, ils m'ont posé un ultimatum. Je suis resté en cure de désintox pendant deux mois et maintenant, j'ai encore six mois à tenir entre les rendez-vous et les réunions.

— Pourquoi six mois ? Que se passe-t-il en octobre ?

— Ma vraie vie commence, soufflé-je en restant vague.

Après tout, si elle suscite ma curiosité, j'aimerais bien réussir à en faire autant chez elle. Je ne dis pas que je ne lui en parlerai pas plus tard, mais pour le moment, je pense que ça suffit.

J'abandonne mon pendentif et croise les mains sur ma poitrine. J'imagine ce que ma vie sera après octobre, le tourbillon dans lequel je vais être aspiré. Je sais à quoi cela ressemble, j'en ai eu un aperçu depuis tout petit grâce à mes parents, mais le vivre aura un goût tellement différent. L'aboutissement d'un rêve.

Le soleil amorce sa descente et le ciel se pare d'une jolie couleur orangée. J'écarquille les yeux quand un bras se matérialise devant moi. Max a abaissé la manche de son sweat pour me montrer son tatouage. Je lui demande silencieusement l'autorisation de la toucher en lui lançant un regard. Elle acquiesce d'un petit mouvement de tête. J'espère qu'elle ne voit pas à quel point mes mains tremblent alors qu'elles approchent de sa peau.

Je suis saisi par sa chaleur et aussi par la finesse des traits. Mon épiderme est couvert de nombreux dessins, mais le sien a quelque chose de particulier. Comme je l'avais deviné, il s'agit d'arbres. Le cercle autour du poignet marque la ligne de terre et certaines cimes grimpent jusqu'au coude. Je reconnais un sapin, mais il y a aussi d'autres arbres, plus ou moins fournis. Quelques oiseaux prennent leur envol à l'intérieur de son bras.

Mes doigts se suspendent au-dessus du tronc du sapin alors que je perçois le tracé d'une cicatrice. Il ne me faut qu'une microseconde pour comprendre l'origine de ce stigmate.

Maxine tente de retirer son bras, mais je le maintiens fermement. Je pivote pour me mettre face à elle. J'aimerais qu'un seul regard suffise pour qu'elle comprenne tout ce que je pense d'elle, qu'elle ne doit pas avoir peur, que ce n'est pas la peine qu'elle se cache.

— Merci. De m'avoir montré, de m'avoir laissé voir la vraie toi.

Elle secoue la tête et je vois qu'elle lutte contre les larmes. Du pouce, je caresse la marque qui barre sa peau sur plus de cinq pouces.

— Tu ne sais pas tout, murmure-t-elle.

— Ce n'est pas grave. Plus tard.

Elle hoche la tête et je lui rends son bras. Nous restons encore quelques instants sans rien dire, puis nous nous relevons d'un seul mouvement. Il commence à se faire tard et je dois encore la ramener à sa résidence. Nous époussetons nos vêtements pour enlever les grains de sable accrochés et je passe une main dans mes cheveux pendant qu'elle termine de regrouper ses affaires.

Au moment où elle s'apprête à ranger son carnet dans son sac, le vent s'infiltre entre deux feuilles et il lui échappe des mains. D'un même réflexe, nous nous penchons pour le ramasser et nos fronts entrent en collision. Le cahier retombe entre nous et nous levons une main pour frotter l'endroit où nous nous sommes cognés.

— Désolé.

— Désolée.

Nous avons parlé d'une seule voix. Nous éclatons de rire et Max secoue la tête pour finalement récupérer son carnet et le ranger dans son sac. Je m'attarde une fois encore sur ce petit grain de beauté à la commissure de sa lèvre.

— On y va ? dit-elle.

— Oui.

Une fois à la voiture, nous prenons la direction de son appartement. J'ouvre les fenêtres pour faire entrer un peu d'air avant d'enclencher la climatisation. Durant le trajet, le silence nous entoure, mais il n'est pas pesant. Plutôt… apaisant. Comme si nous en avions besoin.

Par chance, les feux verts s'enchaînent et la circulation n'est pas trop dense.

— Merci encore d'avoir accepté d'aller à Venice, soufflé-je, garé devant son immeuble.

— Avec plaisir. C'était très sympa et… intense.

Elle baisse la tête comme si elle était gênée par ce qu'elle vient de dire.

— Je suis d'accord avec toi, acquiescé-je en souriant. Oh, euh… Tu as du sable, juste là.

Je l'arrête alors qu'elle s'apprêtait à quitter l'habitacle, tends la main vers sa joue et chasse du bout des doigts les grains qui maculent sa peau. Elle entrouvre très légèrement les lèvres et sa respiration se suspend ; c'est seulement à ce moment-là que je me rends compte de ce que je viens de faire. Elle pique un fard et pose la main sur la poignée de porte.

— Merci, murmure-t-elle. Bonne soirée Garrett.

Elle ne demande pas son reste et sort précipitamment de la voiture. Est-ce que je viens de franchir une ligne invisible ?

Putain, je ne l'espère pas. La portière claque derrière elle, mais Maxine ne va pas très loin. La sangle de son sac à dos est restée bloquée et elle est brutalement ramenée en arrière. Elle parvient à se retenir à la voiture pour ne pas tomber. Rouvrant la portière pour dégager la sangle, je me penche vers elle :

— Tout va bien ?

— Ouais, confirme-t-elle en riant. Bye.

Elle me fait un petit signe de la main, et disparaît.

CHAPITRE 22

Maxine

— Pourquoi tu es toute rouge comme ça ?

Cela ne fait même pas cinq minutes que je suis rentrée et déjà Sam est dans mon studio. Justin a un imprévu ce soir, alors elle se sent seule et est venue chercher un peu de compagnie. J'avais envisagé de relire un devoir que je dois rendre demain, mais j'ai de l'avance.

— Je suis allée faire un tour à la plage, j'ai sûrement pris un coup de soleil.

— Toi ? Un coup de soleil ? À d'autres ! Avec tous tes vêtements ?

Elle me lance son regard de tueuse, celui qui cherche à me percer à jour. Je ris doucement avant de m'écrouler à côté d'elle sur le petit sofa.

— J'étais avec Garrett, pour une nouvelle leçon.

— OK. Il s'est passé quelque chose ?

— Non. Pas vraiment.

Je regrette aussitôt cette formulation. Évidemment, elle saute sur l'occasion.

— Pas vraiment ? Ça veut dire quoi exactement ? Tu as envie qu'il se passe quelque chose ?

— Non ! Je ne veux rien du tout, nié-je en levant les yeux au ciel.

— Pourquoi je sens comme une déception alors, quand tu le dis ?

— Je ne suis pas déçue, Sam. Ton radar te fait défaut. Je... Il s'est confié à moi tout à l'heure. Et j'ai fini par lui montrer mon tatouage.

Je le parcours du bout des doigts. Dessous, c'est encore presque insensible. En fait, c'est très étrange comme sensation. La bouche de Sam s'arrondit de surprise. Elle s'assied en tailleur et attrape un coussin qui traîne.

— Waouh. OK. Je comprends.

— Non, ce n'est pas pour ça que...

— Que tu es toute rouge ? se moque-t-elle. Je savais bien que le soleil n'y était pour rien. Ce n'est pas gentil de te servir de lui comme ça.

— Dans la voiture, quand il m'a ramenée, il... J'avais du sable sur la joue et il l'a chassé avec ses doigts.

Mon amie m'observe pendant quelques secondes sans rien dire. Elle se met sur le côté, en appui sur un coude sur le dossier, la tête lovée dans la paume de sa main.

— Il te plaît, hein ?

— Non, réfuté-je. Enfin, je ne sais pas.

— Comment ça, tu ne sais pas ?

— C'est trop compliqué, ça ne sert à rien de se poser la question. Depuis ce qui s'est passé dans mon ancienne fac, je fuis les mecs. Je n'en laisse aucun m'approcher.

— À part Justin, je sais. Mais en quoi est-ce un problème ?

Je serre les poings, impuissante et mal à l'aise. Elle a un don pour creuser des sujets que je n'ai même pas envie d'évoquer, c'est fou !

— Je ne sais pas si je peux passer ce cap avec quelqu'un d'autre, et puis de toute façon on ne peut pas.

— Comment ça, vous ne pouvez pas ?

— On n'a pas le droit. On en a discuté, lui rappelé-je. Être amis, oui, mais pas plus.

Elle change à nouveau de place pour poser sa nuque sur le dossier et regarder le plafond. Je l'imite et cale ma respiration sur la sienne.

— Bon... vous n'en êtes pas là. Déjà, vous devenez amis et c'est super !

— Il est très cool, oui, confirmé-je en haussant une épaule. Parfois, je me demande juste pourquoi il s'intéresse à moi.

— Qu'est-ce que tu veux dire ?

— Je fais tout pour être transparente, et ça a toujours fonctionné jusqu'à présent. Mais lui, il n'a même pas l'air de s'en rendre compte.

Sam pivote sa tête pour me regarder.

— Votre rencontre s'est faite dans un contexte particulier, Maxine. Il voit autre chose que ton physique. Et même si tu te caches, tu n'as rien à envier aux autres filles.

Je reçois le coussin en pleine tête en réponse à mon ricanement.

— Hé ! m'offusqué-je en le lui renvoyant en pleine figure.

— Hé toi-même ! réplique-t-elle.

Elle se rapproche de moi et glisse un bras sous le mien tout en posant sa tête sur mon épaule.

— En fait, tu as de la chance avec Garrett. Tu as trouvé un mec qui s'intéresse sincèrement à toi et qui ne cherche pas à te mettre à tout prix dans son lit.

— Tu n'as pas tort.

— Évidemment, affirme-t-elle avant d'éclater de rire.

J'en profite pour lui renvoyer le coussin sur le crâne.

— STOP ! s'écrie-t-elle. Je suis sérieuse ! Tu veux un conseil ?

J'arrête mon mouvement en plein vol et serre le coussin contre moi.

— Dis toujours.

— Laisse faire le temps, comme tu l'as toujours fait. Tu verras bien.

Je hoche la tête pour toute réponse. Sam subtilise le coussin une nouvelle fois et nous partons dans une bataille sans pitié entrecoupée de fous rires à s'en donner mal au ventre. À bout de souffle, je capitule, les mains en l'air.

— Tu ne veux pas qu'on se regarde un film plutôt ? gémis-je, une moue suppliante sur le visage.

— Allez, vendu. Mais c'est bien parce que c'est toi.

✦ ✦ ✦

À la fin de notre séance de cinéma improvisée, Sam s'est éclipsée pour retrouver Justin. Notre conversation a tourné longtemps dans ma tête, tant et si bien que j'ai fini par reprendre la guitare et m'exercer pour tenter de me changer les idées. Mais inévitablement, mes pensées retournent vers Garrett, ses aveux et les miens. Au bout d'une heure, c'est donc presque avec soulagement que j'accueille la sonnerie de mon téléphone.

— Allô ? m'empressé-je de dire après avoir décroché.

— Bonsoir, ma puce. Tu vas bien ?

Je souris en entendant ma sœur. Des cris retentissent derrière elle. J'abandonne mon instrument et vais m'allonger sur le lit.

— Qu'est-ce qui se passe ? demandé-je en riant.

— Megan a piqué le doudou de Noah et elle s'amuse à le lever au-dessus de sa tête.

S'occuper de deux enfants de huit et cinq ans ne doit pas être de tout repos. De vrais petits diables.

— MEGAN ! Redonne le doudou à ton frère ! hurle Rochelle.

— Non !

Je ris de plus belle.

— Ils me manquent.

— Bientôt, tu seras parmi nous. Les enfants sont impatients.

— Moi aussi.

— Tu as commencé à rédiger ton CV et des lettres de motivation ?

Je jette un coup d'œil sur mon bureau où traînent divers brouillons.

— J'ai fait la liste des musées où je veux postuler, même pour un stage pour débuter. Mon CV est terminé. J'ai un peu plus de mal pour les lettres.

— Envoie-moi ton premier essai si tu veux. Je te dirai ce que j'en pense.

— Ça marche.

— Et alors, les cours, ça se passe bien ?

— Oui. Sam s'est proposée de lire mon mémoire, histoire de chasser les dernières fautes. J'ai rendez-vous la semaine prochaine pour les différentes impressions.

— Tu dois le rendre quand ?

— Mi-mai et mon oral est début juin.

J'angoisse un peu, comme tous les étudiants, j'imagine. Tenir un oral devant un jury est toujours impressionnant, même si certains sont plus à l'aise que d'autres, mais dans le fond, je sais que ça va bien se passer. J'ai eu un second entretien avec mon professeur, et ce dernier a noté les efforts que je faisais. Il croit en moi, alors je vais tout donner.

— Tu le sens comment ?

— Je vais m'entraîner, mais ça va le faire. J'ai confiance en mon travail.

— Je suis tellement fière de toi, ma chérie.

Je pivote sur le ventre et pose ma tête sur l'oreiller.

— Comment va Craig ? Et mes neveux ?

— Très bien. Les enfants le font tourner bourrique, mais que veux-tu ? C'est ça, être parent. Noah est toujours à fond dans le foot, et Megan s'épanouit dans la danse. Elle va faire sa première compétition dans deux semaines, alors c'est répétition intensive.

Je l'imagine très bien avec un justaucorps coloré et pailleté, son petit minois éclatant avec quelques dents en moins.

— Je compte sur toi pour prendre des photos et des vidéos.

— Bien sûr. Et toi, ton programme pour le week-end ? Tu réussis à profiter un peu ou tu ne fais que bosser ?

— Je sors, un peu. Samantha m'y oblige presque, expliqué-je en soupirant.

— C'est ce qu'on appelle une amie, ne peut s'empêcher de me faire remarquer ma sœur.

— Je sais. Pour tout te dire, j'ai prévu une sortie au LACMA.

— Encore ? Tu ne te lasses donc jamais ?

Un bruit sourd se fait entendre de l'autre côté de ma chambre. Je me redresse sur mon lit et tends l'oreille. Ça recommence avant de s'arrêter. Une porte claque et des voix résonnent devant ma porte avant de s'éteindre. C'est l'inconvénient de vivre en résidence, on a parfois l'impression de participer à la vie des autres. Je le sais, pourtant je me tends chaque fois.

— Non, jamais, pouffé-je doucement. Je n'y vais pas seule, je fais découvrir ma passion à un ami.

— Un ami ? rebondit Rochelle.

— Ne t'emballe pas.

— Je ne m'emballe pas ! Un ami de la fac ?

Je réfléchis un instant. J'imagine d'ici la réaction de ma sœur en apprenant que Garrett fait partie des NA. Les risques pour que Rochelle rencontre un jour Garrett sont très minces, alors je peux ne dévoiler qu'une partie de la vérité. Personne ne le saura.

— Oui, il vient aussi de UCLA. Il étudie la musique. On complète nos connaissances.

— Il t'enseigne la musique ? s'étonne ma sœur.

— Oui, il s'est proposé pour m'apprendre à jouer de la guitare. J'étais en train de m'exercer juste avant que tu appelles.

— Super ! Je suis très heureuse de te voir sortir de ta zone de confort. Vraiment, c'est extra. On se voit bientôt ?

— Je l'espère.

Je n'ose pas leur demander de venir me voir pour la remise des diplômes qui aura lieu après la mi-juin. Craig et Rochelle ont une vie bien occupée entre leur travail respectif, les enfants et leur maison. Ils font déjà tellement pour moi. Et si ma sœur l'envisageait, elle m'en aurait parlé, non ?

Un bruit de verre qui se brise interrompt notre discussion.

— MAMAN ! hurle Noah au loin.

— Mon Dieu, mais ce n'est pas possible ! Pas moyen d'avoir une minute à soi ! Le doudou vient d'atterrir sur un vase. Je te laisse imaginer la scène.

Je me retiens de rire. Rochelle n'a pas besoin que j'en rajoute une couche.

— Je te laisse. Le devoir m'appelle, je vais les coucher avant de nettoyer. Bon courage, Max.

— Oh, mais toi aussi.

— On se rappelle très bientôt. Je t'aime.

— Moi aussi.

Je raccroche et laisse enfin passer un sourire. Assise sur mon lit, je pose mes yeux sur ma lettre de motivation, qui attend sagement sur mon bureau. Décrire tout mon cursus ne me pose pas de problème, mais j'ai du mal à mettre mes qualités en avant.

Je me lève pour ouvrir mon ordinateur et rédige un rapide e-mail à Rochelle. Je glisse la pièce jointe et envoie le tout.

En rangeant les papiers qui traînent avant d'aller me coucher, je tombe sur la feuille validant mon inscription aux Narcotiques Anonymes de Seattle. Cela me fait de la peine de devoir quitter le groupe auquel je me suis habituée et avec qui j'ai créé des liens, mais je ne me vois pas continuer à distance. Je ne doute pas que Patrick reste joignable si nécessaire, cependant j'aurai besoin d'un soutien sur place. Je lance une recherche Internet et note quelques adresses avant d'éteindre le tout en soupirant. Encore un changement, encore une adaptation à envisager. Pourtant, il le faut.

Affronter son passé pour le surmonter. Se pardonner pour pouvoir avancer.

CHAPITRE 23
Garrett

Après notre entretien avec Big M, nous avons énormément échangé, les mecs et moi, au sujet des deux dernières chansons à fournir. Je n'étais pas spécialement sûr de moi, je me sens encore un peu fragile niveau écriture, mais Olly, Ayden et Ryan ont su trouver les mots pour me convaincre que *Left Me* était parfaite. Nous l'avons travaillée à la maison, nous avons peaufiné la musique qui l'accompagne. Pour eux, il n'y a aucune raison valable pour que nous la mettions de côté. Elle marque mon retour dans le jeu.

Nous voici donc en route pour le studio d'enregistrement. Une place était disponible, donc Olly s'est empressée de la réserver. La première fois que j'ai remis les pieds dans la maison de disques après ma sortie de cure afin de finaliser les enregistrements de nos autres titres, j'étais angoissé. J'avais peur de replonger dans le grand bain, de ne pas être à la hauteur, d'avoir perdu mon talent. Mais une fois dans la pièce, derrière la vitre, face au micro, avec ma guitare ou derrière le piano, j'ai pu constater que je n'avais rien oublié. Tout était là, il me suffisait de mettre sur pause tout le reste pour libérer ma passion.

C'est donc reboosté et plutôt serein que je pénètre dans les locaux accompagné de mes amis. Nous saluons l'hôtesse à l'accueil, échangeons quelques mots avec le personnel dans les couloirs avant de rejoindre le studio. Bien souvent, les artistes travaillent avec une multitude de professionnels, ils ont même plusieurs producteurs.

Nous, nous apprécions n'avoir affaire qu'à peu de personnes. Nous avons créé un climat de confiance avec eux, chacun sachant comment les autres travaillent, c'est beaucoup plus simple ainsi.

— Salut les gars, dit Anton, notre ingénieur du son, en quittant son siège pour nous serrer la main.

— Plus que content de faire cette séance avec vous, ajoute Samuel, notre réalisateur artistique. J'ai adoré la maquette.

En amont, nous en envoyons toujours une, histoire qu'ils se familiarisent avec le son, enfin de faciliter l'enregistrement.

— Prêts ? se renseigne Anton.

— Plus que ça, s'enthousiasme Ryan.

— Parfait. C'est parti alors. Qui s'y colle en premier ?

— Moi, je me dévoue.

Le batteur rejoint la pièce insonorisée et s'installe derrière son instrument. Pour des raisons de concentration, chaque partie instrumentale est enregistrée indépendamment, de même que la partie chant principal. En ce qui concerne les harmonies, nous les faisons tous ensemble.

Anton s'installe confortablement devant la table de mixage tandis que Samuel prend place devant un ordinateur à la pointe de la technologie. Même si le montage ne sera pas définitif à la fin de cette journée, il sera tout de même capable de nous proposer un aperçu.

J'observe, chacun leur tour, mes amis donner vie à notre chanson, à mes paroles. Je me laisse envahir par ce sentiment de sérénité, l'impression d'être à sa place. Les mots ne provoquent plus de larmes, ils laissent place à une nostalgie profonde.

Anton intervient plusieurs fois pour chacun des mecs, leur demandant de revenir sur telle ou telle partie, réclamant des solos supplémentaires pour les avoir sous le coude pour le montage. Ils enchaînent instrumental et vocal, avant que Samuel ne propose une pause bien méritée.

Puis vient enfin mon tour. Olly m'encourage d'un serrage d'épaule comme il sait si bien me les prodiguer. Je referme derrière moi, récupère un casque. Dans un premier temps, je fais mon boulot à la guitare, puis au piano avant de m'installer derrière le micro. Je m'éclaircis la voix et me lance.

Every time I'm hurt
I see you by my side
Every time I want to cry
I remember your smile
Every time darkness calls me
I think of you and I can finally breathe

Je connais ce texte par cœur. Cela coule de source pour moi, c'est fluide, et bon sang, je me sens bien. J'enchaîne les phrasés, me libérant au fur et à mesure d'un poids sur les épaules que je ne pensais même pas porter.

You're the one who leads me into the light
You're the one who's keeping me alive
Even if you left me
Even if you left me

— C'était super, intervient Anton, depuis l'autre côté. J'aimerais revoir le couplet, fais durer l'*air break* de la dernière phrase. Il y aura un solo de basse, donc il faut le refaire trois fois en laissant la musique entre. Ça marche ?

Je lève le pouce pour valider et y retourne. Je m'exerce plusieurs fois, jusqu'à atteindre la perfection que recherche Anton. Il fait un signe de tête aux gars pour leur signifier d'aller me rejoindre. C'est le moment d'enregistrer les harmonies, celui que je préfère parce que nous sommes ensemble, que notre alchimie s'y révèle encore plus. Mes amis s'emparent à leur tour d'un casque et nous nous positionnons en arc de cercle autour du micro.

Nous reprenons principalement le refrain, mais aussi certaines fins de phrases. Parfois nous enregistrons des bouts qui ne serviront pas, mais mieux vaut en avoir trop que pas assez. Une émotion particulière perce dans ma voix sur chaque *left me*. Je toussote et m'excuse auprès de Samuel et Anton.

— Ne t'inquiète pas. À vrai dire, j'aime beaucoup le vibrato que ça apporte à ta voix. Tu crois que tu peux le refaire sur *breath* et *show me* ? Je voudrais voir ce que ça donne en fond.

— Ouais, pas de souci.

Au fil des années, j'ai appris à moduler ma voix comme je le veux. Tout est question de pratique en réalité, d'entraînement. Comme Maxine et ses cours. J'esquisse un léger sourire en l'imaginant s'exercer, puis capte un regard d'Olly qui m'interroge d'un haussement de sourcil. Être amis avec eux depuis des années me rend souvent transparent. Oui, penser à Maxine me fait du bien, surtout depuis notre discussion sur la plage. Certes, elle était très intense émotionnellement, mais nous nous sommes confiés l'un à l'autre. Même si Maxine n'a pas employé de mots, me montrer son tatouage et surtout ce qu'il recouvre en dit tellement plus. Cela m'a bouleversé. Je me doutais que ce qu'elle avait vécu avait été particulièrement traumatisant et il m'avait semblé comprendre qu'elle avait tenté de mettre fin à ses jours, mais en avoir la confirmation, c'était dur. Je n'ose imaginer ce par quoi elle est passée pour en arriver à cette décision radicale. J'en ignore encore les circonstances, mais je suis heureux qu'elle ait survécu à cette épreuve. Je suis heureux qu'elle fasse partie de mon entourage, que nous devenions amis.

La séance se poursuit, nous sommes concentrés pour donner le meilleur de nous-mêmes. Nous nous plions aux demandes de Samuel et d'Anton avec plaisir. En fin de journée, nous avons droit à un aperçu de notre travail. Plus que satisfaits, nous nous offrons une étreinte collective, le sourire aux lèvres.

— Tu vois, lâche Olly. Tu n'avais aucune raison d'avoir peur. Nous tenons notre nouveau titre.

— Carrément, renchérit Ryan, avant de me prendre par le cou. Notre Garrett est de retour !

— Merci, les gars.

— Arrête de nous remercier, G, se fâche Ayden. On est un groupe, on marche ensemble, point.

Je hoche la tête tout en les observant. En octobre, nous allons embrasser notre avenir, la tournée va débuter et notre album sera lancé. Et c'est auprès de mes meilleurs amis que je vais vivre ce rêve. Que demander de plus ?

CHAPITRE 24
Maxine

Aujourd'hui, j'emmène Garrett visiter le LACMA. Je suis vraiment très contente de lui faire découvrir mon second musée préféré de Los Angeles, après le Getty Center. J'ai déjà en tête les tableaux et artistes que je veux absolument lui présenter.

Vendredi, après les NA, nous avons encore eu une séance de musique tous les deux. Je vois de plus en plus Christie s'interroger sur nos rencontres, mais je n'ai pas encore eu le courage de lui expliquer. Je sais que nous ne faisons rien de mal, cependant je préfère garder ça pour moi pour le moment.

J'ai commencé à me renseigner sur les prix d'une guitare, parce que je vais bien être obligée de rendre celle qu'il me prête et que je compte bien continuer à pratiquer. Je n'ai pas l'ambition de devenir une véritable musicienne, mais ce nouveau hobby me fait du bien.

J'enfile mon sweat, attrape mon sac et rejoins la place devant le bâtiment pour attendre Garrett. Il est très ponctuel, je n'ai pas à patienter très longtemps avant de le voir arriver.

— Salut, dis-je en grimpant dans la voiture. Prêt pour ton éducation artistique ?

— Oui. Direction le LACMA, c'est ça ? Tu n'as pas changé d'avis ?

— Non, c'est bien ça. Tu vas voir, ce musée est extraordinaire.

Il nous faut un peu plus de vingt minutes pour rejoindre le site. À l'image du Getty Center, l'architecture des neuf bâtisses qui composent le musée est absolument magnifique. Les lignes, les matières, les couleurs, tout est superbe. Je suis à chaque fois émerveillée devant les façades du BCAM[11] qui ressemblent fortement à un nid d'abeille très sophistiqué. Je n'imagine même pas la technologie et l'ingénierie mises en place dans une telle structure.

J'insiste pour payer les entrées, mais Garrett tient à nous les offrir. J'ai l'impression d'exagérer parce qu'il me fait déjà profiter de cours de guitare gratuits. J'ai regardé par curiosité combien cela pouvait coûter dans la région et ce n'est pas donné.

— Alors madame la guide, on commence par quoi ?

— C'est immense, alors je suggère qu'on se concentre sur une petite partie, entre le bâtiment Ahmanson et le Broad. Je veux te montrer mes artistes peintres favoris.

— Ça me va. Je te suis.

Je prends la tête, contente que l'ambiance ne soit pas tendue entre nous. J'ai mis du temps avant de me remettre de son geste dans la voiture. Je ne doute pas que cela n'avait absolument rien d'ambigu pour lui, c'est moi qui l'ai interprété de manière inappropriée. Il s'est simplement montré spontané.

Une fois dans le complexe, je lui fais carrément un exposé sur l'art et ses différents mouvements en m'appuyant sur ce qui nous entoure : l'impressionnisme avec Cézanne et Pissarro ; le cubisme surréaliste avec Magritte et Picasso ; l'expressionnisme avec Matisse et Klee ; le baroque avec Rembrandt. Tellement de richesses, de couleurs différentes, de manières de voir le monde et de l'exposer.

— Tu es si enthousiaste quand tu parles d'art, dit-il enfin en plongeant son regard dans le mien.

Au bout d'une heure de marche, il m'a fait de la peine à essayer de tout retenir, si bien que je lui ai proposé de faire une pause près du pavillon des arts japonais, assis sur un banc.

— Merci, c'est gentil. C'est ce qui me passionne alors c'est facile. Comme toi avec la musique.

— Tu as raison.

---

11. Broad Contemporary Art Museum.

— Je dirais même que tu es encore plus doué que moi, parce que j'ai le sentiment que tu parviendrais à faire jouer n'importe qui. Tu es tellement patient.

Il laisse passer un court moment pendant lequel nous suivons des yeux un groupe de touristes. Je ne sais pas s'ils profitent réellement de la visite dans la mesure où ils passent leur temps focalisés sur leur smartphone installé au bout d'une perche.

— Je peux te confier un secret ?

— Bien sûr.

— En fait, les gars et moi, on a déjà un producteur, on travaille sur un album.

— Mais quoi ? Pourquoi tu ne me l'as pas dit plus tôt ? On a déjà parlé du groupe.

Il hausse les épaules tout en balançant les pieds devant lui.

— Ce n'est pas grand-chose.

— Garrett ! le disputé-je d'un coup d'épaule. Bien sûr que si. C'est génial, même !

Il éclate de rire tout en secouant la tête.

— Je veux vivre de la musique plus que toute autre chose, dit-il après un instant. Je...

Il s'arrête en pleine phrase, me scrute un instant, avant de se pencher en arrière pour glisser les mains dans ses poches.

— J'aime écrire des chansons. Je suis doué pour interpréter, un peu moins pour composer. Les mecs, c'est plus facile pour eux. Disons qu'ils trouvent toujours mieux par rapport à mon idée de base ou qu'ils améliorent l'ensemble.

— Vous faites un bon groupe alors.

— Oui, depuis toujours. On a commencé l'enregistrement l'année dernière. À cause de mon entrée en cure, on a dû le mettre en suspens. Pendant mon absence, les gars ont continué de bosser sur des textes que j'avais écrits, en en discutant avec moi quand c'était possible.

Il se tait tout en secouant la tête, le regard rivé sur une sculpture au loin.

— On a repris depuis ma sortie, dont un nouveau titre. Je suis plutôt content, parce que je n'avais rien écrit de tangible depuis des mois. Notre producteur en veut encore un autre.

Je suis soufflée. Pas surprise, parce qu'avec un talent comme le sien, je l'imagine parfaitement suivre cette voie. Ce qui me surprend, c'est plutôt le fait qu'il ne m'en ait pas parlé plus tôt ; il aurait pu se vanter, fanfaronner, mais non. Garrett n'est pas comme ça. Et cela me plaît beaucoup.

— C'est vraiment extra. Je suis très heureuse pour vous. Tes parents vous ont aidé ? Tu m'as bien dit qu'ils bossaient dans ce milieu, non ?

— Oui, mais ils ont toujours refusé de le faire. J'ai été privilégié, toutefois ils ont toujours insisté pour qu'on réussisse par nous-mêmes. Matt était doué, extrêmement doué. J'adorais jouer et chanter avec lui. Mais il n'a jamais voulu percer, c'était simplement un loisir pour lui. Il aurait eu une putain de carrière, j'en suis sûr.

Il marque une pause et semble réfléchir quant au fait de poursuivre ou non. Au bout de quelques secondes, il se lance :

— Ce n'est pas tout. Notre label organise une tournée à partir d'octobre, avec plusieurs artistes. Une sorte de tour. ARGO y participe.

J'écarquille les yeux. Je n'en reviens pas !

— Mais c'est dingue ! Waouh ! C'est ce que tu voulais dire quand tu disais que ta vraie vie commençait en octobre, comprends-je.

— Oui. J'attends ça depuis des mois.

— J'espère que tes rêves se réaliseront Garrett, tu le mérites.

De nouveau, son regard plonge dans le mien. J'ai l'impression qu'il me sonde, à la recherche de quelque chose.

— Tu as changé d'avis ? souffle-t-il.

— À quel propos ?

— Moi.

— Ah ! Ça.

Il hausse un sourcil, attendant une réponse qui ne vient pas.

— Ouais, ça.

— Pourquoi tu y accordes autant d'importance ?

Détournant les yeux, il penche la tête en arrière pour observer une famille passer devant nous.

— Je sais que je ne devrais pas. Crois-moi, j'en suis parfaitement conscient, mais c'est comme ça. Imaginer que tu me prends pour je ne sais quel pauvre type, je ne le supporte pas. Je sais que j'ai mes travers, comme tout le monde, mais je...

— Ce n'est pas le cas.

Pensif, il se contente de hocher la tête sans rien ajouter, puis pivote et replie une jambe entre nous pour me faire face. Ses pupilles se posent un instant sur le bas de mon visage, me rendant extrêmement consciente de mes faits et gestes. Il se ressaisit aussitôt et reprend la parole.

— Et toi alors, quel est ton rêve ? À part travailler dans un musée hyper-connu avec des œuvres fantastiques.

— Ça ne suffit pas ?

— Si, bien sûr, mais je te parle d'autre chose, plus profond.

Je déglutis, soudain nerveuse. Que suis-je censée répondre à ça ?

— La première chose qui te vient à l'esprit. Moi, j'aimerais que mon frère me revienne.

Et voilà, une fois encore, il se confie à moi sans filtre, sans cacher sa sensibilité. Je n'aurais jamais pensé qu'un homme pouvait en être capable, et je dois dire que cela me touche plus que je ne l'aurais imaginé. C'est ça, cette part de lui qui le différencie des autres, qui me pousse à faire de même :

— Qu'un homme parvienne un jour à m'aimer au-delà de mes imperfections physiques, de mes cicatrices, de mes blessures, qu'il voie qui je suis vraiment et qu'il m'aime malgré ma noirceur.

Garrett reste muet pendant quelques secondes. Je tire sur les manches de mon sweat ; c'est niais, et je me sens stupide.

— Je suis sûr qu'il existe, Maxine, souffle-t-il. Je ne sais rien de ce qui t'est arrivé mais je devine que c'est horrible, et jamais personne ne devrait avoir à subir pareille épreuve. Mais malgré ça, je sais que tu as le droit au bonheur avec quelqu'un.

Je ne peux retenir une larme. Je détourne le visage pour tenter de camoufler mon émotion, pas assez vite cependant. Une seconde suit la première.

— Merde, Maxine, je suis désolé, s'excuse Garrett en se relevant pour venir s'accroupir devant moi. Je ne voulais pas te faire de peine.

— Tu ne m'as pas fait de peine.

Il lève les mains, et de ses pouces, chasse les traces humides sur mes joues. Comme dans la voiture, mon corps se tend comme un arc ; cette proximité est différente, intime. Cela fait tellement longtemps que j'ai renoncé à de tels contacts, je ne sais plus les gérer. Garrett le perçoit immédiatement, il bascule sur ses talons et se relève d'une impulsion.

— Désolé. Hum… tu veux qu'on poursuive ? propose-t-il en regardant au-dessus de ma tête.

Je toussote pour chasser la boule dans ma gorge et me frotte les mains sur mon pantalon, acquiesçant en silence.

— On peut aller jeter un coup d'œil aux sculptures bouddhistes et shintoïstes si tu veux. Cette expo est sympa.

— Ça marche.

Durant les trente minutes qui suivent alors que nous déambulons dans les allées, Garrett fait son possible pour me questionner, ne laissant aucun silence s'installer entre nous. Je lui accorde un sourire reconnaissant. Son changement de sujet n'est pas subtil, mais bienvenu.

— Tiens, et ça ? Que peux-tu me dire à propos de tous ces lampadaires ? demande-t-il à la sortie du musée, alors que nous passons de nouveau à côté d'*Urban Light*. C'est censé être une œuvre d'art, ce truc ?

Sa moue sceptique forcée me fait sourire.

— L'art est subjectif mon cher, alors chacun peut y voir ce qu'il veut, réponds-je d'un air plus enjoué que je ne le suis vraiment.

Je m'avance d'un pas théâtral en tendant les bras vers l'installation.

— Ceci est considéré comme une sculpture d'assemblage. Chris Burden a regroupé plus de deux cents lampadaires qui datent des années 1920 et 1930. Ils proviennent de rues de Californie du Sud, des quartiers d'Hollywood et de Glendale pour être plus précise, d'Anaheim mais aussi de Portland.

— Mais… entre nous, à quoi ça sert ?

J'éclate aussitôt de rire, parce que la franchise sans filtre de Garrett est un vrai délice. Mon prof de guitare fait un arrêt sur image ;

c'est sans doute la première fois qu'il me voit si expressive. Je papillonne des cils et reprends mon sérieux, les mains dans le dos.

— Je te l'ai dit, c'est subjectif. Chacun a sa sensibilité. Certaines œuvres vont parler, et d'autres non. Ici, beaucoup ont l'impression de marcher dans un temple.

— Un temple ? Carrément ? se marre Garrett.

— L'aspect des poteaux des lampadaires peut faire penser aux piliers des temples dans la Grèce ou la Rome antiques, expliqué-je. On l'a même comparé à un « temple de la pop ».

— Franchement, un lampadaire comparé aux temples antiques ? Ils étaient sous LSD ou quoi ?

Je lève les yeux alors qu'il se bidonne de sa propre blague.

— Ne me dis pas que tu fais partie des gens qui considèrent tous les artistes comme des fous ?

— Peut-être un peu ! Tu es fâchée ?

Il me lance une moue censée m'amadouer. Je fais mine de réfléchir.

— Nan.

— Ouf ! dit-il, une main sur le cœur.

— Tu n'es pas obligé de tout aimer. Mais...

— Mais ?

Je le menace, index tendu vers lui, les yeux plissés.

— Tu n'as pas le droit de critiquer le fait que d'autres aiment. Il en faut pour tous les goûts. Un peu comme en musique.

— À vos ordres, madame la guide. Enfin, à une condition.

— Laquelle ?

— Tu poses pour une petite photo avec moi à côté de l'un de ces splendides lampadaires.

— Ah... eh bien...

— Juste une photo, Maxine. S'il te plaît ?

Il me lance un regard qui me surprend. Un regard qui, je m'en rends compte, est probablement capable d'obtenir tout ce qu'il souhaite. Comment suis-je censée résister ? Ce n'est qu'une photo. Dans un lieu public. Avec du monde autour de nous.

— D'accord, acquiescé-je avec un tout petit mouvement de tête qui le ravit immédiatement.

Nous prenons chacun place autour du même lampadaire et il dégaine son smartphone. J'essaie de me concentrer sur l'objectif. Je ne dois pas me laisser distraire par sa proximité, son parfum entêtant, sa bonne humeur. À mon plus grand désespoir, il ne se contente pas d'un seul cliché, arguant qu'il peut y avoir des ratés.

— Super ! dit-il en les passant en revue. Je te proposerais bien de te les envoyer, mais je doute qu'avec ton antiquité ça fonctionne.

— Tu continues de te moquer ?

— Un tout petit peu. Je peux te demander pourquoi ?

— Pourquoi je n'ai pas de smartphone ?

Il confirme, alors je lui réponds avec une moue désabusée :

— Je cours moins de risque comme ça. J'ai mon ordinateur portable pour aller sur Internet pour les cours, ça me suffit. Je ne suis plus sur aucun réseau social et je ne m'en porte pas plus mal.

Il acquiesce de la tête et nous quittons définitivement le site pour rejoindre la voiture. Finalement, nous sommes restés plus de trois heures au musée, mais je n'ai pas vu le temps passer. La nuit est en train de tomber quand il se gare dans la résidence.

— Merci pour cette journée, Max.

— Tu es sûr que ça ne t'ennuie pas de traîner avec moi dans des musées ? Tu n'as rien d'autre à faire ? T'entraîner à devenir une star, par exemple ?

— Pourquoi tu crois ça ? demande-t-il sans relever mon trait d'humour.

— Honnêtement Garrett, tu as sûrement mieux à faire que de passer ton dimanche avec moi, non ? Et tu l'as dit toi-même, les musées, ce n'est pas trop ton truc. Je ne me vexerai pas, tu sais.

Il fronce les sourcils puis tourne la tête vers le pare-brise, songeur.

— Tu sais ce que j'aime à propos de nos sorties ?

— Non, dis-moi.

— J'apprends plein de trucs et pas seulement sur l'art. Sur toi aussi, et ça me plaît bien.

J'ouvre grands les yeux avant d'acquiescer.

— J'aime ça aussi.

— Eh bien, voilà. Aucune raison de ne pas continuer alors.

Je lui souris avant de me pencher pour attraper mon sac. J'ouvre la portière et me tourne vers lui.

— Bonne soirée, Garrett.

— Merci, toi aussi. À mardi.

Il patiente quelques secondes avant de redémarrer. Il a raison. Chaque nouveau cours, chaque nouvelle sortie nous permet d'en découvrir plus sur l'autre. Et c'est bien mon problème. Car plus j'apprends à le connaître, plus je l'apprécie.

CHAPITRE 25

Garrett

Je rature mon énième papier avant d'en prendre un nouveau. Depuis une heure, je suis sur les paroles d'une nouvelle chanson. J'écris pour rayer dans la foulée. L'enchaînement ne me plaît pas.

— Rah ! grogné-je en froissant la feuille pour la jeter de nouveau à travers la pièce.

Je bascule la tête en arrière sur le sofa et plonge la main dans mes cheveux.

— Qu'est-ce qui se passe ? demande Ryan.

Une odeur de cigarette le suit. Il vient probablement de s'en griller une.

— Rien.

— « *Face your past to overcome it. Forgive yourself in order to move forward* », lit-il.

Il a ramassé mon essai, évidemment.

— Laisse tomber, c'est nul, soupiré-je.

— Tu plaisantes. C'est excellent. Pourquoi tu l'as jeté et tout gribouillé ?

— Je n'y arrive pas. Ça me frustre.

— Peut-être qu'avec de la musique, ça ira mieux. Attends.

Il récupère mon crayon et se met à griffonner à même ma feuille. Puis, quelques minutes plus tard, il s'installe au piano et commence à poser sa mélodie.

Moi, les mots me viennent naturellement. Pourtant, même si je suis un musicien chevronné, je ne parviens pas toujours à trouver la mélodie parfaite pour mes textes, le rythme idéal. Ryan, en revanche, c'est une évidence. Comme chaque fois, il sublime mon texte d'une façon qui lui est propre.

— Bordel ! s'exclame Ayden en débarquant, suivi d'Olly. J'adore.

— Carrément.

— Rassurez l'abruti allongé sur le canapé qui nous fait une petite déprime, dit Ryan.

— Ça rend bien parce qu'il y a ta musique, insisté-je.

— C'est le sens propre d'un groupe, non ? On fait les choses bien *ensemble*.

— Je sais, je sais, soupiré-je en me redressant. Désolé.

— Ça va ? Tu n'as pas l'air dans ton assiette. Tu veux en parler ? demande Olly en prenant place à mon côté.

Je reste silencieux parce que je ne sais même pas par où commencer. Je suis perdu, je crois.

— Ça s'est mal passé hier ? Avec Maxine, précise-t-il comme si j'ignorais où il veut en venir.

— Nan. C'était sympa.

Je quitte le confort du canapé pour me poster devant les baies vitrées. Le regard rivé sur l'océan, je retrouve doucement mon calme.

— Un problème avec tes parents ? poursuit Ryan.

— Ça va mieux avec mon père, et je dois déjeuner avec ma mère demain.

— Avec les réunions alors ? continue Ayden.

— Non plus.

— C'est encore Margo ? Vous vous êtes expliqués depuis le rendez-vous chez Big M ?

Je secoue la tête, les bras croisés sur le torse tandis que les vagues vont et viennent au loin.

— Elle a essayé de m'appeler, mais je n'ai pas décroché. J'essaie de lui donner raison, tenté-je de plaisanter.

— Ça ne peut pas lui faire de mal. Elle a complètement dépassé les bornes, commente Olly.

C'est vrai que je rumine un peu. Je suis toujours blessé et fâché contre elle, mais ce n'est pas cela qui occupe mes pensées.

— Je finirai par lui parler, on s'expliquera.

— Bah alors ? s'exclament les trois en même temps.

— Rien.

J'ouvre la baie vitrée pour rejoindre l'extérieur. Je m'accoude à la rambarde et observe le jardin avant de me perdre à nouveau dans l'étendue bleue.

— Garrett ?

Je tourne la tête vers Olly, sûrement envoyé en éclaireur, qui me rejoint avec un air concerné sur le visage.

— Qu'est-ce qui se passe ? On peut peut-être t'aider.

— Je ne suis pas sûr que ça vaille même la peine de se prendre la tête.

— Dis toujours.

Je passe une main sur mon visage avant de me lancer.

— C'est Maxine.

— Ouais ? Je croyais que la journée s'était bien passée.

— C'est le cas. Elle est hyper-appliquée et elle apprend assez vite. Hier, elle a souhaité qu'on rebosse la base. Elle est très persévérante et volontaire.

— C'est cool ça, non ?

Je me tourne pour m'adosser à la rambarde et croise mes doigts sur ma nuque tout en observant le ciel immaculé.

— Après chaque cours, elle me demande de jouer un morceau. Chaque fois, je suis... comment dire ? Ça me fait quelque chose, c'est tout.

— Et c'est mal ?

— Je n'en sais rien... je ne sais même pas expliquer pourquoi je suis dans cet état. Est-ce que j'ai bien fait d'insister ? Est-ce que c'est sain de se voir en dehors des réunions, même en tout bien tout honneur ?

— Pourquoi ça ne le serait pas ?

— Je... Disons que quand je suis avec elle, je me sens bien. Elle m'apaise.

— Et c'est un problème ?

— Peut-être. Je me dis que c'est juste parce qu'on se comprend, tu vois ? On est passés par le même genre de traumas. Je n'ai pas envie que les choses changent. Seulement...

— Elle te plaît, devine-t-il.

Vaincu, je baisse la tête. Il comprend toujours ce qui se passe chez moi, même quand j'essaie de me voiler la face.

— D'ordinaire, je ne me retourne pas sur des filles dans son genre, elle fait tout pour rester transparente. Mais j'apprends à la connaître et elle est différente, tu vois ?

— Oui.

— J'ai peur qu'elle se force aussi. J'ai l'impression qu'elle s'est un peu coupée de tout le monde et elle fait un pas vers la sociabilisation avec moi, mais elle est encore nerveuse, elle sursaute quand je la touche pendant nos cours par exemple. Et l'autre jour, j'ai dit quelque chose qui l'a fait pleurer.

Une mouette vient se poser à quelques yards de nous, détournant mon attention. Oliver pose ses mains sur mes épaules et m'oblige à lui faire face.

— Je ne sais pas quoi te dire, G. Mais tu sais très bien ce qu'on pense de tout ça. Tu es parvenu à te débarrasser de tes problèmes de drogue, mais franchement ce que tu t'infliges avec les filles...

— Je sais. Juste... je ne veux pas offrir de munitions à Margo. Elle s'inquiète pour moi, ça part d'une bonne intention, mais je ne veux pas lui donner l'occasion d'en rajouter une couche. Ça vaut aussi pour ma mère d'ailleurs, même si elle n'insiste pas vraiment sur ce point. Je veux être concentré sur une chose à la fois.

— Et quoi ? Maxine risque de devenir une distraction ?

— Je n'en sais rien, c'est possible. J'étais bien avec elle quand j'ai presque loupé le rendez-vous avec Big M.

— Arrête, Garrett ! Tu es arrivé en retard, il n'y a pas eu mort d'homme et tu t'es expliqué avec lui. C'est à cause de la petite crise de Margo, ça. Ne te prends pas la tête pour elle. Vis ta vie, G. Franchement. Elle a été dégueulasse, elle exige des choses alors que tu en baves suffisamment. Tu veux mon avis ?

Je hausse une épaule, penaud, attendant qu'il continue.

— Je ne sais pas exactement lequel, mais toujours est-il qu'il y a ce petit changement subtil depuis que tu connais Maxine. Tu es différent, comme si elle avait réveillé quelque chose en toi. Quand tu reviens de tes sessions avec elle, j'ai chaque fois l'impression qu'un poids a été enlevé de tes épaules. On n'est pas dans tes baskets, alors analyse les choses et décide de quoi tu as besoin, ce qui te rend heureux, le reste, tu t'en fous.

Il claque une main sur mon bras et me le serre affectueusement.

— Merci.

— Pas de quoi. Bon, viens avec nous, on va bosser sur le début de chanson que tu as écrit.

— Ça marche.

Nous rejoignons les frangins qui sont déjà au studio au sous-sol. Ryan est en train de peaufiner sa mélodie et Ayden réfléchit au texte.

— Ça y est ? La séance psy est terminée ? On peut bosser ? se moque-t-il.

— Oui, chef. On peut.

Olly s'empare de sa guitare électrique, Ryan reste au piano, tandis qu'Ayden récupère sa basse. J'attrape la feuille avec les paroles et m'installe derrière le micro. Je laisse les mecs poser la mélodie qu'ils viennent de composer. Olly trouve rapidement le rythme et je me lance. Ryan n'avait pas tort.

Face your past to overcome it
Forgive yourself to move forward
Don't look back, focus on the present
Think about the future, who you have become

If you get lost again
Just know you can count on me
I'll be there for you
I'll be there for you

You got this fever in you, I can feel it
Annihilated by your demons

Hope you will be able to free it one day
'cause the world deserves to see it, to see the real you

If you get lost again
Just know you can count on me
I'll be there for you
I'll be there for you

— Alors G ? Qui avait raison ? me tanne fièrement Ryan.

— C'est toi, cédé-je en riant.

Je prends une grande respiration. Avec mes amis autour de moi, dans cette pièce, en train de chanter ce qui me vient du cœur, je me sens bien.

— Ouais, comme toujours.

— Tu t'avances un peu, le chambre son frère.

— Nan, nan. J'ai toujours raison.

Nous éclatons de rire devant tant de culot, avant de reprendre notre session. Heureux, je souris. C'est dans des moments pareils que je prends pleinement conscience de la chance que j'ai d'avoir des amis pareils.

✦ ✦ ✦

Le lendemain, peu avant midi, je rejoins ma mère au *Pain quotidien* pour un déjeuner mère-fils. Je m'en réjouis, mais une part de moi appréhende un peu quand même. J'espère qu'elle ne va pas en profiter pour insister sur ma santé, ni venir aux nouvelles concernant ma relation avec Margo. Vu qu'elles sont très proches, je suppose que mon amie s'est confiée à elle au sujet de notre dispute. Je sais qu'elle est en droit de se faire du souci et de s'inquiéter, mais c'est pesant.

— Coucou mon chéri, m'accueille maman en souriant.

— Salut, m'man, dis-je en déposant un baiser sur sa joue. Ça fait longtemps que tu m'attends ?

— Non. Je viens d'arriver.

Je m'installe, et nous passons rapidement commande. Elle me raconte les derniers contrats sur lesquels elle travaille, les raisons qui l'ont retenue plus longtemps que prévu à New York, les différents artistes qui ont tapé dans l'œil de mon père.

— Jamais vous n'arrêtez, hein ?

— Je crois qu'on aime beaucoup trop ce qu'on fait pour ça, s'amuse-t-elle. On t'a contaminé, je pense.

— C'est vrai. Et ce n'est pas pour me déplaire.

— Les enregistrements avec le groupe avancent bien ? La réunion avec Mitchell s'est bien passée ? Vous deviez discuter du programme, il me semble.

Je tique. Normalement, c'est à ce moment-là que j'aurais dû entendre une réflexion.

— Margo ne t'a rien dit ?

— Non. Je ne l'ai pas beaucoup vue ces deux dernières semaines. Pourquoi ?

Je sais que je craignais qu'elle m'interroge à ce sujet, mais maintenant que je l'ai amorcé, je ne me vois pas en rester là.

— On s'est disputés. J'ai manqué un de ses messages et je suis arrivé en retard. Après le rendez-vous, elle s'est jetée sur moi et m'a carrément agressé. Heureusement que les gars étaient là pour nous empêcher de nous sauter dessus.

Elle hausse les sourcils puis prend une expression peinée.

— Je suis vraiment désolée d'apprendre ça, mon chéri. Vous vous êtes reparlé depuis ?

— Non. Je n'en ai pas spécialement envie, à vrai dire.

Je me tais le temps que le serveur dépose nos salades devant nous et me précipite pour prendre une gorgée de mon soda.

— J'espère que vous parviendrez à vous réconcilier.

— Je vais finir par lui parler de nouveau, on ne peut pas rester comme ça. Mais pas tout de suite. En attendant, les gars font la liaison pour le groupe.

Ma mère me lance un petit sourire contrit et je suis soulagé qu'elle ne poursuive pas sur ce sujet épineux, et encore plus parce qu'elle n'a pas abordé celui des réunions une seule fois. Cela fait du bien de parler d'autre chose, tellement.

Après le repas, je vais régler et lui propose d'aller faire un tour au Beverly Gardens Park, celui où l'on peut poser devant le signe « Beverly Hills ». Cet endroit est toujours pris d'assaut par les touristes, mais aujourd'hui, les quelques nuages présents dans le ciel devraient sûrement avoir raison d'eux.

— Est-ce que tu veux m'en dire plus sur les raisons de ton retard dimanche pour la réunion avec Mitchell ? demande-t-elle l'air de rien en glissant un bras sous le mien.

J'éclate de rire tout en secouant la tête.

— Quoi ? Je suis ta mère, j'ai le droit de m'interroger, non ?

— Si tu veux ! Mais rien ne m'oblige à te répondre.

— Tu vas me laisser comme ça ? Quel fils indigne.

Finalement, elle n'aura pas su résister. Après avoir laissé planer quelques secondes, je cède, mais elle n'aura que le minimum syndical.

— J'étais avec une amie, on visitait le Getty Center.

— Vraiment ?

— Pourquoi ça étonne tout le monde ?

— Eh bien, disons que les musées et toi, ça fait deux.

— C'est faux, j'adore l'art.

— Hmm... Pas à moi.

Comment lui en confier suffisamment pour calmer sa curiosité sans pour autant me vendre ?

— Elle a chanté au *Porthole*. Elle a une voix... sublime, tellement envoûtante. On s'est revus quelques fois et on a conclu un pacte : je lui apprends à jouer de la guitare et elle me fait partager sa passion pour l'art. Elle étudie l'histoire de l'art à UCLA.

— C'est vraiment super. Je suis contente d'apprendre ça.

J'attends la suite mais rien ne vient. Je plisse les yeux, suspicieux.

— Pas de remontrance ? De mise en garde ?

— Non, rien de tout ça. Tout ce que je vois, c'est que tu sembles plus serein, épanoui. Le groupe est reparti sur de bons rails, tu as repris goût à la musique. Alors, si partager ton don avec cette jeune femme te fait aller mieux, je ne vais sûrement pas critiquer ! Ça fait tellement de bien de te voir ainsi.

— Merci maman.

Je me penche pour l'embrasser sur la joue. Nous remontons une allée de palmiers quand elle serre un peu plus fort mon bras.

— Ton père m'a parlé de votre dîner. Enfin, pas dans les détails. C'était juste… l'expression de son visage, murmure-t-elle. Il était tellement heureux d'avoir passé ce moment avec toi.

— Ça m'a fait du bien aussi, maman.

Elle m'arrête pour poser ses mains sur mes joues. Sur la pointe des pieds, elle y dépose un baiser et me prend dans ses bras.

— Maman…

— Oui, je sais, tu n'as plus cinq ans. Mais tu restes mon fils. Et je me souviens parfaitement de ta promesse.

Je hausse les sourcils et l'interroge du regard.

— Tu m'as dit un jour que même quand tu aurais plus de dix-huit ans, tu continuerais à me faire des câlins parce que je resterais ta maman.

— C'était Matt, pas moi. Je m'en souviens parce que je me suis moqué de lui. Il venait de tomber et tu étais en train de le soigner. On aurait dit un bébé.

— Tu es vilain.

Je prends conscience avec étonnement que je parviens à évoquer un souvenir de mon frère sans avoir l'impression de retomber au fond du trou. C'est une jolie victoire. Et je la dois à ma mère, l'un des rocs sur lesquels je peux m'appuyer.

Je passe un bras autour de ses épaules et la ramène contre moi, tout en déposant un baiser sur le sommet de son crâne. Furtivement, je me penche vers son oreille pour murmurer :

— Tu resteras toujours ma petite maman chérie.

CHAPITRE 26
Garrett

— Comment ça va, Garrett ? m'interroge Edward à la fin de la réunion.

— Ça va.

Je l'observe alors qu'il piétine à mes côtés. Il paraît nerveux, comme s'il voulait me parler de quelque chose mais qu'il n'osait pas. Il quitte mon regard pour jeter un coup d'œil à Maxine qui discute avec Christie.

— Tu veux me dire un truc ?

— Je vous ai vus partir ensemble, toi et Maxine, l'autre jour.

— Ouais, on va au parc après les réunions, je lui apprends à jouer de la guitare.

Il me lance un regard sceptique en haussant un de ses sourcils fournis.

— C'est la vérité.

— Patrick est venu me parler aussi. Est-ce utile que je te rappelle les règles ?

— Pas du tout. Et tu n'as rien à craindre. Je ne fais que lui apprendre la musique, promis. Je n'ai aucune vue sur Maxine, si c'est ce qui vous inquiète.

— Bien. Je ne dis pas ça pour t'embêter, Garrett.

— Je sais, ne t'en fais pas.

Je hoche la tête avant d'aller jeter mon gobelet. Quittant le bâtiment, je patiente à l'extérieur le temps que Maxine me rejoigne.

En sortant, Christie me salue d'un signe de la main tandis que mon élève s'avance vers moi. Elle semble un peu tendue.

— Ça va ? demandé-je en me relevant du capot de ma voiture.

— Oui.

Elle fuit mon regard.

— Tu es sûre ? Tu n'as pas l'air dans ton assiette. Tu préfères qu'on annule ?

— Non, c'est bon.

Je me demande bien quelle mouche l'a piquée. J'ai l'impression de retrouver la Maxine des débuts, celle qui ne me décrochait quasiment pas un mot. Tout le long du chemin jusqu'au jardin japonais, pas un son ne sort de sa bouche. Et pour en rajouter une couche, nous sommes obligés de chercher un autre banc car le nôtre est occupé. Le temps que nous en trouvions un, le silence est devenu pesant.

Nos cours sont réglés comme du papier à musique. Je positionne la guitare sur ma cuisse, elle sort son petit carnet puis son instrument et me parle de ses révisions, des difficultés qu'elle a pu avoir. Nous reprenons l'ensemble, chaque accord, puis les enchaînements, et je poursuis avec le dernier que j'ai prévu de lui apprendre.

— Alors aujourd'hui, je te propose de voir l'accord le plus complexe de tous ceux que je veux t'enseigner, parce qu'il faut utiliser quatre doigts. Alors ne t'inquiète pas si tu éprouves des soucis. Il pourra te demander un peu plus de temps, celui-ci.

Je joue l'accord plusieurs fois de suite, la laisse s'en imprégner. Elle prend des notes puis s'exerce.

— C'est très bien, je n'ai même pas eu besoin de t'aider, la félicité-je. On voit que tu prends de plus en plus d'assurance.

— Merci.

Je l'observe alors qu'elle regarde son instrument. De la tension émane de ses épaules, sans parler de ses traits crispés. Je ne dis pas que d'ordinaire, elle passe son temps à sourire, mais on dirait qu'elle est contrariée d'être avec moi. J'ai envie de lui demander si j'ai dit ou fait quelque chose qu'il ne fallait pas, s'il s'est passé un truc à la fac, si elle souhaite en parler, mais elle n'était pas partante tout à l'heure, alors je vais laisser couler. C'est dur, pourtant, car elle passe son temps à fuir mon regard. Je me sens vraiment con parce que j'aimerais pouvoir être là pour elle, la rassurer, peu importe le problème qu'elle rencontre.

Au bout de ce qui me paraît une éternité, le cours touche enfin à sa fin. Je la regarde alors qu'elle range ses affaires, mine de rien. Et décidément, ce jour ne ressemble pas aux autres : elle ne me réclame pas de chanson. Le zip de son sac est le seul son qui trouble le silence. Quand elle plonge enfin ses yeux dans les miens, il me semble y déceler une peine que je n'avais encore jamais vue. Je me demande si j'en suis responsable. Seulement, j'ai beau me creuser la tête, je ne vois pas ce que j'ai fait ou dit de travers.

Elle se tait, se contente de scruter ma main sur le manche de ma guitare. Je sais que je ne suis pas en position d'exiger quoi que ce soit alors à la place, je laisse mes doigts courir sur les cordes. J'ignore pourquoi, mais c'est *Howl* de Jake Houlsby qui me vient.

This is the calm before the storm
This is the sea between the isles
And this ain't the time to chase the dawn
This is the time to count the miles

— C'est très joli, finit-elle par avouer.

Je laisse passer quelques secondes, attendant de voir si elle va rebondir, mais comme rien ne vient, je reprends :

— On y va ?

Elle acquiesce de la tête et nous nous levons. Sur le trajet jusqu'au bâtiment des réunions, son silence est vraiment déconcertant. Je dois prendre sur moi pour ne pas revenir à la charge. Est-ce le moment de parler de la prochaine séance ? Mon planning chargé me revient en tête et me convainc de tenter.

— Est-ce que je peux avoir ton numéro de téléphone ?

— Mon numéro ? Pour quoi faire ?

— La semaine prochaine, je risque d'être pris. Je n'ai pas encore mon planning, mais je voudrais pouvoir te prévenir avant si je dois annuler.

— Oh, OK. Oui.

Je récupère mon portable et y entre ses coordonnées.

— Merci. Bon, eh bien, bonne soirée.

— À toi aussi.

Je glisse mon étui de guitare à l'intérieur de la voiture et alors que je m'installe derrière le volant, je l'observe détacher son vélo puis grimper dessus et partir.

Je ne suis pas fou, je suis sûr qu'il s'est passé quelque chose. Bien qu'elle soit souvent sur la réserve, il y a clairement eu une amélioration dans nos rapports, nos confidences, nos moments passés ensemble. Je ne peux décidément pas rester comme ça. Je sais qu'elle ne pourra pas me répondre tout de suite, mais je décide de lui envoyer un message maintenant.

Garrett

Je suis désolé si j'ai fait ou dit quelque chose. Vraiment.
Dis-moi ce que je peux faire pour que tu me pardonnes.

Je jette mon téléphone sur le siège passager et m'insère dans la circulation avant de rentrer chez moi.

✦ ✦ ✦

— Ça s'est bien passé ta séance ? m'accueille Ayden. Olly est parti chercher à manger, thaï pour ce soir, ça te va ?

— Impec.

— Juste pour te faire psychologiquement à l'idée, Margo va passer. Elle veut qu'on discute du planning, des prochaines scènes qu'on va faire. Du coup, elle va dîner avec nous.

— OK.

Les deux frères échangent un regard entendu que je ne relève pas. Je sais que je suis responsable du climat tendu entre Margo et le groupe. Les gars me soutiennent et sont aussi remontés que moi, mais cela ne tient qu'à moi d'arranger les choses entre nous. Il me suffirait de décrocher lorsqu'elle m'appelle, mais j'avais encore besoin d'un peu de temps. On dirait pourtant que cette stratégie prend fin ce soir.

Je file me doucher et quand je suis de retour, la nourriture recouvre l'îlot central, Ryan et Ayden sont en train de faire une bataille à coups de baguettes et Olly compte les points. Un coup à la porte les interrompt. Je vais ouvrir, et lorsque Margo me voit, elle me fait un petit sourire un peu pincé. Je n'ai pas accepté ses excuses, mais je vois bien qu'elle est désolée, même si je ne comprends toujours pas sa réaction. Je décide de faire un pas vers elle et j'accepte un baiser sur la joue avant de l'inviter à rejoindre la cuisine.

— Bonsoir, dit-elle aux mecs.

— Salut, Margo. Assieds-toi. On vient juste de commencer le repas.

— Merci.

Elle s'exécute et prend place entre Olly et moi. Chacun rassemble un peu de chaque plat dans une assiette et nous dégustons pendant qu'elle nous présente le programme chargé à venir.

— Donc lundi commence la première séance photo.

— Première ? rebondit aussitôt Olly, ses nouilles sautées pendant au bout de ses baguettes devant sa bouche.

L'image aurait mérité un joli cliché. Dommage.

— Oui, vous êtes quatre, donc la photographe aimerait qu'on fasse deux, peut-être trois séances. En extérieur et en intérieur.

— Trois ? s'étrangle Ayden. C'est une blague ?

— Absolument pas. Il va falloir vous y plier les mecs. C'est prévu dans le contrat.

— Ouais, on sait, bougonne Ryan, tout aussi motivé.

— Elle a pensé à quoi pour les prises en extérieur ? me renseigné-je.

— Elle ne m'a pas dit encore. Elle doit avoir ses habitudes. Ensuite, jeudi est programmée toute une série d'interviews avec plusieurs magazines. La semaine qui suit, trois jours d'interviews radio avec le lancement du single. Les plus grosses antennes de la région, une audience cible et primordiale.

Elle parcourt des notes sur un petit carnet tout en picorant son plat. Je me demande comment elle parvient à tenir avec le peu de nourriture qu'elle avale. Elle a toujours fait attention à ce qu'elle mangeait, mais ce soir, je trouve que ses joues sont plus creuses qu'à l'accoutumée.

— Sur le mois de juin, vous aurez d'autres interviews, sûrement plusieurs télévisées. Il devrait y avoir un passage à New York, mais rien de confirmé encore. En ce qui concerne les quelques représentations, j'en ai calé une par semaine, histoire de ne pas trop vous charger. Des salles un peu intimistes. Ensuite en juillet, pause bien méritée, vous serez tranquilles jusqu'à fin août où il y aura les réunions de préparation pour la tournée. Il faudra que vous songiez à me remplir le dossier pour l'assurance et aussi le questionnaire concernant vos exigences...

— Raisonnables, l'interrompent en chœur Ryan et Ayden avant d'exploser de rire.

Olly et moi les rejoignons dans la foulée. Margo finit par se détendre et nous accompagne de bon cœur. Chacun d'entre nous connaît très bien notre producteur et son caractère bien trempé.

Mon attention est détournée par l'arrivée d'un texto. Je m'empresse d'y jeter un coup d'œil et souris en découvrant que Maxine m'a répondu.

Maxine
Tu n'as rien à te faire pardonner. Vraiment.

Je suis obligé de répondre.

Garrett
Je ne peux pourtant pas m'empêcher
de penser le contraire ☹

Maxine
Je t'assure que non. Et s'il te plaît, évite
les émoticônes, mon antiquité ne lit
que des rectangles.

Je pouffe de rire. J'avais oublié ce détail.

Garrett
Désolé, je n'avais pas pensé à ça !
Tu vas bien ? Tout va bien entre nous ?

Maxine
Oui.

Garrett
Promis ?

Maxine
Promis.

Je me demande si je peux continuer et la bousculer un peu. Je verrai bien si elle me dit la vérité.

Garrett
Tu fais quelque chose demain après-midi ?

Maxine
Pourquoi ?

Garrett
Une balade sur la jetée de Santa Monica
et un tour dans Pacific Park, ça te dit ?

Je garde les yeux rivés sur l'appareil, attendant sa réponse, mais rien ne vient.

— Tu es avec nous, Garrett ? m'interpelle Margo.

— Ouais, pardon.

Je plaque mon portable sur le comptoir et reviens dans la conversation. Bon, j'ai bien conscience d'en avoir loupé une bonne partie, mais les mecs me feront un résumé. Et puis je connais Margo, elle nous laissera probablement un dossier avec toutes les infos. Lorsque je commence à débarrasser, cette dernière se propose pour me donner un coup de main.

— On peut parler ?

Je tourne la tête et me rends compte que nous sommes seuls. Les mecs sont restés dans le salon.

— Je suis là.

— Garrett... soupire-t-elle.

— Qu'est-ce qu'il y a, Margo ?

— Regarde-moi, s'il te plaît.

Je repose le torchon que j'ai dans les mains et lui fais face.

— Je tiens à m'excuser pour l'autre jour, j'ai dépassé les bornes. Je ne pensais pas ce que j'ai dit.

— Peut-être, mais tu l'as dit quand même. C'est vraiment comme ça que tu me vois, que tu m'as vu à l'époque ?

— Non, je t'assure. Je me suis emportée, je suis sincèrement navrée. Je n'aurais pas dû.

— Je peux savoir ce qui t'a pris ?

Je recule en passant une main dans mes cheveux, incapable de rester en place.

— J'essaie de comprendre, mais honnêtement, je suis perdu. Après notre dernière conversation, je pensais que tout allait bien. Tu m'as reproché d'être distant, mais là... Cette manière de me sauter dessus...

— Je sais, murmure-t-elle en baissant les yeux. Je...

Quand elle les repose sur moi, ils sont brillants de larmes. Je vois qu'elle est mal, mais sans explication, c'est compliqué pour moi de passer outre.

— Je subis beaucoup de pression, j'ai envie que tout soit parfait, que tout se passe bien et je... je stresse dès qu'il y a un grain de sable dans l'engrenage. Je suis vraiment désolée de m'en être prise injustement à toi. Je suis tellement impliquée dans la gestion du groupe, je suis si fière de vous. Ça m'angoisse.

Elle n'est plus qu'à quelques pouces de moi maintenant. Je peux sentir son parfum légèrement épicé qui m'irrite les narines. Je remarque également la moindre trace de maquillage sur son visage. Même si l'ensemble est parfaitement maîtrisé et très sophistiqué, en fin de compte, c'est aussi une façon de se cacher.

Et inévitablement, Maxine me vient en tête. Pourquoi alors que Margo est là, face à moi, la seule à laquelle je pense est Max ? Parce que j'attends désespérément sa réponse. Que ma conversation avec Olly tourne en boucle dans ma tête. Parce qu'elle est tellement différente qu'elle efface toutes les autres.

Je dois être plus fort que ça. L'amitié, ou ce qui prend forme entre nous, compte déjà beaucoup pour moi, et je suis déterminé à ne pas la laisser s'échapper. Je la veux dans ma vie. De plus, d'après ce que j'ai compris, Maxine ne recherche pas de relation.

— Je veux être là pour toi, poursuit Margo, pour t'aider, mais j'ai l'impression que tu n'as pas besoin de moi et j'ai du mal à l'accepter. Je me sens inutile.

— C'est faux, Margo. Mais il faut que tu comprennes qu'il y a des choses que je dois faire seul. Je pensais que tu l'avais compris.

Elle réduit à néant l'espace entre nous et pose une main sur ma joue.

— Je m'inquiète juste pour toi.

— Je sais ça, confirmé-je en la prenant dans la mienne, l'éloignant de ma peau. Mais ce combat, je dois le mener seul. Le plus gros est fait. J'ai besoin que tu me fasses confiance. C'est tout ce que je te demande. C'est comme ça que tu peux m'aider, pas en me poussant à bout et en mettant en doute mon implication.

Elle hoche la tête et je me soustrais à son contact pour terminer de ranger ce qui traîne encore sur le plan de travail.

— Et une fois de plus, tu n'as pas à t'en faire pour le groupe et la tournée.

— Je ne te parle pas du groupe, Garrett. Je te parle de toi.

— Je vais bien. Je t'assure.

Je plante mon regard dans le sien pour qu'elle y lise que je dis la vérité. Un voile passe dans ses iris et me fait tiquer.

— Tu veux me dire autre chose ? demandé-je doucement.

— Je...

Notre conversation est interrompue par un son bref. J'abandonne Margo pour me précipiter sur mon smartphone, laissé sur l'îlot central. Une fois encore, je souris en découvrant un message de Maxine.

Maxine
Tu me crois si je te dis que je n'ai jamais mis
les pieds à Pacific Park ?

Garrett
Je suis choqué ! Il faut réparer ça, c'est vital !
Tu es partante ?

Maxine
Ça marche.

La réponse est rapide, signe qu'elle n'a pas eu besoin d'y réfléchir. Souriant comme un imbécile, j'ai envie de lever le poing au ciel et de crier ma victoire.

Garrett
Super ! Je ne peux pas les mettre,
mais je t'envoie plein de bonshommes
qui sourient. Je passe te prendre à 16 h ?

Maxine
OK. Bonne soirée.

Garrett
Bonne soirée à toi aussi, à demain.

Je glisse le téléphone dans la poche de mon jean et reviens à Margo.

— Tu voulais me dire quelque chose ?

— Avec qui tu discutes comme ça ? demande-t-elle en ignorant ma question.

Pourquoi je me suis dit qu'elle se mêlerait de ce qui la regarde ? Chaque fois que nous faisons un pas dans la bonne direction, nous reculons ensuite de deux.

— Margo…

— Désolée. Tu n'as pas besoin de me le dire.

Je pose les mains à plat sur le plan de travail et bascule la tête en avant, les épaules contractées par la contrariété.

— Ça ne te regarde vraiment pas, mais puisque tu sembles craindre que je faillisse à ma promesse, je vais te rassurer. Oui, c'est une fille, quelqu'un de mon groupe des Narcotiques Anonymes. Alors aucun risque de quoi que ce soit, OK ? C'est interdit. On devient juste amis.

— Je ne crains pas que tu rompes ta promesse, Garrett, répond-elle comme si je l'avais offensée. Et je suis contente de voir que tu lies contact avec une personne des réunions. Vraiment. Vous avez expérimenté les mêmes épreuves, vous vous comprenez. Je peux savoir comment elle s'appelle ? ajoute-t-elle après un petit temps.

— Maxine.

— C'est joli. Peut-être qu'on aura l'occasion de la rencontrer un jour.

— Oui, peut-être.

Elle quitte la cuisine sans un regard supplémentaire et moi, je reste là, à sonder le vide alors qu'elle rejoint les mecs sur la terrasse. Je repense à ce que je viens de lui affirmer. N'y a-t-il vraiment aucun risque avec Maxine ? En lui proposant de lui donner des cours de guitare, ma motivation était uniquement de partager ma passion, de faire de la musique parce que c'est ce qui m'anime depuis toujours. J'y voyais peut-être un moyen aussi de retrouver ma flamme. Mais le fait est qu'au fil du temps, j'en apprends un peu plus sur elle chaque fois et je l'apprécie de plus en plus. Je ne l'ai pas avoué aux gars, mais c'est à elle que je pensais quand j'ai commencé à écrire la chanson sur laquelle nous avons récemment travaillé. Si mon inspiration s'est fait la malle ces derniers mois, ce n'est plus le cas depuis que je la côtoie. Plus elle se confie à moi et plus les idées tournent dans ma tête.

Je ne sais pas si on peut parler de muse, mais disons qu'il me suffit de la voir pour avoir plein de choses à dire. Je n'ose pas en parler avec les copains parce que j'ai moi-même du mal à l'avouer à haute voix. Et cela m'embête un peu parce que j'ai clairement de plus en plus de mal à rester neutre à ses côtés alors qu'elle me fait tellement de bien.

Lorsque je retrouve mes amis, je ne participe pas vraiment à la discussion, ballotté entre Margo et Maxine. Je passe une main sur mon front. Pourquoi faut-il que tout soit si compliqué ? Dans des moments pareils, je ne dirais pas non à un verre de whisky.

CHAPITRE 27
Maxine

Garrett a vu juste, hier, en affirmant que je n'étais pas dans mon assiette, mais je me voyais mal lui expliquer, alors que moi-même je me trouve parfaitement idiote. Le fait est que j'ai entendu sa conversation avec Edward et ses mots m'ont blessée. J'étais en colère que Garrett réponde si rapidement et ouvertement sur le fait qu'il n'avait absolument aucune vue sur moi. J'ai eu l'impression que l'un comme l'autre décidaient pour moi sans me concerter. Et puis le ridicule a pris le pas parce que je n'envisage rien de plus avec Garrett. N'est-ce pas ?

Sam venait de me rejoindre dans ma chambre quand j'ai reçu ses premiers textos. Sur le moment, je suis restée un peu interdite. Cette sortie s'écarte complètement de notre deal de départ. Pourtant, une chaleur est née dans mon ventre, répandant sa douceur dans tout mon corps et un léger sourire s'est épanoui sur mes lèvres.

Malgré ça, j'ai pris le temps de peser le pour et le contre. J'ai écouté les conseils de Sam, très pragmatique : rien n'interdit les rendez-vous entre amis. Encore une fois, j'en suis venue à la conclusion que je me montre injuste envers lui, et puis son inquiétude m'a touchée, alors j'ai cédé. Je vais me concentrer sur notre amitié. C'est le principal.

Comme à son habitude, il est très ponctuel. Je le retrouve à 4 heures devant mon immeuble, prête à découvrir Pacific Park.

— Il va falloir que tu m'expliques comment tu peux ne pas y être encore allée. Tu t'es déjà baladée sur la jetée au moins ? cherche à savoir Garrett alors que nous quittons le campus.

— Évidemment, mens-je avec aplomb.

Il me jette un coup d'œil, sceptique.

— Je ne te crois pas ! affirme-t-il après quelques secondes. Mais comment c'est possible ?

Il a l'air véritablement choqué. Je ne vois pas pourquoi.

— J'habite de l'autre côté de la ville, me justifié-je. Et puis ce n'est pas trop mon truc.

— Tu te promènes bien dans Venice.

— Je cherche *l'art* dans Venice. Il n'y a rien d'artistique sur la jetée.

— Une fois de plus, je vais prendre plaisir à te prouver le contraire !

Garrett me propose de se garer près de chez lui et de rejoindre la jetée à pied. Déambuler sur le *boardwalk* est toujours plaisant. Alors que nous discutons de tout et rien, je l'observe à la dérobée. Maintenant que je le connais mieux, je m'en veux de m'être montrée si désagréable avec lui. Je crois que j'ai eu peur.

Physiquement, il ne ressemble pas vraiment à Alesso, mais son image, son attitude… J'ai tout mis dans le même panier. Pourtant, il en est tellement loin, et je crois que c'est ça qui m'inquiète. Il semble… parfait, et je ne suis pas prête à ressentir ce qui prend de plus en plus d'ampleur en moi. Plus que tout, j'ai craint de ne pas pouvoir me faire confiance. Parce que ce que j'ai vécu, c'est en tombant sous le charme du mauvais garçon, en succombant à de multiples tentations. Et si je refaisais la même erreur ?

Bien avant d'arriver à la jetée, on distingue très nettement toutes les couleurs criardes des attractions. La grande roue est ce qu'on aperçoit de plus loin. Pacific Park est installé sur la baie ; je me demande un instant comment elle fait pour soutenir autant de poids. Garrett m'entraîne à l'entrée, où le nom du parc s'affiche fièrement sur une structure métallique ronde composée de piliers bleu turquoise, surplombés d'une sculpture qui ressemble à une pieuvre. Finalement, on dirait bien qu'il y a de l'art à Santa Monica.

— Est-ce que t'as le vertige ? Le mal de mer ? se renseigne Garrett.

— Non, pas que je sache.

— Parfait, on va bien s'amuser !

Une nouvelle fois, il paie pour nous deux. Il va falloir que je ruse pour parvenir à lui offrir un truc à grignoter dans la soirée. Non pas que je me figure que nous allons passer la fin de journée ensemble cela dit, il a sûrement quelque chose de prévu. Nous sommes samedi après tout.

— Quand je pense que tu n'as jamais mis les pieds ici ! On va réparer cette erreur monumentale.

Je souris doucement alors qu'il me conduit à la première attraction, *Sea Dragon*. Je lève les yeux vers une sorte de bateau en bois surmonté par une tête de dragon. Après quelques minutes dans la file d'attente, nous prenons place sur les sièges.

— Tu as l'habitude de venir ici ?

— Sur la jetée, oui. En soirée, c'est hyper-sympa pour traîner avec les potes. Dans le parc un peu moins, mais sûrement plus que toi, s'esclaffe-t-il. Mes parents nous y emmenaient souvent, Matt et moi.

Alors que le manège se met en route, j'ai subitement peur de me montrer ridicule. Je vais sûrement hurler. Bon, en même temps, ce n'est pas comme si je cherchais à plaire à Garrett, n'est-ce pas ? Donc pourquoi m'en faire ?

Effectivement, je ne mets pas longtemps à ne plus rien retenir alors que le bateau effectue des allers-retours sur cent quatre-vingts degrés d'avant en arrière. J'ai la sensation d'être prise dans les mers, ballottée au fil des mouvements des vagues. Garrett n'est pas en reste à mes côtés, criant de toutes ses forces. Je crois qu'il se fiche complètement de l'image qu'il me renvoie et c'est lui qui a raison.

Les jambes un peu tremblantes, je quitte la nacelle. Garrett m'observe, un sourire sur les lèvres.

— Quoi ?

— Rien. J'essaie de jauger si tu as aimé ou pas. Tu es assez difficile à déchiffrer comme fille.

— Je ne sais pas trop comment je dois le prendre.

Il hausse les épaules.

— C'est juste mon impression. Tu peux tout aussi bien me répondre, ça m'évitera de me faire des nœuds au cerveau.

— Ou je peux te laisser mariner.

— Aussi, dit-il avant d'éclater de rire.

J'aimerais ne pas y être sensible. Je me secoue mentalement et me concentre sur le moment présent, pas sur l'homme à mes côtés. Mais c'est bien difficile à faire, parce que voilà, il s'agit de Garrett, le premier à provoquer quelque chose en moi depuis des mois, le seul à susciter mon intérêt, malgré tous les préjugés dont j'ai fait preuve au départ.

— Ensuite ? On fait quoi ? demandé-je.

— C'est bon, j'ai ma réponse, statue-t-il d'un clin d'œil. Direction *West Coaster.*

Je le suis docilement. Il est aussi à l'aise qu'un poisson dans l'eau.

Jamais je n'aurais pensé qu'un homme tel que Garrett ferait son entrée dans ma vie et qu'il me bousculerait autant. Sam a raison sur un point. Je n'ai jamais été aussi aventureuse que depuis que je le connais, excepté la petite séance de scène ouverte – et là encore, Garrett est malgré tout lié à cet événement. Dois-je y voir un signe comme Sam pourrait le faire ?

— Prête ?

— Oui.

Je n'ai rien contre les montagnes russes et celles-ci ne paraissent pas spécialement monumentales. Je suis plus impressionnée par la vue époustouflante sur la baie de Santa Monica et l'océan Pacifique.

— Tout va bien ? se renseigne Garrett une fois sur la terre ferme.

J'acquiesce pour le rassurer, avant que nous n'enchaînions avec *Pacific Plunge,* un gigantesque ascenseur qui offre un vol momentané, nous faisant nous sentir comme en apesanteur.

— Est-ce que tu savais que la grande roue d'ici est la seule au monde à fonctionner au solaire ? m'interroge Garrett alors que nous attendons notre tour.

— Non, je l'ignorais.

— Ravi de t'apprendre quelque chose.

— Tu m'apprends des trucs à chaque cours, le reprends-je.

— Ce n'est pas pareil. Quand je t'écoute lorsqu'on fait nos visites dans les musées, tes connaissances, ta culture, je me sens un peu ridicule à tes côtés.

— Ne dis pas de bêtises !

Je me mets à rougir, plus mal à l'aise que tout à l'heure. Imaginer un mec comme Garrett être gêné à cause de moi, c'est impossible.

Une fois que nous sommes installés dans notre nacelle, la roue se met lentement à tourner et fait régulièrement des arrêts pour prendre de nouvelles personnes. La vue panoramique sur la ville et l'océan est à couper le souffle.

— Tu passes un bon après-midi ?

— Oui, vraiment.

— Tant mieux. Est-ce que tu vas finir par m'expliquer ce qui n'allait pas hier ?

— Non.

Il me lance un regard énigmatique ; je détourne aussitôt les yeux. J'ai déjà du mal à mettre de côté son odeur, sa chaleur, si en plus je me noie dans le bleu de ses iris, je suis foutue. Je dois mettre tous ces sentiments de côté et me concentrer.

— Parle-moi de ta famille.

Je saisis la perche qu'il me tend :

— Oh, eh bien, comme je te l'ai déjà dit, ce n'est que ma sœur et moi, depuis quelques années maintenant. Rochelle a onze ans de plus que moi, elle a fait des études de commerce. Elle a ensuite été embauchée immédiatement dans une grande entreprise de pharmaceutique et cosmétique de Seattle. Ça ne faisait que trois ans que Craig avait pris la présidence après son père et Rochelle lui a tout de suite tapé dans l'œil. Elle a fait de la résistance parce qu'elle ne voulait pas mélanger vie privée et vie professionnelle, mais mon beau-frère est du genre persévérant. À ses côtés, ma sœur s'est transformée. Je crois que toutes ces années à veiller sur moi, à tout donner dans ses études, l'ont poussée à s'oublier. Il lui fait du bien.

— C'est une jolie histoire.

— Je trouve aussi. Ils sont mon modèle, ce sont eux qui me font dire qu'il n'y a pas que de la noirceur dans ce monde. Et ce sentiment se renforce chaque fois que je vois mon neveu et ma nièce.

— Quel âge ont-ils ?

Je ne peux m'empêcher de sourire à la simple pensée de ces bouilles d'ange.

— Noah a cinq ans. En ce moment, il est passionné par le football. Son père s'investit dans chacune de ses lubies et il en change régulièrement, donc mon beau-frère a du mal à suivre, expliqué-je en riant. Megan a huit ans, c'est une danseuse et elle adore chanter aussi. Contrairement à son frère, ça dure et ma sœur l'encourage.

— Ils ont l'air d'être une chouette famille.

— Oui, ils le sont. C'est un peu difficile d'être loin d'eux, mais je les appelle régulièrement.

— Est-ce trop indiscret de te demander pourquoi tes parents ne sont plus dans le paysage ? demande Garrett alors que la grande roue effectue un nouvel arrêt dans notre descente.

Cette fois, je vais chercher son regard. Je fouille pour connaître ses intentions, je veux voir s'il s'intéresse vraiment, si je peux avoir confiance en lui. Si je me confie, vais-je le regretter ?

— Tu sais quoi ? Ce n'est pas grave, OK ? Une autre fois.

Je le remercie d'un léger sourire.

— Je t'offre quelque chose à grignoter ? proposé-je.

— Si tu veux, et on va pouvoir remonter la jetée.

Chez le premier vendeur ambulant, je choisis un smoothie à la banane tandis que Garrett opte pour des churros, puis nous avançons tranquillement parmi les exposants, des artistes de rue. Je suppose que c'est ce dont Garrett voulait me parler et je dois dire qu'il avait raison. Je reste sans voix devant le mime danseur ou encore devant le peintre qui arrive à saisir Pacific Park sous le coucher du soleil.

— Alors ? murmure-t-il d'un souffle à mon oreille alors que j'admire un graffeur en pleine action.

Je me retiens de justesse de sursauter, maintenant mon smoothie contre moi.

— J'avais raison, hein ? Je le sais à ton visage. Tu aimes ce que tu vois.

J'ouvre la bouche, prête à me défendre, mais suis incapable de dire quoi que ce soit. Je me contente bêtement de hocher la tête et nous reprenons notre marche.

En bout de jetée, nous passons sous une arche et enfin, face à nous, s'étend l'immensité bleue de l'océan Pacifique et les reflets dorés du soleil. Il n'y a pas besoin de fioritures pour créer un tableau renversant. Garrett s'accoude à mes côtés et pendant quelques minutes nous ne disons rien. Les gens vont et viennent autour de nous, les cris des enfants et les discussions s'élèvent dans les airs, la musique qui s'échappe des haut-parleurs couvre le bruit du vent qui vient fouetter nos joues.

Je surprends un regard de Garrett avant qu'il ne s'empresse de détourner la tête, se raclant la gorge. Un frisson s'empare de moi, et il n'a rien à voir avec la fraîcheur ambiante.

— On y va ? demande-t-il après quelques secondes de flottement alors que le jour décline doucement.

J'acquiesce d'un mouvement rapide de la tête. Je sens comme une légère crispation émaner de ses épaules. J'ai bien envie de lui demander ce qui se passe, mais je repense à ma propre réaction hier et à mon refus d'en dire plus. Peut-être a-t-il quelque chose de prévu alors que ce moment entre nous s'éternise. Je m'en veux de monopoliser son temps. Je suis sur le point de me renseigner quand il hèle une connaissance à quelques pas :

— Harrison ! Hey !

— Garrett !

— Tu m'excuses un instant, Max ? demande-t-il en se tournant vers moi.

— Oui, pas de souci.

Je m'avance vers un petit chariot où sont vendus une multitude de souvenirs tout en jetant un regard distrait à Garrett et à son interlocuteur. La conversation s'étire, il remue énormément les mains en s'adressant à son ami, comme s'il était nerveux.

Et puis j'assiste à une scène qui me laisse sans voix : à l'abri des touristes, près des rambardes, Garrett tend quelques billets à l'autre homme et récupère quelque chose que je ne distingue pas. Je détourne immédiatement le regard, choquée. Je vais me sentir mal.

Alors cet après-midi n'était qu'un moyen de couvrir ce rendez-vous ? En dépit des réunions, en dépit de tous ses mots, Garrett se drogue toujours. Sans prendre le temps d'analyser quoi que ce soit, je fais demi-tour en courant.

Je n'en reviens pas de m'être trompée à ce point sur lui. En même temps, j'ai déjà manqué très sérieusement de jugeote, alors je ne devrais pas être étonnée. Une nouvelle preuve que je ne peux pas me faire confiance.

Je bouscule quelques épaules alors que mon prénom s'élève dans les airs. Garrett s'est sans doute rendu compte de ma fuite. En grande sportive que je suis, je manque déjà de souffle. Je dois sûrement avoir l'air perdue, les joues rouges, la respiration hachée et les cheveux en vrac.

— Maxine ! gronde Garrett derrière moi.

Il ne peut pas juste laisser tomber ? Est-ce trop demander ? Je savais que j'aurais dû me montrer plus méfiante. Je passe sous l'arche principale qui marque l'entrée de la jetée et m'apprête à prendre à gauche pour quitter Santa Monica.

— Putain, Maxine ! hurle Garrett en parvenant à attraper mon bras.

Mes joues sont maculées de larmes et j'essaie de me dégager de son emprise sans vouloir faire une scène devant tant de monde. Quelques personnes nous jettent un regard curieux. Nous donnons sûrement l'impression de vivre une dispute amoureuse.

— Lâche-moi, je t'en prie, arrivé-je à dire sans craquer plus encore.

— Non, refuse-t-il. Je ne le ferai pas à moins que tu m'expliques. Qu'est-ce qui se passe, bordel ! Une minute, tout allait bien et la seconde qui suit, tu détales comme un lapin. J'ai cru que...

Il laisse sa phrase en suspens tout en passant des doigts rageurs dans ses cheveux avant de retirer sa main de mon bras.

— Je croyais que c'était fini, Garrett, que tu avais arrêté. Que…

Il ouvre grand les yeux, semblant percuter.

— Maxine. Je ne sais pas ce que tu as cru voir, mais tu te trompes. Écoute-moi bien, dit-il en attrapant mes épaules pour me forcer à le regarder. Je sais que tu as du mal à accorder ta confiance, mais tu te trompes, je t'assure. Tu me connais maintenant.

Le ton de sa voix est ferme, de même que ses doigts qui m'empêchent de m'enfuir. Au moment où ses yeux plongent dans les miens et où il essuie mes larmes, une émotion particulière s'infiltre sous ma peau, chassant tout ce qui vient de se produire, tout ce que je me suis imaginé. J'ignore pourquoi, mais je sais qu'il dit la vérité.

Dans un geste tendre, Garrett m'attire contre lui et je suis incapable de me contenir. J'éclate en sanglots alors qu'il me serre.

— Je suis désolée.

— Non, c'est moi. Tu aurais dû rester à côté de moi, ça aurait été plus simple.

— Tu n'as pas à…

— Tu dois rentrer ou je peux t'emmener quelque part ? me coupe-t-il. Je veux te montrer pourquoi je lui ai donné de l'argent.

— Oh, je ne veux pas te retenir, on est samedi soir…

— Maxine.

Son ton inflexible ne laisse pas de place à la discussion. Je finis par acquiescer sans rien ajouter, encore sous le choc.

Sur le chemin, Garrett s'arrête acheter des plats à emporter. Je n'ose pas l'interroger. Je suis encore en train de digérer l'incident. Lorsqu'il pousse la porte d'un immeuble et m'invite à le précéder, j'hésite une demi-seconde avant qu'il ne me conduise jusqu'à un ascenseur et appuie sur le bouton le plus haut. Une fois arrivés au dernier étage, nous avançons jusqu'à une entrée qui ne ressemble pas à celles des appartements. Il l'ouvre et m'invite à gravir une série de marches. Au sommet, il se plante devant un battant en acier et se tourne vers moi.

— Voici ce que j'ai récupéré tout à l'heure, m'explique-t-il en glissant dans la serrure une grosse clef. Harrison habite dans l'immeuble et possède le trousseau qui permet d'accéder au toit. J'ai participé à une soirée ici et c'est vraiment top.

Je vois dans ses yeux qu'il attend une confirmation de ma part pour aller plus loin, nerveux. Je la lui donne et il me fait signe d'avancer. Un pas en avant et je découvre, stupéfaite, que toute la surface a été aménagée : des tables, des chaises, des transats, des poufs, un barbecue, le tout rehaussé par des guirlandes, des photophores solaires, des coussins de toutes les couleurs et des toiles tendues.

— Les gars et moi, on a la chance d'habiter dans une belle maison, je te l'accorde, mais la vue d'ici est imprenable et encore plus lorsqu'il fait nuit noire. On va s'installer pour manger et tu verras.

Je me contente d'un hochement de tête. Le soleil a amorcé sa descente et il fait encore doux, pourtant je frissonne. J'ai du mal à ne pas prêter attention au côté très romantique des lieux. Agit-il ainsi avec tout le monde ? Est-ce de cette façon qu'il drague, en emmenant les filles dans un *spot* confidentiel ? Je me rappelle très clairement les mots qu'il a tenus à Edward : « *Et tu n'as rien à craindre. Je ne fais que lui apprendre la musique, promis. Je n'ai aucune vue sur Maxine.* » Je n'arrive pas à faire la part des choses. Est-ce normal entre amis ? Est-ce ce que nous sommes ?

Garrett ne semble pas se poser autant de questions que moi, il a déjà rejoint le coin repas et sort les plats sur la grosse bobine en bois détournée en table.

— Eh bien ! T'attends quoi ?

— J'arrive.

Contre toute attente, le flegme et la tranquillité qui émanent de Garrett apaisent mon anxiété. À la fin du repas, alors que la nuit est bien installée, que les lumières multicolores éclairent maintenant le toit, je le regarde se diriger vers l'un des transats. Il l'allonge complètement et s'y installe. Je capte immédiatement son regard qui m'invite à le rejoindre. Tergiversant pendant quelques secondes – on ne se refait pas –, je finis par céder.

Le silence s'étire entre nous alors que nous observons les étoiles et les lumières de la ville. Je pivote la tête pour regarder Garrett et constate qu'il tripote une fois de plus la plaque qui pend à son cou.

— Matt était un féru d'astronomie, reprend-il enfin. Lorsqu'on était plus jeunes, les soirs d'été, on s'allongeait sur la terrasse de notre cabane de jardin et il s'amusait à me détailler toutes les constellations avant de me raconter leurs histoires. L'Antiquité le passionnait. Je pense que vous vous seriez bien entendus, souffle-t-il en se tournant vers moi.

— Je le crois aussi, réponds-je faiblement en souriant.

— Il aurait peut-être été d'accord avec toi en examinant les lampadaires, avoue-t-il en riant.

Il ne s'en est toujours pas remis ! Le silence reprend, comme s'il se concentrait pour continuer. Je détaille un point dans le vide histoire de ne pas me focaliser sur ses lèvres et le doux sourire qui les habille.

— Partager avec lui est ce qui me manque le plus. Parfois, je me retourne et je m'attends encore à le voir près de moi.

— C'est parce qu'il veille toujours sur toi, peu importe où il se trouve.

— Peut-être. Si c'est le cas, je suis sûr qu'il aimerait me hurler dessus, tellement dépité de m'avoir vu gâcher mon temps…

Mon cœur se serre. Je pose une main sur son bras alors qu'il baisse la tête.

— Je suis sûre qu'il serait fier de te voir reprendre ta vie en main au-delà des difficultés, Garrett. C'est ce que ma sœur me dit.

Je détourne le regard pour rejoindre les astres et prends une profonde inspiration.

— Notre père n'est pas quelqu'un de bien. Je ne me souviens pas de lui, aux dernières nouvelles, il est encore en prison. Rochelle a toujours refusé de me dire pourquoi il s'y trouve et je n'ai jamais cherché à en savoir plus.

Il tourne le visage vers moi, concerné.

— Elle veut te protéger.

— C'est pour cette raison que je n'ai jamais insisté. Il n'a que le titre de père, il n'est rien pour moi. Je n'ai pas envie de le connaître, d'en apprendre plus sur lui. J'ai le sentiment que ça me ferait plus de mal qu'autre chose.

— Et ta mère ?

— Ma mère, répété-je, amère. J'ai des souvenirs que je préférerais oublier. Quand Rochelle était encore à la maison, ça pouvait aller, on jonglait avec ses sautes d'humeur, son penchant certain pour la boisson, les fins de mois difficiles et son manque d'affection. Je n'ai aucun souvenir de notre père, mais Rochelle dit souvent que ma mère est devenue l'ombre d'elle-même quand il est parti. Plus rien n'a compté à partir de ce moment-là, même pas nous. Quand ma sœur a quitté la maison pour continuer ses études, ça a été la dégringolade. L'adulte responsable venait de s'en aller, et ma mère n'a pas supporté de devoir assumer son rôle.

Dans un élan de compassion, Garrett tend la main pour s'emparer de la mienne, et étonnamment, je le laisse faire. Je me concentre un instant sur la sensation de sa peau chaude, sur la rugosité de son pouce qui caresse distraitement mes phalanges.

— Quand j'avais Rochelle au téléphone, je lui disais que tout allait bien. J'étais petite, mais en âge de comprendre que son avenir se jouait et qu'elle n'avait aucun intérêt à se faire du souci pour moi.

— Qu'est-ce qui s'est passé ?

— Un week-end, Rochelle est rentrée. Ce n'était pas prévu et elle m'a trouvée enfermée dans le cellier.

— Maxine...

Je lui souris tristement, mais la compassion dans sa voix me met du baume au cœur.

— Ce n'était pas la première fois que ça arrivait, même quand Rochelle habitait encore avec nous. C'était la seule solution que ma mère avait trouvée pour pouvoir faire ses petites affaires tranquille. Je n'y ai jamais assisté, mais j'entendais tout et je n'ai jamais su comment faire pour ne pas écouter. Je ne pouvais pas. Après ça, Rochelle a fait intervenir les services sociaux, elle avait dix-neuf ans, j'en avais huit. Ma mère a été déchue de ses droits parentaux et ma sœur s'est battue pour obtenir ma garde. Je ne sais pas comment elle s'est débrouillée, mais elle a brillamment réussi ses études tout en m'élevant. Alors survivre, combattre ce qui m'est arrivé, je le lui dois bien.

— Je suis vraiment navré de ce que vous avez vécu, mais, Maxine… même si je comprends tes motivations, tu sais que c'est pour toi avant tout que tu dois guérir, pas pour ta sœur.

— Je sais, confirmé-je. C'est un moteur comme un autre.

— Peut-être, mais il n'est pas suffisant. Tu sais, je vois régulièrement un psy pour tout ça et il me le rabâche sans arrêt.

— On va peut-être voir le même, plaisanté-je.

— Tu sais ce que je veux dire.

— Oui, je sais bien. J'essaie vraiment, crois-moi. Mais ce n'est pas facile. Le soir, quand je ferme les yeux, je suis paralysée par la peur. Pas parce que je ne suis pas en sécurité, non, j'ai peur de moi, des souvenirs qui sont enfermés dans mon esprit et que je n'ai pas encore récupérés. J'ai peur des bribes qui reviennent par vague et de revivre ce qu'ils m'ont fait subir, encore.

— Ont ? gronde Garrett en se relevant brusquement.

Le transat manque de se renverser. Il se tient raide comme un piquet au-dessus de moi. Je m'assieds et cligne des yeux, surprise par sa réaction, et je regrette aussitôt d'avoir laissé échapper ce simple petit mot qui vient tout bouleverser. Un frisson s'empare de moi et je me frotte machinalement les bras pour tenter de me réchauffer.

— Garrett…

— Ils t'ont… ! répète-t-il, complètement ailleurs.

Je ne l'ai jamais vu comme ça. Il tente de maîtriser la tension qui s'est emparée de lui, je le vois à ses poings qu'il serre et desserre, à la contraction de sa mâchoire, à son regard fuyant et à la façon dont il se met à marcher frénétiquement devant moi. Il semble sur le point d'exploser, comme s'il se retenait de frapper dans quelque chose.

Je ne voulais pas que mes paroles aient cet impact sur lui. Je me relève et me poste devant lui, faisant cesser ses allers et retours incessants. Je pose mes mains délicatement sur ses joues. Sa respiration se coupe immédiatement et ses yeux plongent dans les miens. À l'instant même où mes doigts froids rencontrent sa peau chaude, l'air se raréfie. C'est la première fois que je suis à l'origine d'un contact physique entre nous et je lis à l'incompréhension dans son regard qu'il s'en rend bien compte. Il ouvre la bouche pour dire quelque chose, au bord du gouffre, avant de la refermer aussitôt.

— C'est le passé, soufflé-je.

Un éclair de fureur passe dans ses iris et il cherche à se soustraire à moi, mais je raffermis ma prise.

— Garrett...

— Tu me dis que c'est le passé, mais je... Comment... ?

— Je ne sais pas. J'essaie encore, tous les jours, je fais du mieux que je peux.

— Je suis tellement désolé, murmure-t-il la voix tremblante en saisissant mes doigts entre les siens.

— Je sais.

— J'aimerais tellement pouvoir prendre toute ta peine et la faire mienne pour que tu ailles bien.

Je ne retiens pas la larme qui perle à mon œil et quand il l'essuie avec son pouce, je manque subitement d'air.

— Qu'est-ce qui se passe ? dis-je du bout des lèvres, sans parvenir à m'éloigner.

Je suis comme aimantée par cet homme. Je n'ai jamais été bouleversée de cette façon.

— Je l'ignore, chuchote-t-il à son tour.

Sa main a migré de ma joue pour venir s'arrimer à ma nuque, tandis que les miennes sont posées à plat sur son torse. Je sens la pression de ses doigts à la naissance de mes cheveux. Il y a comme une force invisible qui me pousse dans ses bras.

En moi, c'est la confusion. Je n'ai aucune idée de quoi faire, de comment agir. Garrett perturbe tout. Quand ses yeux se posent furtivement sur mes lèvres, mon cœur accélère la cadence, mais finalement, il m'accueille contre lui dans une étreinte qui me laisse sans voix. Contre mon oreille, j'entends ses battements cardiaques, aussi affolés que les miens, et je souris à l'idée que nous soyons tous les deux sur la même longueur d'onde.

— Chante-moi quelque chose, murmuré-je.

Il laisse passer quelques instants avant que sa voix chaude et suave ne résonne à mes oreilles et dans mon cœur. Je reconnais un des titres interprétés par Chord Overstreet, *Hold On*. Cette chanson me parle tellement que je dois lutter contre les larmes pour ne pas m'effondrer. Mais j'ai le sentiment que même si j'étais sur le point de craquer, Garrett serait là pour me tenir, m'empêcher de sombrer.

Loving and fighting, accusing, denying
I can't imagine a world with you gone
The joy and the chaos, the demons we're made of
I'd be so lost if you left me alone
You locked yourself in the bathroom
Lying on the floor when I break through
I pull you in to feel your heartbeat
Can you hear me screaming? "Please don't leave me"

Je le rejoins sur le refrain, la voix tremblante. Il pose son menton sur le sommet de ma tête avant de glisser légèrement sur le côté. Il me respire profondément, puis prononce tout bas, ses lèvres près de mon oreille :

— Tout ira bien.

Je me détache de lui et lui souris. Un vrai sourire, comme je n'en ai pas fait depuis très longtemps. J'agrippe son tee-shirt et secoue la tête doucement.

— On ne t'a jamais dit que ce n'était pas beau de mentir ?

Il sourit à son tour avant d'éclater de rire, puis il secoue la tête mais n'ajoute rien. Passant un bras par-dessus mes épaules, il nous entraîne à nouveau vers les transats.

CHAPITRE 28

Garrett

— Putain de journée à la con, grogne Ryan en se laissant tomber comme une merde dans le canapé. Rappelez-moi pourquoi on fait ça déjà ? Ah oui, la gloire et les filles.

— Tu oublies le fric ! ricane Ayden.

— Ouais, bon, pour le moment, on n'a rien de tout ça, se marre Olly.

Lui aussi est au bout de sa vie. Nous revenons de notre première séance photo et la photographe était un vrai tyran. Elle n'a fait qu'aboyer des ordres avec sa voix perçante qui m'a irrité les tympans et donné une migraine carabinée. À chaque pose, elle trouvait quelque chose à dire. Elle a même fini par s'emporter en hurlant qu'elle en avait marre de bosser avec des incompétents. Quelle conne !

— Ah, Fanny ne serait pas d'accord avec toi, se vante Ayden.

— Oui, bah ça, tu vois, tout le monde en a profité samedi, s'offense Ryan en donnant un coup sur le ventre de son frère. Et j'avais envie de vomir.

— Arrête tes conneries. Tu es jaloux, c'est tout !

— Tout le monde sauf Garrett, lance Olly l'air de rien.

Trois paires d'yeux se tournent vers moi pendant que je descends une bouteille d'eau.

— Mitchell n'avait pas dit qu'ils avaient l'habitude de travailler avec cette nana ? demandé-je afin de détourner l'attention.

— Ouais, il me semble, acquiesce le guitariste.

— Je peux savoir pourquoi elle nous a agressés comme ça ? On est musiciens, pas mannequins. Elle croit que c'est inné, peut-être ?

— Margo était là, je suis sûr qu'elle va lui en toucher deux mots. Je crois qu'elle n'a pas apprécié d'être reléguée à la fonction d'assistante qui apporte du café.

— Mais oui ! dit Ayden en éclatant de rire. Vous avez vu sa tête ? Putain ! Attendez, je l'ai prise en photo.

— Tu n'as pas fait ça ? Tu vas te faire tuer, le préviens-je.

— Rien à foutre, ça vaut bien le risque. Matez-moi ça !

Nous le rejoignons pour regarder le cliché. C'est vrai que l'expression de Margo est exceptionnelle.

— Envoie-la-moi ! exige Ryan.

— Sûrement pas. C'est moi qui ai pris tous les risques, je la garde.

— Pfff...

— Les mecs ! intervient Olly d'un ton ferme. Revenons à ce qui est important. Tu crois t'en tirer comme ça avec ta diversion ?

Il pointe un doigt vers moi et attire aussitôt l'attention des frangins qui cessent de se chamailler.

— Quelle diversion ? tenté-je.

— Arrête de nous prendre pour des blaireaux, tu veux ? On t'attendait chez Jin samedi soir. Qu'est-ce que t'as foutu ?

— Oh ! T'as vu ça ? s'écrie Ryan en me pointant aussi du doigt.

— Ouais, acquiesce son frère.

— Quoi ? dis-je en fronçant les sourcils.

— Tu fais ce truc avec tes yeux et ta bouche !

— N'importe quoi !

— Si, si ! C'est imparable. Tu fais une sorte de grimace. J'adore quand tu fais ça d'ailleurs, t'es super moche ! Tu sais que ta mère s'en sert pour voir si tu racontes des conneries ?

Je lève les yeux au ciel, usé d'être si transparent.

— Ce n'est que nous, G, tu n'as rien à craindre, tente de me rassurer Olly.

— Je sais bien, soupiré-je avant de venir m'asseoir avec eux. J'étais avec Maxine.

— Ouais, ça, on l'aurait parié.

— On a passé l'aprèm sur la jetée, elle n'y avait jamais mis les pieds. Et ensuite, je l'ai emmenée sur le toit.

— Harrison t'a filé ses clefs ? s'exclame Ryan en bondissant sur ses pieds. Et en quel honneur ? Il n'a jamais voulu me les passer à moi !

Je hausse un sourcil devant son air furibond. Il faut toujours qu'il en fasse des tonnes.

— Je dois lui plaire plus que toi. Ce n'était pas prévu, je l'ai croisé en quittant Santa Monica et il a bien voulu me les prêter contre un petit billet.

— Et alors ?

— C'était... murmuré-je en basculant la tête contre le dossier. Vraiment intense. Plus le temps passe et plus on se confie l'un à l'autre, et je... Je me rends compte qu'elle me plaît. Vraiment.

Oliver l'a deviné, mais j'ignore si les deux frangins l'ont tout aussi bien compris. Cela me fait un drôle d'effet de le formuler à haute voix.

— Mais on ne peut pas être ensemble, c'est trop compliqué, et puis, elle a vécu des trucs vraiment très moches. Je sais que je ne suis pas celui qu'il lui faut.

— Tu ne crois pas que c'est risqué de continuer à vous fréquenter dans ces circonstances particulières ?

Je darde un regard noir sur Olly. Il m'a plutôt encouragé jusque-là, pourquoi ce revirement ?

— Ne me regarde pas comme ça ! Je pose juste une question.

— Elle est pourrie.

— Ne te fâche pas, G. Tu nous dis qu'elle te plaît, mais que vous ne pouvez pas être ensemble. Comment tu vas gérer ça ? Et tu ne nous as pas dit qu'elle comptait rentrer à Seattle à la fin de ses études ?

— Je préfère ne pas y penser. Je n'ai pas envie d'envisager tout ça.

— OK. C'est toi qui vois.

Je n'ajoute rien. Dans le fond, je sais très bien qu'il a raison, mais je préfère me voiler la face et croire ce que j'ai dit à Maxine : tout ira bien.

✦✦✦

Dans ma chambre, je bosse sur une chanson que Maxine m'a clairement inspirée. Je n'ai pas l'intention de la divulguer aux copains, je veux la garder pour elle et moi. La soirée sur le toit a donné une autre dimension à notre relation, mais j'ai peur d'en parler à haute voix avec elle, comme si cela pouvait tout faire partir en poussière.

Je quitte la pièce alors que la sonnette de l'entrée retentit. Sur le visiophone, je constate que c'est Margo. Elle m'a envoyé un message plus tôt dans la matinée pour me demander si elle pouvait passer. Les gars sont absents, mais ce n'est pas un problème.

— Salut, l'accueillé-je en la prenant rapidement dans mes bras. Tu vas bien ?

— Ça va, merci.

Je fronce les sourcils devant sa petite mine. Nous nous arrêtons près de l'îlot central et je lui sers un verre de limonade.

— Je vous ai trouvé un nouveau photographe. Simon Evans. Comme la prochaine séance est pour demain, je voulais passer à tout prix aujourd'hui pour vous donner le programme. Il veut bosser dans Venice, vous allez être contents.

— C'est génial. Merci d'avoir fait le nécessaire.

Margo hoche la tête mais semble distraite. Je prends sa main pour attirer son attention.

— Ça n'a pas l'air d'aller.

Elle détourne le regard, cependant pas assez vite pour que je ne remarque pas que ses yeux brillent.

— Margo ?

— L'autre jour, je... je voulais te dire quelque chose, mais je... je ne suis pas allée au bout.

— Eh bien, vas-y. Je suis là.

Elle quitte le tabouret pour s'éloigner un peu de moi.

— Tu connais les antécédents de cancer du sein dans ma famille : ma mère, ma grand-mère, ma tante... commence-t-elle.

Je me fige. Ma poitrine se serre immédiatement.

— Je... il y a quelque temps, j'ai senti comme une masse sur le côté d'un sein et je...

Elle secoue la tête, au bord des larmes. Je me précipite pour la rejoindre.

— Je suis allée voir un médecin qui m'a prescrit une mammographie et une échographie. Ils ont bien trouvé quelque chose.

— Margo, je suis tellement désolé.

Elle chasse une larme solitaire sur sa joue et me fait un sourire triste qui me fend le cœur.

— Le matin, la veille du rendez-vous avec Mitchell, j'avais passé une biopsie pour voir si la tumeur était maligne ou pas. Je… C'est pour ça que j'étais sur les nerfs. J'ai pris sur moi le samedi soir, parce qu'il y avait la représentation, mais le lendemain, avec ton retard… Je m'en suis prise à toi, mais je… j'avais peur et j'ai surréagi. Ce n'est pas une excuse, je le sais…

— Margo, grogné-je en la coupant, sous le choc. Je suis…

— J'ai eu une réponse du labo hier. Ce n'est pas cancéreux, me rassure-t-elle aussitôt. Ce n'est rien de grave, mais je dois quand même surveiller.

Je soupire de soulagement et l'attire dans mes bras. Une main sur sa nuque, je la serre un peu plus contre moi. Margo est mon amie, cela me bouleverserait de savoir qu'il lui arrive quelque chose de grave.

— Je suis désolé que tu te sois sentie mal au point de ne pas venir me parler, lui dis-je en plantant mon regard dans le sien. Je suis là pour toi.

— Je sais. C'est juste que… j'avais peur de t'embêter.

Je plaque mes mains sur ses joues et lui souris tendrement.

— Jamais. Et sûrement pas pour un truc comme ça. N'hésite plus jamais, OK ?

— Promis.

Un sourire timide vient étirer ses lèvres et ses yeux s'égarent sur les miennes. J'y décèle une petite lueur qui allume aussitôt ma sonnette d'alarme. Je ne recule pas assez vite malheureusement : la bouche de Margo se pose sur la mienne. Je la repousse doucement en attrapant ses bras et m'excuse d'une petite moue tout en secouant la tête.

— Non, Margo. Je suis désolé, mais je ne peux pas.

— Garrett... supplie-t-elle en agrippant mon tee-shirt.

— C'est l'émotion qui parle. On est amis, Margo, depuis des années.

— Ce n'est pas l'émotion qui parle.

Je comprends ce qu'elle cherche à me dire, mais c'est impossible. Sans compter notre amitié, je l'aime comme ma petite sœur.

— Je suis désolée, je n'aurais pas dû. Je sais que tu as dit pas de relation jusqu'en octobre. Je n'avais pas à faire ça.

Je ne la contredis pas. Je me vois mal la blesser alors qu'elle vient de vivre quelque chose d'angoissant. Est-ce mal ? Je la rassure d'un petit sourire et dépose un baiser sur son front.

— Je suis content que tu te sois confiée à moi et encore plus que tu n'aies rien.

— Merci.

— On va faire une balade sur le *boardwalk* avant que je ne parte pour ma réunion ?

— Oui, ça marche.

Je me dépêche d'enfiler des baskets, pressé de prendre l'air. Alors que Margo me précède vers la sortie, elle me lance un regard qui en dit long, et je me raidis. Ai-je vraiment fait le bon choix ?

CHAPITRE 29
Maxine

— Bonjour à tous. Aujourd'hui, si vous le souhaitez, j'aimerais qu'on parle de nos relations sociales, familiales, amicales ou amoureuses. De quelle manière les problèmes d'addiction les ont changées ? Rien n'est figé, si jamais vous souhaitez évoquer un autre sujet, vous êtes les bienvenus. Christie ?

Je jette un coup d'œil à Patrick, qui regarde longuement Garrett avant de se tourner vers mon amie. *Est-ce que j'ai raté quelque chose ?*

— Oui, eh bien... je vous ai déjà parlé de la pression qu'exercent mes parents sur ma réussite scolaire, sauf que ce n'est pas que pour les études. Depuis toujours, il fallait que je sois la meilleure. Ils ont tous les deux grandi dans un milieu défavorisé et ils veulent le meilleur pour leur fille. Alors... quand ils ont appris pour mes problèmes de drogue, tout ce que j'ai lu dans leur regard, c'était la déception. Comment, alors qu'ils m'ont tout offert pour que je réussisse, j'avais pu tomber si bas ? On peut clairement dire que la drogue ne m'a pas aidée dans mes relations familiales. C'est même tout le contraire.

Elle se passe une main sur le visage, lasse.

— Sur le campus, personne n'est au courant. En revanche, au club de strip-tease, les autres danseuses me soutiennent. Ça m'a surprise, je ne l'aurais pas imaginé.

— Pour quelle raison ? demandé-je, curieuse.

— Eh bien, je ne pensais pas ce milieu si solidaire. Mais c'est tout le contraire.

Je lui souris. C'est agréable de découvrir des aspects positifs dans tout le moche que nous pouvons vivre.

— Merci, Christie. Dylan ? interpelle Patrick.

La carrure imposante et la taille de cet ancien joueur professionnel de basketball peuvent en impressionner plus d'un, moi la première. Quand nous nous trouvons l'un à côté de l'autre, je me sens toute petite.

— J'étais encore sous contrat pro quand j'ai commencé ma cure. Et je vous ai déjà dit que mes coéquipiers et le staff ont été plus que compréhensifs à cause de ce que je vivais, des circonstances qui m'ont conduit à plonger dans la drogue. J'ai été suspendu pendant un temps, je devais revenir *clean*.

Il secoue la tête tout en jouant avec le bracelet en cuir à son poignet, avant de frotter son crâne tout en grimaçant.

— Ça a été une belle surprise, parce que je m'attendais à être viré de l'équipe. Contrairement à ma copine, qui s'est tout bonnement barrée après quatre ans de relation. Elle m'a quitté comme si ça ne signifiait rien. Enfin... après coup, je me dis que c'était plus parce qu'elle perdait un certain confort de vie qui allait de pair avec mon statut.

Cela me fait de la peine d'apprendre ça. C'est triste de savoir que certaines personnes s'éloignent plutôt que de rester aux côtés de ceux qu'elles aiment pour les soutenir.

— J'ai ouvert les yeux sur pas mal de choses en fait, confie-t-il, amer. Depuis, c'est un peu le yoyo dans ma vie amoureuse. Au début, tout va bien. Et puis quand je commence à me confier, c'est plus compliqué. Je suppose que ça peut faire peur.

— Je suis de ton avis, poursuit Marisol. Il y a clairement un avant et un après. Ma vie privée en a pris un sacré coup avec mon addiction. J'ai toujours peur que mon fils ne veuille plus me voir et j'ai perdu mon mari, même si nous étions déjà sur la corde raide. Mes soi-disant amies n'ont plus donné signe de vie. Je me suis retrouvée seule, en fait.

Elle relâche le tissu de sa jupe qu'elle serrait entre ses poings pour venir essuyer une larme.

— Ça montre aussi ta force, Marisol, lui fait remarquer Patrick.

— Oui, peut-être. Je… Excusez-moi, je reviens.

Elle quitte précipitamment son siège et rejoint la sortie, sûrement pour aller aux toilettes. Je comprends parfaitement son désarroi. Elle ne s'était peut-être pas rendu compte de tout ce qu'elle avait perdu.

— Maxine ?

Je lâche la porte vitrée du regard et reviens à Patrick. D'ordinaire, lorsque c'est mon tour de parler, je préfère scruter mes mains plutôt que d'affronter l'assemblée. Pourtant, aujourd'hui, j'ai du mal à lâcher Garrett des yeux.

— Oh, eh bien… J'ai de la chance d'avoir une famille qui m'aide et me soutient. En ce qui concerne le reste du monde, je dirais que ce n'est pas eux le problème. C'est moi qui les ai maintenus à distance. Parce que je ne pouvais plus laisser quiconque s'approcher de moi.

Je plonge la main dans la manche de mon sweat et caresse ma cicatrice. C'est devenu un tic : elle marque un tournant dans ma vie, le jour où tout a basculé, bien plus qu'avec la drogue. Elle me rappelle que je m'en suis sortie, que je suis toujours en vie.

— C'est toujours très compliqué, mais il y a beaucoup de mieux depuis que je suis arrivée sur LA. Certaines personnes se montrent persévérantes et j'ai réussi à leur faire une place dans ma vie.

— Sans aucun regret ? demande Garrett.

— Non, sans aucun regret, affirmé-je en lui souriant doucement.

Les regards de Patrick et Edward alternent entre nous deux et je me sens rougir. Nous ne sommes qu'amis, pourtant. Leur attention est détournée par Marisol qui réapparaît. Elle nous lance un petit sourire et revient s'asseoir.

— Parfois, je suis partagé entre le fait de tout déballer et de tout garder pour moi, intervient John. Parce que j'ai peur du jugement des autres. Mais si je me tais, j'ai l'impression de mentir. C'est pourquoi ça fait du bien de venir dans un groupe comme le nôtre. On se sent compris. On peut parler librement. Parfois, j'ai le sentiment de partager bien plus avec vous tous que je ne le ferais jamais avec personne d'autre.

Chacun hoche la tête, partageant son expérience.

— Tu as raison, acquiesce Patrick. Il faut savoir s'appuyer sur les bonnes personnes et les écouter pour éviter de retomber dans son addiction... ou se laisser tenter par une autre. Je le dis à tous les participants : le risque est réel de combler une addiction par une autre. L'alcool en premier, le jeu parfois, mais aussi *via* une relation amoureuse toxique. Il faut se tirer vers le haut, et parfois la personne sur qui l'on voudrait compter n'est pas émotionnellement prête à nous aider. Les barrières que l'on impose sont légitimes.

Un silence tombe sur le cercle.

— Je ne veux pas vous effrayer, assure-t-il. Je ne vous interdis pas de fraterniser. Au sein du groupe, nous pouvons compatir, raisonner, nous entraider, mais je me dois de vous expliquer les risques. Et je ne vous interdis sûrement pas d'essayer de trouver l'amour.

— Tu parles de relation amoureuse, mais le risque en amitié est le même, non ? demande John.

— Oui, mais l'implication émotionnelle est souvent moins importante. Si cette personne est dans le même cercle que le nôtre, ça complique les choses.

Je me demande pourquoi il insiste autant là-dessus ; je n'ai pas le souvenir que qui que ce soit soit concerné ici. J'ai l'impression qu'il s'adresse à Garrett et moi. Nous sommes devenus amis. Si je veux être tout à fait honnête, depuis la soirée sur le toit de cet immeuble, quelque chose a changé. Et j'ai bien du mal à comprendre quoi. Mais ça, ils ne le savent pas.

Après avoir pris un café avec Christie, je me lève pour rejoindre Garrett qui vient de quitter la pièce. Je capte un nouveau regard de Patrick. Je me contente de le saluer d'un mouvement de tête et passe mon chemin plus vite que d'habitude.

Dehors, mon prof de guitare m'attend, encore une fois appuyé sur le pare-chocs de sa voiture. Je ne suis pas d'accord avec Patrick. Garrett n'est pas une addiction, c'est juste un ami. Un ami qui est là pour moi, qui me soutient, et dont je n'ai rien à craindre. Comme lui n'a rien à craindre de moi.

— Garrett ? murmuré-je en arrivant à côté de lui.

— Oui ?

— Je... mes études sont bientôt terminées et je... je me demandais si tu accepterais de fêter ça avec moi. On pourrait aller au restaurant ou ailleurs.

La stupéfaction se peint sur son visage, me faisant aussitôt regretter ma proposition.

— Oublie. Ce n'est pas grave.

— Désolé, tu m'as pris de court, s'excuse-t-il. Mais bien sûr, avec plaisir ! Laisse-moi choisir l'endroit, s'il te plaît. Ce sera une surprise.

— Oh, euh, d'accord. Mais pas quelque chose de trop guindé, OK ?

— Promis. Et t'inquiète, ce n'est pas mon genre. Tu me diras quand tu veux qu'on se fasse ça ?

— Oui, je te tiens au courant.

Un profond soulagement s'empare de moi alors que nous avançons jusqu'à notre banc. Je redoutais un peu qu'il m'envoie paître, ayant mieux à faire, mais voir son enthousiasme me fait plaisir. Parce qu'il est mon ami, et que je suis heureuse qu'il soit là. Enfin, peut-être que c'est un peu plus que ça.

✦✦✦

Aussitôt débarrassée de mon vélo et de mes affaires, je file à la chambre de Samantha, impatiente de tout lui raconter. Elle met plus longtemps qu'à l'accoutumée pour m'accueillir, mais je n'y prête pas vraiment attention ; dès que la porte s'ouvre, j'entre.

— Tu vas être fière de moi ! m'exclamé-je. J'ai encore du mal à croire que j'ai osé faire ça. J'ai invité Garrett à dîner avec moi pour célébrer la fin de mes études !

Le manque de réaction de mon amie me met aussitôt la puce à l'oreille. Quand je me retourne vers elle, je découvre ses yeux rougis et ses joues maculées de larmes. Mon euphorie s'évapore en un instant.

— Sam ? Qu'est-ce qui se passe ?

Elle éclate en sanglots et vient se réfugier dans mes bras. Je la laisse pleurer, me contentant d'être un soutien dans l'immédiat.

Je ne l'ai jamais vue comme ça. Quelques minutes passent pour qu'elle arrive enfin à se calmer, et nous rejoignons son petit canapé. Je m'assieds en bout tandis qu'elle prend place au milieu, en tailleur.

— Je me suis disputée avec Justin, souffle-t-elle en reniflant.

— À quel propos ?

Vu son état, ça doit être grave.

— Tu sais tout de mes projets, descendre à San Diego, rester dans la région. Justin les connaît aussi et il a toujours été partant. Son champ d'action est suffisamment vaste pour qu'il puisse trouver du boulot n'importe où.

— Oui...

— Eh bien son père l'a appelé le week-end dernier et lui a proposé un poste dans l'entreprise familiale.

Je ferme les yeux. *Mince.*

— Et Justin envisage d'accepter ?

— Oui ! Il a attendu plus d'une semaine pour m'en parler, se fâche-t-elle, les joues rouges. Il aurait pu le faire dans la foulée, mais non, il avait besoin d'y réfléchir.

Elle attrape un coussin pour le serrer contre elle. J'ai vraiment de la peine à la voir comme ça.

— C'est plutôt bien, non ? Au moins, il prend le temps de poser les choses, il ne se précipite pas.

— Mais non ! Parce qu'il l'a fait tout seul ! Et il n'a rien décidé en plus !

— C'est où, ce poste ?

— Dans le Tennessee ! s'écrie-t-elle. Je refuse d'aller vivre dans le Tennessee !

— Je ne connais pas, mais c'est sûrement très joli, tenté-je.

— Le Minnesota aussi et je ne veux pas retourner y vivre !

— Sam, calme-toi. Entre le Minnesota et le Tennessee, il y a une petite différence. Et même si le sud-est des États-Unis n'a rien à voir avec ici, c'est quand même beaucoup plus doux. Tu pourrais t'y plaire, il y a la Floride pas loin, et ça te rapproche même de New York.

Elle me fusille du regard. Je m'excuse d'une grimace.

— Je hais la musique country ! geint-elle. Je ne survivrai pas au Tennessee.

— Est-ce que vous en avez discuté ?

— Justin a parlé, je n'ai pas écouté.

C'est plus fort que moi, mais j'éclate de rire.

— Pourquoi tu te fous de moi ? s'offusque-t-elle.

— Sam, dis-je doucement en posant mes mains sur ses joues. Tu es étudiante en psycho, non ? Entre toi et moi, tu es censée être la plus ouverte, tu ne crois pas ? L'écoute, la communication, le partage, tout ça, quoi…

— Il aurait pu m'en parler tout de suite !

— Le principal est qu'il l'ait fait. Il a sûrement eu besoin d'un peu de temps pour digérer. Ça remet aussi ses plans en question. Sois plus indulgente. Ce qui compte, c'est votre avenir à tous les deux. Rien ne vous attend à San Diego pour le moment. Rien n'est figé dans le marbre non plus. Vous pourriez essayer dans le Tennessee et voir. Qui sait, tu t'y plairas peut-être ?

Elle me fait une moue sceptique avant d'esquisser un léger sourire.

— On a l'habitude de tout se dire, pourquoi il m'a caché ça ?

— Je ne sais pas, Sam. Il faudra lui poser la question.

— Hmm…

— Mais je suis sûre que vous surmonterez cette épreuve de rien du tout. Et peu importe votre décision, tout ira bien.

— Depuis quand tu es si optimiste ? Hé, mais attends ! J'étais trop dans le brouillard… qu'est-ce que t'as dit en entrant ? J'ai rêvé ou je t'ai entendue dire que tu as invité Garrett au restaurant ? glousse-t-elle.

— C'est une mauvaise idée ? grimacé-je, peu sûre de moi d'un seul coup.

— Bien sûr que non ! Punaise, Max ! Qu'est-ce qu'il a dit ?

— Il a dit oui.

— Mais c'est super !

Elle s'emballe beaucoup trop. Je pourrais faire comme elle, mais j'ai peur de me faire des idées. La soirée sur le toit a été particulière, mais l'échange qu'il a eu avec Edward n'est pas si lointain, sans compter le petit rappel tout à l'heure concernant les relations dans le groupe. Et puis il y a cette donnée non négligeable : je dois rentrer à Seattle et lui, partir en tournée.

— Oh, là, là ! Je suis trop contente pour toi.

Elle darde immédiatement un regard critique sur ma tenue.

— Non.

— Oh que si ! Maxine, enfin… Tu comptes aller au resto avec lui en baggy et sweat ?

Je baisse les yeux sur mon pantalon. Garrett ne m'a jamais donné l'impression que mon style le dérangeait, et d'ailleurs, qu'est-ce que cela pourrait bien lui faire ?

— Je ne suis pas très à l'aise avec l'idée de me transformer en quelqu'un d'autre.

— Ce n'est pas ce que je suggère, Max, rassure-toi. On pourrait te trouver une tenue qui soit plus habillée pour une soirée, mais toujours dans un style qui te convient ?

Je réfléchis pendant quelques secondes à sa proposition, légèrement effrayée de devenir un sujet d'étude entre les mains de Samantha.

— Si tu me jures que tu ne me forceras à rien, c'est d'accord.

Elle me lance un large sourire avant de me tomber dans les bras. Je ne le lui dis pas, mais je le fais aussi pour lui changer les idées. Si elle est occupée avec moi, elle oubliera un peu Justin et son futur mis sens dessus dessous.

✦ ✦ ✦

Il n'aura pas fallu longtemps à Sam pour me convaincre d'aller faire les boutiques. Suffisamment cependant pour que le professeur Newton nous rende enfin nos devoirs sur le *street art*. Je pensais bien avoir une bonne note, mais un A+ ? Je ne l'avais même pas imaginé. Le professeur a salué mon esprit d'analyse et mon talent d'interprétation. L'année ne pouvait pas mieux se clôturer. Lundi prochain, je rendrai mon mémoire – terminé depuis hier. Là encore, je pense que ce n'est qu'une formalité. Je ne me fais pas de souci quant à l'obtention de mon diplôme mais j'appréhende quand même, sachant que l'oral représentera la moitié de ma note finale. Sam et moi, nous nous aidons mutuellement depuis des semaines pour travailler nos soutenances respectives, donc cela devrait aller. Et maintenant qu'il n'y a plus qu'à attendre, Sam s'est investie d'une nouvelle mission : faire en sorte que cette soirée avec Garrett soit un succès, en commençant par une visite détaillée de Westfield Century City, un gros centre commercial à proximité de Beverly Hills.

Je suis convenue avec Garrett que nous irons au restaurant mercredi prochain, Samantha m'emmène donc faire les boutiques cet après-midi. J'espère qu'il n'y aura pas trop de monde mais je lui ai promis de fournir un effort. Je la rejoins dans sa chambre.

— Alors, vous avez discuté avec Justin ? demandé-je alors que nous remontons l'aile nord.

Sam acquiesce et glisse son bras sous le mien.

— Oui, on a parlé et j'ai écouté. Il m'a assuré que jamais il n'aurait pris de décision sans m'en parler avant.

— Évidemment ! Je suis fière de toi.

— Il m'a proposé de passer le week-end prochain chez sa famille, histoire que je découvre la région. Il me demande de reconsidérer nos projets.

— Tu as dit oui ?

— Oui, on prend l'avion vendredi et on revient lundi matin.

Juste avant que je ne retrouve Garrett.

Cette semaine, il était très pris alors nous ne nous sommes pas vus en dehors des réunions. Je me suis donc exercée seule dans mon studio sur la mélodie qu'il m'a apprise la dernière fois. Je me suis renseignée auprès de lui sur le type de guitare qui convient à un premier achat. Il m'a dit qu'il m'accompagnerait dans une boutique et qu'il me conseillerait. Toutefois, avant ça, je dois encore me préparer pour notre rendez-vous.

— Bon, allez ! Assez parlé de tout ça ! On va trouver notre bonheur.

Je me laisse guider par ma meilleure amie. Je ne me rappelle plus la dernière fois que je suis allée faire du shopping.

Quand j'ai besoin de quelque chose, je commande sur Internet ou je me contente de ce que je peux trouver en grande surface.

Ce n'est donc pas étonnant que je refuse toutes ses propositions, ne me sentant pas à l'aise. Chaque fois, je trouve ça trop. Trop moulant, trop visible, trop. Cela ne me surprendrait pas qu'elle abandonne. Pourtant, quand nous arrivons dans sa boutique favorite, elle se précipite sur un pull, le sourire aux lèvres. Contrairement aux autres articles, celui-ci ne me provoque pas de grimace. J'aime sa couleur corail et la forme très lâche. Quand elle me le met dans les mains, je suis surprise par la douceur du vêtement.

— Alors ?

— OK, je te l'accorde. Celui-là est sympa.

Elle ne répond rien mais son grand sourire parle pour elle.

— Maintenant, un pantalon. Noir ? Un jean droit ? Comme ça, il ne te serrera pas. Essaie avec le pull et dis-moi si tu te sens bien.

Je m'exécute aussitôt, et suis étonnée de voir que je ne suis pas rebutée par l'association des deux. Bien sûr, je ne suis plus habituée à sentir les vêtements de cette façon, mais ce n'est pas trop mal.

— Je peux voir ? se renseigne Sam de l'autre côté du rideau.

Je le tire et avance d'un pas vers elle.

— La couleur te va super bien ! Je savais qu'il allait faire son petit effet. Et le noir, ça va avec tout. La coupe du pantalon n'est pas trop serrée pour toi ?

— Non, je... je trouve ça joli.

Une nouvelle fois, elle me sourit et n'ajoute rien. Je vais me rhabiller et nous passons à la caisse. Nous flânons encore un peu, mais je fais de la résistance devant un magasin de chaussures. Mes Dr. Martens me suffisent.

Alors que nous mangeons une glace sur un banc du centre pour nous remettre de notre recherche acharnée, je colle mon épaule à celle de Sam et pousse un peu.

— Merci.

— De quoi ? demande-t-elle, la bouche pleine de crème.

— De m'aider à avancer sans me bousculer. Ça me fait du bien.

Elle me lance un clin d'œil complice, heureuse.

— Promets-moi juste une chose. Je ne te dis pas de sauter sur Garrett quand tu le verras, mais ne tire pas un trait définitif sur l'amour. D'accord ?

Je hausse les épaules, le regard rivé sur ma glace.

— Je ne peux pas te le promettre, Sam. Mais je peux essayer.

Un air triste sur le visage, elle me serre l'épaule d'un bras et m'offre un léger sourire.

— Pas besoin de plus.

CHAPITRE 30
Maxine

Pourquoi est-ce que j'angoisse comme ça ? C'est n'importe quoi ! Garrett et moi, nous nous sommes retrouvés en tête à tête plein de fois, être seule avec lui ne devrait plus m'effrayer. J'ai fini par admettre que je ne craignais rien avec lui, du moins, rien, tant que je garde le contrôle des choses, tant que je maîtrise ce que je lui confie. Mais le problème est que plus le temps passe et plus je me laisse aller. Et j'ai peur. Encore et toujours. Peur de ressentir à nouveau quelque chose pour quelqu'un et de souffrir ensuite. J'aimerais pouvoir tirer un trait sur ça, sur mon passé, mais je n'y parviens pas.

L'arrivée d'un message sur mon téléphone me fait sursauter. Je regarde l'écran et ne retiens pas le sourire sur mes lèvres.

Garrett
Je suis arrivé...
petit bonhomme qui sourit

C'est comme ça chaque fois qu'il m'écrit. Je crois que ça le fait marrer que je sois encore avec un téléphone incapable d'en faire autant que le sien.

Je jette un coup d'œil à mon reflet, stressée. Je n'ai rien changé, pourtant je me trouve différente. L'habit ne fait pas le moine, certes, mais il peut malgré tout métamorphoser quelqu'un.

Mon cœur bat à tout rompre alors que je rejoins la sortie. Je n'aurais jamais dû écouter Samantha, je suis sûre que cela va attirer son attention et ce n'est pas ce que je recherche. N'est-ce pas ?

Je me mords l'intérieur de la joue. Est-ce que je me mens à moi-même ? Essayé-je de me convaincre ? Cela me fait tellement peur. De tous les combats que je mène au quotidien, le sevrage de la drogue est le moins difficile. En réalité, l'accoutumance peut prendre tellement de formes. C'est même problématique : beaucoup ignorent être sous influence ou se figurent que cela n'a pas réellement d'importance. Ai-je trouvé en Garrett une autre forme de dépendance ? Je me suis habituée à nos rendez-vous, à nos moments presque confidentiels, à nos partages, mais de là à dire que je suis devenue accro, il y a une marge. J'imagine que Patrick ne penserait pas vraiment la même chose. Est-ce parce qu'il a raison dans le fond ?

Bon, je ne peux pas rester là indéfiniment. Je peux le faire. Nous sommes deux amis qui sortons manger un morceau, tout va bien.

Tout ira bien.

Si je me le répète suffisamment, je vais finir par y croire.

Je pousse les portes d'entrée de l'immeuble et repère Garrett garé un peu plus loin dans la rue. Je prie très fort pour qu'il soit occupé sur son smartphone, mais pas de bol pour moi, il a le regard rivé sur le hall du bâtiment. Je baisse les yeux sur le bitume et fonce, nerveuse, jusqu'à lui.

— Salut, dit-il lorsque je m'assieds à côté de lui.

— Bonsoir, murmuré-je.

Son regard tombe sur mon jean avant de remonter sur mon visage. Il semble sur le point de dire quelque chose, mais se ravise au dernier moment. Il me sourit et lance le moteur.

— Tu connais Glendale ?

— Seulement de nom. Pourquoi ?

— Un de mes oncles y habite, j'aime bien, c'est super mignon. Et il y a un restaurant là-bas que j'adore.

— Ça marche, allons-y.

Nous arrivons un peu avant 7 heures et je souris en découvrant la devanture. Nous sommes très loin de l'établissement ultra-chic que je redoutais. L'ambiance est hawaïenne et la planche de surf à l'entrée qui annonce la couleur me plaît beaucoup.

— Alors ? cherche à savoir Garrett alors qu'un serveur nous installe.

— J'adore. La décoration est vraiment excellente.

— Je trouve aussi. Soulagé que cela te plaise. J'ai hésité avec un bar techno mais je me suis dit que ce serait plus ton style...

Il joue des sourcils et part dans un fou rire alors que notre serveur arborant un tee-shirt vantant les mérites d'un cocktail aux fruits sous fond de plage prend nos commandes.

Garrett met un point d'honneur à ce qu'aucun blanc ne s'installe entre nous. Il est comme d'habitude, très à l'écoute, attentif, et mon stress disparaît rapidement, en dépit du lieu où nous sommes. Je savoure mes wraps pendant qu'il engloutit l'équivalent de deux repas à lui tout seul.

— Alors, ça y est, c'est la fin de tes études ? demande Garrett alors qu'on nous apporte nos coupes glacées.

— Eh oui, ça me fait tout drôle à vrai dire. Il s'est passé tellement de choses pour en arriver là...

Il me lance un regard compatissant.

— Tu as eu des retours concernant tes derniers devoirs ? Je ne t'ai pas demandé, s'excuse-t-il pour me changer les idées.

Je le remercie d'un sourire.

— Mon professeur a adoré mon rapport sur le *street art*, j'ai eu un A$^+$. Et... un A pour mon mémoire et ma soutenance. Je termine l'année en beauté.

— Waouh. Félicitations ! Tu peux vraiment être fière de toi.

— Oui, je suis contente.

Je surprends son regard alors que je lèche un peu de glace restée sur le coin de ma bouche. Je ne dois rien y voir de plus qu'un réflexe, il a été attiré par le mouvement, c'est tout. Cependant, j'ai beau me dire tout ça, j'ai du mal à faire taire tout ce qu'il suscite en moi. Je baisse aussitôt les yeux alors que je sens grimper une chaleur depuis bien trop longtemps refoulée. J'ai l'impression d'être comme toutes les filles qui doivent baver devant lui. Le connaissent-elles de la même manière que moi ? Et avec Margo, les choses ont-elles évolué ? Il parle aisément de la bande, mais il reste discret à son sujet.

— Tu vas repartir à Seattle ? demande-t-il d'une voix rauque.

— C'est ce que j'ai prévu, oui. Je ne suis pas censée garder ma chambre étudiante et je n'ai pas postulé ici.

Il hoche la tête et termine sa glace sans rien ajouter. Si auparavant cela m'importait peu de quitter Los Angeles, n'ayant que très peu d'amis ici, savoir que je vais laisser Garrett me peine. Je sais qu'il est toujours possible de maintenir un lien à distance, c'est ce qui nous attend avec Samantha. Alors pourquoi cela m'interpelle plus en ce qui concerne le musicien ?

Parce que je me suis attachée à lui.

Cependant, je n'oublie pas que de son côté, il va partir en tournée avec le groupe. Nous avons chacun des projets.

Je m'apprête à demander l'addition mais Garrett m'en empêche en m'attrapant la main.

— C'est moi qui t'invite.

— Quoi ? Mais non ! C'est moi qui ai proposé qu'on dîne ensemble, c'est à moi de payer.

— Maxine. Laisse-moi faire ça, tu veux ? La fin de cinq ans d'études, ce n'est pas rien. Ça me fait plaisir, je t'assure.

Je sais maintenant combien il est têtu, je n'aurai pas gain de cause. Je capitule dans un soupir et le laisse aller régler la note après l'avoir remercié timidement. Je ne suis pas sûre que me précipiter pour le prendre dans mes bras soit une bonne idée.

— J'aimerais t'emmener quelque part, m'annonce-t-il en revenant vers moi. L'endroit que je préfère dans tout Los Angeles. T'es partante ?

— Oui, pourquoi pas.

Dans la voiture, il chante quasiment tout le long du trajet sur les titres qui passent à la radio et je me laisse envoûter par son timbre de voix. Je crois qu'il parviendrait même à me réchauffer en plein hiver polaire. Chaud et doux. Je ferme les yeux. Il faut que je me secoue : je ne dois pas m'imaginer des choses qui n'ont pas leur place ici.

Lorsque Garrett ralentit, je reconnais l'endroit où il nous conduit : le Griffith Observatory.

— Ce n'est pas fermé ?

— Seulement à 10 h 30, on a une toute petite fenêtre pour observer correctement les lumières sur la ville, mais ce n'est pas ce côté que je préfère.

L'observatoire astronomique Griffith est un lieu hautement touristique car il offre un panorama imprenable sur le paysage urbain de Los Angeles, avec la baie de Santa Monica et l'océan Pacifique au loin, sur le panneau Hollywood - bien qu'il soit minuscule vu d'ici -, et sur le parc Griffith. Depuis que je suis installée à Los Angeles, je n'y suis venue qu'une seule fois. Et cela me fait tout drôle de constater que j'y suis à nouveau, mais accompagnée de Garrett. Ce dernier trouve une place pas très loin des barrières et nous nous pressons afin de gagner le toit du bâtiment avant sa fermeture.

Évidemment, je trouve le moyen de trébucher sur la première marche qui mène au panorama. Garrett me rattrape *in extremis*.

— Bon sang, marmonné-je.

— C'est ça quand on vient tout juste d'apprendre à marcher, me chambre-t-il.

Je le remercie d'une petite tape sur le bras et lui lance un regard noir. J'essaie d'être menaçante, mais si j'en juge au sourire qu'il me lance, cela ne fonctionne pas du tout.

Une fois là-haut, je reste sans voix face à la vue sur la ville illuminée. Les spots orange et jaunes des buildings peignent un halo dans le ciel violet totalement immaculé. La *skyline* de Downtown s'élève dans le paysage urbain et on distingue parfaitement le tracé des avenues de Los Angeles en contrebas.

— C'est vraiment magnifique, murmuré-je.

— C'est vrai.

J'ai l'étrange sensation de sentir le poids de son regard sur moi. Et vu que la frousse semble me définir, je n'ose pas me tourner vers lui pour m'en assurer. L'air entre nous pèse une tonne et un frisson s'empare de moi.

— Tu veux bien que je prenne une photo ?

— Tu n'as pas besoin de mon autorisation pour ça, réponds-je en riant.

— Je ne parle pas du paysage, Max. Je veux une photo de nous deux.

Ma respiration se bloque. Je finis par acquiescer de la tête, bien incapable de lui refuser quoi que ce soit. Nous pivotons de manière à tourner le dos aux buildings et aux lumières scintillantes et Garrett pointe son smartphone au-dessus de nous.

— Tu es trop loin, rapproche-toi.

Il passe carrément son bras autour de mes épaules. C'est plus fort que moi, je me raidis contre lui ; pas parce que je n'apprécie pas ce contact, mais plutôt parce que je n'y suis plus habituée - même si une petite part de gêne persiste. Forcément, il l'interprète mal et s'éloigne aussitôt de moi.

— Désolé.

— Tu n'as pas à t'excuser, c'est moi la névrosée, murmuré-je en faisant quelques pas vers la sortie.

— Max, tu n'as pas le droit de dire ça, me gronde-t-il en me retenant par le bras. C'est juste que parfois... je... j'ai peur de franchir une ligne, tu vois ? Je ne sais pas comment faire. Je ne veux surtout pas te faire peur ou te faire du mal.

Il est tellement attentionné, à l'écoute. Il mérite beaucoup mieux que de passer son temps avec une fille comme moi qui ne peut rien lui apporter, parce qu'il est évident que je ne suis pas prête. Et plus que tout, c'est interdit à cause de la règle des Narcotiques Anonymes. Les paroles de Patrick ne cessent de tourner en boucle dans ma tête.

Alors oui, je ressens tellement de choses avec lui, je ne peux pas nier qu'il me plaît. Il me donne envie d'essayer, même si j'ai toujours peur et c'est vrai quand je dis que le problème c'est moi, pas lui. Mais le vrai souci est que nous ne pouvons pas avoir de relation amoureuse. J'ignore si nous sommes prêts à aller contre le règlement, et si c'était le cas, nous serions obligés de le cacher à tout le monde, ce qui reviendrait à leur mentir et je ne le souhaite pas. Je ne sais même pas si Garrett partage mon sentiment, après tout, n'a-t-il pas dit à Edward qu'il n'avait aucune vue sur moi ? Et puis, comment pourrions-nous gérer une relation à distance ? Moi à Seattle, lui ici ou sur la route ?

Une larme m'échappe. Ma respiration se suspend alors qu'il tend la main pour l'essuyer. Je ferme un instant les yeux, juste pour savourer, me concentrer sur son toucher, la chaleur de sa peau sur la mienne. Je crois que s'il venait à s'avancer vers moi avec l'intention de m'embrasser, je le laisserais faire. Mais cela n'arrivera pas. Garrett ne me voit pas comme ça. Et nous ne devons pas.

— L'observatoire va fermer ses portes ! s'exclame une employée en me faisant sursauter.

La main de Garrett retombe entre nous et nous accédons aux marches pour quitter les lieux. La descente se fait dans un silence lourd, aucun de nous deux n'osant reprendre la parole. Une fois sur la place centrale, je me tourne vers le bâtiment pour l'admirer quelques secondes, avant de reprendre ma marche.

Lorsque je cherche Garrett des yeux, je constate qu'il a rejoint une statue, du côté du panneau « Hollywood ». Je rejoins mon compagnon de soirée et me poste à ses côtés.

— Ne me dis pas que c'est de l'art, geint-il.

— Qu'est-ce qui ne va pas ?

— James Dean était beau gosse, ce truc est horrible. À la limite, je donne un bon point pour les cheveux, c'est très ressemblant, mais le visage ? On dirait qu'il est en train de souffrir.

— L'art, c'est...

— Ne me dis pas « subjectif », je t'en prie. Je ne sais pas qui a pondu cette bouse, mais il a massacré James. Bordel !

J'éclate de rire. Le pire, c'est qu'il est vraiment sincère. Il a l'air scandalisé.

— T'as le béguin pour lui ou quoi ? plaisanté-je.

— Attends, tu as bien regardé James Dean ? insiste-t-il en me lançant un regard implorant.

Il pointe un doigt vers l'objet du délit et malgré tout mon amour de l'art, force est de constater qu'effectivement, James n'est pas vraiment à son avantage.

— Ah ! s'exclame Garrett, victorieux. Je le savais.

— Je n'ai rien dit.

— Pas la peine, je le vois à ton visage.

Son sourire est contagieux. Je secoue la tête, amusée.

— Et alors, cette histoire entre James et toi, ça dure depuis longtemps ? me renseigné-je, alors que Garrett m'entraîne de l'autre côté du parc pour aller admirer les monts sous les étoiles.

De petits monts, mais des monts quand même.

— Ce mec est mort bien trop jeune, en pleine gloire.

— Tu aimes le cinéma ?

— Bien sûr. On se faisait souvent des soirées films, mon frère et moi. Popcorn salé pour lui, popcorn sucré pour moi. C'est lui qui m'a fait découvrir cet endroit, il adorait venir ici et il avait la même aversion pour la statue de James que moi, au passage, m'indique-t-il en m'arrachant un gloussement. Je t'ai déjà dit que Matt était un féru d'astronomie, il m'a appris tout un tas de choses. Tu savais que le planétarium Samuel-Oschin possédait un système de projection laser dernier cri ?

— Non.

— Oh, oh. Je t'apprends encore des trucs, alors ?

— Tu m'en as appris beaucoup, Garrett.

Nous nous installons sur un banc près d'un bosquet et je me laisse aller contre le dossier, me concentrant sur les bruits alentour : le chant des criquets, la légère brise qui caresse ma peau, quelques oiseaux qui font des vocalises. Le ciel se défait de ses teintes orangées, parme et mauves, pour devenir marine. Il fait doux, c'est agréable.

Garrett adopte la même position que moi, les yeux tournés vers la voûte céleste. Pas un nuage à l'horizon, les astres les plus brillants sont parfaitement distincts – la pollution lumineuse à Los Angeles limitant tout de même la vue –, mais je suis bien incapable de les décrire.

— La constellation préférée de mon frère, c'était le scorpion.

— Où est-elle ?

— En juin, on ne peut pas la voir en entier chez nous. On ne perçoit que le haut.

Il tend le bras vers un ensemble de trois étoiles assez rapprochées, puis il s'éloigne vers trois autres qui partent telles des flèches.

— Le reste, c'est comme la queue de l'animal.

Je me redresse et fais un léger mouvement pour faire craquer mes cervicales. La position n'est pas idéale, mais je n'ai pas envie pour autant que la soirée se termine.

— Attends, tiens, pose ta nuque sur mon bras.

— Oh... merci, murmuré-je.

Je frissonne à la chaleur de son bras. Nous étions à une distance raisonnable jusqu'à maintenant. Je ferme les yeux un instant, bien consciente de cette sensation qui se fait plus présente chaque fois que je me trouve à ses côtés. Depuis mon agression, je vis dans la peur constante, et même si je stressais à l'idée de cette soirée, je me rends compte que Garrett m'apaise. Je me sens en sécurité quand je suis avec lui. Il abaisse mes barrières petit à petit.

Les étoiles n'ont soudain plus aucun attrait alors que Garrett est si près de moi. Je ne parviens pas à me focaliser sur autre chose que ce qu'il me fait ressentir : bien-être, apaisement, bonheur. Impossible pour moi de m'éloigner de lui. Quelque chose est en train de se passer, il faudrait être idiote pour le nier. Le côtoyer me redonne confiance, il est la preuve que les hommes peuvent être gentils, attentionnés, prévenants, attentifs.

— Je me suis disputé avec Matt le jour où il est décédé.

Je pivote la tête vers lui et observe son profil. Je regarde ses lèvres bouger, sa pomme d'Adam remuer et j'attends, patiemment. Je tends une main pour m'emparer de l'une des siennes et lui apporter tout mon soutien. J'aimerais qu'il me regarde mais il reste focalisé sur le ciel.

— Il... Il était en permission pour quinze jours, on a passé des super moments, à rattraper le temps perdu. Les mecs venaient juste de partir, on terminait la soirée tranquillement et là, il m'a annoncé quelque chose qu'il avait caché à tout le monde depuis des années. Il m'a avoué son homosexualité, lâche-t-il du bout des lèvres.

Il fait une courte pause pour reprendre son souffle avant de poursuivre, tout en tenant fermement la plaque de son frère de sa main gauche.

— Je me suis mis en colère. Pas à cause de son orientation sexuelle, je m'en foutais, mais parce qu'il ne s'était jamais montré honnête avec moi. Putain, il était venu avec une meuf au dernier Noël et à l'anniversaire de ma mère. Il s'était inventé toute une vie de parfait hétéro pour ne pas susciter les questions, pour être tranquille avec l'armée. Mais j'étais son frère, et il ne s'était jamais senti suffisamment en confiance pour me le dire avant ce soir-là. Je l'ai très mal pris. La dernière chose que je lui ai dite, c'est que j'étais déçu.

Je sens le tremblement dans sa voix, son émotion à fleur de peau. J'ai tellement mal pour lui.

— Il s'est mis aussi en colère, m'accusant de me montrer égoïste, disant que je ramenais une fois de plus tout à moi. Je ne comprenais pas, je n'essayais pas de me mettre à sa place. Il avait raison, comment j'aurais pu de toute façon ?

— Garrett...

— Je n'en revenais pas qu'il me dise des trucs pareils, poursuit-il. On était si proches, toujours, tout le temps. Je me suis senti trahi, tu comprends ? Comme si du jour au lendemain, je découvrais un frère que je ne connaissais pas. Je n'ai pas été capable de lui dire que ça ne changeait rien, que je l'aimais quoi qu'il en soit, peu importait avec qui il partageait sa vie. Je n'ai pas été capable de comprendre pourquoi il avait fait ça, par quoi il était passé. Je me suis barré et j'ai pris ma moto. J'avais bu. Alors il a pris la sienne et je... Il est mort à cause de moi.

Je ne cherche pas à connaître les détails, cela ne sert à rien. Tout ce que je perçois à travers les tremblements de son corps, de sa voix, c'est la culpabilité qu'il éprouve, qui le ronge. Alors je fais la seule chose en mon pouvoir : je mets mes craintes de côté, je franchis une fois de plus la barrière que j'ai érigée entre le monde et moi et je pose une main sur sa joue pour attirer son attention, parce qu'il sera imperméable à mes mots. Et puis, de toute façon, j'ai le sentiment qu'ils seraient bien vains face à sa détresse.

L'effet est immédiat. Son regard triste, embué par les larmes, plonge dans le mien et mon cœur se serre.

— Ne dis rien, je t'en prie, souffle-t-il. J'ai déjà entendu tout ce qu'on peut en dire.

L'organe qui bat dans ma poitrine pleure avec lui alors qu'une larme roule sur sa tempe. Je m'empresse de l'essuyer. Sa respiration se suspend et je n'ose pas bouger d'un pouce. Il prend mes doigts entre les siens et retourne ma main. Je baisse les yeux et l'observe dessiner du bout du doigt les lignes qui marquent ma paume.

— Je ne te l'ai pas encore dit parce que je ne veux pas que tu te vexes, mais… je te trouve très jolie ce soir.

— Oh…

Par chance, il fait plus sombre que tout à l'heure, comme ça, il ne peut pas voir à quel point je rougis.

— Tu n'étais pas obligée, enfin, ça ne me dérange pas, mais je…

Je souris devant sa maladresse.

— Je ne me suis pas forcée. J'ai choisi une tenue dans laquelle je me sens à l'aise. Sam n'est pas fan de mes pantalons baggy et de mes sweats, expliqué-je en riant.

— Du moment que tu le veux. J'ai un petit cadeau pour toi, ajoute-t-il après quelques secondes. Enfin, je t'ai écrit quelques phrases.

Je ne retiens plus du tout les battements de mon cœur, qui deviennent littéralement erratiques. Heureusement que je suis assise. Ma respiration se suspend alors qu'il entonne ses paroles. Sa voix est suave et envoûtante.

Let's just pretend for a moment
That everything is going to be fine
Let's put the past aside
To focus on the present moment

Tell me lies to forget
All my pain
Tell me lies to make me believe
That I'm okay
Tell me lies to heal my wounds
Tell me lies, tell me lies
Only lies

Let's just pretend for a moment
That none of this ever happened
Let's leave the bad memories far behind
To focus on the present moment

Tell me lies to forget
All my pain
Tell me lies to make me believe
That I'm okay
Tell me lies to heal my wounds
Tell me lies, tell me lies
Only lies

Peut-on tomber amoureuse en un seul moment ? Une seule microseconde est-elle suffisante pour succomber ? Je me noie dans ses yeux, sous le velours de sa voix. Je ne trouve pas les mots pour exprimer tout ce que je ressens. Je ne parviens pas à me l'expliquer à moi-même. C'est juste…

Il me lance un sourire timide, à la fois déroutant et rassurant. J'ai envie de me réfugier contre lui, mais je n'ose pas. Je ne sais pas si j'en ai le droit.

— Est-ce que tu as aimé ?

Je suis incapable de parler ; il ne vaut peut-être mieux pas, parce que je ne serais pas maîtresse de ma voix. Je me contente de hochements de tête vigoureux et j'amorce un léger mouvement vers lui. Il semble comprendre mon intention car il ouvre les bras et je m'y précipite presque.

— Merci, finis-je enfin par trouver la force de dire.

CHAPITRE 31

Garrett

C'est dingue à quel point, lorsque je suis avec Maxine, les vannes s'ouvrent et je peux lui parler de tout. Absolument de tout. Je me doutais que cette soirée allait être différente de toutes les autres, mais finalement, j'étais très loin du compte.

Seul mon psy est au courant de la culpabilité que j'éprouve depuis la mort de Matt. Je n'en ai jamais parlé ni à mes parents, ni aux mecs, parce que j'ai peur qu'ils soient d'accord. Ils savent juste que mon frère et moi sommes sortis à moto, qu'un chauffard a grillé une priorité et que Matt est mort sur le coup alors que moi, je n'ai rien eu.

— Ça va, vieux ?

Je me tourne vers Ryan, qui se lève juste si j'en juge à ses cheveux hirsutes et son air endormi. Appuyé contre l'évier de la cuisine, le regard rivé sur l'océan, je ne l'ai pas entendu arriver.

— Tu m'as l'air bien songeur. Beaucoup trop à cette heure matinale, commente-t-il.

— Pourquoi t'es déjà debout ?

Nous sommes rentrés tard dans la nuit, depuis San Diego. Nous y avons passé cinq jours, enchaînant les interviews et les enregistrements vidéo, pour finir par un *showcase* intimiste, devant plusieurs professionnels du milieu. C'était assez intense et épuisant, il faut le dire. D'autant qu'Olly a fait tout un foin pour que nous visitions Sea World. Il est complètement fan de ce parc aquatique depuis tout petit, cela aurait été sacrilège d'y échapper. C'est Margo qui était ravie.

Entre nous, tout va bien. Il y a bien entendu eu un sentiment de gêne quand nous nous sommes revus, mais je m'efforce de lui montrer que notre presque baiser n'a rien changé. Ce n'était rien de plus qu'un moment d'égarement. Elle s'est d'ailleurs excusée mille fois parce que cette programmation m'a fait manquer les deux dernières réunions des Narcotiques Anonymes, mais elle m'a assuré qu'elle n'avait pas pu faire autrement.

— J'avais envie de pisser. Un problème ?

— Nan.

— Garrett... soupire-t-il en avançant dans la cuisine. Je sais qu'Ayden et moi, on n'est pas ceux vers qui tu te tournes le plus facilement. Olly est plus souvent à l'écoute, mais bon, on n'est pas aveugles, mec.

Il se plante devant moi et pose ses mains sur mes épaules.

— Ce week-end, t'étais là, mais ailleurs aussi. Et on n'est pas les seuls à s'en être rendu compte. J'ai surpris une conversation entre Margo et ta mère.

— Ma mère ? C'est une blague ?

— Non, j'aurais préféré, crois-moi.

— Qu'est-ce que Margo racontait ? soupiré-je, totalement dépité.

— Je n'ai pas capté précisément, mais j'ai entendu qu'elle parlait de toi, du fait que tu avais l'air à l'ouest, de ton manque de motivation...

— Elle se fout de ma gueule !

Je n'y crois pas ! Ses excuses étaient-elles du vent ? Est-ce que je me voile la face en me persuadant que tout est cool entre nous ? Elle ne m'en donne pas l'impression pourtant. Est-ce de la comédie ?

— Écoute, je ne veux pas prendre sa défense, hein, mais elle n'a pas tout à fait tort.

— Quoi ?

Comment peut-il dire ça ? Il n'a pas arrêté de se plaindre du rythme de travail ces derniers jours. La semaine a été harassante, mais moi, je n'ai pas le droit de le dire ?

— Je suis comme vous, toute cette promo, ces photos, c'est...

— Non, Garrett, je ne te parle pas de ça. Ce sont des petites choses au quotidien, parfois on parle entre nous et t'es ailleurs. Sans compter tous les moments que tu passes aux réunions... Ce qui est normal ! Mais... ça crée un fossé entre nous.

— Carrément, putain. Un fossé !

— Attends, non, je m'exprime mal, essaie-t-il de se rattraper en tendant sa paume vers moi. Enfin... tu vois ce que je veux dire.

Je n'en reviens pas. J'essaie de m'en sortir comme je peux, et cela ne suffit pas. Il faudrait en plus que je leur rende compte de tous mes faits et gestes ?

— C'est interdit d'avoir une vie privée ?

— Ne m'engueule pas, OK ? On parle, là, c'est tout.

— Non, c'est un réquisitoire.

— Là, c'est toi qui exagères ! Garrett, on t'a attendu une heure dans ce bar de San Diego. À Sea World, t'as passé ton temps sur ton téléphone. Alors si, t'as le droit d'avoir une vie privée, mais ne viens pas me dire que ce que j'avance, ce sont des conneries.

Je digère ses paroles sous son regard inébranlable. Les mains à plat sur l'îlot central, je bascule la tête entre mes bras.

— Je suis en train de vous laisser tomber, putain. Encore.

— Hé, oh ! Arrête, bordel. Ce n'est pas ce que je te dis.

— Qu'est-ce que tu dis, alors ?

— Quand on sort avec une meuf, on la présente aux potes, on l'intègre. Quand on ne va pas bien, on en discute avec les potes, on essaie de trouver une solution. Quand on ne sait pas où on en est, on le dit aux potes et on s'entraide. T'as compris le principe ?

— Ouais, j'en parle aux potes.

— Voilà ! Je savais que tu n'étais pas qu'un physique.

Je hausse un sourcil puis souffle, balayant sa dernière remarque d'un mouvement de la main.

— Pour ta gouverne, je ne sors pas avec Maxine.

— Peu importe comment vous qualifiez votre relation, ça vous regarde. Moi, ce que j'en dis, c'est que ça commence à durer. Tu passes énormément de temps avec elle, alors il serait peut-être temps que tu nous la présentes. Elle sait qu'on existe au moins ?

— Évidemment ! Et je te rappelle qu'elle vous a croisés au *Porthole*.

Il acquiesce d'un petit mouvement de tête.

— Déjà la moitié du boulot de fait, alors. Bon, ce n'est pas que je m'emmerde, mais je n'ai pas eu ma dose et Margo doit repasser dans l'aprèm, alors il faut que j'aille me recoucher.

Je grogne à l'idée de devoir revoir tout notre planning encore une fois. Je préférerais bosser un peu sur la chanson que j'ai écrite pour Maxine.

— G ? m'interpelle Ryan dans le couloir.

— Ouais ?

— Réfléchis juste à ce que je t'ai dit. On ne veut pas que tu rompes tout contact avec Maxine, ça te ferait sûrement plus de mal que de bien, mais on est là aussi, tu vois ?

— Oui, je sais. Je suis désolé de vous avoir délaissés.

— Elle est plutôt jolie, je peux comprendre pourquoi, cède-t-il en ricanant.

— On n'est pas...

— ... ensemble, ouais, tu l'as déjà dit. Répète-le encore une fois.

Il se marre et disparaît. Cet idiot va finir par infiltrer une notion complètement débile dans ma tête. Je me secoue un peu et décide d'aller faire un footing, histoire de me remettre les idées en place, parce que là, je commence à complètement dérailler. Et je crois que mon cerveau n'est pas décidé à m'aider, parce que lorsque je ferme les yeux, c'est uniquement une jolie brune aux billes chocolat qui se dessine dans ma tête.

Ouais, je suis foutu.

CHAPITRE 32

Maxine

Je suis sur un petit nuage depuis le dîner avec Garrett. Quelque chose a changé, je ne peux le nier. Je suis encore plus apaisée à ses côtés, je capte ses regards en coin qui dégagent plus qu'une simple inquiétude pour savoir si je me sens bien.

Cela va faire une semaine que je ne l'ai pas vu. Le groupe est très occupé avec la promotion, alors à défaut de pouvoir m'exercer avec mon professeur, je pratique seule. Garrett m'a demandé de réfléchir à un titre en particulier que j'aimerais jouer. Je dois lui fournir une liste et il choisira le moins difficile pour commencer, histoire de ne pas me frustrer. Ce serait un aboutissement d'y arriver, comme si je finissais un cycle.

Une autre fin qui se rapproche, c'est celle de la fac. Cela me fait un pincement au cœur d'abandonner tout ça et encore plus de quitter Garrett, mais c'est la vie. Si la vie estudiantine à Seattle a été catastrophique, celle de Los Angeles m'a permis de recommencer à vivre et à espérer. C'est cette période qui m'a fait rencontrer Sam, Justin, et même Garrett. Alors pour ça, je serai éternellement reconnaissante.

Aujourd'hui, c'est la dernière fois que j'y mets les pieds avant la remise des diplômes, vendredi. J'ai déposé mes manuels à la bibliothèque, arpenté une dernière fois les couloirs, et je traîne maintenant des pieds pour rejoindre le professeur Newton qui m'a demandé de passer le voir avant de partir.

Timidement, j'arrive devant le poste de sa secrétaire qui me fait un grand sourire, lâchant son ordinateur des yeux.

— Bonjour, le professeur Newton a demandé à me voir, l'informé-je.

— Madame Zelko ?

— Oui, c'est ça.

Elle appuie sur le bouton de l'interphone pour indiquer mon arrivée au professeur, qui lui dit que je peux entrer. Je resserre l'anse de mon sac et ouvre la porte du bureau. La première fois que je suis entrée ici, la décoration m'a immédiatement fait penser à un musée, ou plutôt à la réserve d'un musée : là où les arrivées sont entreposées en attendant d'être inventoriées et cataloguées. Il y a tellement de choses qu'on ne sait pas où arrêter son regard.

— Maxine. Je vous en prie, asseyez-vous.

Je prends place sur l'un des fauteuils qui fait face à son espace de travail et cale mon sac sur mes genoux.

— Je suis navré de vous faire venir un peu à l'improviste, mais je ne pouvais pas vous en parler avant d'en être sûr.

— Pas de souci. Il y a un problème ?

— Non, me rassure-t-il en riant. Loin de là.

Je soupire de soulagement.

— Comme je vous en ai fait part lors de votre soutenance, j'ai été très impressionné par votre mémoire. Très bien rédigé, extrêmement bien documenté, il m'a complètement séduit, ainsi que les autres membres du jury.

— Merci, rougis-je.

— J'avais un peu d'appréhension en ce qui concernait votre soutenance orale, mais là encore, vous m'avez surpris.

Je gigote, un peu mal à l'aise sur mon siège.

— Je ne sais pas si vous avez fait attention, mais vous aviez un spectateur un peu particulier dans l'assemblée. J'ai un ami qui travaille au Getty Center.

J'ouvre des yeux ronds comme des billes. Alors, un membre de l'équipe du Getty était là ?

— Une fois que j'ai eu fini de lire votre mémoire, je l'ai appelé. Très honnêtement, j'ai déjà eu de très bons étudiants qui ont brillamment réussi par la suite, mais un travail de qualité comme le vôtre, c'est vraiment exceptionnel. Je ne pouvais pas garder ça pour moi.

— Je... je ne sais pas quoi dire. C'est... bafouillé-je.

— Voici ses coordonnées, dit-il en me tendant une carte de visite. Il aimerait beaucoup s'entretenir avec vous. Il partage votre amour pour l'art amérindien et il voudrait discuter avec vous d'un projet en cours.

— Je... Vous êtes sûr ?

— Ce n'est pas une plaisanterie, m'assure-t-il, simplement le résultat d'un travail acharné et c'est complètement mérité. Je sais que vous comptez rentrer à Seattle, mais peut-être pourriez-vous envisager de reculer votre départ de quelques semaines ?

— Je... peut-être.

Mes pensées fusent dans mon esprit, mais je suis si stupéfaite que je ne sais pas quoi dire.

— Vous avez déjà envoyé vos candidatures à Seattle ?

— Non, pas encore.

— Attendez encore un peu. Rencontrez M. Chambers et voyez ensuite. C'est une opportunité incroyable, croyez-moi.

— Vous pouvez m'en dire plus ? cherché-je à savoir.

— Le Getty a pour projet d'ouvrir une exposition temporaire sur les arts amérindiens à compter de septembre. Taylor a déjà embauché une ancienne étudiante de UCLA pour superviser, mais il aimerait avoir une seconde personne pour codiriger l'événement. Et très honnêtement, je ne vois pas meilleure candidate que vous.

J'écarquille les yeux. Plus qu'incroyable, c'est une opportunité en or.

— Je ne sais pas quoi dire, professeur.

— Il n'y a rien à dire, Maxine. Vous avez fait tout le travail. Je n'ai aucun mérite. Encore toutes mes félicitations. Je vous souhaite une belle réussite.

— Merci infiniment.

Il me lance un grand sourire et me raccompagne vers la sortie.

Je crois que j'ai perdu la parole. Il me salue d'un mouvement de tête et je rejoins ma chambre un peu à la manière d'un robot, tellement abasourdie par ce retournement de situation.

Dans ma tête tout était clair comme de l'eau de roche : mon diplôme en poche, je retournais à Seattle auprès de ma famille, mais cette nouvelle change complètement la donne. Bien entendu, je vais d'abord écouter ce que M. Chambers a à me dire, je vais peser le pour et le contre avant de prendre une décision. Toutefois, il y a un élément dont il faut que je tienne compte : je vais peut-être pouvoir bénéficier d'un temps supplémentaire auprès de Garrett, avant le départ du groupe pour la tournée. Si je trouve le courage, je pourrais peut-être lui demander ce qu'il attend de notre relation, comment il voit les choses ? Parce que si j'ai bien une certitude, c'est que je ne veux pas que Garrett disparaisse de ma vie.

J'espère juste ne pas trop me reposer sur lui. En dehors de Samantha, je ne vois que lui. Il prend beaucoup de son temps pour m'offrir des cours de guitare et j'ai toujours peur de le détourner de ses obligations, comme lors de son rendez-vous presque manqué avec son producteur.

Pourtant, je ne peux pas m'en empêcher, je veux le voir. Reste à savoir s'il sera aussi content que moi de ce sursis.

CHAPITRE 33

Garrett

Je suis surpris de ne pas voir le vélo de Maxine accroché au poteau alors que je gare ma voiture sur le parking. Je me demande si elle est venue avec Christie, seulement elle n'est pas à l'intérieur non plus lorsque Patrick lance le débat. Je sors discrètement mon portable pour vérifier si je n'ai pas reçu de message. Rien. C'est vraiment bizarre. Je lui en tape rapidement un, et tout le restant de la cession, je ne fais que regarder régulièrement mon écran, dans l'attente. Ces derniers jours, elle s'est faite assez timide lors de nos échanges par messages. Certes, j'étais occupé avec le groupe, mais cela ne m'empêchait pas de lui parler. Peut-être qu'elle était elle-même accaparée par les dernières démarches au niveau de la fac ? Toutefois, je m'interroge. Est-ce qu'elle a pris peur ? Lui avouer ce que j'avais sur le cœur m'a fait un bien fou, mais je lui ai peut-être imposé tout ça. Ai-je été trop pris dans mon propre tourment pour ne pas remarquer qu'elle ne le vivait pas aussi bien que moi ? Avait-elle besoin de prendre du recul, parce qu'elle ne se sent pas suffisamment en confiance pour me parler comme je l'ai fait ?

L'entendre évoquer la fin de ses études et son retour à Seattle m'a fait mal au cœur, mais je n'ai pas relevé. Je voulais profiter de cette soirée en l'honneur de sa réussite. Je ne peux cependant pas m'empêcher d'y penser. Je ne veux pas qu'elle quitte ma vie, j'aime être à son contact, voir son sourire, entendre ses rires, sa passion pour l'art. Maxine a commencé à se faire une place dans mon cœur et j'ai du mal à gérer tous les à-côtés, ce qui nous attend.

Complètement à l'ouest, je ne participe qu'à moitié. Au moment où la réunion se termine enfin et où je compte rejoindre Christie, Patrick s'avance vers moi.

— Tout va bien, Garrett ? Tu étais particulièrement distant pendant la séance.

— Ouais, désolé.

Je cherche Christie du regard, espérant qu'elle ne soit pas déjà partie.

— T'as un problème ? Tu veux en parler ?

— Non, rien. Tout va bien. Rien qui me concerne.

— Tu dis ça, pourtant, ça a un impact sur ton comportement, non ?

Je le sonde sans parvenir à saisir si c'est un reproche. Je pourrais très bien lui dire ce qu'il en est, mais j'imagine déjà d'ici sa réprimande.

— Je ne vais pas te mettre le couteau sous la gorge et te forcer à me parler, mais je me doute de ce qui te tracasse.

Fronçant les sourcils, j'attends qu'il poursuive. Inutile de me vendre tout seul.

— L'absence de Maxine n'est passée inaperçue pour personne. Notre présence ici n'est pas obligatoire pour tout le monde, me rappelle-t-il.

Bon, de toute évidence, je me suis fait griller.

— Je sais.

— Écoute, Garrett. Je ne peux pas vous empêcher de vous côtoyer…

— On est amis, c'est tout, le coupé-je.

Il part d'un petit rire, l'air de dire qu'il n'est pas dupe. C'est sûr qu'il a appris à nous connaître au fil du temps. Je suis un peu mal à l'aise qu'il puisse comprendre que Max me plaît et que j'aimerais plus. Je plonge les mains dans mes poches, afin de camoufler mon anxiété. J'ai peur qu'il me juge, qu'il prenne le parti de Max plutôt que le mien.

— Si c'est comme ça que tu veux la jouer. Tu m'en voudras peut-être, mais si jamais votre relation évoluait vers quelque chose de plus intime...

— Je croyais que c'était interdit, l'interromps-je.

— C'est déconseillé, me reprend-il. Mais bon, je sais bien comment ça marche... Bref, si jamais vous en arriviez là, il n'y a rien que je pourrais faire contre.

Je croise les bras, attendant qu'il continue.

— Il faudra juste être honnête avec moi. Je me verrai aussi dans l'obligation de demander à l'un d'entre vous de trouver un autre groupe.

— Patrick...

— Non, Garrett. Je sais que vous avez trouvé un équilibre en venant ici, mais c'est un peu comme les relations intimes sur le lieu de travail. Si quelque chose tourne mal, c'est l'ensemble qui en pâtit et je ne veux pas de ça ici.

Je soupire en baissant la tête, dépliant les bras pour me frotter la nuque.

— OK, je comprends.

— Je connais de très bons groupes, dirigés par des amis à moi. Je ne vous laisserai pas vous débrouiller tout seuls.

— Merci. Mais bon, de toute façon ce n'est pas ce que tu crois.

— Je sais que se mentir est parfois nécessaire pour avancer, mais je ne suis pas né de la dernière pluie. Réfléchis bien, c'est tout.

Je hoche la tête pour toute réponse et, une fois que Patrick a le dos tourné, cherche Christie du regard. Elle a disparu.

— Et merde.

Je suis partagé entre renvoyer un message à Maxine et laisser tomber ; je ne veux pas qu'elle se sente oppressée. Je vais prendre sur moi et je retenterai plus tard dans la soirée.

✦ ✦ ✦

— Tu as l'air ailleurs, mon chéri, me dit maman alors que nous l'aidons à débarrasser.

— Pas du tout.

— Je suis d'accord avec ta mère, renchérit mon père.

Je lance un appel à l'aide à Olly d'un regard, mais il m'ignore sciemment et prend la pile d'assiettes des mains de ma mère pour aller se cacher dans la cuisine. Le traître ! Les frangins avaient un repas de famille alors j'ai proposé à celui qui est censé être mon meilleur ami de m'accompagner chez mes parents, mais je vois que je n'ai pas fait le bon choix.

— Tout va bien, affirmé-je.

— Ce n'est pas ce que Margo m'a raconté.

J'expire rapidement, agacé.

— Ouais, je suis au courant de votre petite conversation.

— Elle t'en a parlé ? s'étonne-t-elle.

— Non. Ryan a surpris votre discussion.

J'ouvre la baie vitrée pour rejoindre la terrasse. Je préférerais chercher un peu de sérénité face à l'océan, mais ici, je dois me contenter du jardin exotique. Mon regard dévie sur la fameuse cabane dans l'immense arbre au fond de la parcelle et je me revois au côté de mon frère lorsque nous étions plus jeunes. C'est vers lui que je me serais tourné s'il était encore là. Aujourd'hui, j'ai l'impression d'être seul contre tous.

— Garrett, soupire maman en me rejoignant. Je suis désolée.

Quelque chose dans sa voix m'interpelle. Je me retourne vers elle et l'observe. Elle a l'air un peu mal à l'aise.

— Margo m'a confié que tu l'avais rejetée. Je pense qu'elle est perdue et qu'elle laisse ses émotions prendre le dessus.

Je passe une main sur mon visage et soupire longuement.

— Tu sais ce que ça fait, tente ma mère pour la défendre.

— Oui, je sais ce que ça fait. Mais elle ne peut pas s'en prendre à moi parce que je ne partage pas ses sentiments.

Ma mère me sourit tendrement, posant une main sur ma joue.

— Je peux être honnête avec toi ?

— Bien sûr.

— Il y a quelque temps, j'espérais que Margo et toi finiriez ensemble. Vous vous entendez bien et vous évoluez dans le même environnement. Vous vous connaissez très bien aussi.

— Maman, elle est comme ma petite sœur...

— Oui, je sais. Et au début, je me suis dit que c'était peut-être cette situation qui te souciait, savoir que Margo avait des sentiments pour toi que tu ne partages pas. Mais je me trompe, n'est-ce pas ?

Ma mère et sa perspicacité à toute épreuve. Matt et moi avons toujours détesté cette qualité chez elle. Enfin, à l'époque, nous considérions plus ça comme un défaut : aucun moyen pour nous de lui cacher quoi que ce soit. Elle savait quand nous avions fait une bêtise, quand l'un de nous avait un coup de cœur – et un coup au cœur, aussi.

— Ça a un rapport avec la jeune femme dont tu m'as parlé la dernière fois ?

Je détourne le regard et prends une profonde inspiration. Si je lui parle de Maxine, elle va tout de suite croire que j'ai rompu ma promesse. Si je choisis de nier, cela va confirmer ses doutes et elle risque de se montrer curieuse.

Bon sang, je ne peux pas lui expliquer quoi que ce soit alors que je ne sais pas moi-même où nous en sommes. Bien entendu, je me suis attaché à Maxine, mais j'ai fait une promesse, la date de départ en tournée approche et c'est sans compter sur le fait qu'elle est censée repartir pour Seattle dans peu de temps. C'est peut-être ce qui l'a retenue ce soir, elle doit sans doute s'en occuper, rendre sa chambre, trouver un avion, organiser son retour...

— C'est juste une amie, je te le promets. On se rend service mutuellement. J'aime passer du temps avec elle, mais ça s'arrête là.

Pourquoi est-ce qu'une boule vient m'obstruer la gorge à l'instant même où je prononce ces mots ? Tout simplement parce que je mens. Nous n'avons parlé de rien, mais je sais que si la situation était totalement différente, j'aimerais être en couple avec elle. Parce que c'est Max, parce que tout me plaît chez elle. Merde.

— Elle semble si mystérieuse. C'est peut-être pour ça qu'on se pose autant de questions...

— Même les gars ne la connaissent pas. Je te promets que tout va bien, maman. Je vais bien.

Je l'attire dans mes bras et je l'entends soupirer contre mon torse. J'embrasse le sommet de sa tête et elle me sourit en posant ses mains sur mes joues.

— Bien.

Elle se met sur la pointe des pieds pour déposer un baiser sur ma pommette et rejoint mon père à l'intérieur. Je souffle un bon coup et tourne la tête vers Olly qui s'avance vers moi, un soda à la main.

— Je ne te dis pas merci ! ricané-je sèchement en le récupérant.

— De rien, se marre-t-il. Je connais ta mère, j'ai préféré m'éloigner avant d'être pris à partie. Margo et elle se ressemblent beaucoup.

— Ouais… malheureusement.

— Ou heureusement, rebondit-il en prenant place à mes côtés. Comme ça, t'as une bonne excuse pour ne pas succomber à Margo.

J'éclate de rire. Pourquoi n'y ai-je jamais songé ? Et puis, soudain, cela fait tilt.

— Alors je n'hallucine pas, hein, à propos de Margo ? demandé-je en m'installant sur la chaise longue.

— C'est difficile de passer à côté. Entre sa manière de te regarder et son inquiétude perpétuelle… Elle était vraiment mal quand tu as vrillé, Garrett.

— Vous aussi, le contré-je.

— Oui, mais Margo… je ne sais pas comment l'expliquer. C'était différent, c'est tout.

— Pourquoi je n'ai rien vu ?

Je m'en veux, j'aurais dû être plus attentif. J'observe le palmier un peu plus loin dont les feuilles sont malmenées par la brise. Qu'est-ce que j'ai loupé encore ?

— Je suis désolé que ça t'arrive, mon pote.

— Ouais, moi aussi. Je l'ai repoussée il y a quelques jours. J'espère que je ne l'ai pas blessée, mais je ne peux pas.

— Aucun de nous ne pourrait, dit Olly pour me rassurer en s'asseyant face à moi.

Même si je suis le plus proche d'elle, parce que nos parents sont amis, chacun de nous l'aime comme un membre de sa famille. C'est une ligne que je ne pourrais pas franchir avec elle.

— Tu leur as parlé de Maxine ?

— Très rapidement, je ne veux pas susciter de questions, expliqué-je.

— Pourquoi pas ? Maxine est une amie, non ? En quoi c'est un problème de leur en parler ?

— Vous vous êtes unis contre moi ou quoi ?

— Qui donc ?

— Ryan m'a parlé ce matin.

— Nous sommes tes amis G, on s'inquiète et on se sent concernés.

Je le regarde boire une longue gorgée de sa bière avant de basculer les yeux vers le ciel. Le transat craque sous mon poids, fendant le silence de la nuit uniquement ponctué par le chant des criquets.

— Toi aussi, tu penses que je devrais vous la présenter ?

Il se met à rire doucement.

— Tu me poses vraiment la question ? s'étonne-t-il.

— C'est juste que... je ne sais pas où j'en suis avec elle. Oui, il se passe quelque chose, mais je...

Je m'arrête, incapable d'en dire plus, perdu.

— Tu ne veux pas parler, pas grave, je vais le faire pour toi.

Il lève le bras et se met à énumérer de manière très solennelle :

— Je suis sûr que tu penses à elle plusieurs fois dans la journée. (Il lève son index.) T'es impatient d'aller à tes réunions et sûrement pas pour te livrer à des inconnus. (Son majeur se dresse.) Tu prends du plaisir à lui apprendre la guitare. (Son annulaire rejoint les autres.) Tu aimes partager tous ces moments avec elle. (Au tour de son auriculaire.) Quand tu es ailleurs, c'est à elle que tu penses. (Son pouce complète l'inventaire.)

Il n'a pas l'air d'avoir terminé puisqu'il lève son autre main et continue son manège.

— Tu n'as jamais été fan des musées et là, t'en as fait combien en à peine quelques semaines ? Putain, G ! Tu lui as écrit une chanson !

Il abandonne le décompte pour boire une gorgée de bière.

— Que... comment... ? bafouillé-je, ahuri.

— Ah ! s'exclame-t-il en pointant sa bouteille sur moi. Je le savais ! Tu t'es vendu tout seul.

Rah ! J'enrage qu'il ait réussi à lire en moi comme cela. En même temps, dois-je en être étonné ?

Je me relève et fourrage dans mes cheveux. Cette situation est insupportable.

— Garrett...

— Ce n'est pas aussi simple que tu sembles le croire, finis-je par dire. Oui, elle me plaît et il est évident que si j'étais dans une situation différente, j'aurais foncé. Mais le fait est que si la situation était différente, je ne l'aurais jamais rencontrée.

— C'est ça qui t'embête ? De te dire que vous vous connaissez à cause des réunions ?

— Oui, en partie, c'est la réalité. On s'est rencontrés à cause de nos problèmes, on ne peut pas les effacer comme ça. Et je ne suis pas sûr que mes sentiments soient partagés. Enfin...

Je hausse les épaules, un peu perdu.

— Je sais qu'elle m'apprécie, il y a eu des moments très intenses entre nous qui dépassent le stade de l'amitié. Mais j'ignore si elle est prête. Elle a traversé des trucs, tu sais... Et si elle ne l'était jamais ?

Le grand blond quitte le transat pour se planter devant moi.

— Écoute G. J'en sais encore moins que toi sur ce qu'elle a subi, mais je te connais, *toi*, et malgré tout ce que tu as vécu, n'importe quelle fille serait chanceuse de t'avoir comme petit ami. C'est une certitude. Et réfléchis bien. Même si elle a encore des réserves, tu penses vraiment que si elle ne le voulait pas, elle accepterait de traîner avec toi ? De passer tout ce temps en ta compagnie ? Franchement...

Je secoue la tête, je sais bien qu'il a raison.

— Mon seul conseil est de laisser faire le temps. Je sais que tu as fait une promesse, mais elle te plaît et on ne choisit pas ce genre de choses. Et octobre sera vite là. Alors je suis sûr que...

— Elle va rentrer à Seattle, le coupé-je vivement. Et nous, on a la tournée qui commence dans quelques semaines. C'est foutu d'avance.

— Arrête avec tes conneries. Peu importe ce que vous vivrez, ne retiens que le positif. Elle aide à ta guérison, elle te fait aller mieux, tout le monde le voit et c'est bien, c'est important.

Et je suis sûr qu'il en va de même pour elle. Concentre-toi sur le moment présent, G.

Je hoche la tête. Cela ne dépend pas que de moi, mais je vais y réfléchir.

— Et pour répondre à ta question de tout à l'heure, évidemment que je pense que tu devrais nous la présenter.

Il me sourit avant de me lancer sa canette vide à la tête.

CHAPITRE 34
Garrett

J'hésite un court instant avant de frapper à sa porte. Je tente de calmer le tremblement de mes mains alors que je tiens le carton contenant les deux cafés. Je ne sais pas pourquoi je suis nerveux comme ça. Peut-être parce que je suis inquiet pour elle et cela fait longtemps que je n'ai pas éprouvé ce sentiment pour quelqu'un d'autre.

Je ne l'ai pas relancée de la soirée, j'ai fait de la résistance. Jusqu'à ce matin. Mais ne voyant toujours aucun retour, me voici devant sa chambre étudiante, parce que oui, je tiens à elle et je me fais du souci. Cela ne lui ressemble pas.

Je frappe deux coups distincts et patiente. Rapidement, j'entends le verrou que l'on retire de la porte et celle-ci s'ouvre sur Maxine.

— Garrett ? s'étonne-t-elle. Qu'est-ce que tu fais là ?

J'essaie de ne pas faire attention à sa tenue qui est très loin de ce à quoi elle m'a habitué : un short de basket et un tee-shirt à manches courtes, plutôt moulant. Elle se plaque contre le chambranle, mal à l'aise, et essaie de se cacher. Je chasse mon trouble et cligne rapidement des yeux.

— Tu n'es pas venue à la séance hier et tu ne réponds pas à ton téléphone, alors...

— Tu t'inquiétais pour moi ? demande-t-elle en rougissant. Je suis désolée, je n'avais plus de batterie et j'ai oublié de te prévenir, j'ai eu un imprévu.

— Ce n'est pas grave, je suis content de voir que tu vas bien. Du coup, j'ai apporté deux cafés, si ça te dit de...

Mon attention est détournée par la silhouette d'un homme qui apparaît un peu plus loin dans le studio, derrière Maxine.

Voilà son imprévu.

Je recule instinctivement d'un pas et pince les lèvres, tentant de refréner ce sentiment qui s'empare de moi. Je ne comprends pas pourquoi cet élan de jalousie me tord les entrailles. Peut-être parce que je me suis toujours figuré qu'elle ne voulait plus de relation amoureuse, qu'elle avait trop souffert. Je suis perdu. Pourquoi ne m'a-t-elle pas parlé de ce type ? Putain, est-ce que je me suis fait des films ? Ai-je inventé tout ce que j'ai ressenti à ses côtés ? Tout ce que j'éprouve, cette connexion entre nous ?

— Max ? appelle-t-il. Tu as du beurre de cacahuète ?

— Oui, placard du haut, à droite.

— Merci !

— Tu veux entrer ? propose-t-elle en revenant à moi.

— Nan, c'est bon. Je ne vais pas t'embêter, dis-je sèchement.

— Tu ne m'embêtes pas, souffle-t-elle. C'était une surprise...

Elle est interrompue par deux petites mains qui se nouent autour de ses jambes nues et une tête brune qui passe entre, manquant de la faire tomber. Elle se retient à la porte et baisse les yeux vers le petit garçon qui me regarde avec curiosité.

— Qui c'est, lui ? demande-t-il.

— Noah ! Et les bonnes manières ?

Elle se penche pour le prendre dans ses bras.

Noah, son neveu. Elle a la visite de sa famille. Cela veut probablement dire que l'homme que j'ai vu est son beau-frère, pas une conquête ou un petit ami. Je me sens très con, soudainement. La jalousie a parlé pour moi. Olly a raison en disant qu'on ne choisit pas qui provoque cette étincelle, les limites que je me suis fixées n'ont pas suffi à m'empêcher de craquer pour elle. Maxine n'est pas n'importe qui, elle me pousse à être meilleur, elle m'a aidé à retrouver le chemin vers l'écriture.

— Pardon, s'excuse le petit bonhomme. Bonjour. T'es qui ?

Je ris doucement, amusé par sa mine pas désolée du tout.

— Je m'appelle Garrett.

— C'est un ami, précise Maxine.

Elle dépose un baiser sur sa joue et le repose par terre.

— File rejoindre papa et maman.

Elle le suit du regard avant de se retourner vers moi. Elle semble heureuse, comme je l'ai rarement vue, comme si les soucis avaient déserté son esprit. Elle est belle. Tellement. Cela me saute brutalement aux yeux.

— Tu veux te joindre à nous pour le petit déjeuner ? Tu as déjà le café, je t'offre les pancakes.

— Je ne veux pas m'imposer.

— Ça me fait plaisir. Je vais te présenter à Rochelle et Craig. Megan dort encore.

— D'accord, volontiers, accepté-je en souriant.

Elle se décale pour me laisser entrer. Je suis immédiatement saisi par la bonne odeur qui règne dans le studio. La pièce principale n'est pas très grande mais bien aménagée. Il n'y a aucune perte de place entre l'espace détente et le coin cuisine. Une bibliothèque occupe un coin de la pièce et j'y vois des classeurs de cours rangés soigneusement.

— Bonjour, me salue une jolie brune, plus âgée que Maxine.

Je remarque immédiatement la ressemblance entre les deux jeunes femmes.

— Garrett, je te présente Rochelle, ma sœur, et son mari, Craig. Et le petit monstre ici présent, c'est Noah.

— Bonjour, les salué-je en retour. Navré, je n'en ai apporté que deux.

Je dépose les cafés sur la petite table de la cuisine alors que Maxine enfile un gilet qui lui arrive à mi-cuisse.

Ne pas regarder ses jambes. Ne pas regarder ses jambes.

— Je suis contente de faire ta connaissance, Garrett, sourit Rochelle.

— Enchanté, dit Craig en me tendant une main que je m'empresse de serrer. Je t'en prie, installe-toi.

Sur la table sont disposés jus de fruits, pancakes, brioche et pâtes à tartiner en tout genre. Je prends une chaise et Maxine s'installe à mes côtés, Noah sur ses genoux. Le petit garçon ne me lâche pas du regard. Sa tante me tend un des gobelets que j'ai apportés et j'en prends une gorgée. Dire que je suis un peu mal à l'aise est un euphémisme.

— Alors Garrett, Maxine m'a dit que tu étudiais la musique à UCLA ? demande Rochelle.

Je me tourne vivement vers Max alors qu'elle ne lâche pas la nappe des yeux. OK. Bon... deux informations à retenir : elle leur a déjà parlé de moi ; elle leur a aussi menti à mon sujet. Enfin, menti, pas exactement, mais quand même. Je toussote pour chasser la boule coincée dans ma gorge et j'acquiesce d'un mouvement de tête.

— Tout à fait. Je termine cette année.

— Ah ! Tu étais donc à la remise des diplômes hier ? Pourquoi tu ne nous l'as pas dit, Max ?

Cette dernière hausse les épaules tout en restant silencieuse, les joues rouges, fascinée par la mousse à la surface de sa boisson chaude.

— On a fait la surprise à Max de venir la rejoindre pour y assister. Je suis tellement fière d'elle, dit Rochelle.

— Vous pouvez l'être, souris-je en me tournant vers l'intéressée. Tu devais être heureuse.

— Oui. Je n'osais pas demander.

— Comment tu as pu croire qu'on ne serait pas là ? s'offusque sa sœur.

Elle se relève pour embrasser Maxine et le petit déjeuner se poursuit tranquillement. Les questions sont nombreuses mais rien d'insurmontable. Il faut dire qu'après ces dernières semaines passées à enchaîner les interviews auprès des journalistes, j'ai de l'entraînement.

À plusieurs reprises, je capte un regard un peu insistant de la part de Craig. Est-ce qu'il sait qui je suis ? ARGO est encore assez confidentiel, mais depuis un mois et demi, c'est la folie, alors ce ne serait pas impossible, même si on est surtout connus dans la région de LA.

Le repas terminé, j'aide à débarrasser et remercie tout le monde pour leur accueil et leur gentillesse.

— Je vais y aller, vous voulez sûrement profiter du week-end.

— Merci d'être venu, c'est adorable, et encore désolée si je t'ai inquiété, s'excuse Maxine en se levant.

Elle me raccompagne à la porte et, une fois dans le couloir, elle attrape le bas de mon tee-shirt.

— Je suis désolée d'avoir menti à ton sujet à ma sœur, je... je ne voulais pas qu'elle m'interroge.

— Je comprends pourquoi tu l'as fait, ne t'en fais pas.

Je suis bien mal placé pour lui faire une leçon de morale. J'ai longuement hésité à lui parler de ce qui s'est passé entre Margo et moi, mais dans la mesure où cela n'a aucune importance pour moi, je n'en ai pas vu l'utilité. Et puis, ce n'est pas comme si je lui avais rendu son baiser. Je ne fais qu'omettre un petit incident qui n'aurait jamais dû exister.

— Je vais les emmener à Santa Monica, dit-elle.

— Waouh, deux fois en un mois ? Quel record ! me moqué-je.

Elle me donne un petit coup dans le ventre avant de lever sur moi des yeux qui me chamboulent.

Putain. Les mecs ont raison, je suis foutu.

Nous ne sommes pas vraiment ensemble et je sais déjà que je ne peux pas me passer d'elle. Impossible. J'ai envie de le lui dire, qu'elle comprenne ce que je ressens pour elle, mais je ne veux pas qu'elle soit mal à l'aise ni lui mettre la pression, surtout avec sa famille à côté. Alors je me tais. Je me penche en avant et dépose un léger baiser sur sa joue avant de lui souhaiter une belle journée, amusé de voir ses pommettes se colorer.

Laisser faire le temps me semble une assez bonne idée, en fin de compte.

CHAPITRE 35

Maxine

— Mon Dieu, quelle agitation ! s'exclame ma sœur alors que nous arrivons à Santa Monica.

Nous nous sommes garés plus haut dans Venice pour cette journée en famille. Craig et Rochelle ont pris une location à l'aéroport, ce qui est bien pratique pour que nous puissions nous balader à cinq.

— C'est trop beau, s'extasie Megan.

— Comme dans les magazines, renchérit Craig.

— Je pensais aller à Pacific Park. Vous voulez faire les attractions, les enfants ?

— Oui ! s'exclament-ils en chœur.

— Ils ne sont pas un peu petits ? s'enquiert Rochelle.

— Ils ne pourront pas tout faire, mais il y a quelques manèges pour les enfants.

— Dans ce cas, ça marche.

Craig s'occupe de régler les entrées et nous flânons au milieu des barbes à papa et des montagnes russes, les souvenirs de l'après-midi passé ici avec Garrett vifs dans mon esprit. Je ne m'attendais pas du tout à sa visite ce matin, et j'avais encore moins prévu de le présenter à ma famille, mais on dirait bien que le destin en a décidé autrement.

Je jette un coup d'œil sur le plan que nous avons récupéré au guichet.

— *A priori*, ils peuvent faire *Shark Frency*, *Frog Hoper* et *Seaside Swing*, expliqué-je à mon beau-frère.

— Craig, tu les accompagnes ? Je vais rester tranquillement à discuter avec Max, dit Rochelle à son mari.

— Pas de souci, ma chérie.

Ce dernier se penche pour embrasser sa femme et embarque mon neveu et ma nièce avec lui, tandis que nous allons nous asseoir sur un banc juste en face.

— Tu es déjà venue ici ?

— Une seule fois. Avec Garrett, réponds-je.

— Tiens donc.

— Rochelle... soupiré-je.

— Quoi ? s'offusque-t-elle. J'ai le droit de m'intéresser à ta vie, non ? Tu ne m'avais pas dit à quel point il était canon, murmure-t-elle.

C'est plus fort que moi, j'éclate de rire avant de me pencher vers elle.

— Tu ne veux pas que Craig t'entende parler d'un autre homme, c'est ça ?

— Ça pourrait lui donner des complexes, je prends soin de sa fierté.

— Tu m'en diras tant.

— Soyons sérieuses deux minutes, reprend-elle. Raconte-moi tout !

— Il n'y a rien à dire, Rochelle. On est amis et il m'apprend à jouer de la guitare. C'est tout.

— C'est tout ? Vraiment ? dit-elle en haussant un sourcil, sceptique. Je suis plus vieille et plus maligne que toi, je vois bien que tu me racontes des craques.

C'est plus fort que moi, je lève les yeux au ciel et soupire. Je ne devrais pas être étonnée, c'est ma sœur, c'est normal qu'elle cherche à en découvrir plus. J'observe pendant quelques secondes les nuages blancs qui parsèment çà et là le ciel bleu avant de me tourner vers elle.

— Tu n'as pas à t'en faire, lui assuré-je.

— Il t'apporte souvent ton petit déjeuner ?

— Non, expliqué-je en riant. C'était la première fois. Il n'avait pas de mes nouvelles, alors il s'inquiétait.

— C'est vraiment gentil, ça. Un *ami* en or.

Elle pivote légèrement vers moi et glisse une mèche de mes cheveux derrière mon oreille, balayant mon regard noir d'un geste.

— Je ne cherche pas à ce que tu me dises que vous êtes ensemble, Maxine. Je veux juste... que tu me parles. Je suis loin de toi et j'ai l'impression de passer à côté d'un bout de ta vie.

Je soupire, vaincue. Moi aussi, j'ai la sensation de rater quelque chose, loin d'eux. Je ne peux pas lui en vouloir d'essayer de faire partie de mon quotidien.

— Il chante. Il est attentionné, respectueux, mais la première chose que tu remarques chez lui, c'est son talent. Je n'arrive pas à expliquer ce que je ressens quand il joue. Tu l'entendrais, tu comprendrais.

— Les frissons sur les bras, tout ça ?

Je souris à ma sœur. Finalement, elle n'a peut-être pas besoin de l'entendre pour comprendre. Un peu plus loin, un homme soutient sa copine, blanche comme un linge alors qu'ils quittent l'une des attractions. Heureusement que je n'étais pas comme ça quand j'y suis allée avec Garrett.

— Oui, c'est ça. Et plus encore. Il est patient, il aime passer du temps avec moi, s'intéresse à mon parcours, à ma passion.

— Il te fait du bien, décrypte-t-elle. Il a l'air d'un homme bon.

— Je me suis méprise à son sujet au début, mais oui, il l'est. Il a vécu son lot d'épreuves, mais il me ressemble beaucoup, il fait tout pour s'en sortir.

— J'ai eu le sentiment qu'il tiquait quand je lui ai parlé d'UCLA.

Je déglutis nerveusement et remue sur le banc. Je devais bien me douter qu'un jour ou l'autre je devrais faire face à mon mensonge. Je ne pensais pas que cela arriverait si vite.

— Max ?

— Je n'ai pas été tout à fait honnête, soupiré-je.

— À propos de quoi ?

— De Garrett. Il a bien étudié à UCLA, mais il a été diplômé il y a quatre ans.

Elle fronce ostensiblement les sourcils et secoue la tête. Noah nous fait signe de la main alors qu'ils passent à un autre manège. Rochelle lui envoie un baiser et revient à moi.

— Je ne comprends pas.

— Je ne l'ai pas rencontré sur le campus.

— Où ça alors ? Ici ?

— Non. Aux NA, lui confié-je après quelques secondes.

Elle fait un arrêt sur image, le temps de digérer la nouvelle. Je lis immédiatement l'incompréhension dans son regard. Ses épaules se tendent et elle croise les bras sur sa poitrine, vraiment mécontente.

— Je peux savoir pourquoi tu m'as raconté ça, alors ?

— Parce que je savais ce que tu allais dire.

— Et quoi exactement ?

— Tu aurais essayé de me dissuader de le voir.

— À juste titre ! Tu sais très bien ce qu'il en est.

C'est à mon tour de me braquer. C'est comme si elle n'avait pas confiance en moi. La joie d'être en leur compagnie est chassée par cette injustice. Elle ne le connaît pas comme je le connais.

— C'est faux. Et c'est ridicule en plus. Il y a quelques secondes à peine, tu te réjouissais pour moi.

— Ose me dire que j'ai tort ? Si tu n'avais aucun problème avec son addiction, tu m'en aurais parlé tout de suite.

— Pourquoi tu devrais juger Garrett là-dessus ? Est-ce que tu le fais pour moi ? Tu me soutiens, m'encourages. Peu importe ce qui nous a poussés dans la drogue finalement, ce qui compte, c'est qu'on mette tout en œuvre pour s'en sortir. Garrett est comme moi.

Je tourne la tête, en colère. Voilà comment un agréable moment peut tourner à l'orage en quelques secondes. Plus que tout, je déteste le fait que son discours me remette en question. Je lui ai menti, c'est un fait. Pourquoi ?

Je ne voulais tout simplement pas qu'elle m'interdise de côtoyer Garrett. Pas alors que je me suis attachée à lui. Je suis sûre qu'elle l'aurait fait, parce qu'elle aussi valide la règle imposée aux NA.

J'ignore son regard et observe Craig et les enfants revenir à nous.

— Tout va bien les filles ? nous interroge-t-il.

— Très bien. Vous voulez faire autre chose ?

— Noah a légèrement la nausée, alors je crois qu'on va s'arrêter là pour ce matin.

— Oh mince. On va se balader sur la jetée ? demandé-je en m'accroupissant à sa hauteur.

— Oui ! s'enthousiasme mon neveu en attrapant ma main.

J'ouvre la marche et essaie d'oublier la discussion que je viens d'avoir avec ma sœur. Je laisse Noah profiter des spectacles ambulants, Megan prend pas mal de clichés avec le portable de son père et Craig et Rochelle progressent main dans la main.

Elle est tellement injuste. Bien entendu, j'ai parfaitement conscience de la situation, nous avons suffisamment été mis en garde, mais ne pourrait-elle pas juste se concentrer sur le positif ?

— Excuse-moi ! m'interpelle un jeune homme. Ça t'embête de me prendre en photo avec le parc et la grande roue derrière moi ?

— Non, pas de souci.

Je récupère son appareil et attends qu'il se positionne avec les attractions en arrière-plan. Je prends plusieurs clichés et lui rends son téléphone.

— Merci beaucoup !

— Oh, attends ! le retient Craig. Ça t'ennuie de nous prendre tous les cinq ?

— Non, pas du tout.

Megan lui tend le téléphone et nous échangeons nos places. Tout comme moi, l'inconnu prend plusieurs photos et finit par rendre le smartphone à Craig.

— Merci, c'est sympa.

— Ça roule.

Nous reprenons notre marche jusqu'au bout de ponton. Comme je l'ai fait avec Garrett, nous restons un instant pour admirer l'immensité bleue alors que les visiteurs gravitent autour de nous. Je tourne la tête tandis que Rochelle s'accoude à mes côtés. Craig et les enfants sont en train de jouer avec les longues-vues mises à disposition un peu plus loin.

— Je suis désolée, s'excuse-t-elle.

— Moi aussi. Je ne voulais pas te mentir, mais c'était plus simple.

— Je comprends, mais j'aurais préféré que tu sois honnête dès le départ. C'est peut-être parce que je suis loin de toi, mais en passant ces quelques jours auprès de toi, je me rends compte…

— De quoi ?

Je pivote pour m'adosser à la rambarde. Je ne sais pas ce qu'elle a pu voir en si peu de temps. Je sais que j'ai changé au contact de Garrett, mais j'ignorais que cela puisse être si visible. À quelques pas, Noah est monté sur les pieds de son père pour essayer de gagner quelques pouces. Il a du mal à placer ses yeux en face des objectifs. Sa sœur se moque ouvertement de lui sous le regard réprobateur de Craig.

— Tu changes. La jeune femme introvertie que tu es devenue est en train de laisser place à une autre plus ouverte, moins peureuse. Heureuse. Il y a quelque temps encore, tu n'aurais pas supporté de te faire accoster comme tout à l'heure, même pour une simple photo. Tu n'aurais même pas accepté de venir te balader dans un endroit avec tant de monde. Et ce matin, cette lueur dans ton regard, ce sourire sur tes lèvres, cette sérénité aux côtés de Garrett, je ne peux nier qu'il a sûrement quelque chose à voir là-dedans.

— Rochelle…

— Laisse-moi finir, s'il te plaît.

Je hoche la tête et lutte contre les larmes. J'essaie de me raccrocher à la foule environnante pour ne pas me laisser submerger, mais c'est difficile. La douceur dans la voix de ma sœur m'atteint en plein cœur.

— Depuis toujours, ce n'est que toi et moi. Même quand maman était encore avec nous, on ne peut pas dire qu'on pouvait réellement compter sur elle. Je me suis toujours occupée de toi et je t'aime plus que tout. Ce que tu as vécu, ça a été très dur pour moi aussi. J'ai eu l'impression d'avoir failli quelque part.

— Non ! Rochelle ! Tu n'y es pour rien.

— Je sais, mais c'est ce que j'ai ressenti. Je m'en suis voulu et je souffrais de ne pas pouvoir être à tes côtés pour surmonter tout ça.

Ses yeux brillent, son timbre tremblant sous l'émotion. Elle est totalement imperméable aux enfants qui courent autour de nous. Je secoue la tête, contrariée :

— Ne dis pas ça. La distance ne change rien, tu m'encourages et me soutiens malgré tout.

— Parce que tu es ma petite sœur et que je t'aime. Alors peut-être que j'ai du mal aussi à imaginer que finalement, tu n'as pas besoin de moi pour t'en sortir et remonter la pente. Je sais bien que c'est à toi seule que tu le dois, mais c'est dur de te laisser vivre ta vie.

— Jamais je ne vous laisserai, la contredis-je.

— Ma chérie, murmure Rochelle en m'attirant contre elle. Je suis tellement heureuse et fière de toi. Tout ce que tu as accompli, tu ne te rends pas compte. Je suis vraiment désolée de m'être emportée au sujet de Garrett. Je te fais confiance, et je sais qu'on compte pour toi. Mais nous ne sommes plus les seuls, maintenant.

— On est juste amis.

Rochelle bascule légèrement en avant lorsque Noah se jette dans ses jambes. Elle me relâche et lance un regard à son fils qui lui fait une petite moue trop craquante en réponse. Elle se penche pour le prendre dans ses bras, tout en poursuivant.

— Hmm... Permets-moi d'en douter. J'ai bien vu la manière dont il te regarde. Mais c'est une bonne chose. Il ne te ferait pas autant de bien sinon. Tu avances, c'est bien.

Je l'embrasse sur la joue tout en mettant le bazar dans les cheveux de Noah. Craig nous rejoint, gardant Megan dans son champ de vision un peu plus loin. Puisque l'ambiance est propice...

— En parlant d'avancée, j'en ai une autre dont je voulais vous parler.

Ils acquiescent tous les deux d'un mouvement de tête et m'invitent à poursuivre.

— Eh bien, figurez-vous que mon professeur a contacté un ami qui travaille au Getty Center après la lecture de mon mémoire. Il a été impressionné par mon travail et il a pensé que ça pourrait l'intéresser.

— Waouh, c'est génial ! s'enthousiasme Craig.

— Je pense que j'ai fait à peu près la même tête quand il me l'a dit, avoué-je à ma sœur devant ses yeux écarquillés.

— Tu l'as contacté, alors ?

— Oui. Il veut me proposer un contrat pour l'été jusqu'à fin septembre, pour travailler sur une exposition à venir. Je sais que j'avais prévu de rentrer immédiatement à la fin de mes études, mais je...

— Tu as vraiment besoin d'y réfléchir ? s'exclame Rochelle en tapant des mains. C'est une opportunité extraordinaire.

— C'est vrai, c'est incroyable.

L'excitation de ma sœur fait vraiment plaisir à voir. Je ne sais pas pourquoi je m'étais figuré qu'elle ne serait pas emballée si je repoussais mon retour à Seattle. Cependant, après notre conversation, je commence à comprendre que la seule chose qu'elle souhaite pour moi, c'est mon bonheur.

— Il va falloir que je trouve un logement, mais je pense avoir une solution.

— Sinon, on t'aidera, affirme Craig.

— Oh là là, ma chérie, c'est tellement génial !

Rochelle repose Noah par terre pour venir me prendre dans ses bras.

— La vie reprend ses droits et c'est tout ce que tu mérites, ma puce, dit-elle, les larmes aux yeux, en posant ses mains sur mes joues. Je t'aime, je suis tellement fière de toi. Tout ira bien.

— Je crois aussi.

Et cette fois-ci, ce n'est pas un mensonge.

CHAPITRE 36
Garrett

Patrick a lancé un sujet fort : l'avenir. La plupart des visages se sont fermés, excepté celui de Maxine. Je ne sais pas si c'est dû à la visite de sa famille, mais elle est particulièrement sereine aujourd'hui et un peu plus belle encore. J'ai tout le mal du monde à la lâcher du regard.

— Je… commence-t-elle en scrutant un point au sol. Quand je suis arrivée à Los Angeles, j'avançais au jour le jour. À part les réunions, je n'avais pas grand-chose, si ce n'est les cours. Je me suis concentrée là-dessus parce que c'était le seul moyen de m'en sortir. Mon moteur, c'étaient les études et mon projet de rentrer à Seattle à la fin, pour retrouver ma famille.

Son regard se relève et un grand sourire vient illuminer son visage. Est-ce cette idée qui la rend si lumineuse ? Moi, elle me tord les entrailles, parce que je ne veux pas la voir partir. Je ne veux pas la quitter. Je sais bien que moi aussi, je dois partir en tournée, mais je vais revenir ici à un moment donné.

— J'ai obtenu mon diplôme avec mention, annonce-t-elle fièrement.

Un brouhaha se fait immédiatement entendre. Christie se lève brusquement de sa chaise, la renversant dans un fracas métallique pour prendre Maxine dans ses bras. Son rire cristallin résonne dans la pièce et fait sourire l'assemblée. Je veux partager leur sentiment, mais je n'y parviens pas, tellement j'ai mal de savoir que Maxine va rentrer chez elle d'ici peu de temps. Ce n'est même peut-être qu'une question de jours.

— Félicitations, Max, dit Patrick solennellement.

— Merci. Je ne peux pas dire de quoi mon avenir serait fait, comme nous tous. Mais voilà, j'ai réussi au moins ça et j'en suis fière.

— Tu peux, bordel ! s'exclame Dylan. On est fiers de toi.

Maxine se met à rougir et tire sur les manches de son sweat. Être au centre de l'attention la gêne toujours autant.

— Tant qu'on en est aux bonnes nouvelles... commence Marisol.

Je remarque qu'elle se tient bien plus droite que d'habitude sur sa chaise et un doux sourire ne quitte pas ses lèvres depuis le début de la séance.

— Eh bien, avec mon ex-mari, les relations se sont améliorées. Il est hors de question qu'on se remette ensemble, mais mon fils Benny...

— Tout va bien, Marisol, la rassure Christie en prenant l'une de ses mains.

— Benny me manque et je lui manque aussi. Mon ex-mari a discuté avec l'assistante sociale qui me suit et il lui a dit qu'il était d'accord pour augmenter mon temps de garde.

— Mais c'est génial ! s'enthousiasme Dylan.

Décidément, il est de très bonne humeur aujourd'hui.

— Oui, je suis très heureuse. Ce ne sera pas encore une garde partagée, mais le peu qu'il m'offre c'est déjà beaucoup.

— On est très heureux pour toi aussi, Marisol. Une autre jolie victoire.

Pendant l'heure qui suit, chacun d'entre eux met un peu plus de joie en exposant une bonne nouvelle qui est venue égayer leur vie. Je ne suis pas d'humeur aussi joviale, mais souhaitant tout de même participer, j'en profite pour parler un peu de mon groupe, de nos débuts prometteurs et de la tournée à venir. Cette information les surprend, mais je peux voir également que tout le monde est content pour moi, comme si la victoire de l'un était celle de tous.

— Ça t'ennuie si on ne fait que se promener ? me demande Maxine alors que nous quittons la réunion.

— Non, pas du tout.

Dans la mesure où elle est venue sans guitare, je m'en doutais.

Trois jours ont passé depuis que je me suis incrusté au petit déjeuner familial. Le mois de juin est sur le point de se terminer et je meurs d'envie de demander à Maxine quand elle compte rentrer chez elle. Je m'imaginais plus courageux que ça, mais je suis incapable d'ouvrir la bouche. J'ai trop peur de la réponse.

— À quoi tu penses comme ça ? murmure-t-elle.

— À rien.

— Menteur.

Les mains dans les poches, je ne relève pas sa remarque. Suis-je le seul à ne pas vouloir que ça se termine ?

— Je t'ai connu bien moins nerveux, s'amuse-t-elle en me bousculant d'un coup d'épaule.

— Ouais. En fait, ça y est, tu es diplômée et je... je me demandais quand tu allais rentrer à Seattle...

— Oh... eh bien, normalement, j'avais prévu de déménager début juillet.

J'accuse le coup. Dans moins de deux semaines, elle sera partie. Je savais que cela allait me blesser, mais j'étais loin de me douter que j'aurais aussi mal au cœur. Et puis je capte.

— Normalement ?

— Il va y avoir un changement de programme.

Je tourne brusquement la tête vers elle, en apnée.

— Un ami d'un de mes professeurs s'occupe des expositions temporaires au Getty Center. Il est en train de monter une exposition qui devrait voir le jour courant septembre et il m'a proposé de travailler dessus avec lui cet été et d'assister au vernissage.

— Sans blague ?

Putain, je n'y crois pas ! J'ai envie de hurler de joie, j'ai envie de la prendre dans mes bras, de l'embrasser.

Waouh, waouh. Du calme, Garrett.

Je serre mes poings dans mes poches histoire de me contenir un peu, mais je tremble d'excitation.

— C'est une chance incroyable, dis-je à la place.

— Oui, je n'en reviens pas. J'appréhende un peu parce que Sam va partir, elle a fini par accepter d'aller dans le Tennessee avec Justin, et me retrouver seule ici, c'est dur.

— Tu n'es pas seule, Max, je suis là.

— Oui, je sais, accorde-t-elle avec un sourire. Je vais récupérer le petit appartement que Justin occupe actuellement. Tous les signes étaient au vert en gros, donc j'ai accepté la proposition !

Mon cœur s'emballe dangereusement. Je me tourne vers elle et lui souris sincèrement.

— Je suis vraiment content pour toi et heureux que tu restes encore un peu.

— Merci. J'ai hâte de commencer.

J'acquiesce de la tête, le regard rivé sur mes chaussures. Si je ne pose pas la question maintenant, je n'y arriverai jamais.

— Max ?

— Oui ?

— Ça te dirait de passer à la maison ce week-end ? J'aimerais bien te présenter à mes amis. Techniquement, tu les as déjà vus, mais ce serait l'occasion de discuter un peu...

Elle marque un temps d'arrêt, comme chaque fois que quelque chose vient perturber la routine de sa vie. J'espère ne pas avoir franchi une ligne.

— Oh, euh... Oui, d'accord.

Mon cœur bat à cent à l'heure. Je suis presque sûr qu'elle peut l'entendre.

Au bout du chemin, nous opérons un demi-tour et regagnons le parking. Quand elle glisse une mèche de cheveux derrière son oreille, la manche de son sweat descend sur son bras, révélant son tatouage. Cette fille est comme les tableaux qu'elle aime tant, un mystère. Pourtant, quand on s'applique à détailler chaque trait, on finit par en comprendre le sens.

— Demain soir, j'ai accepté d'aller à une soirée avec Sam et Justin pour célébrer la fin de l'année. C'est la première fois depuis...

— Tu n'es pas obligée si tu n'en as pas envie, tu sais.

Elle s'arrête devant ma voiture, cherchant ses mots.

— Ce n'est pas ça. Si je reste ancrée dans le passé, je ne peux pas avancer. Je ne serai pas seule et c'est la fin de nos études, ça se fête, non ?

— Ça se passe où ? Sur le campus ?

— Oui, dans une des fraternités, à l'est.

— Si jamais tu as besoin, tu n'hésites pas à m'appeler, OK ?

Elle acquiesce puis remonte la bretelle de son sac sur son épaule en me souriant doucement.

— Tu feras bien attention à toi, d'accord ?

— Oui.

— Je suis vraiment content, soufflé-je en passant une main dans mes cheveux. Que tu restes encore un peu.

— Oui, moi aussi.

Elle baisse la tête mais ne parvient pas à cacher sa gêne. Je me penche en avant et surmonte mon appréhension pour déposer un baiser sur sa joue rouge.

— Bonne soirée, Max. À vendredi.

— À toi aussi.

Elle me fait un petit signe de la main et avance vers son vélo.

Putain ! Je la regarde partir, puis lève les yeux au ciel et remercie peu importe qui se trouve là-haut. À partir de maintenant, ma mission : profiter d'elle au maximum, tant que je peux.

CHAPITRE 37
Maxine

Même si j'ai accepté d'accompagner mes amis à cette soirée, cela ne veut pas dire que je n'angoisse pas un peu. Ce sera la première fois depuis mon agression, c'est un grand pas pour moi. Alors, pour apaiser mon stress, rien de mieux que la musique. Un peu plus tôt, je me suis entraînée sur la guitare de Garrett, reprenant un à un tous les accords qu'il m'a appris, m'exerçant à travailler ma fluidité afin d'obtenir quelque chose d'harmonieux.

Avoir l'instrument de musique entre les mains m'amène inévitablement à penser à lui. Il veut me présenter à ses amis. Je ne pouvais pas refuser, mais je suis bien consciente que c'est franchir une étape, tout comme lorsqu'il a rencontré ma famille. Penser à Garrett est un remède plus qu'efficace pour m'apaiser. Je l'ai senti vraiment soulagé de savoir que je restais encore un peu ici. Je crois que je n'étais pas prête à partir si tôt de toute façon.

Justin arrête la voiture à quelques pas seulement de la fraternité. Il y a du monde sur le trottoir devant nous. Sam glisse son bras sous le mien, tandis que son petit ami ouvre la marche. Il salue de la tête un groupe de mecs en train de discuter sur la pelouse. Je soupire doucement en entrant dans la bâtisse ; je suis ici pour passer un moment sympa avec mes amis, mais l'ambiance ne m'attire pas. J'ai du mal avec le bruit, la chaleur étouffante des lieux et la foule qui se trouve ici. Je ne m'attendais pas à un petit comité, mais je pensais quand même qu'il y aurait moins de monde que ça. J'ai dû repérer une ou deux têtes familières, mais je ne connais quasiment personne.

Je refuse tous les verres que l'on me tend : j'ai mon gobelet que je ne lâche pas, et de l'eau. Je dois bien être la seule de l'assemblée à ne pas boire d'alcool. Depuis le *spring break* d'il y a deux ans, je n'accepte plus aucun verre de personne, et je ne quitte pas le mien des yeux jusqu'à la dernière goutte. J'ai appris à être vigilante.

Autour de nous, les activités sont comme dans toute fête étudiante : bière pong, danse, fléchettes, billard. Avant, je participais à tout ça avec insouciance. Avec du recul, je ne peux pas dire que cela me manque. Aujourd'hui, je préfère le calme et les discussions à la superficialité qui me convenait plus jeune.

Nous sommes rejoints par Judith et deux autres personnes. Chacun se met à parler de ses projets, je me confie sur le contrat signé avec le Getty Center, récoltant des regards impressionnés. Tandis que Sam est accrochée à Justin, j'observe Judith échanger des regards langoureux avec un grand blond. Leur jeu de séduction ne passe absolument pas inaperçu. Cela me fait sourire.

Voir ma meilleure amie parfaitement épanouie me fait plaisir aussi. Plus les minutes passent et plus Justin et elle semblent sur le point de se sauter dessus. Depuis qu'ils ont mis les choses à plat, ils sont plus heureux que jamais, presque impatients.

Cela fait plusieurs fois que je surprends le regard insistant du copain du grand blond qui drague Judith alors que je tente de me concentrer sur l'ami de Justin qui m'explique en quoi va consister son travail dans la société informatique qui vient de l'embaucher. J'ai beau chaque fois détourner la tête, je n'ai pas la sensation qu'il comprenne. La lueur qui perce dans ses yeux est dérangeante. Je suis persuadée que c'est en partie dû à son taux déjà avancé d'alcoolémie, mais j'ai l'impression qu'il y a autre chose, et cela me donne des frissons.

Quand je pivote vers mes amis, Sam et Justin sont en train de se dévorer la bouche, à bout de souffle. Je ne me rappelle plus la dernière fois qu'une telle chose m'est arrivée.

— Ça t'ennuie si on s'éclipse un petit moment ? me murmure Sam à l'oreille.

Je la contemple, amusée, avant de jeter un coup d'œil à Justin qui fait semblant de ne pas être intéressé par ma réponse.

— Et pour faire quoi ?

— Tu veux le plan détaillé ? ricane-t-elle.

— Je te taquine. Je ne vous retiens pas, soufflé-je avec un clin d'œil.

— Tu es sûre que tu peux rester toute seule ?

— Oui, je vais bien, ne t'en fais pas pour moi.

Elle m'embrasse sur la joue avant de s'éclipser avec son amoureux.

Je prends une profonde inspiration. C'est un sacré pas pour moi de rester sans chaperon, un plongeon même, mais je suis fière d'y parvenir et de ne pas m'enfuir en courant. Je suis là pour m'amuser, profiter de ces derniers instants d'université et avancer.

Je fais un tour parmi les petits groupes ici et là, mais dans la mesure où je ne connais vraiment personne, je n'arrive pas à m'immiscer dans les discussions. C'est ma faute, j'en suis bien consciente. Je me suis montrée si réservée et renfermée pour ne pas attirer qui que ce soit que j'en fais maintenant les frais.

Je me tourne avec l'intention de parler à Judith, mais je ne la vois nulle part. Ne me dites pas qu'elle s'est aussi éclipsée avec son nouveau jules ?

Je me tourne pour remplir mon verre à la cuisine quand je percute un torse hyper-musclé. Je lève les yeux vers le visage du propriétaire et rencontre le pote du grand blond de tout à l'heure. Des cheveux bruns, des sourcils épais, et encore ce regard insistant. Un nouveau frisson me parcourt l'échine alors qu'il m'attrape par le bras.

— Eh bien ! s'exclame-t-il. Il y a d'autres moyens pour engager la conversation, tu sais.

— Désolée, soufflé-je en me soustrayant à sa poigne.

— T'es amie avec Judith, c'est ça ?

— Oui.

Mon premier réflexe serait de me dérober, mais je peux faire un effort, me montrer sociable. Enfin, essayer du moins. Échanger quelques mots avec lui ne va pas me tuer. Je suis là pour ça, non ?

— T'étais en psycho comme elle ?

— Non, histoire de l'art. Et toi ?

— Je ne suis plus à la fac depuis trois ans maintenant.

Je fronce les sourcils. Qu'est-ce qu'il fait ici, alors ?

— J'étais dans l'équipe de football universitaire, je viens célébrer la fin des études d'anciens coéquipiers. Tu veux boire quelque chose ?

— De l'eau, mais je vais aller me servir.

— Tu vas pas boire de l'eau ! Putain, c'est la fin de tes études !

Il passe un bras par-dessus mes épaules et je me raidis aussitôt. J'aimerais me dégager de son emprise, seulement il a bien trop de force. Il m'écrase presque contre son torse, comme si je ne pesais rien. Je prends de petites inspirations alors qu'il m'entraîne vers le bar. Il fourre un verre de bière entre mes mains et trinque avec moi.

— Eh bien, qu'est-ce que t'attends ?

— Je ne bois pas d'alcool.

— Sans déc' ? OK, Coca alors ? insiste-t-il en récupérant une bouteille et un verre vide.

J'acquiesce de la tête et attrape ma boisson. J'y jette un regard suspicieux, c'est plus fort que moi. C'est peu probable que quelqu'un ait pu verser quelque chose dans la bouteille, mais le doute persiste. Le regard perçant du type me fiche les jetons. Je trempe les lèvres dans mon gobelet et bois une petite gorgée pour lui donner satisfaction.

— Au fait, je m'appelle Teddy.

— Maxine...

— Enchanté.

Il ponctue sa réponse d'un grand sourire. Je suppose que pour la plupart des femmes présentes, Teddy fait partie des beaux mecs qui attirent l'œil, excepté que cela ne marche pas avec moi. J'y suis complètement imperméable. Il ne semble pourtant pas s'en apercevoir puisqu'il passe de nouveau son bras autour de mes épaules et m'emmène dans un coin plus tranquille.

Je vais me sentir mal, je le sens. Ce n'est pas tant le contact physique qui me rebute, mais plutôt le fait qu'il ne tienne absolument pas compte de mon consentement – ou plutôt de son absence –, contrairement à ce qu'a pu faire Garrett à de nombreuses reprises. Je jette un regard désespéré autour de moi, cherchant en vain une tête connue qui pourrait me venir en aide, mais c'est un échec.

Avant que je n'aie le temps d'analyser la situation, je me retrouve acculée dans l'angle de la pièce, Teddy me surplombant d'une bonne tête. Il plaque sa main contre le mur près de ma tête, à quelques pouces à peine de moi. Je peux sentir son haleine alcoolisée brûler mes narines.

— Alors Maxine, dis-moi tout, dit-il en laissant traîner la dernière syllabe.

— Je n'ai rien à dire.

J'essaie de m'esquiver par la droite, mais il en profite pour lever son autre main. Au moment où ses doigts se posent sur ma joue, je sens mon cœur s'affoler. C'est le signal.

— J'suis sûr que c'est faux, insiste-t-il.

Il remet une mèche de cheveux en place avant que sa main n'amorce un mouvement vers mon cou. J'ai l'impression de manquer d'air. Je tente de le repousser mais ça l'amuse et il s'avance encore plus vers moi. Je ressens toute la chaleur de son corps et son odeur me révulse. Je me sens oppressée, coincée entre sa masse imposante et le mur froid dans mon dos.

— Tu dois cacher de jolies choses là-dessous.

Quand son doigt touche le col de mon sweat et qu'il commence à tirer dessus, je panique vraiment. Ce ne sont pas des images qui me reviennent clairement, plutôt des sensations. Des mains qui appuient sur ma chair et me serrent, cette envie de dire non mais de ne pas y parvenir, ce brouillard dans lequel je me trouvais. J'essaie de donner plus de force pour qu'il s'éloigne, en vain.

— Allez, fais pas ta prude, putain. T'en as envie autant que moi.

Ses doigts se pressent autour de mon menton pour relever mon visage vers le sien. Je fais alors la seule chose à laquelle je pense qui pourra me sortir de là : je lui balance un coup dans les parties. Il se plie aussitôt en deux, m'offrant la possibilité de m'enfuir.

— Eh !

Je ne me retourne pas pour savoir s'il me suit. Je cours à travers la pièce, bouscule des fêtards qui ne comprennent pas ce qui se passe ou m'insultent au passage, et parviens enfin à quitter le salon. Dans la pénombre, je me réfugie dans la première pièce que je trouve : une salle de bains. Je ferme à double tour, glisse au sol et plaque les genoux contre ma poitrine. Je lutte contre les larmes, tente de calmer ma respiration.

Je ne peux pas fermer les yeux parce que je vais *les* revoir. Je vais replonger dans cette nuit-là. Je ne veux pas. Je ne peux pas rester ici, mais je me sens bien incapable de sortir de là toute seule. La main tremblante, j'attrape mon portable et appelle la première personne qui me vient à l'esprit. Garrett.

— Allô ? dit-il en décrochant. Max ? Tout va bien ?

J'ai l'impression que les sons sont très lointains, mon cœur bat tellement vite et fort que je n'entends presque rien d'autre. Ma respiration hachée et mes tremblements ne m'aident pas non plus.

— Maxine ! T'es là ? Qu'est-ce qu'il y a ?

— Tu peux venir me chercher ? arrivé-je à prononcer dans un souffle à peine audible.

— T'es où ?

— Maison Kappa Alpha Theta, sur Hilgard Avenue, au rez-de-chaussée. Je me suis enfermée dans une salle de bains.

— Tu ne bouges pas ! m'ordonne-t-il. J'arrive.

Il raccroche aussitôt. Je range mon téléphone dans ma poche et rive mon regard sur la porte. J'ai peur que Teddy ne parte à ma recherche, je suis sûre qu'un coup d'épaule suffirait pour qu'il m'atteigne.

Les minutes s'écoulent comme des heures. Je sursaute à chaque coup frappé. Plus le temps passe, plus les impacts sont rapprochés, me faisant trembler de plus en plus.

— Maxine ? entends-je alors que la poignée s'active. Maxine, t'es là ? Ouvre, c'est Garrett.

J'ai besoin de quelques secondes pour comprendre qu'il est de l'autre côté. Je me raccroche à sa voix, me relevant péniblement après être restée assise aussi longtemps, et vais ouvrir le verrou.

Garrett me pousse à l'intérieur et referme derrière nous, s'attirant les foudres de ceux qui font la queue.

— Putain Maxine, grogne-t-il en posant ses mains sur mes joues. Tu n'as rien ?

Il m'examine rapidement avant de me faire reculer jusqu'au rebord de la baignoire. Il s'accroupit devant moi, ne cesse de me toucher, comme s'il avait besoin de se rassurer.

— Je n'ai rien.

— Ça n'a pas l'air. Tu es blanche comme un linge et tu trembles comme une feuille. Putain, tu m'as foutu la trouille ! Qu'est-ce qui s'est passé ?

— Je… Je me suis fait accoster par un mec que je ne connais pas et qui ne voulait pas me lâcher. Il m'a coincée contre un mur et a commencé à tirer sur mon col et… Je lui ai mis un coup et je me suis planquée ici.

Ses sourcils se froncent sous la colère alors que de nouveaux coups résonnent derrière lui.

— Tu n'étais pas censée être avec Sam ?

— Elle s'est éclipsée avec Justin pour… Ce n'est pas ma baby-sitter.

— Ce n'est pas ce que je dis, s'excuse-t-il, la mâchoire serrée. Est-ce qu'il t'a touchée ?

J'ai envie de dire non, mais dans les faits, si. Il a posé ses mains sur moi, et il aurait sûrement fait bien plus si je ne l'avais pas arrêté. Je ne veux pas que Garrett s'inquiète plus encore, mais c'est peine perdue, mon silence parle pour moi.

— Tu te sens prête à partir ? Je te raccompagne.

Rien que l'idée d'ouvrir la porte m'angoisse à nouveau.

— Encore un moment.

— Pas de souci. Viens là.

Il se relève et m'attire contre lui. Son odeur et sa chaleur me réconfortent aussitôt. Tellement que je finis par lâcher les larmes que j'ai retenues jusque-là.

— Maxine, gémit-il.

Il m'écarte pour venir sécher mes pleurs et m'attrape la main, bien décidé à ce que nous quittions cet endroit. Des voix mécontentes s'élèvent dès qu'il ouvre la porte.

— C'est pas trop tôt !

— Il y a des chambres pour ça, putain !

— Bordel, vous foutiez quoi là-dedans ?

Garrett ne prend pas le temps de répliquer ; il écarte tout le monde et m'entraîne dans son sillage. Notre sortie aurait pu se faire sans esclandre, mais c'était sans compter avec le mec que vient de bousculer un peu fortement mon sauveur.

— Putain, t'es là ! J'te cherche partout, grogne Teddy, visiblement encore plus saoul que tout à l'heure.

— C'est toi ? gronde Garrett.

— Moi quoi ? Et t'es qui, toi ?

Les deux hommes se font face, le regard mauvais et le rictus menaçant. Je me place entre les deux et pose mes mains sur le torse de mon prof de guitare, attirant son attention.

— Laisse, Garrett, il n'en vaut pas la peine.

— Tu vas partir avec ce blanc-bec ? ricane Teddy.

— Fous-lui la paix ! s'emporte Garrett, les poings serrés.

— T'as pas à me dire quoi faire, connard. Maxine et moi, on s'amusait bien.

— Forcer les filles, c'est comme ça que tu t'amuses ? grogne le musicien en frappant Teddy brusquement d'un coup sur le torse.

— Garrett, je t'en prie...

Je pose une main sur sa joue et le force à me regarder. Lorsqu'il baisse les yeux, je le vois ciller, appuyant son visage dans ma paume.

— On y va.

Il repousse Teddy d'un mouvement d'épaule et nous quittons le bâtiment. Je ressens toute la tension qui s'est emparée du corps de Garrett alors qu'il me tient fermement la main. Ai-je bien fait de l'appeler ?

Une fois devant sa voiture, il m'ouvre la portière et m'invite à m'asseoir. Je m'exécute et m'attends à ce qu'il referme derrière lui. À la place, il pose le bras au-dessus et m'observe attentivement. Je ne trouve rien à dire alors je le laisse faire, toujours un peu tremblante. Son regard détaille chaque parcelle de mon visage, comme s'il avait besoin de s'assurer que je vais vraiment bien. Il finit par claquer la portière et je le vois passer devant le capot, seulement il ne me rejoint pas tout de suite. Il reste plusieurs secondes à l'extérieur comme s'il avait besoin de se ressaisir. J'en profite pour envoyer un message rapide à Sam et lui dire que je suis partie.

Quand je reporte mon attention sur Garrett, il est toujours en train de faire les cent pas devant la voiture. Son corps entier est tendu et il ne fait que serrer et desserrer ses poings. Aurait-il été capable d'aller jusqu'à se battre avec Teddy ? Je m'en veux. C'est ma faute s'il est si mal. J'essuie une larme sur ma joue et ferme les yeux quelques instants. J'aimerais effacer la dernière heure passée. J'aurais dû quitter la fête dès que Sam et Justin se sont éclipsés. J'ai interrompu la soirée de Garrett, je l'ai mêlé à mes problèmes sans réfléchir aux conséquences. Une fois de plus, je suis intervenue dans sa vie alors qu'il était peut-être occupé pour le travail. Je n'ai pas cherché, je l'ai appelé et il est arrivé aussitôt.

Il donne un coup de pied dans un caillou et passe rageusement les mains dans ses cheveux avant de lever la tête vers le ciel. Je l'imagine chercher la constellation du scorpion des yeux. Autant j'exècre ce qui vient de se passer, autant je suis touchée que Garrett ait répondu si rapidement à mon appel à l'aide. Cela signifie énormément pour moi et si j'en juge par son état, cela doit vouloir dire quelque chose pour lui aussi.

Une main sur la hanche, il bascule la tête en avant. Son autre bras se lève et je sais ce qu'il est en train de faire : il tient la plaque de Matt entre ses doigts.

Quand enfin il se tourne vers la voiture et prend place à mes côtés, je souffle de soulagement.

— Je suis désolée. Je suis vraiment navrée de gâcher ta soirée.

— Tu n'as rien gâché du tout, Max.

Il me fait un petit sourire pour appuyer sa phrase, même si j'ai des doutes.

— On avait prévu que je te présente les mecs ce week-end et honnêtement, je ne me sens pas de te laisser toute seule ce soir. Tu veux venir à Venice ? On s'est installés sur la plage, on se faisait une petite soirée tranquille : sucreries, feu et chansons.

— Je ne veux pas vous déranger, Garrett.

— Maxine. Pour moi ? dit-il en me lançant une petite moue absolument craquante.

Quand en suis-je venue à ne plus pouvoir lui refuser quoi que ce soit ? Quand avons-nous passé ce cap ?

— D'accord, cédé-je doucement.

Pour être honnête, je ne me sens pas de rester seule. Il garde le silence un petit moment, laissant la musique emplir l'espace entre nous, avant de reprendre la parole d'une voix rocailleuse :

— Tu sais, l'autre jour, j'ai entendu une chanson et j'ai tout de suite pensé à toi.

— Ah oui, laquelle ?

— *Survivor* des Destiny's Child.

Je secoue la tête. Je n'arrive pas à voir s'il est sérieux ou non.

— Le côté hargneux de la chanson te va vraiment bien.

— Je ne suis pas comme ça, soufflé-je. La preuve, je t'ai appelé ce soir.

— Max, admettre ses faiblesses et demander de l'aide est une force. Et tu t'es débarrassée de l'autre connard toute seule.

Je cille. Il a raison. Pour la deuxième partie, en tout cas.

— Est-ce que tu le fais, toi ?

Il se tend légèrement et serre un peu plus fort le volant entre ses doigts.

— Avec certaines personnes seulement.

— Pourquoi ça ?

— Parce que toutes ne sont pas capables d'en faire bon usage. Certaines sont à l'affût de la moindre faiblesse pour abuser de toi et finalement, ça se retourne contre toi. Alors je suis vigilant.

— Tu ne montres le vrai toi qu'à ceux que tu choisis, décrypté-je.

Il me regarde intensément, comme s'il essayait de me faire passer un message, et un frisson remonte le long de ma colonne vertébrale.

— Oui, et tu en fais partie. Alors tu peux te permettre d'être toi-même avec moi aussi. Tu pourras toujours me demander mon aide, OK ? Je suis… ton ami.

Et malgré tout ce qui s'est passé ce soir, c'est peut-être ce qui me serre le plus le cœur. Parce que plus le temps passe et plus je me rends compte que je ressens bien plus que de l'amitié pour Garrett.

CHAPITRE 38
Maxine

Je suis Garrett sur un chemin bétonné pour gagner la plage. Nous sommes obligés de descendre un peu pour être sur une zone qui autorise les feux de joie. Contrairement à ce que je pensais, c'est très réglementé. Rapidement, je repère un feu qui crépite au loin.

— Tu es sûr que je ne vais pas déranger ?

— Absolument. À vrai dire, les mecs sont impatients de te rencontrer.

— Ah oui ? couiné-je.

Je me sens mal à l'aise, subitement.

— Ne t'en fais pas, tout va bien se passer.

Il me donne un petit coup d'épaule et s'empare de ma main. Je ne marque aucun mouvement de recul, j'accueille la chaleur de sa peau avec bonheur. Je resserre doucement ses doigts entre les miens et nous arrivons devant le petit groupe. Des rires s'élèvent dans les airs en rythme avec les flammes qui dansent. Deux bruns sont en train de chahuter sous l'œil amusé d'un blond que je reconnais immédiatement : Oliver.

— Les mecs, les interpelle Garrett. Je vous présente Maxine. Maxine, voici les deux idiots de service, Ayden et Ryan. Tu te souviens d'Olly ?

— Bonsoir, lancé-je d'une voix peu assurée.

— Hey, salut ! Enfin ! s'exclame Ryan en se levant. Il était temps.

Heureusement que la pénombre camoufle ma gêne. Garrett lui envoie un coup de poing dans l'épaule, mais son ami ne semble pas comprendre le message puisqu'il poursuit de plus belle :

— On n'arrête pas de charrier Garrett pour qu'il nous présente la mystérieuse Maxine. Tu accapares pas mal notre pote, ma jolie.

— Ryan ! intervient Ayden. C'est bon, on a compris. Enchanté Maxine, et bienvenue.

— Ravi de te revoir, me salue Oliver avec un sourire.

— Merci de m'accueillir et désolée pour Garrett.

— Pas besoin de t'excuser. Ne fais pas attention à l'autre imbécile.

Garrett m'invite à m'installer sur la couverture. Entourée de quatre mecs comme eux, je me sens toute petite. Pourtant, je suis bien plus en sécurité ici que seule tout à l'heure avec Teddy.

— Tout va bien ? s'enquiert Ryan.

— Maintenant, oui, réponds-je en jetant un coup d'œil à Garrett.

Il ne me prête pas attention ; il récupère deux canettes de soda et m'en tend une. Je regarde ses amis et constate qu'ils ont tous une bière à la main.

— Tu ne bois pas d'alcool ? m'étonné-je.

— Non, pas en ce moment.

— Ça fait partie de sa cure de désintox, explique Ryan.

Garrett le fusille du regard et son pote a au moins la décence de paraître gêné. Est-ce que Garrett a en plus des problèmes de boisson ? Pourquoi ne m'en a-t-il jamais parlé ?

La conversation reprend doucement, légère, jusqu'à ce qu'Olly s'empare d'une guitare. Jetant un regard à Garrett, je me mords la lèvre. J'adorerais l'entendre jouer ce soir : un courant bien particulier passe entre nous lorsque les notes s'élèvent, et sa douceur me ferait du bien.

Comme s'il m'avait entendue, Oliver tend l'instrument à Garrett. Dans un premier temps, il se contente de laisser courir ses doigts sur les cordes et les accords flottent dans les airs. Deux filles qui marchaient sur la plage, alertées par la musique, finissent par s'avancer vers nous.

— Salut, s'exclame la plus petite. On était installées un peu plus haut et on vous a entendus jouer. On peut se joindre à vous ?

Par respect, Ayden, Ryan et Olly se tournent vers Garrett, attendant son accord. Ce dernier me regarde pour s'assurer que ça me va et mon cœur fond un peu plus. J'acquiesce d'un mouvement de tête.

— Merci, c'est sympa, reprend-elle d'un sourire. Je m'appelle Messie, et voici Eden.

— Moi c'est Ryan. Mon frère Ayden, Olly et Garrett. Et enfin, Maxine.

Elles ont l'air sympathiques. Leur sourire fait plaisir à voir et si j'en juge à leur regard, elles semblent très intéressées par les deux frangins.

Garrett ne leur prête aucune attention, focalisé sur l'instrument qui repose sur sa cuisse. Je reconnais immédiatement *Grace* de Lewis Capaldi. Comme à chaque fois qu'il reprend un titre, il se l'approprie, modulant le rythme, le phrasé, et je tombe un peu plus sous son charme.

I'm not ready to be just another of your mistakes
I can't seem to drown you out long enough
I fell victim to the sound of your love
You're like a song that I ain't ready to stop
I got nothing but you on my mind

Lentement, je me laisse bercer par les paroles. Sur le point d'entamer le refrain, Garrett se tourne vers moi et je sais ce qu'il attend. Suis-je prête à le rejoindre, à m'exposer d'une manière si vulnérable ? Sous les regards de ses amis et d'inconnues ?

Je repense à ce qu'il m'a dit dans la voiture, que je fais partie de ces personnes à qui il ne craint pas de montrer ses faiblesses. Je me remémore toutes les fois où il s'est confié à moi sans rien attendre ni exiger en retour. Je veux en faire autant pour lui, parce qu'il est devenu important. Je m'en rends compte, là, face au feu, au milieu de la plage : il compte pour moi. Alors je prends mon courage à deux mains et pose une voix un peu hésitante sur les mots du refrain.

J'ignore pourquoi, mais au fur et à mesure que nous progressons, je me rapproche de lui. Je ne m'en rends compte qu'au moment où nos bras sont collés l'un à l'autre, et je ressens toute la chaleur de son corps. Il a cette manière bien à lui d'accaparer mon attention, peu importe les autres.

À la fin de la chanson, nous laissons la dernière note courir, puis c'est le silence. Au bout de quelques secondes, les filles se mettent à applaudir.

— Waouh, c'était dingue ! s'écrie Eden.

— Putain, je suis scotché, souffle Olly.

— Carrément ! s'exclament en chœur Ryan et Ayden.

Je souris timidement et ose me tourner vers Garrett. Il est toujours focalisé sur la guitare, je sais qu'il réfléchit déjà au prochain morceau qu'il va interpréter. Je ferme les yeux et me laisse porter par les douces notes. Je ne connais pas cet air alors je me contente d'apprécier ce moment, toujours plus proche de lui. C'est Ryan qui le rejoint ensuite et je reste sans voix devant leur harmonie, leur passion.

— Bon sang, les gars ! C'est génial. Vous faites partie d'un groupe ? s'intéresse Massie. En fait, vous me dites quelque chose.

Les garçons se mettent à rire mais ne confirment pas pour autant, tandis qu'elle les détaille avec attention, un à un. Sans doute échappent-ils à de plus amples interrogations parce qu'il fait assez sombre et qu'elle n'est pas très sûre d'elle. Seul Garrett reste silencieux. Contrairement à tout à l'heure, il me dévisage, sombre et soucieux. Je le vois réfléchir, puis il enchaîne avec *Hesitate* des Jonas Brothers. Les larmes me montent aux yeux alors qu'il entonne le refrain, seul, Ryan lui laissant le champ libre.

I will take your pain
And put it on my heart
I won't hesitate
Just tell me where to start

I thank the ocean for giving me you
You saved me once and now I'll save you too
I won't hesitate for you

Ces mots font écho à d'autres qu'il a déjà employés, sur le toit. Je me relève brusquement et fais quelques pas jusqu'au rivage afin de me soustraire au regard des autres. Face à l'océan, je tente de me ressaisir alors qu'une vague d'émotions menace de m'emporter. Je ne peux plus me mentir et nier ce que je ressens pour Garrett. Il est devenu bien plus qu'un ami. Garrett a réussi à raviver mon cœur, à lui apprendre à aimer de nouveau. Je n'avais pas du tout prévu ça en acceptant sa proposition. Pourquoi a-t-il fallu que cela m'arrive maintenant alors que dans quelques semaines je vais devoir repartir à Seattle et que Garrett va commencer sa tournée avec le groupe ?

Je ne tarde pas à sentir une chaleur dans mon dos. Pourquoi faut-il que tout soit si intense ? Si bouleversant dès qu'il s'agit de Garrett ? Je n'étais vraiment pas préparée à un tel tsunami. Pourquoi lui ? Je suis en train d'essuyer mes larmes lorsqu'il passe devant moi.

— Max ? Qu'est-ce qu'il y a ?

— Rien.

Il pouffe mais n'insiste pas. Je lève les yeux sur lui : je distingue à peine ses traits, seulement éclairés par les flammes derrière nous qui crépitent au gré de la brise. Il est vraiment beau. J'ai envie de porter une main à son visage, de glisser mes doigts dans ses cheveux, de le respirer. Mais je ne fais rien de tout ça, car Garrett ne me voit pas comme ça, même s'il m'a déjà avoué qu'il me trouvait jolie.

— Tu veux rentrer ? Tout le monde est parti.

Je pivote vers le foyer, constatant que j'ai dû jeter un froid.

— Je suis désolée.

— Tu n'y es pour rien, voyons. On peut rester encore un peu si tu préfères, j'ai gardé une couverture.

— Je veux bien, oui.

Nous nous allongeons sur le plaid l'un à côté de l'autre, les yeux rivés sur le ciel étoilé. Seul le bruit des vagues qui s'échouent sur le sable ponctue le silence.

— Qu'est-ce que sous-entendait Ryan tout à l'heure quand il parlait de l'alcool et de ta cure de désintox ? Tu ne m'avais pas dit que tu avais des problèmes de boisson.

— Ce n'est pas le cas. Enfin, pas complètement.

— Je ne comprends pas.

Il soupire avant de croiser les bras sur sa poitrine.

— Quand Matt est mort, j'ai trouvé du réconfort dans tous les vices possibles : la drogue, l'alcool et les filles. C'est Margo qui a commencé à parler de cure de désintox, mes parents étaient d'accord, moi un peu moins. Au bout d'un moment, j'ai entendu ce que mes proches avaient à dire et Margo a fini par suggérer que je pourrais très bien mettre tout en sourdine. Et puis j'ai fini par accepter. Ça a choqué les mecs, surtout parce qu'ils pensaient que c'était trop d'un coup. Mais le problème, c'est que l'un peut facilement entraîner l'autre… Je me suis donc engagé à faire une croix sur tout ça, jusqu'en octobre. Dix mois de toute abstinence.

Je suis sidérée. La désintoxication est un passage extrêmement difficile, je n'en reviens pas qu'il se contraigne à tout nettoyer d'un seul coup.

— Et… ce n'est pas trop dur ?

Il laisse échapper un rire très amer.

— Si, évidemment. Mais je n'ai pas eu le sentiment d'avoir le choix. C'était la seule chose à faire.

Est-ce que cela expliquerait son désintérêt, alors, ou est-ce que je ne suis simplement pas son genre de fille ? Je m'en veux aussitôt de penser à ça alors qu'il se confie à moi.

— Margo a l'air d'être importante pour toi, murmuré-je.

— On est très proches, oui. On se connaît depuis des années, nos parents sont voisins et amis, alors on est allés dans les mêmes écoles, on traînait ensemble. Elle a fait la connaissance des gars en même temps que moi et elle nous a toujours soutenus. C'est en côtoyant mes parents qu'elle a décidé de faire de la musique son métier. Elle a suivi des études pour devenir agente d'artistes.

Je refrène ce pincement au cœur qui s'immisce en moi. Ils partagent énormément, ils évoluent dans le même milieu. S'il devait craquer sur une fille, cela devrait être pour quelqu'un comme Margo. En plus d'être belle et intelligente, elle le comprend parfaitement, ce qui est loin d'être mon cas.

— J'imagine qu'elle a pu avoir des conseils de leur part.

— Exactement. Alors c'est tout naturellement que ma mère l'a engagée quand elle a obtenu son diplôme. Je sais ce qu'on peut se dire, que c'est du piston, mais Margo est vraiment douée. Elle mérite sa place. Et puis, elle apprend de la meilleure, plaisante-t-il. Elle ne fait pas partie du groupe, mais elle est toujours là pour nous trouver des scènes, des endroits où on joue. Elle est investie à mille pour cent.

— C'est vraiment extra d'avoir autant de soutien.

— Oui, c'est sûr, mais parfois, c'est un peu trop aussi.

— Pourquoi tu dis ça ?

Il suspend sa respiration un instant, les yeux toujours rivés sur les étoiles qui illuminent le ciel noir.

— J'ai parfois l'impression d'être surveillé, comme si j'étais attendu au tournant, tu vois ? Je sais qu'ils se font du souci pour moi, mais c'est beaucoup de pression.

— Je comprends.

Je meurs d'envie de lui demander s'il y a quelque chose de plus profond que de l'amitié entre eux, mais je n'ose pas. Cela ne se fait pas vraiment entre amis, si ?

— Tu penses que c'était nécessaire de renoncer à tout en même temps ? Le sevrage est déjà assez compliqué à gérer.

— Je ne sais pas si c'était la meilleure chose à faire, mais de toute manière, quand je suis entré dans le centre, j'étais privé de tout. Quant à poursuivre jusqu'en octobre, c'est aussi parce que je veux prouver que j'en suis capable. C'est la moindre des choses après avoir tant déçu mes proches.

J'acquiesce d'un petit mouvement de tête. Moi aussi, j'ai l'impression d'avoir abandonné ma sœur.

— Tu fais la même chose, toi, non ? cherche-t-il à savoir. Est-ce que tu… Enfin… Non, laisse tomber.

Je devine aisément là où il veut en venir. Je sais aussi qu'il renonce à poser sa question parce qu'il ne veut pas me brusquer, mais après ce soir, je ne veux plus me cacher. Il m'a assuré que je pouvais tout lui dire et lui montrer qui je suis vraiment, cela passe forcément par exposer mes blessures, non ?

— J'entamais ma troisième année d'études quand j'ai rencontré Alesso, lui expliqué-je. Jusqu'à lui, je n'avais pas eu beaucoup de petits amis, du moins rien de très marquant. J'étais une fille ordinaire, j'aimais m'amuser, sortir, comme tous les étudiants. Quand Alesso a commencé à s'intéresser à moi, je n'en revenais pas. Je me demandais ce qu'il pouvait bien me trouver. Je me suis laissée séduire. Il était libre et indépendant. Brillant aussi, drôle.

Je déglutis, mal à l'aise. Il avait vraiment l'air charmant, au début. Je me soustrais au regard de Garrett et m'allonge sur le dos. Les astres brillent à des milliers de miles. Je tente de repérer le scorpion, mais c'est peine perdue.

— C'est auprès de lui que j'ai goûté à la drogue, continué-je. Inévitablement, j'étais sous son influence, curieuse de faire de nouvelles expériences. Sauf qu'une fois dans la spirale, il n'a fait que m'y maintenir. Je me suis éloignée de mes amies, de ma sœur. Je mettais tout sur le compte de la pression à la fac, des cours, des rapports à rendre. C'était plus facile que d'admettre la vérité. Il jouait sur son côté toujours aussi agréable et puis l'instant d'après, il me montrait son autre visage. C'était vraiment dur de faire la part des choses.

— Son autre visage ?

— Possessif, manipulateur, colérique. Il me dépréciait dès qu'il le pouvait, jouait sur mes insécurités. Je crois qu'il n'a pas toujours été fidèle, aussi. Je ne sais pas pourquoi j'ai donné plus de poids à ses bons côtés qu'aux mauvais.

J'essuie une larme qui roule le long de ma tempe et tourne la tête vers lui. Je prends une grande inspiration sous son œil attentif.

— Lors du *spring break*, j'ai accepté de participer à une immense fête qu'il organisait dans sa demeure familiale. Ses parents étaient absents pour la semaine. Les soirées se sont enchaînées, on était tous défoncés, saouls, et ça a dérapé.

— Qu'est-ce qui s'est passé ? demande-t-il d'une voix sourde.

Il se place sur le côté pour me faire face.

— La vérité est que je ne me rappelle rien. Mon cerveau a fait comme un court-circuit. Ma psy dit que c'est un mécanisme de protection. Si je me concentre assez, je peux revoir quelques bribes, mais je ne préfère pas. Ce sont plutôt des flash-backs, des sons, des sensations, des odeurs qui me reviennent par moments. Quand je me suis réveillée le lendemain de cette soirée...

Ma bouche est sèche comme le désert et j'ai l'impression d'avaler des cailloux chaque fois que je déglutis. Je ne peux plus faire machine arrière, je me dois d'aller au bout.

— Je... je n'étais pas seule. Alesso était là. Avec deux autres mecs.

Je cherche à quitter le regard perçant de Garrett ; je ne veux pas lire son jugement, son dégoût. Je sens que je vais être malade.

— Non, Maxine, dit-il tout bas en posant une main sur ma joue pour me garder près de lui. Ne me fuis pas, pas maintenant. Continue, je suis là.

Je ne retiens plus mes larmes. Il se contente de les essuyer au fur et à mesure et mon cœur se serre un peu plus encore.

— Tu n'es pas obligée de me donner les détails. Et peu importe, ça ne change pas ce que je pense de toi, ce que je ressens quand je suis à tes côtés. Ça fait partie de toi, mais ça ne te définit pas.

— Garrett...

— Tu m'as demandé ce qui se passait l'autre jour et je suis incapable de te dire quoi, mais il se passe quelque chose et c'est important.

Je hoche la tête. Rassurée, je lutte malgré tout contre les larmes qui menacent de redoubler.

— Quand j'ai ouvert les yeux, poursuis-je, peu importait si je ne me souvenais de rien, j'ai compris et j'ai su. J'avais le corps endolori, couvert de bleus, j'avais mal. Quand j'ai croisé mon reflet dans le miroir, j'ai vomi sur le lit. Je ne me suis pas reconnue. J'avais des marques sur le cou, autour des poignets, des chevilles, sur les hanches. Quand j'ai repoussé les draps, j'ai vu le sang sous moi.

La mâchoire de Garrett se contracte et son regard se voile. Il respire fort et ferme les yeux. Je m'en veux de lui infliger ça. Je m'attends à moitié à le voir se relever et s'éloigner le plus loin possible de moi, incapable de soutenir mon récit. Mais une fois de plus, il me surprend : il rouvre les yeux et sa main retrouve ma joue pour me réconforter. Il m'attire tout contre lui, sans rien dire.

— Je savais tout au fond de moi que je n'avais pas pu consentir à ça. Jamais je n'aurais accepté si j'avais été saine d'esprit. Je suis allée aussitôt à l'hôpital, j'ai fait une batterie d'examens, j'ai pris la pilule du lendemain et j'ai sombré. J'ai vécu deux semaines particulièrement difficiles. Je n'ai pas voulu en parler à Rochelle, c'était trop dur. Je ne voulais pas lui avouer à quel point j'avais mal tourné. J'avais tellement honte.

— Maxine... Rien de tout ceci n'est ta faute, tu m'entends ? Ces mecs ont abusé de toi, ce sont eux les criminels, pas toi.

— Je le sais, mais parfois, ça ne suffit pas. La culpabilité a tellement de poids.

— Je sais ce que c'est. Que s'est-il passé ensuite ? La cicatrice sur ton bras ? devine-t-il.

Il s'en empare et ma respiration se suspend en réponse à sa caresse.

— Ma coloc n'était pas censée rentrer ce soir-là. Mais elle a eu un imprévu et elle m'a trouvée dans la salle de bains. J'ai été conduite à l'hôpital, ma sœur a été prévenue, et la suite, tu la connais. Je suis entrée en cure, puis j'ai demandé mon transfert ici.

Il commence à ouvrir la bouche avant de la refermer aussitôt.

— Dis-moi.

Son pouce sur ma pommette, je le laisse effleurer ma peau. Mes yeux détaillent le contour de sa bouche, sa barbe naissante, ses cheveux en bataille, ses yeux si expressifs. La pulpe de son doigt dessine le contour de ma lèvre inférieure. Je scrute avec envie les siennes, nos souffles ne faisant qu'un. J'attends mais je sais que cela n'arrivera pas. Il a fait une promesse.

— Je suis heureux de t'avoir rencontrée... commence-t-il. Mais les circonstances... Parfois, je m'en veux de me dire... qu'on a dû en passer par là pour ça, pour que tu sois là, avec moi.

Il bafouille, mais je sais ce qu'il essaie de me dire. S'il ne nous était pas arrivé ce que nous avons vécu, nous ne serions pas là l'un avec l'autre. Nous n'aurions jamais fait connaissance et créé ce lien entre nous, invisible et pourtant vital.

— Je ressens la même chose, Garrett.

Un sourire prend forme sur sa bouche, teinté de soulagement.

— Tu crois au destin ?

— Je ne me suis jamais posé la question. Mais ça se pourrait.

Ses yeux s'illuminent, comme s'il avait attendu exactement cette réponse.

— Est-ce que tu veux rester dormir à la maison ? Je te laisse ma chambre si tu veux.

— Je ne vais pas prendre ta chambre !

— Dans ce cas, le canapé est très confortable.

Je jauge sa proposition ; je n'ai pas vraiment envie de retourner dans mon studio, seule, après cette soirée. Je finis par accepter d'un mouvement de tête. Nous nous levons, Garrett éteint le feu et nous rassemblons les quelques affaires laissées sur le sable avant de rejoindre la voiture. Lorsque nous entrons en silence dans la maison, le reste de la bande est déjà endormi.

— Je vais aller te chercher un tee-shirt et une couverture.

— OK.

Je dépose mes clefs et mon téléphone sur la table basse, retire mes chaussures et mon sweat. Garrett réapparaît avec un plaid beige et un tee-shirt large à l'effigie de Linkin Park. Il me tend les affaires et recule d'un pas.

— Je te laisse prendre tes aises, fais comme chez toi. La salle de bains, c'est la première porte dans le couloir sur la droite. Ma chambre est à l'étage, porte du fond si tu as besoin.

— D'accord.

— Ça te dit de passer la journée avec nous demain ?

— Oui, avec plaisir.

Il me sourit, hoche la tête et me laisse.

— Garrett !

— Ouais ?

J'avance vers lui tout doucement, le regard rivé sur mes chaussettes blanches. Je n'arrête pas d'y penser et, après cette soirée riche en confidences et en émotions, je me dis qu'il n'y a pas meilleur moment pour lui poser la question. Il s'est aussi interrogé sur le sujet, je pense pouvoir lui demander sans donner l'impression d'exagérer.

— Je me demandais… Est-ce que Margo et toi… bafouillé-je. Vous avez déjà… Enfin, est-ce que vous…

Je suis vraiment lamentable. Pourtant, mes balbutiements lui arrachent un petit rire. Je crois voir passer quelque chose dans son regard, mais il secoue la tête.

— Non. Jamais. Margo est comme ma petite sœur.

Je souris, soulagée. J'ai dû rêver.

— Et toi ? Est-ce que… depuis que tu es ici ?

— Jamais. Tu es le premier que je laisse m'approcher d'aussi près.

Il me lance un regard qui me happe, comme si mon aveu lui faisait plaisir. Il ne se doutait sûrement pas à quel point il est spécial pour moi.

— Merci pour tout, Garrett.

J'inspire profondément et fais un petit pas supplémentaire pour le prendre dans mes bras. Il soupire en baissant la tête pour enfouir son nez dans mes cheveux. C'est dingue à quel point cela me fait du bien.

Nous profitons quelques secondes avant qu'il ne desserre son étreinte et me relâche.

— Bonne nuit, Maxine.

— Bonne nuit, Garrett.

J'accueille avec bonheur un baiser sur ma joue et le suis du regard alors qu'il gagne l'étage.

CHAPITRE 39

Maxine

Lorsque j'ouvre les yeux, pas un bruit ne règne dans la maison. Je m'étire et prends une grande inspiration. J'ai bien dormi, je me sens parfaitement reposée, même si je suis restée sur le canapé. La soirée a été très forte en émotions, mais étrangement, je me sens bien. Je suis parvenue à me confier à Garrett sans tabou, c'est vraiment un exploit.

Je souris en repoussant le plaid. Le tee-shirt qu'il m'a prêté est beaucoup trop grand pour moi. Il sent *lui*. Je sais que je ne devrais pas faire attention à ce genre de choses, que ça m'entraîne sur une mauvaise pente, mais je ne peux pas m'en empêcher. Hier, j'ai eu l'impression de découvrir un nouvel homme, une autre facette de sa personnalité qui me fait un peu plus fondre pour lui. Il est attentif, attentionné, sensible. Rien que de penser à lui fait battre mon cœur un peu plus vite.

Je suis soulagée : tout comme moi, Garrett ressent bien quelque chose. Pourtant, je n'oublie pas les problématiques auxquelles nous devons faire face. Nous n'en avons pas parlé, mais je ne prévois pas de rester ici après mon stage au Getty Center et Garrett doit embrasser sa toute nouvelle carrière. Je sais que nous devrons affronter ces questions, mais pour l'instant, je préfère faire comme si elles n'importaient pas.

Je secoue la tête pour me ressaisir. Il me faut un café. La cafetière est pleine, alors je me sers une tasse et la fais réchauffer quelques secondes au micro-ondes. Mon regard se perd au-delà de la fenêtre de la cuisine et je vois les mecs en contrebas sur la plage, en train de chahuter avec un ballon de volley. Ils forment vraiment une bande très soudée. J'ai l'impression de les connaître un petit peu même si je n'ai été officiellement présentée qu'hier, parce que Garrett parle souvent d'eux.

Je me retourne vivement en entendant la porte claquer dans mon dos. Je me pétrifie sur place en découvrant une grande blonde à l'air très sophistiqué ; je reconnais immédiatement Margo d'après l'image que j'ai aperçue sur le portable de Garrett. Elle aussi semble surprise de me trouver ici. Ma présence l'a coupée dans son élan, figée dans l'entrée.

— Hum, bonjour, marmonné-je, mal à l'aise.

— Bonjour, répond-elle en me détaillant avec insistance. Les garçons sont sortis ?

— Oui, ils sont juste devant.

Elle se reprend rapidement, la stupéfaction faisant place à une aisance indiscutable. Je l'observe avancer dans la maison, poser une veste légère sur le dossier d'un siège et son sac de créateur sur l'îlot central. Elle est entrée sans frapper ni sonner. Est-ce qu'elle vit ici avec eux ? Non, Garrett me l'aurait dit.

— Excuse-moi, mais tu es ?

— Oh, pardon. Je suis amie avec Garrett, je m'appelle Maxine.

Elle relève le menton et fronce les sourcils. Elle a tout de la beauté glaciale qui ne laisse aucun homme indifférent. Hier soir, j'ai été chaleureusement accueillie par les mecs, je n'ai perçu aucun jugement dans leur regard. Mais cette femme, c'est tout autre chose. J'ai cependant tout le mal du monde à mettre le doigt dessus.

— Tu es Margo, c'est ça ? tenté-je en souriant.

— Oui. Je suis une amie et l'agente du groupe.

— Je sais, Garrett m'en a parlé.

Une lueur blessée passe dans son regard et me met encore plus mal à l'aise.

Elle ressemble à un mannequin : peau parfaite, coiffure impeccable, maquillage discret mais classe, tenue sophistiquée et chic. C'est vraiment une belle femme. Mais au-delà de ça, la rencontrer me confronte directement à mes craintes : elle évolue dans le même univers que Garrett, elle les suit et les encourage depuis leurs débuts, elle est parfaitement au fait de ce milieu dont j'ignore tout. Contrairement à elle, je ne corresponds pas à ce que mériterait Garrett.

— Je ne savais pas que Garrett et toi étiez proches au point de...

— Oh non, non... Ce n'est pas du tout ce que tu crois.

— Il est à Garrett, ce tee-shirt, pourtant, me fait-elle remarquer.

Je baisse machinalement les yeux sur le vêtement, un peu étonnée qu'elle connaisse ce détail.

— Oui, il me l'a prêté. J'ai eu un souci et Garrett m'a proposé de passer la nuit ici.

— Je vois, souffle-t-elle en laissant courir son regard sur mes jambes nues.

J'ignore si elle me croit, mais je la sens hostile. Ses épaules sont tendues et elle se tient au dossier de la chaise comme si elle ressentait le besoin de se raccrocher à quelque chose.

— Je suis désolée, marmonne-t-elle. Je ne m'attendais pas à trouver quelqu'un en débarquant comme ça.

— Tu n'as pas besoin de t'excuser...

— C'est juste que, me coupe-t-elle, Garrett est très secret sur ce qui se passe aux réunions. J'ignorais qu'il avait lié connaissance avec quelqu'un au point de l'inviter chez lui.

Je digère l'information. Ayden, Ryan et Olly n'ont pas eu l'air étonnés de me voir hier, et il était question que Garrett me présente à eux ce week-end. Cela confirme donc que Margo ne vit pas ici et qu'elle est la seule à ne rien savoir à mon sujet, si ce n'est que nous nous sommes rencontrés aux NA. Je me demande pourquoi puisque Garrett semble attaché à elle.

Elle fait un pas vers la baie vitrée d'une démarche sûre et élégante. Ses hauts talons claquent sur le parquet. Elle se perd un instant dans la contemplation du groupe, lève une main vers son visage et, grâce à son reflet dans la vitre, je vois qu'elle essuie une larme.

Elle finit par se retourner vers moi et glisse une mèche de cheveux blonds derrière son oreille, ne laissant rien paraître.

— Tu dis que Garrett t'a parlé de moi ?

— Oui, très souvent. De toi et des gars.

Elle hoche la tête avant de se mettre à jouer nerveusement avec le bracelet en or parsemé de diamants qui scintille à son poignet.

— J'ai assisté à la création du groupe, je vis avec eux leur carrière. Je suis amie avec eux depuis des années, mais encore plus avec Garrett.

— Oui, il m'a raconté.

— Je me suis fait tellement de souci pour lui. Il...

Elle s'égare quelques secondes dans ses pensées et le sourire qui s'épanouit sur ses lèvres, si tendre et doux, ne laisse place à aucun doute : elle est amoureuse de Garrett. Est-ce qu'il est au courant ? Elle ferme les yeux et secoue la tête avant de revenir à moi.

— Margo, je...

— Quand nous nous sommes embrassés, m'interrompt-elle, j'ai cru ce qu'il m'a dit...

Je me fige, choquée. Garrett m'a affirmé qu'il n'y avait rien entre eux. Pourtant, à sa voix, je sais qu'elle me dit la vérité.

— ... qu'il avait fait une promesse, qu'il voulait s'y tenir. Mais je... je n'ai jamais pensé que...

Ses yeux brouillés par les larmes se posent sur moi.

— Vous... vous vous êtes embrassés ?

— Il y a quelques semaines, oui. Il ne t'a pas parlé de *ça*, j'imagine.

Elle me regarde comme si elle attendait quelque chose, en silence. De mon côté, mon cœur se brise. Pourtant, je le savais, non ? Je ne suis pas de son monde, je ne peux pas rivaliser avec quelqu'un comme Margo. Il n'y a qu'à la voir, elle est faite pour ça. Mais me mentir ? Pourquoi a-t-il fait ça ? Ou peut-être qu'il ne considère même pas ça comme un mensonge car il n'a jamais envisagé quoi que ce soit avec moi, et j'ai mal interprété notre discussion hier soir. S'il ressent quelque chose pour moi, c'est simplement de l'amitié. Il ne me doit rien.

— Garrett et moi, nous sommes… amis, c'est tout, expliqué-je, la boule au ventre. Il ne me dit pas tout…

Elle passe ses doigts dans ses cheveux d'or et rit tandis que je reste plantée entre l'îlot et le canapé telle une biche prise dans les phares d'une voiture.

— Il était si distrait ces derniers temps. J'avais peur qu'il s'égare, tu vois ? Il y a tellement en jeu à compter d'octobre.

Est-ce ce que je suis pour Garrett ? Une distraction ? Est-ce que je l'empêche de vivre une belle histoire avec Margo, de se concentrer sur le groupe ? Hier soir, j'ai paniqué et je l'ai appelé. Je l'ai obligé à se mêler de mes problèmes. Il s'est presque battu par ma faute. Je sais que si je n'avais pas insisté, il l'aurait frappé. Il aurait pu avoir de sérieux problèmes à cause de moi, cela aurait pu avoir de graves conséquences sur son avenir, celui du groupe. Je n'ai pensé qu'à moi. Tout comme la fois où il a failli manquer le rendez-vous avec son producteur. Là encore, par ma faute.

— Je sais que vous partagez énormément. Vous avez tous les deux les mêmes démons, explique-t-elle. Il a besoin d'aller à ces réunions, mais il y a tout le reste aussi. Il ne doit pas se perdre en chemin.

Mon dos se voûte sous la culpabilité. Margo expose seulement les faits, ses craintes.

— Et puis de toute façon, à compter d'octobre, Garrett va partir sur la route avec le groupe, poursuit-elle, il ne pourra pas garder de liens à Los Angeles. Il aura trop à faire.

C'est un coup de plus à encaisser. Garrett m'a parlé de ce qui l'attendait, mais il n'a jamais dit qu'il souhaitait couper les ponts avec moi ou même avec le groupe de soutien. Margo fait partie de son entourage proche, sait-elle des choses que j'ignore ?

— Margo ? s'exclame Garrett en entrant dans la maison, les autres sur les talons. Je ne savais pas que tu devais passer.

— Salut. Ce n'était pas prévu, mais j'ai des papiers à vous faire signer.

Elle se retourne rapidement vers eux et se presse pour aller les embrasser, toute trace de son agitation disparue. Garrett me jette un regard nerveux tout en me détaillant de la tête aux pieds, et je me sens encore plus mal à l'aise. Je suis toujours en simple tee-shirt. Je récupère mes vêtements que j'avais laissés sur le fauteuil et les abandonne pour rejoindre la salle de bains. Je m'habille rapidement et jette un coup d'œil au miroir. Je suis affreuse, les cheveux en vrac et une trace d'oreiller sur la joue. J'ai envie de pleurer.

En me réveillant ce matin, je me sentais vraiment bien. Il a suffi d'une rencontre fortuite et de quelques informations distillées çà et là pour tout détruire. Suis-je vraiment toxique pour lui ? Suis-je un frein pour son avenir, et même celui du groupe ? Ce n'est pas ce que j'éprouve quand je suis à son côté. Auprès de Garrett, je me sens bien. Dans tous les groupes de soutien, on vous rabâche sans arrêt que combler une addiction par une autre est une très mauvaise idée et je ne doute pas une seule seconde que Garrett pourrait en devenir une. Tomber amoureuse de lui serait très dangereux. Mais n'est-ce pas déjà trop tard ? Je pense à lui tous les jours, il me rassure, me fait rire, me rend heureuse. Lorsque je le vois, c'est comme si un poids m'était enlevé des épaules. Jusqu'à présent, j'avais mis de côté le fait que j'étais censée rentrer à Seattle, mais savoir que Margo est amoureuse de lui et qu'ils se sont embrassés, cela change la donne, n'est-ce pas ? Qu'est-ce que je suis en train de faire ?

Un coup frappé à la porte m'arrache un petit cri.

— Max ? Tout va bien ?

Je me dépêche d'ouvrir et tombe sur le regard inquiet de Garrett.

— Désolée. Je… je vais y aller, d'accord ?

— Quoi ? Mais pourquoi ? Tu ne veux pas passer la journée avec nous ? T'étais partante, hier.

— J'ai eu un appel de Rochelle et je… je voudrais rentrer chez moi.

— Elle va bien ? Il s'est passé quelque chose ? cherche-t-il à savoir alors que je lui passe devant pour rejoindre le salon.

Je récupère mes chaussures et m'assieds le temps de les enfiler.

— Je ne veux pas vous déranger. Je te remercie d'être venu me chercher et de m'avoir hébergée cette nuit, mais je veux rentrer.

Je jette un coup d'œil à la terrasse où le reste du groupe discute avec Margo.

— Maxine, qu'est-ce qu'il y a ?

— Rien, vraiment. Je vais appeler un Uber et je vais rentrer, d'accord ?

— Tu me poses la question ? demande-t-il en croisant les bras sur sa poitrine.

Je sais qu'il n'est pas dupe. Il voit que je ne vais pas bien et que je lui mens, mais je n'ai pas envie de m'expliquer. Je dois partir d'ici, absolument. Il faut que je m'éloigne.

— On peut parler... commence-t-il.

— Garrett, s'il te plaît, je veux juste rentrer chez moi.

Je fuis son regard, je ne me sens pas bien. Son baiser avec Margo, mes sentiments que je comprends enfin, c'est trop d'informations d'un coup. Je ne veux pas craquer devant lui, devant eux, encore moins devant elle. Je me sens juste minable.

— Je peux te raccompagner, propose-t-il.

— Tu en as fait assez, refusé-je en secouant la tête. Je te remercie encore.

— Je ne comprends pas ce qui se passe. Pourquoi tu t'enfuis comme ça ?

— Je ne m'enfuis pas.

— Si, c'est ce que tu fais.

Je récupère mon sweat que j'enfile rapidement, soulagée d'avoir quelque chose pour me cacher. Nous sommes interrompus par la bande qui rentre, la grande blonde sur leurs talons.

— Tu t'en vas ? demande Ryan, surpris. Garrett nous a dit que tu restais pour la journée.

— Oui, je sais, je suis désolée, mais je dois rentrer chez moi.

— Tout va bien ? se renseigne Oliver en alternant entre Garrett et moi. On dirait que c'est tendu, ici.

— Non, ça roule, assuré-je en esquissant un petit sourire. Merci de m'avoir accueillie. J'ai passé une très bonne soirée. C'était une distraction bienvenue.

Je regarde Margo en disant cela et repense immédiatement à ses paroles. Je sens les larmes me monter aux yeux. Il faut que je parte. Tout de suite.

— On se reverra peut-être un jour.

— Peut-être un jour ? Putain Max, tu nous fais quoi, là ? s'énerve Garrett.

— G, le reprend Ayden.

Je lui lance un regard implorant, je ne veux pas que nous nous affrontions devant tout le monde. Je veux juste partir. Je leur souris doucement tour à tour et trouve enfin le courage de rejoindre la porte d'entrée. Je l'ouvre et la referme sans me retourner vers Garrett. J'entends juste qu'il jure et que Margo le retient avec sa voix douce et suave.

Mon cœur, quant à lui, pleure.

CHAPITRE 40
Garrett

Je reste comme un con, les bras ballants, à fixer la porte qui se referme derrière Maxine. Ayden vient de me dissuader de lui courir après en attrapant mon bras alors que Margo essaie de me parler, mais je n'entends rien.

Putain ! Qu'est-ce qui s'est passé ?

Quand nous sommes sortis prendre l'air avec les mecs, elle dormait encore profondément. Nous avons fait notre possible pour ne pas la réveiller et nous l'avons laissée. Je me tourne vers Margo, le regard vraiment mauvais. Cela vient forcément d'elle. Elles étaient seules.

— Qu'est-ce que tu lui as dit, bordel ?

— Moi ? Mais rien !

— Arrête de me mentir, Margo, la menacé-je. Elle dormait paisiblement quand on est sortis, et là, on rentre, on vous trouve toutes les deux et elle s'enfuit.

— Elle t'a dit qu'elle voulait rentrer.

— Ne te fous pas de ma gueule ! m'énervé-je, à bout de nerfs.

— Je te promets que je ne lui ai rien dit de particulier.

Rien dans son attitude ne me laisse croire qu'elle me ment. Elle est même assez calme par rapport à la tension qui émane de mon corps. Ce qui m'énerve encore plus. Comment est-ce qu'ils peuvent tous être aussi zens alors que Maxine vient d'insinuer que nous ne nous reverrons plus ?

— On s'est présentées et on a discuté un peu, c'est tout.

— Vous avez parlé de quoi exactement ?

— Du groupe principalement. Elle savait qui j'étais, elle m'a dit que tu lui avais déjà parlé de moi. C'est tout.

Un éclat particulier passe dans ses pupilles au moment où elle détourne les yeux. La colère que je ressentais s'évanouit aussitôt. Je pivote vers les garçons et leur demande silencieusement de nous laisser. Ils disparaissent en quelques secondes.

— Margo, dis-je doucement, une fois seuls. Ce n'est pas ce que tu crois, entre Maxine et moi.

— Elle me l'a dit. Elle...

Sa voix s'éteint et elle presse les paupières. Ai-je minimisé ses sentiments pour moi ? Putain... je m'en veux.

— Margo, je...

— Tu n'as pas besoin de t'expliquer, Garrett. Tu as le droit de te faire de nouveaux amis. C'est juste que... savoir qu'elle est au courant de plein de choses alors que moi... Tu l'as présentée aux gars, mais pas à moi.

— C'était un concours de circonstances hier soir. Elle avait des ennuis et je l'ai dépannée. Elle a passé la nuit ici, expliqué-je. J'aurais fini par te la présenter.

C'est faux, et elle le sait. Elle ferme les yeux puis, soufflant un coup, tourne la tête vers moi, un air faussement désintéressé sur le visage. Je la connais, je sais quand elle fait semblant.

— C'est généreux de ta part de l'avoir aidée et c'est pour ça que nous t'aimons, mais pense à toi aussi. Tu ne peux pas accourir vers elle dès qu'elle a un petit souci, OK ? Pense au groupe. De toute façon, elle a l'air de l'avoir compris par elle-même.

Je me fige. J'ai peur de comprendre.

— Qu'est-ce que tu lui as dit, Margo ?

— Rien qui ne puisse faire de mal à votre... amitié.

Merde.

— Tu lui as parlé du baiser, n'est-ce pas ?

Le silence de Margo parle pour elle. Punaise ! Maxine m'a demandé hier ce qu'il y avait entre Margo et moi et je lui ai répondu *rien*. J'imagine facilement ce qu'elle en a déduit.

— Je ne vois pas en quoi…

— Margo, je te l'ai dit… la coupé-je d'un ton las. Entre nous, ce n'est pas possible, tu le sais bien. L'existence de Maxine n'y change rien.

— J'ai compris, pas la peine d'insister ! Je te le répète, je n'ai rien dit !

— Alors pourquoi…

Je m'interromps lorsqu'elle détourne la tête, les larmes aux yeux. *Re-merde !* Est-ce moi qui agis comme un connard ou ai-je vraiment un karma pourri ? Je déteste voir Margo dans cet état-là, mais je ne peux pas laisser la porte ouverte. Je ferme les yeux avant de souffler un bon coup.

— J'ai besoin d'aller faire un tour, je te laisse voir avec les gars pour les documents.

— J'ai besoin de ta signature, me rappelle-t-elle.

— Tu n'auras qu'à laisser les papiers, je signerai plus tard.

Je vais dans l'entrée récupérer mes clefs de voiture, évitant soigneusement la cuisine et les bouteilles d'alcool qui s'y cachent. Là, tout de suite, j'aurais bien besoin d'un verre pour noyer tous mes problèmes. Pourtant, je mets mes chaussures, attrape une veste et claque la porte derrière moi, le cœur lourd et l'âme en peine. Résister n'aura jamais été aussi difficile.

✦ ✦ ✦

Pas un seul regard. Elle ne m'a pas adressé un seul regard depuis que la réunion a débuté. Elle est arrivée en retard, je n'ai donc pas pu lui parler avant et elle n'a répondu à aucun des appels ou messages que j'ai pu lui envoyer entre hier et aujourd'hui. J'ai voulu aller la retrouver après ma dispute avec Margo, mais Olly m'en a empêché, arguant qu'elle avait probablement besoin d'être seule. Alors j'ai attendu. En vain.

Je sais que je ne devrais pas, mais je suis un peu en colère contre Margo. Je veux bien la croire lorsqu'elle dit qu'elle n'a pas cherché à faire fuir Maxine, mais c'est bien parce qu'elles ont échangé toutes les deux que Maxine a préféré s'en aller. Je m'en veux terriblement de ne pas lui avoir tout dit. J'ai eu peur qu'elle ne m'en veuille, qu'elle ne me prenne pas pour quelqu'un de sérieux, pour celui que j'étais avant. Je comprends parfaitement sa réaction, j'espère seulement qu'elle me laissera l'approcher et m'expliquer. Elle ne peut pas tirer un trait sur tout ce que nous avons vécu jusque-là, pas après cette soirée. Ce n'est pas possible, pas sans m'avoir écouté. Je le refuse, c'est tout.

J'ai l'impression que le temps s'étire à l'infini, chacun ayant énormément à raconter ce soir, le thème des petits bonheurs et trucs pour se détourner des tentations ayant beaucoup de succès. Je n'en peux plus. Je ne tiens pas en place sur ma chaise et mon pied bat la mesure au rythme qui pulse dans ma tête.

— Garrett, tu souhaites prendre la parole ? m'interpelle Patrick.

Je quitte la silhouette de Maxine du regard pour me tourner vers lui.

La seule à qui je veux parler, c'est elle, mais quelque chose me dit qu'elle ne me laissera pas faire. C'est peut-être le moment idéal. Cela la fera peut-être enrager que je déballe tout devant la petite assemblée, mais je ne crois pas avoir le choix. Je vais être hors sujet, mais ce n'est pas grave.

— Je voudrais m'excuser, commencé-je en me redressant.

Le regard rivé sur Maxine, j'attends qu'elle daigne m'accorder un minimum d'attention, mais elle n'est pas décidée, alors je poursuis. Peu importe qu'elle ne me regarde pas, elle m'entend.

— J'ai l'impression que ma spécialité est de décevoir les gens qui m'entourent, auxquels je tiens. J'ai déçu mon frère par ma réaction, par ma colère, mon manque de compréhension. J'ai déçu mes parents en les abandonnant, en sombrant. J'ai déçu mes meilleurs amis en refusant leur aide, en les repoussant.

Je sens qu'elle n'est pas insensible à mes paroles ; elle s'est légèrement redressée et elle a cessé de triturer ses doigts, parce qu'elle est concentrée sur autre chose maintenant : ma voix.

— J'ai déçu mon manager, j'ai déçu mon label, parce qu'à cause de mes problèmes, tout a été mis en pause. Et dernièrement, je l'ai déçue, *elle*. Je ne savais pas qu'elle allait s'imposer dans ma vie, qu'elle allait me bousculer, me tirer vers le haut et me donner envie. Envie d'aller mieux, de me concentrer sur le présent et de penser à l'avenir. Auprès d'elle, je me suis mis à m'inquiéter pour quelqu'un d'autre que moi. J'ai repris du plaisir à faire de la musique, les mots me sont revenus naturellement. C'est comme si je redécouvrais qui j'étais. Seulement, une fois de plus, j'ai tout foiré.

Je suis du regard sa main qui se lève vers son visage, ses doigts qui essuient une larme sur sa joue. Je sais que mes mots sont en train de la toucher, mais m'offrira-t-elle une chance de m'expliquer ?

— Je n'ai pas été tout à fait honnête. Je sais que la plupart du temps j'agis comme un type sûr de lui, confiant, qui sait ce qu'il veut. La vérité est que je suis juste comme chacun d'entre nous : perdu. Tous les jours je me bats contre la culpabilité, contre mes démons qui menacent à la surface.

Elle n'a toujours pas levé les yeux sur moi. Je m'avance sur ma chaise, coudes plantés sur mes genoux. Je croise les mains et bascule la tête en avant. Personne n'ose intervenir.

— Je n'ai pas cherché à lui mentir, en fait, ce n'est même pas l'impression que j'ai eue quand je lui ai répondu. J'étais sincère, c'est tout. Je sais qu'au final c'est tout ce qu'elle retiendra alors que je me suis montré plus ouvert avec elle qu'avec n'importe qui d'autre et honnête, franc. Je lui ai confié des trucs très personnels que je n'ai jamais dits à personne, même pas à mes potes ou à mes parents. Avec elle, c'est… c'était… Je n'ai pas cherché à lui cacher quoi que ce soit, c'est juste que… ce qui s'est passé n'avait pas d'importance pour moi. Je ne voulais pas lui en donner en en parlant.

Je me tais. J'ai la gorge sèche et je lutte contre les larmes. C'est complètement con, putain. Je n'arrive pas à comprendre pourquoi je suis dans cet état. Est-ce vraiment possible de devenir accro à un être humain ? Les mises en garde d'Edward me reviennent aussitôt en mémoire. J'étais sérieux lorsque je lui ai dit que je n'avais aucune vue sur Maxine. Tout ce que je souhaitais, c'était lui offrir un moyen de s'échapper par la musique. Comment aurais-je pu deviner qu'elle allait prendre tant de place dans ma vie ? Comment seulement l'imaginer ?

— Merci Garrett.

Toujours pas de réaction de Maxine.

Je hoche sèchement la tête et reprends appui contre le dossier de mon siège. Je suis maintenant en colère. La tristesse et la peur ont disparu. Je pensais qu'elle me connaissait mieux que cela et surtout qu'elle m'accorderait une chance de me défendre, peu importe ce que Margo ait pu lui dire. Visiblement, je ne mérite pas autant de considération.

Je sens le poids de son regard peser sur moi. Mais je n'ai pas envie de le lui rendre. Je viens de tout déballer, devant notre cercle, je pense en avoir fait assez. Depuis que nous nous sommes rencontrés, à part quelques petites exceptions, j'ai toujours été celui qui fait le premier pas. Je peux lui octroyer un peu de temps si elle en a besoin, mais j'aimerais qu'elle me montre que ce que nous avons construit signifie quelque chose pour elle, que c'est plus qu'un simple divertissement. Si elle est prête à tirer définitivement un trait sur ces derniers mois si facilement, cela voudra tout dire.

Je ne m'attarde pas à la fin de la séance, j'ai assez donné. De retour à la maison, je fais face à un silence pesant. Les mecs se sont absentés, Ayden et Ryan avaient de nouveau un repas de famille, et Olly avait rencard avec une fille.

Je me tourne alors vers le seul moyen à ma disposition pour évacuer tout ce qui s'agite en moi : l'écriture. Je pourrais aller courir, mais j'ai besoin de coucher sur le papier les émotions ressenties ces dernières quarante-huit heures. Dans ma chambre, j'attrape mon carnet et note juste des mots, tout ce qui me passe par la tête.

colère peine tentation douleur
injustice frustration amour
incompréhension dépit tristesse
rancœur amertume regret

Je commence à rédiger des phrases, à associer les mots. Pourquoi l'amour frappe-t-il quand on s'y attend le moins ?

Pourquoi nous tombe-t-il dessus alors que nous bataillons contre nos démons ? Je rature et recommence. Je gribouille des notes de musique sur le côté, avant d'arracher la feuille et de la jeter en boule à travers la pièce. Et je recommence. Je finis par attraper ma guitare pour voir si la musique pourrait lisser l'ensemble.

Je suis interrompu par l'interphone. Je fronce les sourcils ; je n'attends personne. J'espère que ce n'est pas Margo, je ne suis vraiment pas d'humeur. Je constate qu'une heure s'est écoulée. Quand je suis en pleine création, le temps défile toujours à une vitesse folle.

Je me dirige d'un pas traînant vers l'écran dans l'entrée et écarquille les yeux en découvrant Maxine. Elle tient le guidon de son vélo d'une main tout en remettant ses cheveux en place. Je cogne mon front contre la porte. Elle est bien la dernière personne à laquelle je m'attendais. Cependant, mon moment d'égarement ne s'éternise pas. N'est-ce pas ce que je voulais, qu'elle fasse le premier pas ?

Je déverrouille et le portillon s'ouvre. Elle entre dans la cour au moment où je tire la porte. Posant son vélo contre la clôture, elle monte me rejoindre d'un pas hésitant.

— Salut, dit-elle d'une voix essoufflée.

Ses joues prennent une teinte encore plus rouge lorsque ses yeux parcourent mon torse nu. Je me décale pour la laisser entrer et récupère un tee-shirt sur le dossier du canapé.

— Tu veux boire quelque chose ?

— Je veux bien un grand verre d'eau, s'il te plaît.

Je m'exécute tandis qu'elle pose son sac sur un tabouret du bar. Je l'observe vider la boisson d'une seule traite sans reprendre sa respiration. Je pose mes fesses contre le rebord de l'évier et croise les bras sur mon torse. Et j'attends. Qu'elle dise enfin quelque chose. Qu'elle m'explique la raison de sa présence ici.

Nous nous affrontons du regard avant qu'elle n'ouvre la bouche pour la refermer aussitôt. J'imagine que cela n'a rien de facile pour elle d'être ici, alors je consens à faire le pas suivant, parce que dans le fond, je ne veux pas ressentir cette colère, je ne la supporte pas.

— Pourquoi t'es partie comme ça, dimanche ?

Elle lève les yeux au ciel avant de les planter dans les miens. Je la sens sur ses gardes, je peux voir qu'elle est nerveuse, elle tire sur les manches de son sweat pour cacher ses mains et mordille sa lèvre inférieure. Elle n'ose pas me dire ce qu'elle a sur le cœur. Il va falloir que je la pousse un peu.

— J'ignore ce que vous vous êtes dit, Margo et toi…

— Elle n'a pas été méchante, murmure-t-elle.

— OK.

Je suis soulagé, mais cela n'explique pas sa fuite. Enfin… pas totalement.

— Je sais qu'elle t'a dit qu'elle m'avait embrassé.

Maxine relève la tête brusquement et fronce les sourcils.

— C'est pour ça que tu étais fâchée, non ? Parce que la veille, je t'ai affirmé qu'il n'y avait rien entre nous, hein ?

— Je… en partie, oui.

— C'est arrivé après une conversation un peu difficile. Margo a vécu un passage compliqué et j'étais là, en tant qu'ami. Elle s'est laissée…

— Elle est amoureuse de toi, Garrett.

Je me décolle du meuble et passe une main dans mes cheveux avant de prendre une profonde inspiration.

— Peut-être. Elle ne me l'a jamais dit tel quel et j'avoue que je n'ai pas cherché à le savoir, parce que pour moi c'est parfaitement clair : je l'aime comme si elle était ma petite sœur. Sans parler de ce que j'ai promis, je ne peux pas être avec elle.

Maxine ne me lâche pas des yeux. Elle analyse le moindre de mes faits et gestes, comme pour vérifier si je dis vrai.

— Une chose est sûre, je ne t'ai jamais menti. Il n'y a jamais rien eu entre Margo et moi et je n'ai pas parlé du baiser parce qu'il n'a pas d'importance et surtout parce que je ne le lui ai pas rendu. Margo n'est qu'une amie.

— Est-ce qu'elle le sait ?

Je rive mon regard au sien, déterminé.

— J'ai mis les choses au clair, oui. Je ne veux pas lui faire de mal, mais je ne suis pas amoureux d'elle. Je ne veux pas que tu penses que je suis encore celui que j'étais avant. Je suis sérieux. Je ne joue pas avec toi, Maxine.

Elle hoche la tête et détourne les yeux tout en pressant les paupières. Elle semble tiraillée comme si elle me cachait encore quelque chose.

— Tu as dit que ce n'était qu'une partie des raisons qui t'ont poussée à partir hier. C'est quoi, l'autre ?

Elle soupire, comme si elle avait déjà pris une décision et qu'elle voulait tout mettre derrière elle. Moi.

— Patrick avait raison.

— À propos de quoi ? demandé-je en fronçant les sourcils.

Je contourne l'îlot central pour me rapprocher d'elle.

— C'est pour cette raison que c'est interdit de fraterniser.

— Qu...

— Je te tire vers le bas, Garrett. Je te monopolise alors que tu as des choses à faire, des responsabilités. Je suis... insignifiante face à votre avenir. En t'appelant pour que tu viennes me chercher à la soirée, je n'ai pensé qu'à moi. Si tu avais fini par te battre avec Teddy, ça aurait pu avoir de graves conséquences, pour toi, pour le groupe entier.

— Putain, mais ça sort d'où, Max ? explosé-je, la faisant sursauter.

Je recule parce que j'ai peur de finir par lui attraper les épaules et la secouer, histoire de lui remettre les idées en place. Je fourrage dans mes cheveux, abasourdi.

— Tu n'es pas responsable de mes actes !

— Peut-être pas, mais si je ne t'avais pas appelé...

Son discours n'a absolument aucun sens. Que pense-t-elle qu'il se serait passé si je n'étais pas venu ?

— Ce mec aurait peut-être insisté et il t'aurait agressée. Ça aurait été mieux ? grondé-je. Jamais ! Tu m'entends ? S'il fallait que je me batte et que je foute tout en l'air pour te sortir de là, je le ferais et tu n'aurais rien à y redire, Max. C'est clair ?

Ses yeux se mettent à briller et je m'en veux d'être autant à fleur de peau, mais je ne supporte pas tout ce que j'entends. C'est plus fort que moi.

— Qu'est-ce que Margo t'a dit ?

— Rien, souffle-t-elle d'une voix fébrile. C'est moi, j'ai simplement ouvert les yeux. Entre toi et Margo…

— Il n'y a pas de Margo et moi.

— … entre ça et le poids que je fais peser sur toi, je me suis rendu compte que je m'accrochais trop à toi et que je te retenais d'avancer. C'est ça que je suis venue te dire. Ton amitié compte pour moi mais je vais prendre un peu de recul pour justement te… laisser vivre.

Hors de question. Elle n'a rien compris.

— Maxine… dis-je tout bas en remontant son visage vers moi.

Elle ne sursaute pas. J'ai envie qu'elle se sente proche de moi, qu'elle comprenne ce que je ressens pour elle. Je pose une main sur sa joue et sa respiration se suspend.

— Je ne sais pas ce que Margo a pu te raconter et je respecte le fait que tu ne veuilles pas me le dire. Mais sache une seule chose : elle ne contrôle pas ma vie et elle ne le fera jamais. Je sais ce qu'elle aimerait, mais c'est impossible. Elle ne sait rien de ce que je veux, de ce que j'attends de la vie, de ce qui m'anime à l'intérieur et surtout elle ne te connaît pas, *toi*. Et finalement, elle ne me connaît pas vraiment non plus. Elle pense faire pour mon bien, mais elle ne sait rien de ce qui est bon pour moi.

— Et c'est quoi ?

Sa voix n'est qu'un souffle alors que ses yeux sont rivés sur mes lèvres. Je n'aurais qu'à me pencher de quelques pouces pour la goûter et Dieu sait que j'en meurs d'envie, mais j'ai fait une promesse, et même si Maxine y était totalement étrangère au départ, elle fait partie de ces personnes qui méritent autour d'elles des gens qui tiennent parole, qui se montrent forts malgré la tentation et le désir.

De la pulpe de mes doigts, je chasse les larmes sur ses joues et prends mon temps pour lui répondre. Je veux qu'elle prenne conscience de la portée de mes mots.

— Juste toi.

Elle éclate en sanglots. Attrapant mon tee-shirt entre ses poings, elle fond contre moi. J'accueille son étreinte avec bonheur et soulagement et pose ma tête sur le sommet de son crâne. Je respire son parfum, m'imprègne de sa chaleur, son petit corps blotti contre le mien. J'aimerais ne pas faire attention à ses formes, mais je sens tout : sa poitrine écrasée contre mon torse, ses bras qui enserrent maintenant ma taille, son souffle sur mon bras. C'est tellement tentant de goûter la peau de son cou, d'embrasser ses lèvres, de la respirer, mais je dois résister.

Atteignant ma limite, je finis par me détacher très légèrement pour pouvoir poser une main sur sa joue et venir poser ma bouche sur sa tempe.

— Qu'est-ce qu'on va faire ? murmure-t-elle tout contre moi. Après mon stage, je vais rentrer à Seattle, et en octobre, la tournée va commencer. On va être obligés de ne plus se voir.

Faire comme si ces problèmes n'existaient pas ne sert à rien, mais je n'ai pas spécialement envie de me pencher dessus maintenant alors que nous venons de nous retrouver.

— Je sais, Max. Mais je n'ai pas envie qu'on arrête ce qu'on est en train de construire.

Je me dégage complètement pour poser mes deux mains sur ses joues et pouvoir plonger mes yeux dans les siens.

— Et toi ?

— Moi non plus.

— Je veux ce que nous sommes, même si nous prenons notre temps. Je veux profiter de toi tant que je le peux. Je n'ai pas de solution, soufflé-je, mais je te promets qu'on en trouvera une.

— Comment tu peux en être aussi sûr ?

— Je le sais, c'est tout, affirmé-je dans un sourire. Dis-moi juste un truc...

— Oui ?

— Dis-moi que je ne m'imagine pas tout ça, ce qui se passe entre nous.

Mes doigts s'ancrent à sa nuque et mon pouce erre sur sa joue en une douce caresse. S'il n'y avait pas ma promesse qui planait, je me pencherais sur ses lèvres et l'embrasserais. Bon sang, j'en meurs d'envie. C'est une torture. Elle ferme les yeux et inspire doucement.

— Non, tu ne l'imagines pas.

Je reprends mon souffle dans un soupir et pose mon front sur le sien.

— Tu m'inspires tellement, lâché-je. Si tu savais tout ce qui se bouscule dans ma tête.

— Garrett...

— C'est comme ça, insisté-je en riant. C'est une bonne chose. Tout va bien se passer.

— Ce n'est pas beau de mentir.

— Pour que ce soit plus facile, si, parfois c'est nécessaire.

Je veux y croire. Elle acquiesce d'un petit mouvement de tête et je suis soulagé de la savoir partante, même si notre relation n'est pas conventionnelle. Mon regard s'égare sur sa bouche. Je l'attire à nouveau dans mes bras et tout naturellement, je me penche à son oreille pour chantonner, reprenant les mots d'un autre pour exprimer tout ce que je ressens :

Is it just our bodies? Are we both losing our minds?
Is the only reason you're holding me tonight
'Cause we're scared to be lonely?
Do we need somebody just to feel like we're alright?
Is the only reason you're holding me tonight
'Cause we're scared to be lonely?

Et je me prends à rêver que sa peur d'être seule n'est vraiment pas l'unique raison pour laquelle elle est dans mes bras ce soir, car pour moi, ce n'est pas le cas.

CHAPITRE 41
Maxine

Je pleure comme une madeleine. Sam ouvre ses bras en grand et je cours m'y réfugier. L'heure de son départ a sonné et cela me fend le cœur.

— Tu vas me manquer.

— Toi aussi, Max. Tellement. Mais on reste en contact, promis ?

— Promis.

— Est-ce que tu envisages d'acheter un vrai téléphone pour qu'on puisse s'appeler en visio ? Et s'envoyer des textos avec plein d'émojis ? Et des photos et...

— Oui, pour toi, je peux y réfléchir très sérieusement.

Elle me lance un sourire éblouissant, amplement satisfaite de ma réponse.

— Merci pour tout, Sam. Je suis désolée d'avoir mis du temps à...

— Tut, tut, je ne veux rien entendre. Ça n'a aucune importance. C'est le présent qui compte, notre amitié, maintenant.

— Tu as raison.

— Ne lui dis pas ça ! geint Justin derrière elle. Elle va encore prendre la grosse tête et me le rabâcher pendant tout le trajet.

— C'est parce que j'ai tout le temps raison, se vante mon amie.

— Je ne vais pas débattre sur ce sujet, me défilé-je.

Je relâche Sam et me dirige vers Justin. Il hoquette de surprise alors que je l'enlace, avant de me rendre mon étreinte. Ce doit être la première fois que je suis à l'origine d'un contact avec lui.

— Prends soin d'elle, murmuré-je à son oreille.

— C'est promis. Tu peux compter sur moi.

Je lui souris tendrement et essuie les larmes sur mes joues. Je les aide à récupérer les dernières affaires dans la chambre et nous descendons les mettre dans la voiture de Justin.

— Prêts pour le trajet ?

— Pfff... pas vraiment, soupire Sam. Mais j'ai repéré des petits motels sympas où s'arrêter. Hors de question qu'on fasse tout d'une traite.

Ils embarquent pour un voyage de trente heures jusqu'à Nashville, de quoi voir du paysage.

— Vous faites attention à vous, hein ? Et je veux un texto quand vous êtes arrivés. Classique pour le moment, précisé-je sous le haussement de sourcil de Sam.

— Garde quand même ton antiquité, dans quelques années, ça vaudra une petite fortune, se moque Justin.

Il dépose un baiser sur la tempe de Sam avant de s'installer derrière le volant. Quand je repose mes yeux sur ma meilleure amie, je la vois sur le point d'éclater en sanglots. Elle s'est montrée plus forte que moi jusque-là, mais elle finit par craquer.

Elle pose ses mains sur mes joues et me sourit tendrement.

— Tu embrasseras Garrett de ma part ? demande-t-elle, un air malicieux sur le visage. Sur la joue pour le moment...

— Sam !

— Oui, oui ! Allez, un dernier câlin.

Je me retrouve une nouvelle fois dans ses bras avant de la regarder grimper en voiture, prête à rejoindre son futur chez-elle pour une nouvelle vie.

Elle sort la tête par la vitre alors que Justin lance le moteur.

— Ce n'est pas un adieu, Max !

— Je sais ! Faites attention à vous. À tout à l'heure.

— Je t'aime ! lance mon amie tandis que le véhicule quitte sa place.

J'observe en souriant sa main s'agiter dans les airs. Jamais je n'aurais pensé m'attacher autant à elle. Je ne la remercierai jamais assez de s'être imposée dans ma vie et de m'avoir redonné confiance malgré tout, notamment grâce à Justin. Et c'est encore grâce à eux que je vais pouvoir continuer à avancer. Alors je me tourne, le cœur un peu moins lourd, et me prépare à me lancer dans ma nouvelle vie. Demain, j'emménage dans le studio de Justin.

✦ ✦ ✦

En regardant mes valises et les quelques cartons entassés qui contiennent principalement tous mes cours, des livres et d'autres babioles, je constate que je ne possède pas grand-chose. Je n'accumule pas beaucoup, mais je me dis que je ne me suis jamais réellement installée ici.

Je sursaute alors qu'un coup est frappé à la porte.

— Entre ! crié-je.

J'ai demandé à Garrett s'il pouvait me donner un coup de main pour mon petit déménagement.

— Salut, dit-il en entrant.

Je relâche le rouleau de Scotch et me redresse vers lui. Je fais un arrêt sur image en découvrant Ayden, Ryan et Oliver derrière lui.

— Salut ! s'exclament-ils en chœur.

— Qu'est-ce que vous faites ici ?

— Bah, on voulait s'assurer que ce n'était pas un adieu. Garrett nous a assuré que vous vous étiez expliqués, mais bon… explique Ryan.

Mon prof de guitare lui balance un coup dans le ventre, m'arrachant un sourire.

— C'est gentil, mais vraiment…

— Comme j'ai emprunté le pick-up d'Olly, ils se sont proposés pour aider, intervient Garrett.

Je n'avais pas songé que la Dodge de Garrett serait peut-être trop petite pour tout mon bazar.

— Très bien, merci alors. Je vais pouvoir vous regarder travailler, plaisanté-je.

— Quel tyran ! s'offense Ayden, le sourire aux lèvres.

Je les observe l'un après l'autre récupérer un carton ou une valise tandis que je m'assure que rien n'a été oublié dans les placards. Un dernier tour dans la chambre et je m'empare de la guitare prêtée par Garrett, tandis que ce dernier prend mon vélo, avant de rejoindre les autres dehors.

Je ne manque pas les quelques regards curieux et étonnés des derniers étudiants qui quittent comme moi les lieux en ce premier week-end de juillet. Je me suis montrée très discrète alors évidemment, me voir accompagnée de quatre garçons qui ne passent pas vraiment inaperçus, cela a de quoi surprendre.

Je remarque que Garrett est quand même venu avec sa voiture alors qu'Oliver remonte le hayon de la plateforme après s'être assuré que tout était bien calé.

— Vous n'aviez rien d'autre à faire ? On est samedi, leur dis-je.

— Que nous montrer serviables et attentionnés ? Absolument pas ! répond Ryan.

— Comment ça se fait que tu sois toujours célibataire ? se marre son frère. C'est nouveau, ce côté chevaleresque ?

— C'est comme si tu ne me connaissais pas, s'offense-t-il.

Olly et Garrett secouent la tête tout en levant les yeux au ciel. Je ne peux m'empêcher de rire doucement. J'imagine ce que cela doit être de vivre en colocation avec des spécimens pareils.

Je capte un regard appuyé de Garrett rivé sur ma bouche. Je m'arrête aussitôt, gênée. Mes yeux dévient sur Oliver qui m'observe, un drôle d'air sur le visage.

— On vous suit ? propose-t-il.

— Ça marche, répond Garrett.

Il me fait un petit signe de tête en m'indiquant sa voiture. Je le suis et lui donne l'adresse de mon futur logement.

— 601 Hilgard Avenue, à l'angle de Westholme Avenue.

— Tu plaisantes ? lâche-t-il d'une voix dure.

— Non, pourquoi ?

— T'es en train de me dire que tu vas habiter juste à côté de la fraternité où ce mec a failli t'...

— Garrett, l'arrêté-je. La maison est plus loin et il n'est plus étudiant, il ne vivait pas ici. En plus, c'est l'été, il n'y aura personne.

Il grogne et serre vivement le volant entre ses mains.

— Tu pourrais venir chez nous, propose-t-il.

J'éclate d'un rire franchement incrédule.

— Ce n'est pas une blague, s'offusque-t-il.

— Désolée. Je te remercie mais non, je ne peux pas vivre dans une maison avec quatre mecs, Garrett. C'est impossible. Et puis, Venice est trop éloignée du Getty Center. Je te rappelle que je me déplace à vélo. C'est gentil, vraiment, mais je serai mieux ici.

Il ne semble pas convaincu, mais il n'insiste pas.

— Si jamais tout se passait super bien au Getty Center, ce dont je ne doute pas, tu crois qu'ils pourraient te proposer un poste définitif ? se renseigne-t-il en changeant de sujet.

Je pivote vers lui, surprise.

— Je n'en sais rien, je n'ai pas demandé.

— Mais c'est possible, non ?

— J'imagine, oui. Pourquoi ?

— Tu pourrais envisager de rester, alors ? Tu adores cet endroit, ce serait cool, non ?

Je me demande ce qui lui prend.

— Mes projets ont toujours été de rentrer à Seattle pour être auprès de ma famille, tu le sais, réponds-je doucement.

Il hoche la tête sans me regarder, tendu : il serre la mâchoire et pince les lèvres, sans parler de ce pauvre volant qu'il maltraite au point d'y laisser ses empreintes.

Je soupire en gigotant, mal à l'aise. Je sais que nous sommes convenus de profiter du temps qu'il nous restait ensemble, mais cela ne change pas l'issue, aussi bien pour lui que pour moi.

— Garrett, soufflé-je. Pourquoi je resterais ici ? Maintenant que Sam et Justin sont partis, ma seule attache, c'est toi, et en octobre, tu vas t'en aller pour la tournée avec le groupe.

— Je sais. C'est juste que... J'aime notre routine et savoir que je suis là pour t'aider. Si t'es à Seattle, rien ne sera plus pareil.

— Ça ne le sera pas non plus quand tu te trouveras dans une ville différente chaque soir, puis dans un pays étranger.

— Ouais.

Je le sens d'humeur très morose aujourd'hui. Je ne sais pas quoi faire pour lui remonter le moral.

— Je comprends ce que tu veux dire, mais tu ne peux pas attendre de moi que je sois là uniquement pour que tu puisses passer le temps quand tu seras à Los Angeles.

— Ce n'est pas du tout ce que je pense ! se scandalise-t-il.

— Peut-être, mais réfléchis et dis-moi que ce n'est pas ce à quoi ça ressemblerait ? Tu viens de dire que tu aimes notre routine et pouvoir être là pour m'aider, mais tu finiras par ne plus être à Los Angeles une grosse partie de l'année. Ma famille est à Seattle, Garrett.

Il grogne pour toute réponse et se renfrogne sur son siège, concentré sur la route. Cela me touche qu'il cherche à ce que je reste ici, mais je ne vois pas comment cela pourrait fonctionner une fois qu'il prendra son envol.

Il ne nous faut que dix minutes pour rejoindre mon nouvel immeuble, une charmante construction de deux étages dont la devanture est un mélange de briquettes rouges et de crépi beige. Les alentours sont identiques au campus, qui n'est qu'à quelques pas : beaucoup de verdure, des petits ensembles résidentiels sympathiques.

— Il n'y a pas d'ascenseur ? se plaint Ryan, deux cartons dans les mains, lorsque nous arrivons au studio. Je n'ai pas signé pour ça !

— Ne te fous pas de notre gueule, s'esclaffe Ayden. Tu passes des heures en salle de muscu, ce ne sont pas deux allers-retours dans l'escalier qui vont te fatiguer.

Le batteur grogne pour toute réponse, provoquant un éclat de rire général. Garrett pose mon vélo contre le mur du couloir le temps que j'ouvre la porte. Une fois à l'intérieur, je remarque immédiatement l'œil critique du chanteur qui observe le moindre recoin. Son regard tombe sur un petit mot laissé sur le comptoir qui sépare la cuisine du reste de la pièce. Je m'approche de lui et découvre une note de Justin qui me fait sourire.

Éblouis-les tous au Getty Center.
Crois en toi et tout se passera bien.

Je ne peux empêcher les larmes de brouiller ma vue en dépit de mon sourire. Je me détourne juste avant qu'elles ne débordent. Je n'ai pas envie d'attirer l'attention des garçons, seulement cela ne passe pas inaperçu auprès de Garrett.

— Tout va bien ? demande-t-il en s'avançant vers moi.

— Ça va aller.

— Et même si ce n'est pas le cas, ce n'est pas grave.

Je me tourne vers lui et constate que les mecs nous ont laissé un peu d'espace.

— Je sais, mais j'aimerais que tout aille bien, au moins une fois dans ma vie. J'en ai marre de pleurer.

Il passe un pouce sur mes joues et essuie mes pleurs avec une tendresse qui fait vriller mon cœur. Je ferme les yeux un instant et prends une profonde inspiration. Je dois me ressaisir. Tout va bien. Je ne suis pas seule.

— Tu veux passer la journée avec nous, histoire de te changer les idées ?

— À une seule condition, exigé-je en haussant un sourcil.

— OK... répond-il en étirant la dernière syllabe.

— Je vous invite à déjeuner.

Il ricane, mais j'y tiens.

— Ça marche, accepte-t-il en souriant, un bras par-dessus mes épaules pour m'entraîner dehors.

Voilà comment je me retrouve à passer une journée complète avec quatre hommes formidables. Peut-on craquer encore plus pour une personne grâce aux gens qui l'entourent ?

On dirait bien qu'ils se sont donné pour mission de me remonter le moral. Nous sommes allés nous promener sur la jetée de Santa Monica, ravivant beaucoup de souvenirs précieux. Après avoir déjeuné sur le pouce chez un vendeur ambulant, Ryan nous a offert une glace. J'ai à nouveau montré toute ma maladresse quand j'en ai fait tomber la moitié par terre, tellement j'étais gênée que Garrett me jette des coups d'œil chaque fois que je la léchais.

Nous avons ensuite fait un saut à la plage. Ryan et Ayden m'ont offert une magnifique bagarre, s'étant donné pour mission de mettre l'autre à l'eau. Olly est retourné vite fait chez eux pour aller récupérer un ballon et j'ai accepté de jouer un peu au volley. J'ai même fini par enlever mon sweat. Je me sentais suffisamment bien entourée pour franchir le pas.

Pour finir, Garrett m'a convaincue de venir chez eux pour terminer la journée. Nous avons commandé des pizzas et j'ai eu droit à un petit concert privé, qui m'a, une fois de plus, donné des frissons. Je suis totalement amoureuse. Il a tout du parfait petit ami : il me comprend, il est patient, je sais que jamais il ne me brusquera, et il veille à ce que je ne manque jamais de rien lorsque je suis avec eux. Comment pourrais-je ne pas craquer pour lui ? Il m'a montré tellement de respect depuis le début, je me sens confiante à son côté, en sécurité.

Le soleil a disparu depuis longtemps quand Garrett me raccompagne jusqu'à mon nouvel appartement.

— Tu n'en as pas marre de faire le taxi ?

— Absolument pas. Je le fais avec plaisir, Max. Qu'est-ce que tu vas faire de ton dimanche ?

— Déballer mes affaires, prendre mes marques. Me reposer avant ma première journée au Getty Center lundi. Et toi ?

— On va sûrement bosser un peu, les mecs et moi. Le midi, je déjeune chez mes parents et après, routine, routine.

— Et en quoi consiste la routine d'ARGO ?

Ryan m'a fièrement expliqué que cette idée venait de lui, prendre la première lettre de chacun de leur prénom pour créer le nom de leur groupe. J'ai trouvé ça extra.

— Enregistrement, interviews, photos, vidéos, tournage de clip.

— Rien que ça ?

Je sais leur planning bien chargé et je me doute de ce qui les occupe, mais nous n'en avons jamais réellement discuté. Il ne montre aucun signe d'enthousiasme, pas de sourire sur les lèvres, pas de lueur dans les yeux.

— Tu n'as pas l'air emballé.

— Tu sais, mon truc à moi, c'est écrire, jouer de la musique et chanter. Passer des heures à répondre à des questions, poser devant un objectif, je m'en passerais bien. Mais ça fait partie du contrat.

Son regard est rivé sur le capot de la voiture. Je tends le bras pour m'emparer de sa main posée sur sa cuisse, plus du tout effrayée à l'idée d'un contact physique entre nous. Je tente de ne pas prêter attention à la chaleur ni à la douceur de sa peau. Il baisse rapidement les yeux sur nos doigts avant de reprendre la parole :

— Est-ce que...

— Oui ?

— Ça te dirait d'assister à l'une de nos séances d'enregistrement ?

Mon cœur bat plus vite rien qu'à l'idée de le voir en action. Je l'ai déjà entendu chanter, mais le voir exercer dans son milieu ? Ce doit être quelque chose.

— Évidemment, mais je ne veux pas vous déranger.

— Maxine, si je te le propose, c'est que j'en ai envie. Tu vas être pas mal prise avec ton boulot et j'ai envie de profiter du moindre moment possible en ta compagnie avant octobre.

J'essaie de contrôler les frissons qui s'emparent de moi. Il serre mes doigts entre les siens et me sourit tandis qu'il arrive au pied de mon immeuble.

— Samedi prochain ?

— Ça marche.

— On se voit mardi de toute façon. Tu m'as fait ta liste de chansons ?

— Oui. J'espère que tu pourras en sélectionner au moins une.

— Mais oui. Et ne t'inquiète pas pour lundi. *Tu* vas les éblouir.

Ses yeux s'attardent quelques instants sur un point à la limite entre ma mâchoire et mon cou avant qu'il ne les détourne. Il fait ça très souvent, et ça pourrait me faire rougir si je n'étais pas dans le même état. Je sais que je ne battrais pas en retraite s'il était à l'initiative d'un baiser. Je me demande si un seul contact avec ses lèvres effacerait tout ce que j'ai vécu auparavant pour ne laisser que son empreinte. Garrett balaierait tout sur son passage.

Il déglutit avant de serrer son volant entre ses mains. Je vois qu'il se retient, tiraillé entre ses envies et sa promesse. Je ne veux pas le torturer.

— Bonne soirée, Garrett.

Je me penche en avant pour déposer un baiser sur sa joue. Nos respirations se suspendent dans un même souffle. Je baisse les yeux alors qu'il pivote la tête vers moi, surpris par mon initiative. Mais, froussarde que je suis, je préfère quitter rapidement l'habitacle pour ne pas nous tenter plus encore.

CHAPITRE 42
Maxine

Une semaine. Cela fait déjà une semaine que j'ai l'immense plaisir de me rendre au Getty Center. Après une première journée où M. Chambers m'a présenté rapidement les lieux avant de m'introduire auprès d'Elyssa, l'autre personne embauchée pour le projet, nous travaillons au sein de l'institut de recherche. J'ai adoré découvrir les coulisses du centre, mais j'ai rapidement été mise dans le bain, je ne suis pas ici pour flâner.

Elyssa m'a prise sous son aile et expliqué le travail. Nous avons parlé budget, évidemment, avant qu'elle ne me donne accès au catalogue des œuvres et des biens. J'ai tout le mois de juillet pour proposer ma sélection. J'adore communiquer avec les autres musées, négocier des échanges ou des prêts.

Je prends une gorgée de mon café, parcourant les listes dans lesquelles je peux piocher, espérant dénicher la pépite qui pourrait devenir l'attraction de l'exposition. Une fenêtre apparaît dans le coin en bas de mon écran d'ordinateur, m'indiquant l'arrivée d'un e-mail. Je souris en découvrant la réponse du directeur d'un musée de Mexico. Je me retiens d'exploser de joie en lisant qu'il est d'accord pour nous prêter l'une de leurs pièces maîtresses.

Après cette phase de recherche intense viendra le moment de préparer activement l'exposition avec la réception des œuvres et leur mise en place. Je vais m'occuper de la confection des cartels et des affiches explicatives. Je dois également faire des croquis pour les vitrines. Je ne pensais pas à quel point travailler ici confirmerait ma vocation. C'est ça que je veux faire et rien d'autre. Et comme les idées fusent dans ma tête, dès que je rentre chez moi, je note tout dans un petit carnet.

Avec mes nouveaux horaires, qui n'ont rien à voir avec ceux de l'université, je ne peux plus me rendre aux réunions. J'ai tout de même réussi à négocier avec M. Chambers pour me dégager un peu de temps les mardis. Je n'ai donc revu Garrett qu'une seule fois cette semaine. Cela ne l'a pas empêché de m'appeler pour prendre des nouvelles, de même que ma sœur. Nous avons joué, comme à chaque fois, mais cette fois-ci je me suis exercée sur le morceau qu'il a choisi dans ma liste. Je ne suis pas devenue une professionnelle comme lui, mais je m'améliore un peu tous les jours et plus que tout, j'adore nos sessions. C'est notre truc à nous. Je ne m'attendais cependant pas à ce qu'il me propose quelque chose en retour : je n'ai donc pas eu le cœur de refuser de participer à une scène ouverte à ses côtés dans le bar où m'a emmenée Sam. Je vais devoir jouer et chanter avec lui, samedi prochain. Cela me stresse un peu, mais je sais qu'à ses côtés, tout se passera bien.

Comme toujours, penser à lui réchauffe mon cœur mais je ne dois pas me laisser distraire. J'ai encore une heure à travailler avant de rentrer chez moi où Garrett doit passer me prendre pour me conduire à leur séance d'enregistrement. Je souris à cette idée et me remets à ma tâche.

Dans sa voiture, Garrett me jette un coup d'œil tout en haussant un sourcil. Il semble un peu inquiet.

— Ça va ? T'as l'air stressée.

— Peut-être un peu. Tu es sûr que tu as le droit d'inviter du monde ?

— Évidemment, s'amuse-t-il.

Je le regarde à la dérobée alors que son sourire s'attarde sur ses lèvres. Il est vraiment beau. Je pensais qu'il n'était qu'un mec qui aimait se donner en spectacle, qui n'avait qu'à tendre la main pour attraper n'importe quelle fille. Je le pensais arrogant, suffisant et antipathique. Il est tout le contraire. Il est gentil, attentionné et agréable. Il est tout ce que j'aime. Je détourne la tête pour éviter qu'il ne me voie rougir et observe les alentours.

Garrett entre dans l'un des quartiers les plus huppés de la ville. Je n'y ai jamais mis les pieds. Tout ici respire l'argent et le pouvoir. Pas un seul détritus ne traîne sur le sol, chaque buisson est parfaitement taillé, les plates-bandes sont joliment agencées.

Je sais que Garrett a grandi à Beverly Hills, qu'il est sûrement habitué à ce luxe, mais j'ai soudain l'impression qu'un fossé se dessine entre nous. Même si Craig et ma sœur gagnent plus que bien leur vie, je n'ai jamais connu ça.

J'observe avec attention le bâtiment de deux étages où sont installés les studios d'enregistrement Big M Music. Je ne m'attendais pas à une bâtisse aussi simple, sans signe distinctif. Les murs sont blancs et la moitié est composée de cubes en verre opaque qui cachent la vue mais laissent passer la lumière. La seule originalité est les huit grosses étoiles dorées en métal positionnées en haut de la façade.

Le chanteur se gare derrière le pick-up d'Olly et je le suis dans les locaux. Il y est visiblement comme un poisson dans l'eau. Chaque personne qu'il croise est saluée par son prénom, lui renvoyant systématiquement un grand sourire - surtout quand ce sont des femmes.

— On y est depuis ce matin, m'explique Garrett alors qu'il me conduit dans un long couloir où se succèdent un nombre impressionnant de portes. Les mecs ont fait chacun leur passage instrumental et vocal. Il ne reste plus qu'à enregistrer ma partie et les harmonies.

— Vous ne faites pas tout ensemble ? m'étonné-je.

— Non, chacun son tour, sinon on risque d'être déconcentrés.

Il finit par ralentir et entre dans une pièce aux murs rouges. De l'autre côté de la porte nous attend toute l'équipe.

— Maxine, voici Samuel, notre réalisateur artistique, et Anton, notre ingé son.

Les deux hommes se lèvent pour me serrer la main, avant de reprendre instantanément leur concentration.

Je suis impressionnée par le matériel. Je me demande comment ils parviennent à bosser sur l'immense table de mixage couverte d'une multitude de boutons qui s'étend le long d'une vitre. De l'autre côté se trouve une pièce insonorisée avec les instruments de musique : batterie, basse, guitare électrique, piano et micro.

— L'album est presque bouclé, mais on doit encore faire un enregistrement. Et ensuite il faudra que l'ensemble passe au mixage et au *mastering*, m'explique Garrett.

— Hey Maxine ! me salue Ryan en entrant à son tour, suivi d'Ayden et Oliver.

— Bonjour. Merci de m'accueillir.

— Tu plaisantes ? C'est toujours un plaisir d'avoir du public, ajoute Ayden en se penchant pour m'embrasser sur la joue.

— J'espère que tu passeras un bon moment, me dit Olly avec un clin d'œil.

— Je n'en doute pas.

Garrett me jette un dernier regard nerveux avant de rejoindre la pièce adjacente, tandis que le reste du groupe prend place sur la banquette. Samuel me tend un casque.

— Tiens, pour écouter. Si tu veux, tu peux t'installer à côté de moi ou sur le canapé dans le fond, avec les gars.

J'opte pour le fauteuil, j'ai envie d'avoir une vue d'ensemble pour profiter un maximum. Garrett récupère à son tour un casque et s'empare d'une guitare électrique. Je l'observe la régler rapidement avant de se positionner, prêt à jouer.

Je suis captivée. C'est la première fois que je le vois à l'œuvre, et c'est vraiment incroyable. Je dois pour le moment me contenter de la musique, mais c'est déjà beaucoup. Elle m'emporte, le rythme est soutenu. Après une première prise sans interruption, Anton appuie sur un bouton pour pouvoir parler à Garrett.

— Pendant le *bridge*, dit-il, je me demande si ça ne serait pas mieux au piano.

— Ouais, pourquoi pas. Tu as ce qu'il te faut à la guitare ?

— Oui, c'est bon.

Le musicien abandonne son instrument pour s'installer sur le banc devant le piano. Je ne l'ai jamais vu en faire. Je me penche un peu plus pour l'observer avec attention, oubliant que je ne suis pas seule. Tout ce qui m'importe, c'est Garrett. Il ne fait qu'un avec l'instrument, passionné. Il est né pour ça. Un silence s'est emparé du studio, comme si chacun était soufflé par sa prestation. À la fin du morceau, il se tourne vers nous et Samuel valide la séquence en levant le pouce.

— Place aux choses sérieuses, lance Ryan en se frottant les mains.

Je me tourne vers lui et hausse un sourcil.

— Attends de l'entendre chanter, se contente d'expliquer Ayden, complice.

Vais-je survivre à cette séance ? Garrett malmène déjà fortement mes émotions lorsqu'il chante sur des titres connus, que va-t-il se passer avec une chanson qu'il a écrite ? Il prend place au centre de la pièce, sous un micro central. Il repositionne correctement son casque avant de hocher la tête pour signaler qu'il est prêt. Anton appuie sur une série de boutons et une mélodie résonne aussitôt.

— C'est la base que les mecs ont travaillée pour pouvoir commencer les enregistrements. Ce ne sera pas la musique définitive, m'explique le réalisateur artistique alors que Garrett se met à chanter.

Je suis aussitôt accaparée par son aura, son talent, sa passion.

I thought I knew everything
'Till I met you
All my certainties were gone
The moment I met you
I can't stop thinking about you
Since I met you

You're everywhere
In my mind, in my head
As if I had you under my skin
In my blood, in my heart
You're everywhere

Because of you
I want to believe I'm not that broken
Because of you
I want to believe I'm worth it
Because of you
I want to believe I can be loved

Garrett a l'air si concentré, comme si rien ne pouvait le perturber. Son visage si expressif, ses froncements de sourcils, ses mouvements de tête, la mesure qu'il bat en rythme en frappant sa main sur sa cuisse tandis que l'autre appuie le casque sur son oreille ; il vit la chanson. Quand il s'apprête à reprendre le pont, ses yeux s'ouvrent pour se planter directement dans les miens, et je suis happée, incapable de détourner le regard.

You're everywhere
In my mind, in my head
As if I had you under my skin
In my blood, in my heart
You're everywhere

When I met you
I was someone else
Because of you
I become someone else
For you

You're everywhere
In my mind, in my head
As if I had you under my skin
In my blood, in my heart
You're everywhere

J'ai les larmes aux yeux. Ce morceau me parle, me chamboule. Il a sûrement été écrit depuis bien longtemps, mais ces mots me touchent tellement, j'ai la sensation qu'ils ont été choisis pour moi. Qu'à travers eux, Garrett essaie de me dire quelque chose. Mais c'est vraiment prétentieux de ma part, n'est-ce pas ?

— Tout va bien ? s'enquiert Samuel.

— Oui, oui. C'est juste que...

— Garrett a quelque chose dans la voix, hein ?

J'acquiesce, me frottant les bras pour me débarrasser d'un frisson.

Et même plus...

Sam tend le bras vers la console et appuie sur un bouton.

— C'était génial. On va reprendre le dernier couplet. Garrett, essaie d'augmenter l'*air break* à la fin de la dernière phrase.

— Ça marche.

Le chanteur ne se fait pas prier et repart pour un tour. La joie de vivre qui se dégage de son visage fait tellement plaisir à voir. Je n'ai entendu le titre que deux fois, mais déjà, la musique s'est infiltrée en moi et je répète le refrain.

C'est au tour d'Anton d'intervenir en coupant carrément pendant le pont. Je ne savais pas que cela pouvait se passer ainsi. Ils fonctionnent à la manière d'un montage vidéo, capables ensuite d'assembler les morceaux comme ils le souhaitent en ne gardant que les meilleurs.

— Garrett, nickel pour les *runs*. Par contre, fais attention au *fry* en début de refrain.

Anton doit saisir mon incompréhension en avisant ma mine déconfite parce qu'il se met à rire doucement.

— Désolé, s'excuse-t-il. Le *fry* et l'*air break*, ce sont des effets que l'on fait prendre à la voix plutôt en début et en fin de phrase. Les *runs*, c'est ce qui s'apparente à l'*autotune*, mais Garrett est capable de le faire sans manipulation électronique. Il peut changer de notes très rapidement. Il est très fort dans les *riffs* aussi, ce sont des envolées vocales.

— Tous les chanteurs ne le sont pas ?

— Pas tous non, confirme-t-il dans un rire en secouant la tête. Du moins, pas avec autant de facilité. Garrett est l'un des meilleurs avec qui j'aie bossé.

Je fais une petite moue impressionnée, mais pas surprise.

— Ouais, notre pote, c'est le meilleur, intervient Ryan.

— Je dirais même qu'il n'a jamais été aussi bon qu'aujourd'hui, rebondit Ayden.

— C'est sûrement parce qu'il a une motivation supplémentaire, commente Oliver en me faisant un grand sourire.

Je ne peux m'empêcher de rougir face à son insinuation. Garrett poursuit de l'autre côté de la vitre et termine très haut sur une note en toute fin de phrase. Ryan bondit sur ses pieds et frappe dans ses mains tout en sifflant.

— Putain !

Garrett ne peut pas l'entendre mais il se met tout de même à rire devant l'attitude de Ryan.

— C'est de ça qu'on parle, explique Oliver, tout aussi stupéfait.

— Jamais il n'est monté si haut, renchérit Ayden. C'est dans la boîte, hein ?

— Affirmatif, confirme Anton.

— On a tout ce qu'il faut, informe Samuel. Vous pouvez le rejoindre pour les harmonies.

Les garçons se dirigent comme un seul homme vers la porte. Je ne me suis toujours pas tout à fait remise de la performance de Garrett, voilà qu'ils m'offrent à nouveau un spectacle époustouflant. Je les ai déjà vus sur la scène du *Porthole*, mais aujourd'hui, ça n'a rien à voir. Je suis sidérée par cette synchronicité entre eux, c'est comme une fusion. Avant même de commencer, on peut voir leurs mouvements rodés, leurs habitudes. Lorsque l'un bouge, l'autre réagit, comme s'ils ne formaient qu'un seul corps. Ils occupent chacun un poste bien défini, mais ils agissent de front. Et c'est encore plus fort quand ils commencent à chanter et que tout s'évanouit autour d'eux.

La séquence se poursuit pendant de longues minutes où ils doivent reprendre plusieurs passages. Ryan amuse la galerie comme à son habitude, l'ambiance est joyeuse, appuyant la bonne entente au sein du groupe.

Quand Anton et Samuel valident, ils quittent leur poste et nous rejoignent dans un joyeux capharnaüm. Les frangins vont récupérer une bouteille d'eau dans un frigo au fond de la pièce et Garrett vient s'affaler dans le siège à mes côtés.

— Alors ? demande-t-il timidement en rivant ses yeux sur ses mains.

— C'était extraordinaire, le rassuré-je en souriant.

Je pose mes doigts sur les siens pour attirer son attention. Il plonge son regard dans mes iris, et l'air se raréfie un instant. Je n'entends plus rien autour de moi tandis que Garrett me dévisage avec douceur, telle une caresse. J'aimerais plus. J'aime tellement lorsqu'il pose ses mains sur mon visage, lorsqu'il caresse mes pommettes, effleure ma bouche. Sentir sa peau sur la mienne tout simplement. Notre moment est interrompu par Samuel qui propose d'écouter un peu ce qui a été enregistré.

— Ce n'est pas la version définitive, mais ça s'en rapproche.

Je l'observe faire plusieurs manipulations sur l'ordinateur avant de lancer une bande-son. Garrett fait pivoter mon siège pour que je me retrouve dos à lui, face aux platines. Il dégage mes cheveux de ma nuque, pose son menton sur mon épaule et son bras sur l'accoudoir de l'autre côté. Si mon cœur s'affole en cet instant, je ne saurais dire qui en est le plus responsable : la chanson ou son interprète. Je capte un sourire énigmatique d'Oliver alors qu'il nous regarde.

Le moment de plénitude est rompu par l'ouverture de la porte et l'apparition de l'agente des garçons.

— Margo ? souffle Garrett en se redressant subitement.

Je ressens aussitôt un vide immense. Je suis blessée qu'il se soit senti obligé de s'éloigner de moi comme ça. Et mon sentiment ne faiblit pas quand Margo me fusille du regard en alternant entre le groupe et moi. Elle n'apprécie clairement pas de me voir ici.

— Tu peux me dire où sont les toilettes ? demandé-je à Samuel.

— Oui, dans le couloir à gauche, c'est la deuxième porte sur ta droite.

— Merci.

Je m'excuse faiblement et sors du studio sans que Garrett ne cherche à me retenir. Je trouve sans difficulté la pièce d'eau. Les deux mains en appui sur le lavabo, j'inspire profondément. J'ouvre le robinet et me passe un peu d'eau sur le visage. Je m'en veux de réagir ainsi. Nous n'avons rien fait de mal, pourtant c'est comme si c'était le cas. Je me cache comme si j'avais honte, jalouse d'une femme qui ne m'a rien fait.

Lorsque je rejoins enfin le couloir, je suis arrêtée par des voix qui me parviennent à l'angle.

— Qu'est-ce qu'elle fait là ?

— J'ai invité une amie à assister à une séance, j'ai le droit, non ?

— Garrett !

— Non, je t'arrête tout de suite, on ne va pas encore revenir là-dessus ! Tu n'as rien à dire, Margo.

Je ne devrais pas, mais je reste là, à épier leur conversation, le cœur battant.

— Si, justement. Jamais tu n'as fait ça jusqu'à maintenant.

— Je ne vois pas où est le problème.

— Tous tes beaux discours sur les promesses que tu tiens...

— Je tiens ma promesse ! Mon amitié avec Maxine ne change rien à mes engagements. C'est toi le problème, Margo. J'ignore ce que tu as dit à Maxine la dernière fois, mais je sais que sa réaction a tout à voir avec ça. Elle n'a rien voulu me dire et je crois que ça en dit énormément sur elle.

Un silence suit sa déclaration.

— Cette chanson, je ne la connaissais pas. Tu l'as écrite pour elle, hein ? demande-t-elle d'une voix émue.

Mon cœur se serre et je tends un peu plus l'oreille. Garrett ne dit rien pendant plusieurs secondes avant de reprendre la parole :

— Est-ce que ça a une importance ? souffle-t-il.

— Tu tiens à elle, comprend-elle.

— Margo... Je n'avais pas prévu ça, je te le jure et je t'assure que ça ne change rien à mes promesses. Je suis là, le groupe est mon avenir. Je ne foirerai pas tout ça.

Je n'entends pas ce qu'ils se disent ensuite. Je me plaque contre le mur et porte mes mains à mon cœur. Tout ce que je ressens se répercute dans ma poitrine. Je compte pour Garrett, autant qu'il compte pour moi. Mais il va partir en tournée avec ARGO et je vais rentrer à Seattle. Je n'en reviens pas qu'en si peu de temps il ait pris une place si importante dans ma vie.

Tellement importante que je ne sais pas comment gérer cette séparation à venir. J'ai envie de pleurer.

Ressaisis-toi, Max. Tout va bien se passer.

Je secoue la tête et rejoins le couloir. Je m'arrête net en tombant sur Garrett qui fait les cent pas devant la porte du studio. Il relève la tête en me voyant.

— Tout va bien ?

— Oui.

— Tu mens, réfute-t-il avec un faible sourire. Je suis désolé pour Margo.

— Tu n'as pas à t'excuser, elle a tous les droits d'être ici, moi non.

— C'est là que tu te trompes, Maxine.

Il n'y a plus que quelques pouces entre nous. J'ai l'impression que sa respiration est aussi irrégulière que la mienne. J'essaie de calmer mon cœur, mais c'est difficile. Je ne sais pas où poser mes yeux : sur ses lèvres qui me tentent tellement, ses yeux qui peuvent me lire trop aisément, la peau tatouée de son cou qui m'intrigue, ses doigts que j'imagine me caresser, les muscles de son torse à peine camouflés par son tee-shirt. Tout chez lui me submerge.

Il prend l'une de mes mains, parcourt les lignes de ma paume comme il le fait souvent, avant de la placer au-dessus de son cœur.

— Je pensais à toi lorsque j'écrivais cette chanson. Je pense à toi très souvent, avoue-t-il en déglutissant. Je ne peux pas faire autrement.

— Garrett, murmuré-je.

Il pose un doigt sur mes lèvres pour me faire taire, déclenchant une réaction intense dans tout mon corps. D'où vient ce courant électrique qui renverse tout ? Autour de nous, l'air se charge d'une lourde tension. Je la vois également émaner du corps de Garrett alors qu'il me maintient maintenant tout contre lui. Ses doigts se pressent autour de ma taille. Mon souffle se suspend tandis que je pose mes mains sur son torse. Garrett a effacé ma crainte du contact physique. Mais il a fait une promesse.

Il laisse échapper un petit ricanement alors que ses yeux contemplent ma bouche. Sa langue vient caresser ses lèvres et imaginer leur goût malmène mon palpitant.

— Je rêverais de t'embrasser là, maintenant, lâche-t-il comme s'il avait lu dans mes pensées.

La pulpe de son pouce effleure l'ourlet de ma bouche.

— Mais je tiens à aller au bout.

— Je sais, soufflé-je. Et je ne veux pas t'en empêcher, même si j'en meurs d'envie aussi.

Je rougis face à mon aveu. Que m'arrive-t-il ? C'est comme si dans les bras de Garrett, je pouvais enfin me laisser aller, accepter ce désir retrouvé, sans crainte de le partager. Je me plaque un peu plus contre lui pour trouver le courage de terminer mes confessions.

— Si je veux être tout à fait honnête avec toi, je dois t'avouer que ça me fait peur aussi. Ressentir tout ça pour toi alors que dans quelques semaines, on va partir dans deux directions opposées. Comment veux-tu que ça marche ?

Il soupire sans pour autant s'éloigner de moi. Quand je retrouve ses pupilles, je peux y lire de la contrariété, mais c'est la réalité. Il ne peut pas effacer ce qui va arriver.

— Je t'ai dit qu'on trouverait une solution et on le fera, affirme-t-il avec une détermination sans faille.

Je me contente de lui sourire tendrement. Je ne vois pas bien ce qu'il pourrait inventer à part proposer une relation longue distance, mais je suis prête à lui faire confiance et surtout à mettre cette donnée de côté afin de profiter de lui jusqu'à la fin.

Il dépose un baiser sur mon front. Je savoure le contact de ses lèvres sur ma peau qui s'éternise alors qu'un souffle s'échappe de ma bouche. C'est doux mais tellement agréable.

Après une dernière caresse sur ma joue, Garrett m'entraîne à sa suite pour retrouver le groupe et terminer les réglages. Je prends une grande inspiration avant d'entrer dans la pièce et d'affronter Margo, et je le sens serrer ma main pour me donner du courage.

Il ne cesse de me surprendre, chaque jour qui passe, et je crois que c'est ça qui m'effraie le plus. Mais pour lui, je suis prête à prendre ce risque, à mettre mes peurs de côté et à avancer.

CHAPITRE 43
Garrett

Dans la semaine, le montage de notre dernier enregistrement a été finalisé. Nous avons pu écouter l'ensemble de l'album et il est parti chez Mitchell. Nous attendons son retour avec impatience.

Margo s'est absentée pour deux semaines sur la côte Est à la recherche de nouveaux talents. Cette distance ne peut que nous faire du bien. Je n'ai pas cherché à m'expliquer avec elle, je lui ai dit ce que j'avais à lui dire. Si cela ne lui plaît pas ou si elle préfère ne pas me faire confiance, c'est son problème. Je n'ai rien à me reprocher.

La séance des NA vient de se terminer et je patiente pour prendre un café. Max n'est pas là, avec son travail au Getty, elle ne peut plus s'absenter pour assister à la réunion du vendredi. Elle a réussi à négocier pour le mardi, c'est déjà bien, et cela nous permet ensuite de travailler le morceau que j'ai sélectionné.

— Ça va, Garrett ? m'interroge Ed en me rejoignant devant la table.

— Ouais et toi ? La grossesse se passe bien ?

— Je flippe à mort, tu penses bien, mais ça va. Cameron est resplendissante. Je fais en sorte d'être là pour chaque étape. Putain, t'imagines, je vais participer à des séances de préparation à l'accouchement, avec ces trucs de respiration et tout.

Je ris devant son air paniqué.

— Je suis sûr que tu vas t'en sortir comme un chef. Ça ne peut pas être pire qu'une mission à l'étranger.

— Oh ! Ça se voit que tu ne connais pas Cameron. Elle est parfois pire que mon commandant de compagnie.

— Ça ressemble à ma mère.

Heureusement qu'elle n'est pas là pour m'entendre. Je croise le regard de Patrick qui discute un peu plus loin avec John et Marisol. Quand je reporte mon attention sur Edward, je vois que sa posture a changé, son visage est plus fermé et ses lèvres pincées. Je fronce les sourcils, me demandant bien ce qui lui prend.

— Je peux te parler un peu à l'écart ?

— Oui, bien sûr.

Je termine mon café et jette le gobelet à la poubelle. Nous nous éloignons de quelques pas et je glisse les mains dans les poches de mon jean en attendant qu'il se lance.

— Je n'ai pas vraiment pris le temps de te reparler depuis la séance de la dernière fois.

— Laquelle ? feins-je de ne pas comprendre.

— Tu sais très bien ce à quoi je fais allusion, Garrett, me sermonne-t-il. Patrick et moi avons échangé à ce sujet. C'est mon rôle de venir m'informer.

En tant que parrain, c'est à lui que revient la délicate tâche de venir à la pêche aux informations. Je détourne le regard et observe Marisol en train de montrer quelque chose sur son téléphone.

— Tout va bien entre Maxine et toi ?

— Très bien.

— Ton état, c'était lié à elle, non ?

— Peut-être bien. Oui, finis-je par admettre devant ses yeux plissés. On s'est expliqués depuis.

— Je croyais que… commence-t-il.

Je soupire tout en passant une main dans mes cheveux. Je me vois mal lui mentir et nier l'évidence, mais je dois le rassurer également.

— Je comprends tes inquiétudes, vraiment, mais tu n'as aucune raison de t'en faire. Maxine et moi n'avons pas enfreint les règles.

— Vraiment ? demande-t-il, sceptique.

— Oui, vraiment. Je ne vais pas te raconter de bobards. Depuis que Maxine fait partie de ma vie, tout s'est calmé : mes pulsions, ma dépression, mais je sais que je dois faire attention. On s'est énormément rapprochés, la musique y est pour beaucoup, mais on n'a jamais franchi la ligne. Jamais.

Il me jauge un instant d'un regard perçant, avant d'acquiescer d'un mouvement de tête.

— Je te crois. Seulement...

Je vois l'avertissement arriver à grands pas, aussi me pressé-je de le couper :

— Je dois partir en tournée avec mon groupe en octobre et Maxine va rentrer à Seattle, dis-je, le cœur lourd. Pas besoin de nous demander de changer de groupe de soutien.

J'espère être suffisamment convaincant et surtout parvenir à camoufler la peine qui s'empare de moi chaque fois que je pense à ça.

— Tu as raison, finit-il par admettre.

Satisfait, il me donne un petit coup sur l'épaule avant de se détourner, me laissant seul. Je me ressaisis et finis par quitter le bâtiment, tentant de mettre de côté ma tristesse. J'ai affirmé à Maxine que nous allions trouver une solution, seulement je ne sais pas laquelle et cela me fend le cœur. L'idée d'être séparé d'elle m'est tout simplement insupportable. En attendant, je vais me concentrer sur tous les moments que nous passons ensemble.

✦ ✦ ✦

Cela fait un petit quart d'heure que nous sommes arrivés au *Porthole*, mais toujours pas de Maxine en vue. J'espère qu'elle ne va pas changer d'avis. J'ai gardé sa guitare après notre petite session d'hier, elle attend sagement à côté de la mienne. C'est plus fort que moi, dès qu'il s'agit de Maxine, je me fais du souci. Je ne me suis jamais autant inquiété pour quelqu'un d'autre.

— Ça va, mec ? me demande Olly, alors que mon regard est rivé sur l'entrée.

— Elle va arriver, enchaîne Ryan.

— Je l'espère.

— Vous avez encore bossé mardi, non ?

— Oui, mais bon, c'est Maxine, réponds-je à Ayden. Être dans un lieu public avec du monde, elle a encore du mal, et cette fois-ci sa meilleure amie n'est pas là.

Ils me lancent tous trois un petit sourire de circonstance et nous passons à un autre sujet de conversation. Mes doigts fourmillent d'envoyer un message pour savoir si tout va bien, si cela tient toujours, mais je me fais violence. Inutile de lui mettre la pression. Je termine mon verre de limonade lorsque je la vois enfin franchir la porte d'entrée.

Ma mâchoire se décroche presque en la regardant s'avancer vers nous. Elle a choisi un jean noir, un tee-shirt tout simple sur lequel elle porte une chemise *oversize*. Elle n'a pas troqué ses Dr. Martens pour une autre paire, mais merde alors, elle est sublime.

Je suis encore plus dans la merde, c'est indéniable. Et un seul regard vers les mecs suffit à me faire comprendre qu'ils en sont parfaitement conscients.

— Bonsoir, dit-elle timidement alors que je me décale pour qu'elle puisse s'installer à côté de moi.

— Salut, Max, sourit Ayden. Tu veux boire quoi ?

— Un Coca, s'il te plaît.

— Je vais te chercher ça, s'empresse de dire Ryan.

— Hé ! s'offusque son frère.

Maxine rit doucement en secouant la tête, accompagnée d'Olly. Ce dernier finit par me donner un coup de coude dans les côtes pour que je la lâche du regard.

— Tout va bien ? demandé-je à Max en me ressaisissant. Je me faisais du souci.

— Désolée. Je...

— Pas besoin de t'expliquer, la rassuré-je. Le principal est que tu sois là ce soir.

Elle acquiesce d'un mouvement de tête, mais je lis tout le malaise qui l'habite dans ses yeux. Elle a calé ses mains entre ses jambes et elle jette un regard nerveux vers la scène. J'ignore comment faire pour apaiser son angoisse. J'ai l'impression que tout est plus simple lorsque nous ne sommes que tous les deux.

Finalement, la bonne humeur et l'humour de Ryan suffisent à dissiper cette tension. Elle rit bientôt sans gêne aux blagues foireuses de mon pote et cela fait gonfler mon cœur un peu plus.

Quand vient notre tour de passer sur scène, je me penche vers elle :

— On y va ? demandé-je.

Je suis un instant dérouté par son parfum. Je l'ai souvent tenue contre moi, mais je n'avais jamais été saisi à ce point par son odeur douce et fruitée.

— Je suis là, affirmé-je pour la soutenir.

Elle hoche la tête. Elle ne peut même pas compter sur l'alcool pour lui donner un peu de courage. Cela montre sûrement une force plus grande encore. Je lui tends la guitare sur laquelle je lui ai enseigné la musique, récupère la mienne et Maxine accepte ma main. Nous rejoignons la scène et nous installons.

— Tout va bien se passer et cette fois-ci, ce n'est pas un mensonge, lui assuré-je en m'asseyant sur l'un des tabourets.

Elle me sourit et se met en place.

— Tu es prête ?

— Pas vraiment.

— Je suis là, répété-je. On joue et on chante ensemble.

Je lance la mélodie et la laisse se caler sur mon rythme en douceur. Je lui ai assuré que même si elle avait des petits oublis ou qu'elle se trompait, j'étais là pour combler les lacunes. Nous ne cherchons pas la performance, seulement à prendre du plaisir.

I'm jealous of the rain
That falls upon your skin
It's closer than my hands have been
I'm jealous of the rain
I'm jealous of the wind
That ripples through your clothes
It's closer than your shadow
Oh, I'm jealous of the wind, cause

Mon timbre n'est pas aussi assuré que d'habitude parce que je n'arrive pas à me concentrer. Chaque fois que je vois Maxine, que nous faisons une activité ensemble, je découvre une nouvelle facette d'elle. Ce soir, avec *Jealous* de Labrinth, je prends pleinement conscience du point auquel elle rayonne quand elle chante. Ce don, elle ne le travaille pas, elle ne l'exploite même pas. C'est inné et tellement envoûtant, putain. Je suis subjugué. Sa maîtrise de la guitare n'est pas parfaite, mais son grain de voix efface tout.

Je suis tenté de me retirer pour la laisser prendre toute la lumière, mais je lui ai promis d'être là, alors je tente de reprendre mes esprits. Le sourire qu'elle me lance à la fin du morceau est sincère et tellement magnifique. Je lutte de toutes mes forces pour ne pas me jeter sur elle. Ne pas savoir quel goût elle a, comment ses lèvres bougeraient sous les miennes, ignorer la douceur de sa peau, la moindre de ses courbes, ne pas connaître ses gémissements, son souffle, est une torture. Elle m'inspire quand je dors, quand je suis seul, à chaque moment. Elle prend déjà tellement de place alors que je ne sais pas ce que nous sommes.

— On peut continuer encore un peu ? demande-t-elle timidement.

Contrairement à ce à quoi j'aurais pu m'attendre, elle décide d'elle-même d'enchaîner, comme si elle voulait profiter au maximum de son courage.

— La scène est à nous, acquiescé-je d'un mouvement de tête. Je m'en suis assuré auprès de Jin.

— Halsey, *Without Me* ?

Je suis un instant déstabilisé alors que les paroles me reviennent. Est-ce ce qu'elle craint à terme pour nous deux ? Nous compare-t-elle à cette histoire ? Je me ressaisis aussitôt et valide, mes doigts commençant à danser sur les cordes. Je lui laisse la parole, et bordel, cela lui va tellement bien.

Found you when your heart was broke
I filled your cup until it overflowed
Took it so far to keep you close

I was afraid to leave you on your own
I say I'd catch you if you fall
And if they laugh, then fuck 'em all
And then I got you off your knees
Put you right back on your feet
Just so you can take advantage of me

Je suis sidéré par la facilité avec laquelle elle se livre. Je pense qu'elle ne le sait pas, mais elle se libère dès que les notes franchissent ses lèvres. Elle rayonne.

À la fin du morceau, elle me remercie d'un sourire timide tandis que de nouveaux applaudissements emplissent la salle. Sa guitare à bout de bras, elle rejoint notre table. Seulement, je ne peux pas rester sans lui répondre, je ne suis pas d'accord. Certes, nous étions deux âmes brisées lorsque nous nous sommes rencontrés, mais je ne profiterai jamais d'elle. Max et moi, nous nous soutenons mutuellement. Je suis persuadé que nous avons un avenir ensemble, peu importe les difficultés que nous devrons affronter. Je veux qu'elle le comprenne, qu'elle le sache, alors je vais emprunter ceux d'un autre pour le lui dire.

Je ferme les yeux et mes doigts s'animent. C'est comme s'ils avaient leur propre volonté, c'est toujours comme ça. Parfois, j'ai l'impression de ne rien maîtriser. Je vis la musique, c'est tout. Alors je laisse parler Dermont Kennedy pour que Maxine comprenne à quel point elle est importante pour moi. Je lui confie qu'elle est la seule à avoir eu et vu mon âme comme personne d'autre avant elle, que je n'ai jamais été aussi proche d'avoir tout ce dont j'ai besoin grâce à elle, peu importe le chemin emprunté tant qu'il me mène à elle. Je vais m'accrocher à elle, à notre histoire, parce que j'y crois.

Durant tout le morceau, mes yeux restent clos ; je sais que s'ils rencontrent ceux de Maxine, je vais perdre mes moyens. Jusqu'à présent, la musique était une véritable passion, mais je ne m'en suis jamais servi pour montrer volontairement qui j'étais vraiment à qui que ce soit. Il y a forcément une part de moi lorsque je joue, mais très peu de personnes s'y arrêtent suffisamment longtemps pour percevoir le vrai moi. Toutefois, avec Maxine, je ne peux pas me permettre cela. C'est impossible. Alors je donne tout, je fais passer tout ce que je ressens pour elle pendant ces quelques minutes, les larmes au bord des yeux lorsque je termine. J'espère qu'elle m'a entendu.

Quand je rejoins notre table, Ryan est en train de faire le pitre comme d'habitude et rien dans l'attitude de Maxine ne me permet de savoir si elle a été réceptive à ma performance, si elle a compris ce que j'essayais de lui dire. Et ce n'est pas devant les mecs que je vais chercher à l'apprendre.

Nous restons encore une petite heure, puis Maxine me demande si je peux la raccompagner. Elle salue les gars et nous rejoignons ma voiture en silence. Je place les instruments à l'arrière avant de grimper derrière le volant. J'aimerais être capable de lire dans ses pensées. Je pourrais tout aussi bien le lui demander, mais pour tout avouer, je crains de connaître la réponse.

— Tu as passé une bonne soirée ? tenté-je finalement alors que nous arrivons à proximité de chez elle.

— Oui, excellente.

Je soupire parce que même si nous nous sommes rapprochés, Maxine est toujours aussi avare de paroles. À certains moments, elle se laisse aller, mais il lui faut du temps, un contexte particulier. J'ignore si ce trait de personnalité était déjà là avant ou si son traumatisme l'a changée.

— Je t'accompagne à ta porte.

Je ne veux pas que la soirée se termine. Pas encore.

— Mais avant, je voudrais te l'offrir, dis-je en récupérant à l'arrière la guitare que je lui prêtais jusque-là.

Elle écarquille les yeux et secoue la tête.

— Garrett, non ! Je ne peux pas accepter.

— Bien sûr que si, tu peux. Écoute, si au départ, ces cours étaient pour toi, ils sont vite devenus importants pour moi aussi. Cet instrument, c'est ce que ça représente à mes yeux. Tout ce que je t'ai appris. Accepte-le, s'il te plaît.

Elle hésite, se mord la lèvre, puis finit par acquiescer. Je détourne les yeux.

— D'accord, merci infiniment.

Elle se jette dans mes bras et m'offre une étreinte chaleureuse, les yeux humides. Sans un mot, nous grimpons les deux étages et rapidement, nous arrivons devant la porte de son studio. Elle pose la guitare contre le mur et se retourne vers moi.

— Merci de m'avoir proposé cette soirée, je n'aurais jamais eu le cran de le faire seule.

— Tu t'en es formidablement bien sortie.

— Tu trouves ?

Je ris franchement, parce que je ne comprends pas comment elle peut douter d'elle.

— Évidemment. Je ne parle même pas de ta voix, tu sais ce que j'en pense. Et pour une première fois, tu as été parfaite à la guitare. Il faut dire que tu as eu un très bon prof, me vanté-je.

Elle éclate de rire en levant les yeux au ciel, me donnant un petit coup sur le torse. J'attrape sa main au vol et m'avance un peu plus vers elle. Nous avons dépassé le stade où je dois tout garder pour moi. Dès qu'elle est auprès de moi, j'ai envie de la toucher, de sentir son parfum, et je rêve de pouvoir la goûter.

— Si tu savais à quel point je meurs d'envie de t'embrasser, soufflé-je alors que mon pouce dessine le tracé de ses lèvres. Je te l'ai déjà dit, mais c'est encore plus vrai ce soir.

Elles s'entrouvrent légèrement et mon cœur s'affole. Je m'imagine son goût, les sensations qui prendraient possession de mon corps et ravageraient tout sur leur passage. Je ne fais que l'effleurer et déjà le feu d'artifice bouscule tout en moi.

— Je te laisserais faire, murmure-t-elle en agrippant mon tee-shirt.

Je pars dans un petit rire qui traduit toute ma frustration.

— J'ai fait une promesse. Je veux être ce quelqu'un pour toi. Un homme qui tient parole, sur qui on peut compter. Je ne veux pas te décevoir.

Une larme dévale sa joue, aussitôt effacée par mon doigt.

— Garrett...

— Je sais.

— En octobre... commence-t-elle.

Je comprends aussitôt où elle veut en venir.

— En octobre, je pourrai enfin poser mes lèvres sur les tiennes. Je pourrai enfin te goûter.

Je me demande si elle ressent toute la lutte qui m'anime, décuplée par notre proximité, notre souffle partagé, nos cœurs battant à l'unisson. Pourquoi faut-il que ce soit elle ? Pourquoi maintenant ? Je lui ai dit que nous trouverions une solution, mais laquelle ? Une relation amoureuse ne pourra pas commencer alors que des milliers de miles seront entre nous. Je sais qu'elle en est consciente, peu importe combien nous nous sommes attachés l'un à l'autre. Je serais un bien bel enfoiré doublé d'un gros égoïste si je lui proposais ce genre d'histoire à distance.

— Tout se passera bien, lui assuré-je.

Elle me sourit tristement, parfaitement lucide. C'est encore plus dur.

— Dis-moi d'autres mensonges.

— Je ne ressentirai rien quand tu t'en iras. Je ne regretterai aucun de nos moments passés ensemble. Ta voix ne me manquera pas. J'oublierai ton intelligence, la manière dont tu t'ouvres à moi, dont tu t'illumines dès que tu chantes, dès que tu me parles d'art. Tout ce que j'éprouve pour toi s'effacera en un claquement de doigts. C'est ça que tu veux entendre ?

— Oui, pour que ce soit plus facile.

Je médite quelques instants sur ses paroles, toujours devant la porte de son studio. Au moment où je me mets à fredonner, son regard plonge dans mes iris. À cet instant précis, j'ai le sentiment qu'elle s'empare de mon âme et qu'elle m'offre la sienne.

It should be easy
I don't know how sweet your lips are
It should be easy
I don't know how soft your skin is
It should be easy
I don't know how your body moves under mine
It should be easy
But it's not

Because my head imagines everything without difficulty
Your perfume is already inscribed in my memory
Every mole present when I close my eyes

— Je… m’interrompt-elle, les larmes aux yeux.

— Je te l’ai dit, tu m’inspires et ce n’est pas un mensonge.

Je dépose un baiser sur son front et me fais violence pour ne pas craquer et réclamer plus. Elle récupère la guitare et je la regarde entrer dans l’appartement.

— Bonne nuit, Max.

— Bonne nuit, Garrett.

J’aurais tout aussi bien pu lui dire que je l’avais déjà dans la peau, mais j’en ai peut-être assez dit pour ce soir. Non ?

CHAPITRE 44

Maxine

Plus de sept semaines ont passé depuis mon premier jour au Getty Center. Le temps défile à une vitesse folle. Après nous être occupées pendant tout le mois de juillet à commander différentes œuvres qu'Elyssa et moi avons repérées, il faut maintenant les réceptionner et les inventorier. Le directeur a bien entendu validé nos choix en amont. Cela va de pair avec la vérification des certificats d'authenticité et la création d'un nouveau catalogue. Il y a toute une machinerie cachée qu'on ne suspecte même pas lorsque l'on est simple visiteur.

Ma collègue et moi, nous nous sommes réparti les différentes tâches. Je m'occupe de la rédaction de toutes les fiches qui accompagneront chaque œuvre et elle finalise l'installation avec les plans. Elle se charge également de la communication tout autour de l'exposition. L'équipe technique est aussi sur le pied de guerre, car il est également question d'éclairage, de musique. Nous avons aussi besoin de supports spécifiques. Quand je regarde où j'évolue, je sais que j'ai fait le bon choix. Tout ça, c'est ce qui m'anime.

Garrett rit dès que nous nous voyons car je suis toujours très enthousiaste en lui racontant mes journées. Il y a systématiquement une histoire derrière un tableau ou une sculpture, jamais je ne me lasse.

Après notre représentation au *Porthole*, j'étais fébrile. J'aurais tellement aimé qu'il m'embrasse, mais je comprends parfaitement pourquoi il ne l'a pas fait. C'est tellement dur, être l'un avec l'autre, sentir cette attraction entre nous, mais devoir la combattre encore un peu.

En ce moment, il est pas mal occupé avec le groupe : les répétitions ont commencé tout de suite après qu'ils ont bouclé le tournage du clip de leur dernier single, alors je profite de chaque instant qu'il m'offre, même si ce n'est qu'un coup de téléphone. Ils doivent respecter leurs engagements, et je n'ai jamais vu Garrett si épanoui. Il touche son rêve du bout des doigts.

Lorsqu'ils étaient en déplacement à San Diego et San Francisco, j'ai reçu la visite de ma famille. Ils sont restés quatre jours avec moi. Quand j'étais au travail, ils jouaient les touristes dans les quartiers célèbres de Los Angeles et le soir, nous profitions d'un moment tous ensemble. C'était extra. Maintenant qu'ils sont partis, j'ai à nouveau la tête dans le guidon.

Le vernissage aura lieu dans deux semaines et nous sommes sur tous les fronts. L'installation nous demande une gymnastique cérébrale et physique aussi. Nous avons dû faire face à des problèmes de raccordement qui ont chamboulé la disposition et, surtout, je dois maintenant faire sans Elyssa. Sa mère a un problème de santé et elle a dû rentrer dans son Wisconsin natal. M. Chambers m'a demandé si je me sentais de poursuivre toute seule ou s'il devait détacher quelqu'un d'un autre service. J'ai accepté de relever le défi. Je suis sûre de pouvoir y arriver.

J'avoue que le week-end est tout de même le bienvenu pour souffler. C'est aussi parce que ce sont les seuls moments où je retrouve Garrett plus longtemps que pour quelques heures volées çà et là. Nous nous voyons quand même très régulièrement. Nous ne pouvons pas rester longtemps l'un sans l'autre, sauf lorsque nous y sommes contraints par l'un de ses déplacements professionnels. Entre nous, tout va pour le mieux. Enfin, vu la situation dans laquelle nous nous trouvons. La tension n'a pas faibli, elle grandit même au fur et à mesure que nous nous rapprochons d'octobre. En attendant, nous devons nous contenter de caresses et de regards lourds de sens. C'est dur, mais nous tenons bon.

Mardi dernier, c'était son anniversaire. Après la réunion des NA où tous les membres n'ont pas manqué de le lui fêter, Garrett a retrouvé sa famille, accompagné du groupe et de Margo. Il m'y a conviée mais je ne me voyais pas accepter. Déjà parce que j'aurais trop angoissé à l'idée de me retrouver avec des inconnus, d'être présentée à ses proches, mais surtout parce que cela reste toujours un peu tendu avec Margo. Alors, pour compenser, nous nous sommes rassemblés ce soir en petit comité à la plage pour un feu de joie avec de la bonne musique.

Ryan et Ayden sont très joyeux, un peu plus qu'à l'accoutumée. Je les interroge d'un mouvement de menton.

— Qu'est-ce qui vous arrive ?

— On a eu notre premier vrai cachet ! explique Ayden.

— D'où cette bouteille très chère de rhum ici présente. Parce que ça se fête ! Enfin...

Ryan lance une mine désolée à Garrett qui semble n'en avoir rien à faire.

— Vous n'aviez rien touché jusque-là ? m'intéressé-je.

— Si, mais c'était une simple avance, pas si grosse que ça. Là, il y a le salaire de notre participation aux diverses émissions depuis quelques mois. Et disons que...

— Ça fait plaisir ! s'exclame Olly en coupant la parole à Garrett.

Il brandit la bouteille et nous explosons de rire. Les garçons se passent l'alcool tandis que Garrett et moi nous contentons d'un soda.

— Et alors ? Dites-moi tout, qu'est-ce que ça fait d'être des stars ?

— Doucement, jeune fille, me contre Olly.

— Parle pour toi, le chambre Ryan.

— Arrête tes conneries.

Je lève les yeux au ciel alors qu'Ayden donne une tape à l'arrière du crâne de son frère, attendant l'escalade de bêtises. Surtout avec du rhum.

— Tu déconnes ? s'offusque le batteur. J'ai déjà chopé trois numéros de téléphone.

J'écarquille les yeux, la bouche ouverte.

— Aurais-tu douté de mon sex-appeal ? demande-t-il en avisant ma mimique.

— Absolument pas !

— Hmm...

J'ai beau avoir les mains en l'air, il n'est pas dupe.

— Plus sérieusement, commence Garrett, c'est le pied.

— Ouais, ça résume bien.

— C'est notre rêve à tous les quatre, explique Ayden. L'équipe est géniale, les autres groupes excellents. Il y a une bonne ambiance, ça va être cool.

— Je suis si heureuse pour vous.

C'est sincère, même si ce futur est doux-amer.

— Et toi ? Pas trop stressée pour la dernière ligne droite ? se renseigne Ryan.

— Non. Si. Beaucoup, finis-je par avouer avant d'éclater de rire.

— Tu vas t'en sortir comme une reine, j'en suis sûr, m'encourage Garrett.

Ryan lance la musique sur une petite enceinte bluetooth depuis son portable. Ce soir, la guitare est restée à la maison. Les garçons se lancent dans une compétition de capoeira, sauf Garrett qui préfère rester à mes côtés.

— Je peux compter sur toi le jour du vernissage ? lui demandé-je doucement.

— Évidemment. Je serais venu même si tu ne m'avais pas invité.

Je secoue la tête. Cela ne m'étonne pas de lui.

— Vous êtes cordialement conviés aussi, les garçons, dis-je un peu plus fort pour couvrir la musique.

— On avait bien l'intention de s'incruster ! s'exclame Ryan. Je ne dis jamais non à des petits fours et du champagne gratuits. Il y en aura bien, au moins ?

Garrett lève les yeux au ciel avant de passer un bras par-dessus mes épaules. Le feu crépite devant nous, je n'ai pas froid, pourtant un frisson s'empare de moi. Le nez plongé dans mon cou, il me respire, accentuant ma chair de poule. Je pose ma tête contre sa tempe, les larmes aux yeux. Je me laisse déborder par mes émotions, le déni dans lequel nous sommes alors que le temps s'écoule et nous rapproche dangereusement d'octobre est soudainement beaucoup trop dur à encaisser.

— Ce n'est que le début, lui soufflé-je.

— Promis ?

— Promis.

Il tend l'autre bras pour prendre ma main dans la sienne, caressant distraitement ma peau. Je pose ma paume sur sa joue et attire son regard vers mon visage.

Je dégage une mèche de son front pour y déposer un baiser. Il resserre son étreinte et je l'entends soupirer. J'aimerais pouvoir lui dire plus, mieux, mais c'est tout ce que j'ai pour l'instant. Et c'est déjà beaucoup, non ?

CHAPITRE 45

Garrett

Je suis un peu stressé alors qu'Oliver se gare sur le parking du Getty Center. La nuit est tombée et le cadre n'a rien à voir avec la dernière fois que j'y suis venu. Les spots au sol délimitent les allées piétonnes et les éclairages judicieusement positionnés sur les façades mettent en valeur les bâtiments. C'est comme si les lieux devenaient beaucoup plus intimistes.

Nous sortons de la voiture et je guide les gars jusqu'à l'exposition. Je veux paraître serein, mais je sais que mes amis ne sont pas crédules. Ils ont cependant la décence de ne pas me brusquer. J'ai tellement hâte de revoir Maxine, de la découvrir dans son environnement.

— Votre carton d'invitation, s'il vous plaît ?

Nous montrons patte blanche à l'accueil du Getty Center. Ce n'est pas mon exposition, pourtant, je suis aussi nerveux que si ça l'était. J'ai changé trois fois de tenue, ai grogné sur à peu près tout le monde sur la route pour être à l'heure, et je tape du pied en attendant que l'hôte d'accueil nous autorise à pénétrer à l'intérieur du bâtiment en arc de cercle.

— Sur votre droite, messieurs.

J'ai beau connaître ce musée, j'ai hâte d'y être. Pourtant, une fois que je passe la porte, je n'en ai plus rien à faire.

Je devrais être saisi par l'art très coloré qui m'entoure mais tout ce que je vois, c'est Maxine. Au milieu de tout ce monde qui se presse pour admirer les murs, pour discuter avec le personnel, pour se féliciter et trinquer, elle est sublime. Si je ne savais pas que c'était elle, je pourrais ne pas la reconnaître. Elle est différente, professionnelle, pleine d'assurance alors qu'elle parle d'une peinture avec une autre femme. Son tailleur-pantalon bleu ciel lui va divinement bien, son tee-shirt effet dentelle d'un bleu soutenu reflète la lumière, mais ce qui a raison de moi, ce sont ses escarpins.

J'aime Maxine au naturel, mais là ? Adieu la petite étudiante et bonsoir la femme accomplie qui pourrait mettre le monde à ses pieds. Si je n'étais pas déjà tombé pour elle, je crois que je le ferais en cet instant.

— Putain, mec, c'est Max ? lâche Ryan à mes côtés en passant un bras par-dessus mes épaules.

— Ouais, soufflé-je.

— Punaise, renchérit Ayden en me donnant un coup dans l'estomac, comme pour dire « t'es pas dans la merde ».

Je crois que nous avons tous l'air de parfaits imbéciles alors qu'elle s'avance vers nous, hésitante. Elle scrute le sol et triture ses doigts nerveusement. Quand elle lève les yeux, c'est pour nous passer en revue. Nous aussi, nous avons fait un effort pour l'occasion. Margo s'est occupée depuis quelque temps de nous acheter à chacun un costume, c'était le moment idéal pour les sortir du placard.

— C'est incroyable, Max ! Bravo !

Ryan lui lance un grand sourire pour la féliciter, un pouce en l'air.

— Carrément, vous avez fait un boulot incroyable, renchérit Ayden. On va aller faire un tour, on vous laisse vous dire bonjour.

Les mecs la saluent un à un d'un baiser sur la joue avant de s'éclipser, non sans nous faire un clin d'œil. Je les regarde partir, exaspéré, puis reviens à Maxine. J'enfonce mes mains dans mes poches pour calmer mon envie de les poser ailleurs.

— Tu es magnifique.

— Oh, merci, répond-elle en rougissant. Je me suis fait une raison. Sam m'a bien aidée sur ce coup-là, même depuis le Tennessee.

— Tu es vraiment superbe.

Je n'arrive pas à la lâcher du regard. Elle replace une mèche de cheveux derrière son oreille et hausse une épaule.

— Tu n'es pas mal non plus, dit-elle en me détaillant à son tour.

— N'est-ce pas ?

Elle part d'un petit rire qui m'émeut bien plus qu'il ne devrait. Tendant la main sur le côté, elle m'invite ensuite à faire le tour de l'exposition avec elle. J'accepte volontiers alors que les mecs se sont rués sur le buffet. Ils sont déjà avec une coupe de champagne et s'empiffrent de petits fours.

Nous progressons parmi des tableaux, des tentures, des totems et des sculptures de l'époque précolombienne – en tout cas, c'est ce qu'elle dit. Je l'écoute avec attention, fasciné par un ensemble d'attrape-rêves qu'ils ont suspendus au centre d'une pièce. Au fur et à mesure que nous avançons, de plus en plus d'invités nous suivent, profitant de ses explications. Elle ne semble pas s'en rendre compte, passionnée par son discours. Pourtant, lorsqu'elle se retourne et découvre la vingtaine de personnes derrière elle, elle ne paraît pas un seul instant impressionnée. Elle est dans son élément.

— Est-ce que l'un d'entre vous connaît le peuple indigène du Mexique, les Huichol ? demande-t-elle à son auditoire.

Tout le monde répond par un non collectif. Elle hoche la tête et fait un pas en avant.

— La tradition picturale panindienne est...

Je suis si admiratif de la voir à l'œuvre. Elle parle avec sincérité et passion, tout en captant l'attention des convives avec une facilité déconcertante. Je suis fasciné par cette énergie qui émane d'elle, elle est lumineuse. Son timbre est clair et posé, et chaque sourire qu'elle m'adresse me va droit au cœur.

Et là, cela me frappe. Je ne peux pas me passer d'elle. Je le refuse. Il est hors de question que je la perde.

Une idée complètement folle me vient en tête. Je devrais peut-être en parler aux mecs avant mais je suis dans l'urgence. Je la laisse terminer tranquillement son exposé et quand les invités s'éloignent, je me penche à son oreille.

— Est-ce que tu peux t'échapper quelques instants ?

— Euh, oui, bien sûr.

Elle glisse quelques mots à son directeur et accepte la main que je lui tends. J'attrape ses doigts et nous rejoignons l'arrière du bâtiment. Aussitôt la porte refermée, la musique ne devient qu'un bruit de fond très lointain. J'attire Maxine un peu plus vers moi et l'entraîne vers le chemin en zigzag sur lequel nous nous sommes promenés la première fois qu'elle m'a fait visiter cet endroit. Je souris en découvrant les guirlandes lumineuses de toutes les couleurs installées dans les arbres. C'est parfait. Les insectes virevoltent autour de nous et chantent, le ciel ne présente aucun nuage et les étoiles brillent de mille feux. C'est si apaisant.

— Tu passes une bonne soirée ? demande-t-elle du bout des lèvres.

— Très bonne. Je suis impressionné par ton travail, c'est remarquable.

— Merci beaucoup. Je suis assez fière de moi, admet-elle en souriant. Le Getty va même faire un article dans son journal. Tu te rends compte ?

— C'est génial.

Nous arrivons sur la petite place qui surplombe le jardin central, similaire aux *crop circles* qui apparaissent comme par magie dans les champs. Maxine frissonne, alors j'enlève ma veste et la place sur ses épaules. J'en profite pour l'attirer vers moi en attrapant les revers. Ses mains à plat sur mon torse, ses yeux dans les miens, mon regard s'égare un instant sur l'ourlet charnu de ses lèvres. Je crois que je pourrais me perdre dans la contemplation de ce tout petit grain de beauté. C'est ça que je veux. Elle. Tous les jours.

— Maxine ?

— Oui ?

— Est-ce qu'on t'a parlé d'une suite éventuelle ici ?

— Oh, eh bien, j'ai discuté avec M. Chambers, mais ils ne pourront pas m'embaucher, non.

Je ne cache pas ma déception, ce qui lui arrache un sourire triste.

— Il a adoré travailler avec moi et il est ravi du résultat final. Je pense qu'il aurait aimé me proposer un poste mais il ne peut pas. Ils doivent rénover une autre aile sur le site, le budget ira donc dans les travaux.

— Je comprends.

Elle déglutit nerveusement et baisse la tête entre nous.

— Alors, je crois que... je me laisse jusqu'à la fin du mois... pour pouvoir profiter avec toi au maximum, murmure-t-elle. Ensuite, je rentrerai à Seattle.

Je secoue la tête, dans le déni le plus total. Je refuse tout bonnement d'écouter. Je ne veux pas. C'est trop dur.

— Et si on pouvait rester ensemble ? lâché-je brutalement, lui faisant relever la tête.

— Quoi ? Comment ça ? Je ne vois pas com...

— Viens avec nous, l'interromps-je. Accompagne-nous pendant la tournée. Tu viens d'être diplômée, tu as accompli un travail superbe ici, obtenu une première expérience formidable. Tu n'as pas encore de contrat à Seattle.

Je parle à toute vitesse parce que je ne veux pas oublier un seul des arguments que j'ai formulés dans ma tête.

— Tu pourrais repousser de quelques mois ton retour là-bas, non ? Venir en tournée avec nous et visiter tous les musées du pays, découvrir de nouvelles merveilles. Tout serait pris en charge, tu n'aurais à t'occuper de rien. Juste voyager et profiter. Et... être avec moi, à mes côtés.

— Oh, Garrett... je... Mon Dieu... je...

Je vois la nervosité la gagner. Elle ne parvient pas à me regarder dans les yeux, affolée. Tout se joue ce soir. Je dois me livrer à cœur ouvert, lui dire tout ce que je ressens pour elle, sans faux-semblant. J'encadre son visage de mes deux mains et plonge tête baissée. Aucun retour en arrière possible, mais je ne crains rien. C'est Maxine.

— Je suis amoureux de toi, avoué-je tout bas, les yeux plantés dans les siens.

— Que... Comment ? souffle-t-elle alors que la pulpe de mon pouce caresse sa pommette.

— Parce que je te vois.

Elle se perd dans mes iris. Elle est bouleversée, ses yeux brillent et ses lèvres tremblent. Ses doigts se resserrent sur le tissu de ma chemise.

— Je sais qu'il est trop tôt pour que tu me le dises en retour, mais ce n'est pas grave. Je suis prêt à tout pour toi, Maxine. Des caresses, des regards enflammés, ça ne m'a jamais suffi. Dieu sait que c'est une torture, t'avoir si près et ne pas pouvoir t'embrasser. Mais avec toi tout est différent. Je parviens à me contenter du minimum parce que c'est toi. Et m'imaginer continuer ma vie sans toi... Je n'y arrive pas. C'est trop dur, Max, tu as pris trop de place, je ne veux pas.

— Garrett...

— Je sais.

Elle me fait un petit sourire timide sans parvenir à camoufler le rougissement sur ses joues.

— Est-ce que je peux y réfléchir ?

— Évidemment ! Je suis déjà tellement soulagé que tu ne m'envoies pas balader, avoué-je en riant.

Je l'attire un peu plus contre moi et réclame une étreinte. Est-ce que je me montre égoïste avec cette demande ? Peut-être. Mais je sais que je ne peux pas me passer d'elle, alors je réfléchirai aux conséquences plus tard. En attendant, je lui donne mon cœur.

CHAPITRE 46

Maxine

Installée à mon bureau, la soirée de samedi dernier repasse en boucle dans ma tête et je ne parviens pas à me concentrer sur mon travail. M. Chambers m'a demandé de rédiger un courrier pour chacun des établissements qui ont participé à l'exposition afin de les remercier. Seulement, dès que je rentre chez moi, je ne fais que penser à Garrett.

Nous ne nous sommes pas revus depuis l'événement, le groupe étant très pris par les répétitions, et je dois avouer que cela m'arrange. Garrett me laisse de l'espace, mais il répond toujours dans la seconde lorsque je lui envoie un message. Cela m'offre le temps de réfléchir à sa proposition.

Elle occupe évidemment tout mon esprit, en plus de ses aveux qui m'ont bouleversée. Même si nous nous sommes avoué ressentir quelque chose l'un pour l'autre, je n'aurais jamais pensé qu'il serait prêt à m'inviter à l'accompagner en tournée avec eux. Sur le moment, je n'ai pas pu lui retourner ses sentiments. Je ne suis pas prête, même s'ils sont partagés, mais ses mots ont résonné comme une douce mélodie à mes oreilles. C'est comme s'il m'avait enveloppée dans un cocon tout doux, qu'il m'avait débarrassée de mes angoisses et m'avait offert une porte de sortie, un avenir.

Je suis tout de même perdue. J'avais beau retourner le problème dans ma tête, tout ce que je voyais pour nous, c'était une relation longue distance. Savoir que Garrett est prêt à m'inclure dans son rêve me fait chaud au cœur, mais cela m'effraie aussi.

Je sursaute alors qu'un message arrive sur mon portable.

Rochelle
Coucou ma chérie. J'espère que tu vas bien et que tu t'es remise de la folie de samedi dernier. On s'appelle demain ? Gros bisous.

Maxine
Coucou. Pas de souci pour demain. Bonne soirée. Bisous.

Je repose mon téléphone et tente de replonger dans mes lettres, mais ma tête est vraiment ailleurs, complètement accaparée par le chanteur à la voix envoûtante et au regard marine. Je ne retiens pas un nouveau sursaut quand mon portable s'allume, annonçant un appel. C'est ma sœur. Pourquoi m'appelle-t-elle maintenant ? J'espère qu'il n'y a rien de grave.

— Allô ? Tout va bien ? me renseigné-je en me redressant sur ma chaise.

— C'est plutôt à moi de te demander ça, répond-elle.

Je fronce les sourcils et m'installe sur le petit sofa.

— Pourquoi ça ?

— Ton message était pour le moins laconique.

— Tout va bien, vraiment.

— Je te connais, Max. Tu étais si excitée après l'exposition, qu'est-ce qui se passe ? C'est l'idée de rentrer qui te chagrine ?

Rochelle est tellement perspicace. Lorsqu'elle m'a appelée le lendemain de la soirée, j'étais tellement galvanisée par les retours du public et des dirigeants du centre que je ne lui ai pas parlé de Garrett. Je crois que j'avais vraiment besoin de temps pour digérer ce qui s'était passé entre nous.

Je soupire longuement avant de basculer pour m'allonger sur le dos.

— Maxine, insiste-t-elle.

— Je suis là.

— Tu sais que tu peux tout me dire. Et je peux comprendre que partir de Los Angeles te fasse de la peine.

Il ne me reste plus qu'une semaine avant la fin de mon contrat. Dans moins de quinze jours nous serons en octobre et cela marquera le début de la tournée. J'ai toujours tout partagé avec ma sœur, je ne peux garder tout ça pour moi.

— Je t'ai dit que Garrett et les garçons ont assisté à l'exposition.

— Effectivement. Il s'est passé quelque chose ?

Je pars dans un petit rire alors que le rouge me monte aux joues.

— Eh bien... On a parlé en tête à tête et...

Mon cœur se réchauffe alors que la scène repasse dans ma tête.

— Il m'a dit qu'il était amoureux de moi, soufflé-je.

Un silence accueille tout d'abord ma confession, puis un doux rire emplit l'appareil.

— Waouh. Ça alors. C'est... Je suis...

— Je crois que j'étais à peu près dans cet état-là.

— Que lui as-tu répondu ?

— J'étais tellement sous le choc, absolument rien ! Mais il a compris, soufflé-je. Il sait ce qui me retient, mais il sent bien que c'est réciproque.

— Si je m'attendais à ça, Max.

Je me redresse, attrape un coussin et le plaque contre ma poitrine.

— Ce n'est pas tout, Rochelle. Il m'a proposé de les accompagner en tournée.

— En tournée ? répète-t-elle, ahurie. Tu veux dire partir sur la route avec eux, comme un membre de leur équipe ?

— Oui. Il m'a dit que tout serait pris en charge et que ça me permettrait de visiter tous les musées des villes où ils vont s'arrêter. Et surtout, comme ça, on ne serait pas séparés.

— Tu en penses quoi ? Tu te sens prête pour une telle aventure ?

— C'est vrai que pour le moment, je n'ai pris aucun engagement nulle part. Rien ne m'en empêche. Je mentirais si je te disais que ça ne m'effraie pas un minimum. Mais ce que je sais aussi, c'est que je ne veux pas être loin de lui. Cette idée me rend si malheureuse, Rochelle. Ce qui se passe entre nous, c'est tellement… C'est Garrett.

— Mon seul conseil est de prendre le temps d'y réfléchir, de peser le pour et le contre. Tu es assez grande et mûre pour prendre la décision seule, en toute connaissance de cause. Et je ne vais pas te faire la morale et te répéter ce que tu sais déjà. Tout ce que je peux faire, c'est te soutenir quoi que tu choisisses. Je ne connais pas Garrett comme tu le connais, mais j'ai vu les changements depuis qu'il est entré dans ta vie et ça signifie sûrement quelque chose, conclut-elle.

Mes yeux s'emplissent de larmes. Je n'en attendais pas moins de ma grande sœur chérie.

— Merci, Rochelle.

— Ce n'est pas la peine de me remercier, ma puce. Tout le chemin parcouru, tu ne le dois qu'à toi et à toi seule, et s'il doit se poursuivre loin de nous, ce n'est pas grave. Je serai toujours là pour toi, et ça vaut aussi pour Craig, Noah et Megan. Je t'aime.

— Moi aussi, je t'aime.

Elle a un petit rire, avant de terminer :

— Je vais te laisser, je crois que tu as de quoi réfléchir.

— Embrasse tout le monde de ma part.

— Je n'y manquerai pas. Bonne soirée, ma chérie. Je t'embrasse.

Je raccroche et retourne à mon bureau. Elle a raison, il faut que je prenne une décision à ce sujet. J'ai tourné et retourné toutes les possibilités dans ma tête, mais il est temps que je fasse face aux faits. Je mets de côté mon travail pour attraper une feuille sur laquelle j'écris d'abord en lettres capitales « contre ».

CONTRE
REPORT RETOUR SEATTLE
ÊTRE LOIN DE MA FAMILLE
REPORT ENTRÉE DANS LA VIE ACTIVE
ÊTRE SANS ARRÊT EN MOUVEMENT
NE PAS AVOIR D'ATTACHES

SUPPORTER LA FOLIE D'UNE TOURNÉE, DES FANS
PLONGER DANS UN MONDE INCONNU
ÊTRE ENTOURÉE DE PERSONNES INCONNUES
MARGO

Je grimace en inscrivant le prénom de l'agente. De toutes les raisons qui pourraient me pousser à refuser, celle-ci est peut-être la plus forte. Même si Garrett m'a assuré qu'il n'y avait rien entre eux, je sens bien que leur relation est plus compliquée qu'il n'y paraît, et partir en tournée avec eux signifierait la voir constamment et devoir gérer cette tension. Je ne sais pas si j'y suis prête. Sans compter tout ce à quoi je devrais renoncer.

Découragée, je tire tout de même un grand trait sous cette liste et ajoute les « pour ».

POUR
GARRETT
VOYAGER
VISITER DE NOMBREUX MUSÉES
ÊTRE AVEC GARRETT
VIVRE LA MUSIQUE
VIVRE UNE EXPÉRIENCE INCROYABLE
RENCONTRER PLEIN DE GENS
NE PAS ÊTRE SÉPARÉE DE GARRETT
GARRETT

Garrett… Quoi que je fasse, il s'impose dans mon esprit. Après tout ce que nous avons vécu, puis-je vraiment tout laisser derrière moi et l'oublier ?

Plus j'avance et plus je suis perdue. Effectivement, la décision me revient, à moi et à moi seule, pourtant, il n'y a pas que moi qu'elle engage. La question est donc la suivante : suis-je prête à imaginer ma vie à deux ?

CHAPITRE 47
Garrett

— Salut les gars.

Nous nous retournons comme un seul homme vers l'entrée de la loge. Mitchell prend toute la place, habillé comme à son habitude d'une veste de sport noire – une manche grise et l'autre blanche – et de son collier un peu trop voyant. Nous apercevons juste le haut du crâne de Margo derrière lui.

— Big M ! nous exclamons-nous d'une seule voix.

— On ne savait pas que tu allais passer, dit Olly.

Nous continuons plusieurs fois par semaine les répétitions pour la tournée et surtout pour le premier concert qui a lieu, ici, à Los Angeles. Il nous serre la main et Margo se décale sur le côté.

— Ce n'était pas prévu, mais j'avais envie de venir jeter un coup d'œil. De voir comment ça se passe dans les coulisses.

— Et ? demande Ryan.

— Vous assurez.

Mitchell a toujours été avare en compliments. Il faut savoir se contenter du minimum avec lui, alors son petit rictus nous fait comprendre qu'il est sincère. Il accentue d'un hochement de tête avant de poser une main sur l'épaule de Ryan.

— Vraiment.

Je lâche un soupir de soulagement et retourne son sourire à Margo. Nos relations sont redevenues normales – enfin, presque. Il y a eu un gros orage et même si nous sommes secs maintenant, je ne peux pas oublier tout ce qui s'est dit. Mais je choisis de mettre tout cela de côté pour avancer, parce que c'est mon amie, qu'elle fait partie de ma vie depuis des années et que nous ne serions pas là sans elle.

— Votre album dépasse toutes mes espérances. Le nouveau single cartonne, reprend Big M.

— Merci Mitchell, dis-je en me levant pour le serrer dans mes bras.

— Assure pour le grand soir et tout ira bien.

Le grand soir. Si notre producteur parle uniquement du début de la tournée, dans ma tête, cela va surtout de pair avec Maxine. Je n'ai parlé de ma proposition à personne. Je préférais attendre de voir ce qu'elle allait me répondre avant de faire quoi que ce soit, mais la tension me tue à petit feu.

— Je vous laisse, je vais aller saluer le reste des artistes. Salut les gars.

— Bye.

Ryan, Ayden et Olly se mettent à parler entre eux, enthousiastes et déjà en train d'imaginer les prochains concerts. De vrais enfants. Lorsque je relève les yeux, je vois Margo se racler la gorge et faire un pas vers moi.

— Il a raison. Vous avez assuré.

— Merci, Margo.

— C'est mérité. Je suis fière de toi. De vous.

Je la laisse me prendre rapidement dans ses bras avant qu'elle ne s'en aille à son tour.

— C'est vrai qu'on assure, putain ! s'exclame Ryan. Venez par là.

Il ouvre les bras et exige que nous nous rassemblions en cercle, tête baissée au centre. C'est une habitude qu'il a prise quand les répétitions ont commencé et je dois avouer que c'est plutôt agréable de se sentir faire partie d'une équipe.

— Je vous aime, les mecs, dit-il solennellement.

— Moi aussi, répond Ayden.

Olly et moi confirmons, émus.

— J'ai une idée, dit Ryan en me donnant une tape dans le dos, avant de se rasseoir sur le canapé.

— On t'écoute, même si je crains déjà le pire.

— Ce n'est pas une connerie, assure-t-il.

— On a déjà entendu ça et on l'a regretté, contre Ayden.

Il prend un air pincé avant de se pencher en avant, comme pour nous faire une confidence.

— Je vais faire comme si je n'avais rien entendu. Alors voilà : on a commencé au *Porthole* et on adore nos sessions là-bas, donc je me disais... À la fin de nos concerts, peut-être qu'on pourrait se faire une chanson en acoustique ? Olly à la guitare et nos voix. C'est tout. Vous en dites quoi ? Histoire de retourner aux sources, de garder les pieds sur terre.

— J'en dis que c'est une super idée, approuvé-je.

— Tu ne cesseras jamais de m'étonner, s'émerveille Ayden en regardant son frère.

— Cette fois, c'est toi qui dois arrêter les conneries.

Et voilà, c'est reparti pour un tour. Nous n'avons jamais une minute de répit avec eux. C'est le genre de chose qui me montre que nous sommes vraiment une famille. Nous pouvons tout nous dire, tout tenter, personne ne sera jugé – les taquineries ne comptent pas. J'ai toujours pu leur faire confiance, ils ont toujours été là pour moi. Pourtant, je ne leur ai toujours pas parlé de la proposition que j'ai faite à Maxine.

Le jour de l'inauguration, après avoir ramené Maxine chez elle, je suis rentré directement à la maison. Je ne les ai pas revus avant le lendemain et tout mon courage avait disparu. Sauf qu'au bout d'une semaine, ce silence est devenu une torture. Je laisse tout le temps qu'il faut à Max pour faire son choix, mais j'ai besoin d'en parler à quelqu'un, surtout qu'ils seront impactés par la décision finale, quelle qu'elle soit. Alors ce matin, avant de prendre la route pour la salle, j'ai acheté des donuts – parce que c'est toujours mieux d'annoncer ce genre de choses avec des pots-de-vin.

Je sors le paquet de pâtisseries de mon sac et le pose sur la table, nerveux.

— Tenez, j'ai acheté ça, je me suis dit que ça nous boosterait pour les répétitions...

— Bon sang, t'as invité un régiment ou quoi ? s'exclame Olly en découvrant la taille du sachet.

Ayden avise mon offrande avec un œil circonspect.

— Qu'est-ce que t'as à te faire pardonner ? demande-t-il en fronçant les sourcils.

— Prems' sur les fourrés au chocolat ! s'exclame Ryan en se jetant dessus.

Je ne peux m'empêcher de rire en le voyant faire sous l'air désabusé de son frère. Récoltant une claque sur l'arrière de la tête – comme d'habitude –, il lâche son donut et porte une main à son crâne pour le frotter.

— Aïe ! Ça ne va pas ou quoi ?

— Tu ne trouves rien de suspect ? poursuit Ayden, les yeux comme deux fentes tournées vers moi.

— Ouais, maintenant que tu le dis… La dernière fois que tu as fait ça, c'est quand tu t'es rendu compte que t'avais couché avec l'ex d'Ayden.

— Ce n'était pas son ex, *ex*, le reprends-je.

— Ouais, on s'en fout. Tu t'étais quand même senti suffisamment mal pour acheter une cinquantaine de pâtisseries. On en a eu pour une semaine. Donc ?

Je les observe un à un et pousse un profond soupir.

— T'as fait quoi comme connerie ?

— Je n'ai pas fait de connerie. Enfin, je ne crois pas. Disons que… j'ai proposé quelque chose à quelqu'un et que j'aurais sûrement dû vous en parler avant.

— Ce quelqu'un, c'est Maxine, je suppose, dit Olly.

Je réponds par un petit hochement du menton. Je fourrage dans mes cheveux avant de plonger les mains dans les poches de mon jean. La tête en arrière, je m'appuie sur le dossier du canapé.

— C'est juste que… je ne veux pas être séparé d'elle. Je… Je lui ai dit que j'étais amoureux d'elle et que…

— Attends ! s'écrie Ryan. Pause. Répète ?

— T'as très bien entendu, marmonné-je.

— Oui, enfin, avec mes acouphènes, j'ai peut-être halluciné. Répète quand même.

— Jamais tu n'arrêtes, hein ?

— Je suis sérieux.

J'avise ses yeux écarquillés et comprends qu'il ne se moque pas de moi. C'est si étonnant que cela ?

— Je suis amoureux de Maxine, dis-je posément en sentant une chaleur m'envahir et agir comme un baume sur tout mon corps.

Le visage de mes trois amis se fend d'un sourire enjoué, complété par de petits rires de satisfaction.

— Il était temps, me sermonne Olly en venant me prendre dans ses bras.

Il attrape ma nuque et vient coller son front sur le mien.

— Ça te va bien, cet air sur le visage.

— Merci.

— Bon alors ! On ne tient plus ! C'est quoi la proposition ? réclame Ryan.

Il échange un regard complice avec son frère et je me lance :

— J'ai proposé à Maxine de nous accompagner en tournée. Je sais que...

Je me tais alors que je vois Ayden sauter de joie et taper dans ses mains. Je ne m'attendais pas à ça. Je suis encore plus stupéfait quand je l'observe tendre la paume vers son frère, qui grogne en retour.

— Je te l'avais dit, jubile le bassiste. Allonge la monnaie, *bro*.

Je regarde Olly qui se contente d'un haussement d'épaules.

— Il se passe quoi là ?

— On a parié que tu allais demander à Maxine de venir avec nous. Enfin, j'ai dit que tu le ferais et Ryan pensait que tu n'oserais pas. Donc j'ai gagné.

— Les salauds, ricané-je. Tu savais ?

Olly me lance son petit sourire énigmatique.

— T'es à mettre dans le même panier qu'eux, m'offusqué-je.

— N'exagère pas quand même !

— Dois-je en déduire que vous n'êtes pas fâchés ?

— Tu déconnes ? s'offense Ryan. On adore Maxine. Elle te rend heureux. Tu es amoureux d'elle et ça ne fait aucun doute qu'elle est amoureuse de toi, alors pourquoi on t'en voudrait ?

Je passe les mains sur mon visage, m'affalant au fond du canapé, lessivé. Mon regard se perd vers les affiches de précédents concerts qui ont eu lieu ici et qui décorent les murs de la pièce. Je n'arrive pas à croire que d'ici quelques jours, je serai à la place de ces grands artistes.

— Qu'est-ce qu'elle a dit ?

— Elle m'a demandé du temps pour y réfléchir.

— C'est cool. Elle n'a pas dit non, en conclut Olly.

— C'est sûr. Mais j'ai quand même la trouille. C'est… je ne sais pas. Ce n'est pas comme si j'avais pu en discuter un peu avant avec elle. Je lui ai sorti ça comme ça, alors que le grand jour est dans peu de temps. J'ai peur d'avoir fait une connerie et de l'avoir trop poussée.

— Tu ne crois pas qu'elle te l'aurait dit ? Elle serait partie en courant, non ?

— Ouais, peut-être. C'est Max… Je ne suis jamais sûr de rien avec elle.

— Garrett. Tu lui as ouvert ton cœur et tu lui proposes de participer à une aventure extraordinaire. C'est normal qu'elle ait besoin de temps. Je suis sûr que tout se passera bien.

Je hoche la tête, sceptique. Mais comme ce sont mes meilleurs amis et qu'ils ne lâchent rien, ils se lèvent et me prennent tous dans leurs bras dans un câlin collectif qui me remonte le moral.

Je ne sais pas ce que Maxine va décider, mais dans tous les cas, je sais que j'aurai toujours ma famille près de moi.

CHAPITRE 48
Maxine

Deux semaines se sont écoulées depuis le vernissage. Mon stage s'achève au Getty Center et je n'ai pas vu le temps passer. L'inauguration a été une véritable réussite : le directeur est plus que satisfait et l'exposition est maintenant bien en place. Ils ont même décidé de la maintenir pour les trois mois à venir.

Si en journée, le travail m'a tenue bien occupée, lorsque je me retrouvais seule le soir, je ne pensais qu'à Garrett. Il n'a pas eu plus de temps à m'accorder depuis ma discussion avec Rochelle, mais ce n'est pas plus mal. J'avais beaucoup à réfléchir. Dans huit jours a lieu leur première grande scène, ici même à Los Angeles, avant le début de la tournée. Cela m'a largement laissé la possibilité de m'imaginer ce que cela pourrait être de les suivre en tournée, mais aussi ce que vivre sans lui à mon côté impliquerait. Il m'avait promis qu'il trouverait une solution, mais je n'avais pas du tout pensé à ça. Je suis tiraillée entre la peur de le perdre et celle de foncer tête baissée. Suis-je prête à vivre cette aventure complètement folle ? Quand j'en ai parlé à Sam, elle m'a dit qu'elle savait que je ferais le bon choix. Mais si je me trompais ?

Comme l'autre jour, je les retrouve autour du feu de camp sur la plage sud de Venice. Ce sera sans doute l'une des dernières fois avant que la folie ARGO ne se déchaîne. Leur album vient à peine de sortir et déjà je les entends partout, à la radio et sur toutes les lèvres. Je suis vraiment heureuse pour eux.

Dès qu'il m'aperçoit, Garrett se lève pour m'accueillir et m'embrasse sur la joue. Ne pas l'avoir vu depuis si longtemps me donne l'impression que toutes mes sensations sont exacerbées. À peine m'a-t-il effleurée qu'un frisson court le long de ma colonne vertébrale.

— Tu vas bien ? s'enquiert-il.

— Oui, réponds-je dans un sourire sincère. C'était dur de dire au revoir à l'équipe du musée, mais ça a été une merveilleuse expérience.

Il passe un bras autour de mes épaules pour m'entraîner vers le feu, m'accordant un baiser sur le front. Nous prenons place avec les garçons. La légère brise vient caresser les flammes qui dansent sur nos visages.

— Salut Max ! Tiens, on t'a mis quelques burritos de côté, me signale Ryan.

— Quelques ? répété-je en riant, attrapant d'une main les encas qu'il me tend. Je ne suis pas aussi morfale que toi. Deux, ça ira.

— Super ! J'ai encore faim, ronronne-t-il en récupérant un sandwich.

Ayden secoue la tête, dépité. J'ai pris l'habitude de ces chamailleries et elles me plaisent. J'ai l'impression d'être à la maison.

— Et vous ? Prêts pour la semaine prochaine ?

— On a décidé de ne pas en parler. La pression est suffisamment forte, alors ce soir, on profite, on pense à autre chose, explique Olly, très sérieux. Bon, on va quand même faire de la musique, hein ! Mais on oublie le reste.

— Pas de souci, chef.

J'exécute un petit salut de la main.

— Ah non, ne lui dis pas ça ! s'exclame Ryan. Il va prendre la grosse tête et exiger qu'on l'appelle comme ça. Tu comprends, comme c'est le plus vieux d'entre nous...

— Arrête tes conneries, tu dis ça comme si j'avais je ne sais pas combien d'années de plus que vous, s'offense Oliver.

Je jette un coup d'œil à Garrett qui reste étonnamment silencieux, alors que tout le monde éclate de rire. Je me doute de ce qui doit le préoccuper – j'ai été dans le même état ces derniers jours. J'aurais aimé pouvoir lui donner une réponse plus tôt, mais cette proposition remet en cause tous mes projets. Je ne pouvais pas la prendre à la légère. Et maintenant que j'ai pris une décision, j'espère seulement que Garrett sera prêt à l'entendre.

Quand tout le monde est enfin rassasié, Olly s'empare de sa guitare et se met à jouer. Il laisse ses doigts courir sur les cordes et la mélodie s'élève entre nous. Je ne connais pas du tout le morceau qu'il a choisi, mais je sais rien qu'en écoutant les notes que je vais adorer. Quand il pose sa voix et donne vie à la chanson, je suis sous le charme. Le temps qu'il termine, je mets quelques secondes pour toucher terre.

— Waouh, soufflé-je. C'était magnifique.

— Merci, sourit Olly. C'est Ross Copperman, *Holding On And Letting Go*.

— Alors comme ça, tu maîtrises beaucoup moins le chant ? Tu t'es moqué de moi ! le taquiné-je en me souvenant de ce qu'il m'a dit lors de notre duo, au *Porthole*.

— Pas du tout ! Disons que je ne m'en sors pas trop mal, c'est juste que je préfère jouer. Ryan ?

— Ouais, vas-y.

— Vous savez tout faire tous autant que vous êtes ? m'extasié-je.

— Eh ouais ! C'est ça quand on est doués, se vante Ryan en récupérant la guitare d'Olly.

Ayden lui donne une tape à l'arrière du crâne, mais son frère ne se démonte pas. Il me fait un numéro avec ses sourcils et son sourire charmeur, m'arrachant un grand sourire. Je me demande s'il n'a pas une bosse, à force.

Je me tourne à nouveau vers Garrett, qui n'a toujours pas décroché un mot. Je m'approche de lui et le gratifie d'un petit coup d'épaule discret. Pour toute réponse, il prend l'une de mes mains dans la sienne, noue ses doigts aux miens et écoute Ryan, appuyé sur moi.

— Putain, soupire Ayden une fois que Ryan a terminé de chanter Kaleo. Tu le fais cent fois mieux que moi.

— Qu'est-ce que tu veux ? On est doué ou on ne l'est pas.

— La ferme, file-moi cette guitare.

— Hey, doucement avec mon bébé ! s'écrie Olly alors que l'instrument vient de frôler le feu. Il lui arrive quelque chose, t'es mort.

— Mais non, tu m'adores trop pour ça.

Ayden se lance avec un morceau de Rictor, *You and Me and Somehow*, faisant fi de leurs chamailleries, et tout le monde finit par se taire. C'est drôle, mais chacun possède sa propre façon d'interpréter la musique, même s'ils font partie d'un groupe. Ils apportent leur touche personnelle avec leur voix, leur timbre, leur attitude. J'ai des frissons rien qu'à les écouter.

Quand je me tourne vers Garrett, je vois qu'il me scrute avec intensité. Je me mords la lèvre, la tête penchée. J'ai l'impression qu'il essaie de me dire quelque chose.

Ayden lui passe la guitare. J'ai adoré la prestation de chacun des garçons, mais je sais que cela va être tout autre avec Garrett. Parce que c'est lui, que je le connais, que je sais comment il fonctionne, que je reconnais le moindre de ses gestes à force de l'avoir vu faire, et parce que chaque fois, il arrive à me transporter. Il est fait pour ça. Pourtant, quand il entonne *Craving You*, de Thomas Rhett, je ne suis pas prête.

Every time we have to say goodbye
I'm counting down until we say hello
Every touch is like the strongest drug
I don't know how much longer I can go
I never had something that I can't walk away from
But, girl, my self-control's so paralyzed
When it comes to you, no, I ain't got no patience
There's something 'bout you girl I just can't fight

Je déglutis, incapable de lever les yeux pour croiser ceux de Garrett.

— Bon, dit Olly en toussotant. On va vous laisser.

Garrett lui rend sa guitare et Ryan tente de répliquer, mais Ayden l'arrête en plein vol. Ils ramassent ce qui doit l'être et nous laissent en moins de temps qu'il n'en faut pour le dire.

Je les regarde partir, désemparée. Me retrouver maintenant seule avec Garrett est différent de toutes les autres fois. J'ai l'impression que notre destin va être scellé et cela m'angoisse.

— C'est toi qui as choisi les chansons de ce soir ?

— Seulement la dernière. Mais les mecs savent dans quel état je suis.

— Garrett...

— Ça fait presque deux semaines, Maxine, me coupe-t-il. Je n'en peux plus.

Il quitte notre place pour faire quelques pas au-delà du foyer. Passant une main rageuse dans ses cheveux, il pivote vers moi.

— Tu m'as demandé du temps, je t'en ai laissé. Je me suis concentré sur les répétitions et j'ai pris sur moi. Mais j'ai besoin de savoir. Ma vie est sur le point de prendre un tournant et je ne veux pas qu'on soit séparés. Je sais bien la situation dans laquelle on se trouve, ce qu'on a vécu, les conseils qu'on reçoit autour de nous, les avertissements aussi. Mais putain, on ne choisit pas.

Je me lève à mon tour et le rejoins. J'attrape son tee-shirt pour faire cesser son agitation. Le toucher a toujours un effet dévastateur sur moi : il m'apaise tout en m'électrisant. Dans un soupir, il saisit ma nuque et colle son front au mien.

— Je t'en supplie, dis-moi...

— Je viens avec vous, lâché-je du bout des lèvres. Avec toi.

Mon cœur tambourine dans ma poitrine et je tente de camoufler le tremblement de mes mains en resserrant ma prise sur son vêtement. Il fait un arrêt sur image, tentant d'interpréter mes mots.

— Vraiment ? Tu viens ? Dis-moi que je n'ai pas rêvé.

— Je te suis, Garrett.

— Oh putain ! hurle-t-il en me soulevant contre lui. Bordel ! Maxine !

Je ris alors qu'il me repose sur le sable. Je hoche la tête avec insistance tandis qu'il met ses mains sur mes joues, et brusquement, me donne un baiser sur les lèvres. Il se recule aussitôt, presque horrifié de son geste, et me relâche.

— Merde ! Désolé, je... Putain...

— Hey, ce n'est rien, le rassuré-je aussitôt.

Je ne sais pas s'il s'en rend compte mais ce geste spontané vient de confirmer ce que j'éprouve pour lui. C'était bien trop court, je veux plus. Je le veux lui. J'attends de sentir sa bouche sur la mienne depuis si longtemps.

Je passe la langue sur mes lèvres, sans lâcher les siennes des yeux. Je l'attire contre moi, ouvrant la bouche, avant de m'arrêter dans la foulée.

— Dis-moi.

— Je... Tu...

Il rit doucement, son pouce ne cessant ses allées et venues sur ma pommette. Je rive mon regard sur le tatouage dans son cou, rêvant de pouvoir le toucher et d'en dessiner la moindre ligne depuis presque le premier jour.

— La tournée commence dans huit jours.

— Oui, confirme-t-il.

— Ta promesse est largement tenue.

— Effectivement. Où veux-tu en venir ?

Il soulève mon menton pour que je puisse le regarder droit dans les yeux. Je déglutis, tellement peu sûre de moi. Et si finalement il était déçu ? Et s'il était amené à regretter tous ces mois de privation pour finir avec moi ?

— Si je te demande de m'embrasser là, maintenant ? Serait-ce dépasser les bornes ?

Il grogne, son front cognant contre le mien.

— Ce n'est pas grav...

Il avale la dernière syllabe de ses lèvres qui s'écrasent sur les miennes.

Je ne sais pas à quoi je m'attendais, j'imaginais peut-être de la patience, de la tendresse, mais je crois que Garrett en est incapable à ce moment précis, et pour être honnête, cela n'a aucune importance. J'oublie qui je suis, où je me trouve, ce que j'ai vécu par le passé, il efface tout. Garrett est le raz de marée qui balaie tout sur son passage, il renverse mon existence sans ménagement, sans préavis.

Ses doigts s'agrippent à mes hanches tandis que sa langue s'insinue entre mes lèvres. Il a le goût sucré du soda. Sa bouche dévore littéralement la mienne : vorace, impatiente et assurée. J'ai l'impression que ma demande vient de libérer un cumul de frustration, d'envie et de désir intense. Je ressens une urgence, un besoin vital en lui.

Je me mets sur la pointe des pieds, noue mes mains autour de sa nuque et glisse mes doigts dans ses cheveux, découvrant à quel point ils sont doux. Je le plaque plus encore contre moi, son parfum venant chatouiller mes narines. Ses mains se posent à nouveau sur mes joues, me forçant à pencher la tête en arrière afin qu'il puisse m'embrasser plus profondément encore.

Mon cœur va exploser. Tout ce que j'avais enfoui depuis ces deux dernières années, tout ce que je m'étais interdit de ressentir, tout remonte à la surface et menace de me faire chavirer.

Peut-on faire une overdose de sentiments, d'émotions ? Cela fait tellement longtemps que je me refuse à éprouver quoi que ce soit, j'ai peur de ressentir un trop-plein et de craquer. Mais je ne veux pas quitter le confort et l'excitation de notre étreinte. Et si j'en juge par sa frénésie, lui non plus.

Pourtant, au bout de longues minutes, Garrett finit par reculer sans s'éloigner. Le sourire qui illumine son visage me fait tellement plaisir à voir. Un soulagement et un bien-être habitent ses pupilles.

— Je suis si heureux. Tu n'imagines pas à quel point.

De nouveau, je suis contre son torse et sa chaleur m'enveloppe, faisant gonfler un peu plus mon cœur.

— Moi aussi, Garrett.

— Tu ne le regretteras pas.

Je le sens fébrile, trépignant sur le sable.

— J'ai du mal à y croire, répète-t-il.

Je caresse ses joues et passe un doigt sur ses lèvres. Cet homme veut m'emmener en tournée avec lui, il me veut au quotidien à ses côtés, je vais partager et vivre son rêve. Moi aussi, j'ai du mal à le concevoir.

— Max… susurre-t-il alors que nos souffles ne font qu'un.

— Oui ?

— Tu veux rester cette nuit ?

Je me contente d'un hochement de tête. Je n'ai pas envie que la soirée se termine. Nous éteignons le feu et Garrett récupère la couverture. Main dans la main, nous remontons le chemin au bord de plage pour rentrer chez lui.

Pas un bruit ne règne dans la maison. Nous essayons d'être les plus discrets possible. Je retire mon sweat, ôte mes chaussures, et nous déposons nos téléphones, sac et clefs les uns à côté des autres sur le comptoir de la cuisine.

— Je vais aller te chercher un tee-shirt et une autre couverture, murmure Garrett à mon oreille.

Je le retiens par le bras et l'attire à moi. Je crois que prendre la décision de le suivre démontre un certain courage, peut-être mêlé à une petite folie, mais du courage quand même. Alors je vais surfer sur la vague et continuer mon plongeon, avec lui. Il m'a beaucoup trop manqué pour que je le laisse filer.

— Garrett, est-ce que...

— Oui ?

— Je peux peut-être dormir avec toi ? demandé-je tout bas.

Un éclat passe dans ses yeux et sa bouche s'étire encore plus. Il accepte sans rien dire en déposant un baiser sur ma joue avant de prendre ma main pour m'entraîner à sa suite dans l'escalier.

Je découvre pour la première fois sa chambre. La décoration est indéniablement masculine, des tons blancs et marine, une collection impressionnante de vinyles et deux guitares posées sur leur support, une sèche et une électrique. Plusieurs photos de famille sont disposées sur une étagère. Je tends le bras vers un cadre où un homme pose fièrement à côté de deux motos, auprès de Garrett – son portrait craché. Difficile de ne pas remarquer immédiatement la complicité qui les unit.

— C'est Matt, précise-t-il.

— Vous vous ressemblez énormément. On voit que vous étiez proches.

— C'est vrai.

Il m'attire à nouveau contre lui et ses doigts parcourent mes joues avant de s'arrimer à ma nuque. Ma poitrine pressée contre son torse ferme et musclé, je ressens toute la chaleur qui émane de son corps.

Je n'ai jamais été du genre entreprenante lors de mes expériences passées. Alesso aimait diriger et cela ne me posait aucun problème de le laisser faire. Mais là, ce soir, dans les bras de Garrett, j'ai envie de quelque chose de différent. Je déconnecte mon cerveau et mes mains partent en exploration de ce corps que j'ai si souvent côtoyé mais jamais touché. Après le baiser que nous avons échangé sur la plage, toutes les émotions qu'il a libérées en moi, j'en veux encore, plus.

Sa peau est chaude et terriblement tentante. Mes doigts se faufilent sous son tee-shirt et un soupir s'échappe entre nos bouches. Il mord doucement dans ma lèvre et nos nez se cognent. Je perçois le moindre de ses muscles qui se contracte, son excitation grandissant entre nous. La mienne aussi. Il vient de réveiller un désir si longtemps ignoré, je meurs d'envie de le redécouvrir, qu'il me montre que tout ce que j'ai vécu auparavant n'est rien.

Reculant jusqu'à son lit, je bascule en arrière tandis qu'il se positionne au-dessus de moi. Les yeux dans les miens, il m'observe attentivement. Ses pupilles brillent de convoitise, ses doigts laissent des traînées brûlantes sur ma peau. Qu'est-ce que cela donnera lorsque nous serons entièrement nus ? Je soupire d'aise, impatiente.

— Maxine, murmure-t-il tout contre moi, le menton posé sur ma clavicule, le nez dans mes cheveux. Si tu savais à quel point j'ai envie de toi.

Je ris doucement, parce que, oui, j'en ai une petite idée, alors que mes hanches appuient contre les siennes.

— Notre baiser, tout à l'heure, il dépasse tout ce que j'ai pu souhaiter, imaginer. Toi, tout entière, tu es si… inespérée, lâche-t-il en se redressant pour planter son regard dans le mien. Putain.

Il plonge de nouveau sur moi et nous reprenons là où nous nous sommes arrêtés. Je me sens tellement bien, entre ses bras. Ma respiration se suspend alors que ses mains trouvent le chemin sous mon vêtement. Plus personne ne m'a touchée depuis plus de deux ans. Je sais que je ne crains rien avec Garrett, mais mes vieux réflexes ont la vie dure. Je fais tout mon possible pour les empêcher de diriger mon corps, parce que je suis on ne peut plus d'accord pour ce que nous sommes en train de faire. Garrett ralentit pourtant et se détache de moi, ayant senti mon hésitation.

Ses mains tiennent si fort mon haut que je me demande s'il ne va pas me l'arracher. Non pas que j'y tienne particulièrement, mais tout de même. Il finit par basculer sur le côté en m'entraînant avec lui.

— Je ne veux pas faire ça là, maintenant, si précipité. Je veux t'emmener au restaurant, je veux qu'on aille se promener sur la jetée de Santa Monica, je veux t'offrir une glace et je veux chanter avec toi. Je veux te regarder et t'embrasser, te ramener chez moi et te faire l'amour.

— Tout dans cet ordre ? m'amusé-je.

Parce qu'entre nous, je ne verrais aucun mal à brûler quelques étapes.

— Oui. Et peut-être même en prenant notre temps. Ça fait longtemps pour toi et je ne veux pas que tu regrettes quoi que ce soit.

— Je ne regretterai rien, lui assuré-je.

— Je n'en doute pas, ricane-t-il, plein d'assurance. Mais quand même. Rien ne presse puisque tu viens avec moi en tournée. Putain, Maxine.

Il m'attire contre lui et m'étreint. Je sens son cœur battre la chamade sous mon oreille, en écho au mien. C'est comme s'il avait parfaitement lu mon corps et compris.

Nous étions deux âmes perdues qui se sont trouvées sur le chemin de la rédemption. Nous voici, pas tout à fait entiers, mais avec une moitié qui nous complète parfaitement. Nous nous comprenons, nous savons et nous avançons.

Je ne cherche pas à le convaincre qu'attendre est surfait. Je comprends parfaitement ses arguments et je ne veux pas le forcer à aller plus loin. J'ai le sentiment qu'il s'agit aussi d'un moyen pour lui d'aller véritablement au bout de sa promesse, et ça, je ne suis pas prête à le lui retirer.

Je me blottis alors contre lui, heureuse de passer la nuit dans les bras de l'homme que j'aime. Je le sais, mais je veux attendre, parce que même si quelques morceaux de mon cœur ont été recollés, il reste encore de petits interstices vides. J'espère juste qu'un jour ils disparaîtront.

CHAPITRE 49
Garrett

Je ne me souviens pas de la dernière fois que je me suis senti si bien, si reposé. Heureux.

Bon sang, la soirée d'hier était... j'ai du mal à trouver les mots. Pour un mec comme moi, c'est limite. Mais c'est l'état dans lequel Maxine me met. Très honnêtement, je ne sais pas comment j'ai fait pour tenir deux semaines en attendant qu'elle prenne une décision. Et encore moins après notre baiser plus qu'exceptionnel. Je n'ai jamais démontré une force et une volonté aussi grandes.

Dans les faits, rien ne me contraignait à repousser l'échéance. Maxine en avait envie autant que moi. Mais je pense sincèrement qu'elle a besoin d'un univers plus posé, plus centré. Hier, nous étions sous le coup de l'impatience, de l'excitation après qu'elle m'avait annoncé son choix. Et puis, je la connais. Je sais qu'elle a essayé de se dépasser dans mes bras, mais j'ai bien senti que son corps était tendu dès que mes caresses sont devenues plus lascives. Je ne suis pas pressé, j'ai tout le temps maintenant.

C'était notre premier baiser et je n'ai pas vraiment été tendre. Je ne crois pas que cela l'ait dérangée, mais quelque chose me dit que je n'aurais pas fait preuve de suffisamment de douceur si je m'étais mis à la caresser, à la découvrir nue, plus belle que jamais. Je suis prêt à patienter encore un peu et à lui offrir une première fois digne d'elle. Parce que, putain, elle le mérite tellement.

Je presse les paupières en souriant avant de m'étirer. Je pivote dans le lit pour attirer son petit corps chaud contre le mien, mais je ne trouve que des draps vides et froids. Je me redresse vivement, bien réveillé d'un coup. Je regarde mon réveil : il est près de midi, elle a peut-être eu faim.

Je repose ma tête sur l'oreiller et passe une main sur mon visage. J'ai le vague souvenir d'avoir entendu une sonnerie lointaine et senti du mouvement dans le lit, mais c'est très flou. Est-ce que c'était en pleine nuit ou il y a une heure ? J'étais tellement bien, je me suis rendormi sans réagir.

Me levant, je change de tee-shirt avant de rejoindre le rez-de-chaussée. Je tombe sur les mecs rassemblés autour de l'îlot central de la cuisine. Un silence de mort règne dans la pièce et aucune trace de Maxine. L'odeur de bacon et de pancakes qui parfume la pièce me donne la nausée, signe annonciateur que quelque chose ne va pas.

Ils se tournent d'un seul bloc vers moi et j'ai tout de suite un mauvais pressentiment.

— Salut. Vous avez vu Max ?

Ses chaussures, sa veste et ses affaires ne sont plus là. Je m'avance en fronçant les sourcils, inspectant le salon à sa recherche.

— Non, désolé, dit Olly.

Je le connais suffisamment pour voir qu'il est nerveux. Son piercing au sourcil tressaute sans qu'il puisse le contrôler et il mordille l'intérieur de sa joue.

— Qu'est-ce qui se passe ?

Ils échangent un regard, toujours silencieux. Je capte un coup d'œil de Ryan en direction du bloc-notes posé sur le plan de travail, à côté de mon téléphone – et de l'endroit où devrait se trouver celui de Maxine. Je m'en approche et reconnais aussitôt son écriture.

Je suis désolée. Je ne peux pas. Je dois partir. Max.

Mon cœur accélère aussitôt sa cadence. C'est une blague ? Ce n'est pas possible, elle n'a pas pu changer d'avis. Elle n'aurait pas fait ça. Je jette un regard désemparé aux gars avant de me précipiter sur mon portable, toujours posé sur le comptoir de la cuisine. Aucun appel. Aucun message.

— Quelqu'un a vu Max ce matin ?

Tous secouent la tête. Ils me regardent comme s'ils attendaient que j'explose. Ils ne voient pas qu'il y a un problème, là ?

— Pourquoi vous ne réagissez pas ? Essayez de l'appeler ! Elle a dû avoir un souci et...

— Garrett.

— Faites quelque chose ! Ne restez pas plantés là ! Vous vous êtes levés à quelle heure ? Si elle était déjà partie c'est que...

— Garrett.

Olly a parlé d'une voix basse, autoritaire. Je me tourne vers lui, les yeux écarquillés, essayant de contrôler mon sentiment d'urgence.

— Tout allait bien. Il a dû se passer quelque chose, ce n'est pas possible autrement ! À moins que...

À moins que ce qui s'est passé entre nous n'ait été trop pour elle. À moins que je ne l'aie trop poussée hier parce que je n'ai pas réussi à contrôler mon putain d'amour pour elle, et qu'elle pense vraiment que nous sommes néfastes l'un pour l'autre. Ou, pire, qu'elle ne ressente pas ce que j'éprouve pour elle.

Je m'effondre sur un tabouret et reste là, statique, à fixer ce morceau de papier. La feuille est froissée, comme si elle avait écrit dans la précipitation. Était-elle à ce point avide de me fuir ?

— Garrett, dit Olly en faisant le tour pour me rejoindre. On l'a trouvé en se levant, il y a à peine un quart d'heure. Maxine était déjà partie, on ne l'a pas vue.

— On aimerait pouvoir t'en dire plus, mais... commence Ryan.

— Ouais.

Les larmes me montent aux yeux. Je passe une main sur mon visage pour me contenir, mais relève brusquement la tête lorsque Margo fait son entrée dans la pièce. Je papillonne des cils, perdu.

— Oh, Garrett, salut, dit-elle d'une voix douce, comme sur le qui-vive.

— Qu'est-ce que tu fais là ?

— Je voulais vous faire une surprise, j'ai préparé le petit déjeuner. Avec la tournée qui arrive à grands pas, je me suis dit qu'on n'aurait plus vraiment l'occasion de profiter comme ça.

Mon regard tombe sur l'îlot central où la nourriture est étalée. Cela lui arrive régulièrement, mais ce matin, ça me dérange. Je déglutis péniblement et me redresse.

— Tu as vu Maxine ce matin ?

— Non, je suis désolée.

Je sonde ses iris avec attention. Je doute qu'elle mente. De toute façon, le mot est bien écrit par Maxine, Margo n'a rien à voir là-dedans.

— Qu'est-ce qui s'est passé hier ? demande Ayden.

Je lève les yeux vers mes amis alors que les souvenirs de notre étreinte me reviennent en tête. Elle ne peut pas avoir choisi de me quitter après notre soirée. Je n'ai pas imaginé ses baisers, ses caresses, ce n'est pas possible. J'hésite à en parler ouvertement devant Margo, parce que je ne me suis pas confié à elle à propos de mes projets, mais de toute façon, elle aurait bien fini par l'apprendre. Je secoue la tête, scrutant encore et toujours le morceau de papier entre mes mains.

— Elle a accepté de nous accompagner, avoué-je en souriant doucement, tout en tentant de déterminer un sens caché aux quelques mots couchés sur la petite feuille. Et puis, je… je lui ai proposé de dormir ici.

Je ne veux pas prononcer tout haut la suite. Je veux garder ça pour moi. Je sais au regard qu'ils me lancent qu'ils comprennent parfaitement ce que je ne dis pas. Je fuis celui de Margo car je ne veux pas lire la déception sur son visage. Si elle doit me faire la morale, ce sera pour plus tard – même si je suis surpris de ne pas la voir tout de suite monter au créneau.

— Elle a peut-être eu un souci, tente Olly.

— Elle dit qu'elle doit partir, elle a peut-être eu une urgence ? Elle t'expliquera quand elle reviendra.

— Je sais, Ryan. Mais je ne peux pas rester là et patienter sagement. Je ne peux pas.

— À mon avis, elle n'a pas voulu déranger, c'est tout, dit Ayden pour me rassurer.

— Peut-être. Sûrement. Mais il faut que je m'en assure.

— Tu ne veux pas attendre qu'elle t'appelle ?

Je secoue juste la tête en réponse à Olly. Je prends mon portable et rejoins la terrasse pour avoir un peu d'intimité. Je sélectionne le numéro de Maxine dans mon répertoire et patiente. Au bout de quelques secondes, je finis par basculer sur sa messagerie vocale.

— *Vous êtes bien sur le répondeur du 341-240-3552, veuillez laisser votre message après le bip.*

— Max, c'est Garrett. Je viens juste de me lever et j'ai trouvé ton mot. Qu'est-ce qui se passe ? Tu as un problème ? Je peux peut-être t'aider. Je t'en prie, rappelle-moi.

Je raccroche et fixe bêtement mon téléphone, priant pour qu'elle me recontacte dans la foulée. Mais rien ne vient. Je fais demi-tour et fonce en vitesse dans ma chambre me changer et enfiler mes baskets. De retour dans le salon, je récupère mes clefs et une veste.

— Qu'est-ce que tu vas faire ? se renseigne Ryan.

— Je vais essayer chez elle.

— Garrett… Tu es sûr ? commence Olly.

Je sais qu'il cherche à me protéger, mais si c'était Maxine qui avait besoin d'aide ? Je ne peux pas rester ici et attendre sans rien faire.

— Elle a peut-être eu peur, formule-t-il à voix haute.

Je ferme les yeux, accusant le coup. *Je sais.*

— Non, réfuté-je tout de même. Hier, je… on s'est embrassés, elle a passé la nuit dans mes bras. Elle n'a pas pu…

Je refuse catégoriquement de croire qu'elle m'a offert ce moment pour s'enfuir dans la foulée, c'est inconcevable. Maxine a peur de beaucoup de choses, oui, mais elle s'est montrée plus courageuse que jamais et surtout, ce n'est pas une lâche. Je sais qu'elle n'aurait pas pu me faire ça.

— Peut-être, Garrett, mais c'est une possibilité.

— Il faut juste que je lui parle.

— T'es sûr que tu es en état de faire ça ? demande Ryan.

— C'est Max. Je dois y aller.

— D'accord. Fais ce que t'as à faire. On ne bouge pas de là, au cas où elle reviendrait ici.

Je hoche la tête et quitte précipitamment la maison, fuyant le regard peiné de Margo. Je n'essaie même pas de faire un tour sur le *boardwalk* : avec un tel mot, Maxine ne serait pas juste sortie prendre l'air. Je fonce à ma voiture et file directement vers son studio. Je respecterai les limitations de vitesse une prochaine fois ; je prie juste pour ne croiser aucun flic, me faire arrêter et perdre un temps considérable.

Ce sont les vingt minutes les plus longues de toute ma vie. Putain ! À quelle heure est-elle partie ? Elle pourrait être n'importe où. Si elle a décidé de s'enfuir, comme l'a suggéré Olly, comment pourrais-je la retrouver dans une ville de presque quatre millions d'habitants ? Je suis complètement largué. Je ne comprends rien. Comment a-t-elle pu partir après ce que nous avons vécu ? Soit elle m'a abandonné, soit elle est en danger. Je suis inquiet, déçu, perdu.

Je me gare en vrac au pied de son immeuble, grimpe les marches deux par deux et arrive devant sa porte. Je tambourine dessus sans aucune douceur, au risque de déranger tout le voisinage. Seulement, j'ai beau m'acharner, aucune réponse, aucun bruit à l'intérieur.

J'extirpe mon téléphone et l'appelle encore. Je tombe immédiatement sur la messagerie. Encore.

— Maxine ! Bon sang ! T'es où ? Je suis devant chez toi. Je suis mort d'inquiétude. Réponds-moi, je t'en prie ! Je peux t'aider. Maxine !

Je décharge toute mon inquiétude, mon incompréhension. Je sais bien que cela ne sert à rien de hurler sur son répondeur, mais je suis incapable de m'en empêcher. J'ai peur. Je raccroche et cogne à nouveau sur son entrée. Si elle se terre à l'intérieur, elle finira peut-être par m'ouvrir.

Je sursaute alors qu'une porte s'ouvre enfin sur ma droite. Le voisin de palier. Une armoire à glace contre laquelle il ne vaut mieux pas se frotter.

— T'as pas bientôt fini ton bordel ? gronde-t-il, le regard sévère.

— Désolé. Vous avez vu la jeune femme qui habite ici ?

Il hausse un sourcil et me jauge de la tête aux pieds, méfiant.

— Pourquoi ça t'intéresse ?

— C'est ma petite amie. Je n'arrive pas à la joindre au téléphone.

Je m'étonne moi-même de parvenir à m'adresser à lui avec un calme somme tout apparent alors qu'en moi, c'est l'apocalypse. Si je me montre hystérique, je doute qu'il m'apporte une quelconque réponse.

— Je suis désolé, mec. Elle est partie.

— Comment ça, partie ?

Je dois sûrement avoir l'air d'un bel abruti, mais j'ai du mal à comprendre.

— Je l'ai croisée dans le couloir un peu plus tôt et elle semblait bouleversée. Je l'ai aidée à tirer deux grosses valises et à monter dans un taxi.

— Qu... quoi ?

— Elle est partie.

Il fait mine d'être peiné et de compatir avant de rentrer chez lui.

Je ne sais pas combien de temps je reste là devant cette porte close, essayant de déchiffrer ce qu'il vient de me dire sans y parvenir. Elle est vraiment partie, alors ? J'ai pourtant du mal à croire qu'elle ait pu m'abandonner, en me laissant uniquement ces quelques mots impersonnels.

Comme un zombie, je rejoins ma voiture. Je m'écroule sur mon siège et sonde la rue au-delà du parebrise, cherchant un sens à tout cela. Mais je n'en trouve aucun, parce que, putain, ça ne rime à rien !

— Et merde !

Je donne un grand coup dans le volant, furieux. Je ne comprends pas.

Je ferme les yeux et me remémore la moindre minute de la soirée ; à partir du moment où elle nous a rejoints, pendant notre échange sur la plage, notre premier baiser tant attendu, jusqu'à notre étreinte dans ma chambre. Qu'ai-je fait de travers ? Est-ce que c'était vraiment trop pour elle ? J'ai pourtant tout fait pour qu'elle se sente bien, pour lui montrer combien je l'aime... Plus les secondes s'égrènent et plus l'hypothèse qu'elle m'ait bel et bien abandonné se fait probable.

Putain, je n'ai jamais autant ressenti le manque depuis tous ces mois. Ces fourmillements, ces frissons, ce nœud au ventre, cette nervosité, ce besoin de frapper dans quelque chose, de hurler. Je refuse d'admettre qu'Edward et Patrick avaient raison, que c'est peut-être ce qui a poussé Max à fuir. Ce sont des conneries, tout simplement. Je n'y crois pas. Maxine est quelqu'un de raisonnable. Elle a pesé le pour et le contre avant d'accepter ma proposition. Elle a dû en discuter avec Samantha et Rochelle, je la connais. Voilà pourquoi cette situation est totalement incompréhensible.

Je tente à nouveau de l'appeler, mais je tombe encore sur la messagerie automatique. Je laisse passer la formule préenregistrée et me confie, la voix tremblante :

— Maxine, je ne comprends pas. Tu es où ? Je t'en prie, rappelle-moi, qu'on discute. Explique-moi. On va trouver une solution, peu importe ce qui t'a poussée à t'enfuir. Maxine... s'il te plaît. Je suis là pour toi.

Un sanglot m'étouffe et je raccroche. Je ne retiens pas mes pleurs. Mon portable m'échappe des mains et rebondit à mes pieds, sur la moquette.

Qu'est-ce qui lui a pris ? Après ces derniers mois, après la soirée d'hier, je n'ai pas pu me tromper à ce point. Tous nos moments et nos échanges, tout cela était vrai, je ne l'ai pas inventé. Tout ce que j'ai ressenti auprès d'elle, tout ce que j'ai lu en elle, cela ne peut pas avoir été feint. Impossible.

J'allume le moteur, essuyant les larmes sur mes joues. Et je roule. Sans but, sans destination, j'avale les miles, l'esprit ailleurs, comme si j'étais hors de mon corps, l'ombre de mon ombre. Je parcours tous les endroits qui ont une signification particulière pour nous : le Getty Center, le Griffith Observatory, Pacific Park, le *boardwalk*... Je passe même devant le bâtiment des NA, dévasté. J'attends plus d'une heure sur notre banc au jardin japonais, guettant son apparition, priant pour que tout ceci ne soit qu'un malentendu.

Le soleil a disparu depuis longtemps quand je pousse la porte du *Porthole*. Je balaie la salle des yeux à sa recherche. C'est le dernier endroit où je pensais pouvoir la trouver, mais je ne la vois pas. Aucun regard croisé, aucun sourire n'est le sien.

Elle n'a retourné aucun de mes messages depuis que j'ai tenté de la joindre, elle ne m'a pas rappelé. Rien. Silence radio. Même si elle a dû partir précipitamment, une journée entière s'est écoulée, elle a largement eu le temps de voir mes SMS, d'écouter son répondeur, de me contacter pour m'expliquer, me dire qu'elle a eu peur, qu'elle a changé d'avis, qu'elle est juste partie en voyage et que je me suis fait des films, n'importe quoi. Je pourrais tout entendre, à partir du moment où elle me parlerait. Cependant, mon portable reste désespérément silencieux et mon cœur saigne un peu plus à chaque minute qui s'écoule.

Alors, en désespoir de cause, je m'effondre sur un tabouret au bar et commande un whisky à Jin.

— Tu es sûr, Garrett ?

— Oui, mets-en un double.

— Tout va bien ?

— Non. Sers-moi, s'il te plaît. Mon abstinence prend fin ce soir. Ça se fête, non ?

Il fronce les sourcils mais n'insiste pas et me tend un verre empli du liquide ambré. Je le regarde avec attention, bien conscient de franchir un cap dont je ne suis pas sûr de revenir. Je vais sombrer dans l'une de mes anciennes addictions à cause d'un chagrin d'amour… si ce n'est pas ironique, comme situation. J'ai l'impression que mon cœur m'a été arraché de la poitrine et de pouvoir le contempler au sol, éparpillé en mille morceaux.

Toujours en pleine contemplation de mon verre, je repense à ma discussion avec Edward, aux mots de Patrick lors des réunions, à la règle des NA. Est-ce ce que Max est devenue au fil du temps ? Une addiction ? Je suis tombé amoureux d'elle, c'est normal de ne pas pouvoir se passer de la femme de sa vie, non ? Parce que c'est ce qu'elle est. Avec elle, je peux être moi, je n'ai pas à me cacher, et chaque sourire qu'elle m'offre m'illumine le cœur. *M'illuminait.*

Je trempe mes lèvres dans l'alcool et ferme les yeux. Je pense qu'on n'en oublie jamais vraiment la saveur, mais y goûter à nouveau après des mois de sobriété, c'est comme un shoot d'adrénaline. C'est intense et renversant. Et ça me fout une claque.

Max m'a quitté. Je n'y crois pas. Pourquoi ai-je l'impression d'être complètement exténué ? Je vide mon verre d'une seule traite et en commande un autre d'un signe de tête. L'image de Maxine ne quitte pas mon esprit. Le moindre détail de son visage, le son de sa voix, son rire, le goût de sa langue sur la mienne, ses soupirs, ses gémissements alors que mes doigts caressaient sa peau. Tout ce qui auparavant n'était qu'un rêve et qui est maintenant devenu des souvenirs. J'ai envie de mourir.

Une main s'abat sur mon épaule et je pivote pour découvrir Olly. Deux autres se plaquent dans mon dos – les deux frangins.

— Elle est partie, lâché-je, le souffle haché. Elle est partie.

Je sens leurs doigts frotter doucement mon dos, compatissants. Et la barrière cède. Olly me serre contre lui quand je me rends compte que des larmes coulent à nouveau à grosses gouttes sur mes joues, tachant son tee-shirt.

— Elle est partie, pleuré-je alors qu'ils m'entourent, comme pour me protéger du reste du monde.

Sauf que c'est trop tard. Je lui ai dit que je l'aimais et elle est partie.

— Ça va aller, Garrett.

— Non.

— Si, *ça va aller*, assurent mes potes.

Maxine m'a demandé une fois de lui dire des mensonges pour avoir le sentiment que tout allait bien. C'est peut-être, moi aussi, ce dont j'ai besoin. Mais est-ce que ce sera suffisant alors que je saigne tellement que j'ai l'impression que je ne pourrai jamais me relever ?

Je revois notre premier échange à la fin de ma première réunion, devant la machine à café. Moi qui m'approche, elle qui me brûle par inadvertance. Un peu comme aujourd'hui. Elle m'a marqué à vie, a brûlé ma peau et mon âme, puis a fui. J'aurais peut-être mieux fait de m'abstenir, je n'en serais pas là aujourd'hui : de retour à la case départ, le cœur en miettes, mon âme à la dérive.

Sans Maxine.

À SUIVRE

Playlist

Chapitre 3

Garrett Brentwood – *Left Me*

Garrett Brentwood. Big M Music, 2023.

Chaque fois que je suis blessé
Je te vois à mes côtés
Chaque fois que j'ai envie de pleurer
Je me rappelle ton sourire
Chaque fois que les ténèbres m'appellent
Je pense à toi et je peux enfin respirer

Chapitre 7

The Faim – *Humans*

Patrick Morrissey / Brice Fox / Stephen Beerkens / Josh Raven / Samuel Tye
David Dahlquist / Linden Marissen. BMG Rights Management, 2019.

L'amour n'est douloureux que lorsqu'il ment
C'est pourquoi il est normal de se battre
C'est ce qui nous rend humains
Chaque fois que nous le perdons
On se rend compte comment un cœur souffre
Chaque jour a ses ruines
Mais nous savons ce qu'est la vérité
Parfois tu dois casser
Juste pour savoir que tu es humain, humain

Chapitre 8

5 Seconds of Summer – *Youngblood*

Luke Hemmings / Calum Hood / Ashton Irwin / Louis Bell / Ali Tamposi
Andrew Watt. Capitol Records, 2018.

Souviens-toi des mots que tu m'as dits, « Aime-moi jusqu'au jour de ma mort »
J'ai tout abandonné car tu m'as fait croire que tu étais à moi
Oui, tu m'appelais bébé, maintenant tu m'appelles par mon nom

Je suis bien placé pour le savoir, oui, tu m'as battu à mon propre foutu jeu
Tu pousses, tu pousses et je m'éloigne, je m'éloigne de toi
Je donne et je donne et je donne et tu prends, je donne et tu prends

✦

5 Seconds of Summer – *Ghost Of You*
Luke Hemmings / Ashton Irwin / Dan Book / Andrew Goldstein / Mitchell Collins. Capitol Records, 2018.

✦

5 Seconds of Summer – *Teeth*
Ali Tamposi / Andrew Wotman / Ashton Irwin / Bernard Sumner / Carl Sturken Evan Rogers / Gillian Gilbert / Louis Bell / Luke Hemmings / Peter Hook Ryan Tedder / Stephen Morris. Interscope, 2019.

✦

5 Seconds of Summer – *Easier*
Ali Tamposi / Andrew Wotman / Charlie Puth / Louis Bell / Ryan Tedder. Interscope, 2019.

Chapitre 9

Stealth – *I Don't Need Your Love*
Shaun Smith / Ross O'Reilly. Tileyard Records, 2016.

Chapitre 10

Ayden D'Andrea, Ryan D'Andrea, Garrett Brentwood & Oliver Abbott – *Left Me*
Ayden D'Andrea / Ryan D'Andrea / Garrett Brentwood / Oliver Abbott. Big M Music, 2023.

Chaque fois que je suis blessé
Je te vois à mes côtés
Chaque fois que j'ai envie de pleurer
Je me rappelle ton sourire
Chaque fois que les ténèbres m'appellent
Je pense à toi et je peux enfin respirer

Tu es celui qui me guide jusqu'à la lumière
Tu es celui qui me maintient en vie

Même si tu m'as quitté
Même si tu m'as quitté

Chaque fois que je perds la tête
Je repense à tes mots rassurants
Chaque fois que mon cœur saigne
Je ressens l'amour que tu m'as donné
Chaque fois que je me sens perdu
Je suis la lumière que tu me montres

Tu es celui qui me guide jusqu'à la lumière
Tu es celui qui me maintient en vie
Même si tu m'as quitté
Même si tu m'as quitté

Chapitre 16

Johnny Cash (reprise de Nine Inch Nail) – *Hurt*

Trent Reznor. American Recordings, 2002.

Je me suis blessé aujourd'hui
Pou vérifier que je pouvais toujours ressentir quelque chose
Je me concentre sur la douleur
La seule chose qui soit réelle

Chapitre 17

Jonathan Roy – *Lost*

Brian John Howes / Jason Van Poederooyen / Jonathan Roy. Jonathan Roy Inc., 2020.

Comment diable en sommes-nous arrivés là ?
Tu as touché le fond et je suis terrifié
Le vent froid a gelé ton cœur
Réécrivons cette histoire et faisons-en une version longue
C'est cassé et effondré
Je ne te laisserai pas perdre celui que tu es

Chapitre 18

Garrett Brentwood– *Mistake*

Garrett Brentwood. Big M Music, 2023.

~~À cause de~~ En dépit de mes défauts et ~~de~~ mes erreurs
Tu es toujours là à mes côtés
Même si je suis loin d'être parfait
Je sais que je peux compter sur toi

Je ne sais pas si je peux trouver les mots justes
Pour te dire à quel point je suis reconnaissant
Sans toi je ne serais qu'une ombre parmi les vivants
Une coquille vide sans but

✦

Katy Perry – *Teenage Dream*

Bonnie McKee / Max Martin / Benjamin Levin / Katy Perry / Lukasz Gottwald. Capitols Records, 2010.

Chapitre 20

Ayden D'Andrea, Ryan D'Andrea, Garrett Brentwood & Oliver Abbott – *Why*

Ayden D'Andrea / Ryan D'Andrea / Garrett Brentwood / Oliver Abbott. Big M Music, 2023.

Pourquoi le mal prend-il le pas sur le bien ?
Pourquoi je m'enfonce dans la noirceur, oubliant la lumière ?
Pourquoi je m'enferme dans le passé sans voir d'avenir ?
Pourquoi je ne vois que ton absence chassant nos souvenirs ?

Peux-tu me dire pourquoi ?
Pourquoi ça fait si mal ?
Pourquoi je ne peux pas oublier malgré tous mes efforts ?
Peux-tu me dire pourquoi ?

Pourquoi la peine efface tout le bonheur ?
Pourquoi tous les détails s'estompent alors que tu étais là hier ?
Pourquoi la dispute qu'on a eue est la seule chose qui me vient à l'esprit ?

Peux-tu me dire pourquoi ?
Pourquoi ça fait si mal ?
Pourquoi je ne peux pas oublier malgré tous mes efforts ?
Peux-tu me dire pourquoi ?
Pourquoi m'as-tu laissé ?
Pourquoi ?

Chapitre 21

Gert Taberner – *Fallen*

Gert Mariano Taberner Carsi. Nettwerk Music Group, 2016.

Dis-moi des choses que tu n'as jamais dites à haute voix
Essaie simplement et vois si tu peux
Montre-moi les parties de toi dont tu n'es pas si fier

Chapitre 23

Ayden D'Andrea, Ryan D'Andrea, Garrett Brentwood & Oliver Abbott – *Left Me*

Ayden D'Andrea / Ryan D'Andrea / Garrett Brentwood / Oliver Abbott. Big M Music, 2023.

Chapitre 25

Ayden D'Andrea, Ryan D'Andrea, Garrett Brentwood & Oliver Abbott – *There For You*

Ayden D'Andrea / Ryan D'Andrea / Garrett Brentwood
Oliver Abbott. Big M Music, 2023.

Affronte ton passé pour le surmonter
Pardonne-toi pour avancer
Ne regarde pas en arrière, concentre-toi sur le présent
Pense à l'avenir, à la personne tu es devenue

Si tu te perds à nouveau
Sache juste que tu peux compter sur moi
Je serai là pour toi
Je serai là pour toi

Tu as cette fièvre en toi, je peux la sentir
Annihilée par tes démons
J'espère que tu pourras la libérer un jour
Parce que le monde mérite de la voir, de voir la vraie toi

Si tu te perds à nouveau
Sache juste que tu peux compter sur moi
Je serai là pour toi
Je serai là pour toi

Chapitre 26

Jake Houlsby – *Howl*

Jake Houlsby. Tipping Point Records, 2017.

C'est le calme avant la tempête
C'est la mer entre les îles
Et ce n'est pas le moment de chasser l'aube
C'est le moment de compter les kilomètres

Chapitre 27

Chord Overstreet – *Hold On*

Chord Overstreet / Ian Keaggy. Island Records, UMG Recordings, Inc., 2017.

Aimer et se battre, accuser, nier
Je ne peux imaginer un monde sans toi
La joie et le chaos, les démons dont nous sommes faits
Je serais si perdu si tu me laissais seul
Tu t'étais enfermée dans la salle de bains
Allongée sur le sol lorsque je suis entré
Je te tire pour sentir battre ton pouls
M'entends-tu crier ?
« S'il te plaît ne me laisse pas. »

Chapitre 30

Garrett Brentwood – *Only Lies*

Garrett Brentwood. Big M Music, 2023.

Faisons juste semblant un instant
Que tout ira bien
Mettons le passé de côté
Pour nous concentrer sur l'instant présent

Dis-moi des mensonges pour oublier
Toute ma peine
Dis-moi des mensonges pour me faire croire
Que je vais bien
Dis-moi des mensonges pour panser mes plaies
Dis-moi des mensonges, dis-moi des mensonges
Seulement des mensonges

Faisons juste semblant un instant
Que rien de tout ceci n'est arrivé
Laissons les mauvais souvenirs loin derrière
Pour nous concentrer sur l'instant présent

Dis-moi des mensonges pour oublier
Toute ma peine
Dis-moi des mensonges pour me faire croire
Que je vais bien
Dis-moi des mensonges pour panser mes plaies
Dis-moi des mensonges, dis-moi des mensonges
Seulement des mensonges

Chapitre 37

Destiny's Child – *Survivor*

Beyoncé Knowles / Anthony Dent / Mathew Knowles. Columbia, 2000.

Chapitre 38

Lewis Capaldi – *Grace*

Edd Holloway / Lewis Capaldi / Nick Atkinson.
BMG Rights Management, 2018.

Je ne suis pas prêt à être juste une autre de tes erreurs
Je n'arrive pas à t'enfouir assez longtemps
Je suis victime du son de ton amour
Tu es comme une chanson que je ne suis pas prêt à arrêter
Je n'ai que toi à l'esprit

✦

Jonas Brothers – *Hesitate*

Justin Tranter / Joe Jonas / Mike Sabath / Kennedi Lykken.
Republic Records, 2019.

Je prendrai ta douleur
Et la placerai dans mon cœur
Je n'hésiterai pas
Dis-moi simplement où commencer
Je remercie l'océan de t'avoir donné à moi
Tu m'as sauvé une fois et maintenant je te sauverai aussi
Je n'hésiterai pas pour toi

Chapitre 40

Martin Garrix & Dua Lipa – *Scared To Be Lonely*

Giorgio Tuinfort / Nate Campany / Kyle Shearer / Martijn Garritsen
Georgia Overton. STMPD, Epic, 2017.

Est-ce ce sont juste nos corps ? Perdons-nous tous deux la raison ?
Est-ce que la seule raison pour laquelle tu m'enlaces ce soir
C'est parce que nous avons peur d'être seuls ?
Avons-nous besoin de quelqu'un juste
pour avoir l'impression qu'on va bien ?
Est-ce que la seule raison pour laquelle tu m'enlaces ce soir
C'est parce que nous avons peur d'être seuls ?

Chapitre 42

Ayden D'Andrea, Ryan D'Andrea, Garrett Brentwood
& Oliver Abbott – *Because Of You*

Ayden D'Andrea / Ryan D'Andrea / Garrett Brentwood
Oliver Abbott. Big M Music, 2023.

Je pensais tout connaître
Jusqu'à ce que je te rencontre
Toutes mes certitudes se sont envolées
Le moment où je t'ai rencontrée
Je n'arrête pas de penser à toi
Depuis que je t'ai rencontrée

Tu es partout
Dans mes pensées, dans ma tête
Comme si je t'avais dans la peau
Dans mon sang, dans mon cœur
Tu es partout

À cause de toi
Je veux croire que je ne suis pas si brisé
À cause de toi
Je veux croire que j'en vaux la peine
À cause de toi
Je veux croire que je peux être aimé

Tu es partout
Dans mes pensées, dans ma tête

Comme si je t'avais dans la peau
Dans mon sang, dans mon cœur
Tu es partout

Quand je t'ai rencontrée
J'étais quelqu'un d'autre
À cause de toi
Je suis devenu quelqu'un d'autre
Pour toi

Tu es partout
Dans mes pensées, dans ma tête
Comme si je t'avais dans la peau
Dans mon sang, dans mon cœur
Tu es partout

Chapitre 43

Labrinth – *Jealous*

Josh Kear / Natalie Hemby / Timothy Mckensie. Syco, 2014.

Je suis jaloux de la pluie
Qui coule sur ta peau
Elle est encore plus proche que mes mains ne l'ont jamais été
Je suis jaloux de la pluie
Je suis jaloux du vent
Qui s'invite sous tes vêtements
Il est encore plus proche que ton ombre
Oh, je suis jaloux du vent parce que...

✦

Halsey – *Without Me*

Amy Allen / Ashley Frangipane / Brittany Amaradio
Nick Kobe / Justin Timberlake / Louis Bell / Scott Storch
Timothy Mosley. Capitol Records, 2018.

Je t'ai rencontré quand tu avais le cœur brisé
Je t'ai tout donné et plus encore
J'ai tout fait pour te garder près de moi
J'avais peur de te laisser seul
J'ai promis de te rattraper si tu tombais
Et s'ils riaient, ils pouvaient aller se faire voir

Et puis je t'ai aidé à te relever
Je t'ai remis sur pieds
Tout ça pour que tu te serves de moi

✦

Dermot Kennedy – *Dancing Under Red Skies*
James Dearness Hogarth / Dermot Kennedy. Interscope, Island Records, 2020.

✦

Garrett Brentwood – *Should Be Easy*
Garrett Brentwood. Big M Music, 2023.

Cela devrait être facile
Je ne sais pas à quel point tes lèvres sont douces
Cela devrait être facile
Je ne sais pas à quel point ta peau est douce
Cela devrait être facile
Je ne sais pas comment ton corps bouge sous le mien
Cela devrait être facile
Mais ça ne l'est pas
Parce que ma tête imagine tout sans difficulté
Ton parfum est déjà inscrit dans ma mémoire
Chaque grain de beauté présent quand je ferme les yeux

Chapitre 48

Ross Copperman – *Holding On And Letting Go*
Jon Mark Nite / Ross Copperman. Me and Yew, 2011.

✦

Kaleo – *I Can't Go On Without You*
Jökull Júlíusson / Davíð Antonsson / Daníel Kristjánsson / Rubin Pollock / Þorleifur Gaukur Davíðsson. Atlantic Records, 2016.

✦

Rictor – *You And Me And Somehow*
Kyle Rictor. Rictor, 2015.

✦

Thomas Rhett – *Craving You*

Dave Barnes / Julian Bunetta. Valory, 2017.

Chaque fois qu'on doit se dire au revoir
Je fais le décompte jusqu'à ce que nous nous disions bonjour
Chaque toucher est comme la drogue la plus forte
Je ne sais pas combien de temps je peux tenir
Je n'ai jamais eu quelque chose dont je ne pouvais m'éloigner
Mais, ma belle, ma maîtrise de moi est complètement paralysée
Quand il s'agit de toi, non, je n'ai pas de patience
Il y a quelque chose en toi ma belle, je ne peux pas me battre

Note de l’autrice

J’étais si impatiente que vous puissiez enfin faire la connaissance de Garrett et Maxine. J’espère que vous aurez pris du plaisir à leurs côtés et apprécié votre lecture.

Je croise les doigts pour que vous ne m’en vouliez pas trop pour la fin de cette première partie et vous donne rendez-vous dans le tome 2 pour la suite de leur histoire.

Affectueusement, Jeanne.